titel: *An Isolated Incident* © Emily Maguire, 2018

SEPTIME
suspense

Lektorat: Teresa Profanter
Umschlag und Satz: Jürgen Schütz
Umschlagbild: © i-stock
Druck und Bindung: Florjančič tisk d.o.o.
Printed in the EU

ISBN: 978-3-99120-018-5
www.septime-verlag.at
ok.com/septimeverlag | www.twitter.com/septimeverlag

W0310003

Origin

www.faceb

Emily Maguire

Ein Einzelfall

Roman

Aus dem australischen Englisch von Roland Freisitzer

Montag, 6. April

Es war der neue Cop, der an meiner Tür klingelte, der junge Kerl, der den Job erst seit ein paar Monaten machte. Ich dachte, dass es ein wenig grausam sei, einen jungen Burschen wie ihn zu schicken, um eine Sache wie diese zu erledigen. Später fand ich heraus, dass man ihn nur geschickt hatte, weil er am Fundort der Leiche zusammengebrochen war. So nennen wir es jetzt alle: den Fundort.

»Miss Rogers?«, fragte er, als ob er gleich gestehen würde, meinen Zaun beim Rückwärtsfahren beschädigt zu haben.

Ich nickte, wartete auf den Hieb, von dem ich wusste, er würde kommen. Ich wusste, dass er kommen würde, weil Bella seit Tagen verschwunden war und kein Cop zu irgendjemandem kommt, um Kuchen oder Wein vorbeizubringen.

Er wippte auf den Fersen und räusperte sich.

»Ihr habt Bella gefunden?«, sagte ich, um ihm den Beginn zu erleichtern. Um ihm zu zeigen, dass es okay sei.

»Ja.« Er blinzelte und ich dachte, *Oh Gott, er kennt sie.* »Ich meine, man hat eine Leiche gefunden. Auf die die Beschreibung passt. Sie muss identifiziert werden. Hm, wir brauchen Sie, um … um das zu tun. Um die Identität zu bestätigen.«

Wer bereits so viel ertragen musste wie ich, sollte wissen, dass ein Unglück, auch wenn man es kommen sieht oder man gar darum bittet, um keinen Deut weniger weh tut. Vermutlich schmerzt es sogar heftiger, schätze ich, weil du denkst, *Ja, ja, bring's doch endlich hinter dich,* und du gleichzeitig denkst, dass du es sowieso längst weißt. Also stand ich nickend da und dachte darüber nach, dass der arme Kerl meine Schwester kennt, und was für eine harte Aufgabe das war, um sie dem neuen Kerl umzubinden, und dann schüttelte es mich so heftig, als ob ein Dämon in mich gefahren wäre.

Während des ganzen Wegs ins Krankenhaus wollte ich ihn fragen, was passiert war. Ich hoffte, dass sie ein Auto überfahren, sie eine Gehirnembolie oder sonst was gehabt hätte. Ich wollte all die Fragen stellen, die ich gestellt hatte, als Mutter gestorben war: »Ist es schnell gegangen? Hat sie gelitten?« Doch ich konnte nicht sprechen. Das war mir noch nie passiert, egal, in welches Drama man mich gestoßen hatte. Aber da, in diesem Auto, war es wie … Es war so, wie wenn du so krank von irgendeiner verdammten Magenscheiße bist, dass du nicht einmal »Nein« sagen kannst, wenn dir Eiswürfel zum Lutschen angeboten werden, nicht einmal nicken magst, weil die kleinste Bewegung dich wieder kotzen lässt. So war das, aber ich wollte nicht kotzen. Ich fühlte, dass jedes Geräusch oder jede Bewegung etwas auslösen würde, das wehtun und nicht mehr zu stoppen wäre.

Der Cop, sein Name war Matt, erzählte mir, dass er sie von der Schule kannte. »Sie war zwei Jahre über mir, aber es ist ja eine kleine Schule, wie Sie wissen?«

Ich wusste es. Ich war auf dieselbe Schule gegangen. Bella war zwölf Jahre jünger als ich, der Junge musste daher dreiundzwanzig sein – technisch gesehen war er also gar kein Junge mehr, auch wenn sein zusammengebissener Kiefer mit Pickeln gesprenkelt und seine Hände am Lenkrad weich und noch ohne Narben waren. Ich fragte ihn, ob er sie seit der Schule gesehen hatte, und er nickte, lächelte wie ein von der Liebe überwältigter Narr und sagte, dass er sie ein paarmal im Pflegeheim, in dem sie arbeitete, gesehen hatte. »Wir werden da manchmal hingerufen«, sagte er und es war klar, dass es ihn nicht gestört hatte, von meiner Schwester, die selbst in ihrer blauen Polyesteruniform und den klobigen Holzpantoffeln das hübscheste Ding war, das jemand in diesem Loch von einer Stadt jemals zu Gesicht bekommen würde, an diesen stinkenden Ort gerufen zu werden.

In der Schule verwendeten wir den Ausdruck: Strathdee-gut. Das bedeutete, dass irgendetwas zwar für Strathdee-Verhältnisse top war, aber gemessen daran, was es außerhalb der Stadt gab, nicht viel Gewicht hatte. Wenn man also einen wirklich guten Kuchen oder sonst was bekam, sagte man, *Mann, ist das gut. Strathdee-gut, klar, aber immerhin.* Das wandten wir auch bei Menschen an. Keiner der Burschen an unserer Schule konnte mit den Jungs aus Sydney oder Melbourne mithalten, natürlich, aber es gab ein paar, die definitiv Strathdee-heiß waren, und das waren diejenigen, an die wir uns ranschmissen.

Bella war, wenn ich ehrlich bin, Strathdee-hübsch. Ich habe ihr immer gesagt, dass sie, wenn sie es gewollt hätte, ein Model sein hätte können, und ich denke noch immer, dass das stimmt, aber sie wäre ein Model in einem Kwart-Katalog gewesen und nicht eines in der *Vogue* oder so. Ich mache sie nicht runter. Wie gesagt, sie war das schönste Ding, das irgendjemand hier je in echt gesehen hatte, obwohl sie nicht viel größer als eineinhalb Meter war und einen L-Arsch an einem S-Körper hatte. Ihre Haut war wie frische Milch, und ihre hellblauen Augen waren so gottverdammt schön, dass ich, als wir jünger waren, höllisch eifersüchtig auf sie gewesen war. Sie hätte Werbung für Kosmetik machen können, bestimmt, nur hätte man irgendetwas mit ihren Haaren, die dick und kraus waren und zur Seite statt abwärtswuchsen, tun müssen. Ich zog sie früher gerne auf, indem ich ihr sagte, dass sie in Wahrheit eine Albinoafrikanerin sei, die Mutter adoptiert hatte, weil sie Mitleid mit dem armen Kind hatte, das in Afrika alle für einen Freak hielten. Als sie ungefähr zwölf war, begann sie, möglichst früh aufzustehen, um das ganze Gedöns des Einölens und Glättens der Haare rechtzeitig vor der Schule zu schaffen. Da fühlte ich mich dann wirklich lausig, weil ich sie damit so gequält hatte. Ich sagte ihr, dass ihre Haare toll aussehen würden, dass sie viel hübscher als mein durchschnittlicher, mausbrauner Mopp seien, doch sie glaubte mir nie.

Eine angenehme Begleiterscheinung des Älterwerdens ist, dass man mit den Dingen Frieden schließt, die man an sich nicht ändern kann. Nicht dass Bella alt geworden wäre, sie war nur sehr reif für ihr Alter. Mit neunzehn oder zwanzig hörte sie auf, ihre Haare täglich zu glätten, und ließ es einfach zu, dass sie sich über ihre Schultern kräuselten. Für die Arbeit musste sie sie sowieso zusammenbinden, und so gefiel es mir am besten; vorne ganz glatt und hinten ein großer blonder Krausball.

Mit meinen Haaren musste ich nie Frieden schließen – die waren nie mein Problem. Mein Problem waren meine Titten. Als sie zu wachsen begannen, war ich zu jung, und dann wuchsen sie so schnell. Ich war elf, zwölf, dreizehn und lernte, damit umzugehen, mich nackt zu fühlen, mich zu ärgern über die Art, wie Jungs und Männer – alte Männer, Lehrermänner, Familienmänner, komische Männer, freundliche Männer – mich anschauten und Gründe dafür fanden, mich zu berühren, sich an mich zu drücken und mich hie und da auch heimlich zu begrapschen. Das unterschied mich von den anderen Mädchen und führte dazu, dass ihre Mütter die Augen zusammenkniffen und mir nahelegten, ich möge doch bitte einen Pullover anziehen, auch wenn es gar nicht kalt war, und es brachte die Jungs in meinem Alter dazu, zu lachen und *Schlampe* und *Zeigmirdeinetitten* zu rufen, wenn ich an ihnen vorbeilief. Diese Riesentitten, die allen suggerierten, dass ich ein *Flittchen, leichte Beute* und *Abschaum* sei.

Die ersten paar Jahre bemühte ich mich, das zu ignorieren. Ich meine, den Effekt, den sie auf Leute hatten, zu ignorieren. Die Dinger selbst verstaute ich in den Büstenhaltern, die mir meine Mutter widerwillig kaufte (weil ich so schnell aus ihnen rauswuchs und der Stoff so rasch kaputtging). Einmal, als sie eine Target-Einkaufstüte aufs Bett warf, sagte sie, »Versuch, langsamer zu wachsen, Chris. Ich bin nicht aus Geld gemacht«, und obwohl ich wusste, dass sie scherzte, fühlte ich mich verletzt und beschämt, als ob an ihrer Andeutung, dass ich das Wachsen dieser Dinger absichtlich beschleunigte, etwas dran sein könnte.

Mit ungefähr vierzehn kam ich auf die Idee, dass ich sie mit einer Diät wegkriegen könnte, aber ein kleinerer Arsch ließ sie umso größer wirken. Ich gab mir Mühe, sie zu kaschieren, aber, weißt du, ein schneebedecktes Gebirge ist immer noch ein Gebirge. Dann gab ich es auf. Nicht gegenüber Männern, die mich in eine Ecke drängten, aber denjenigen gegenüber, die mich beschimpften oder hinter meinem Rücken flüsterten. Ich tat so, als wäre ich das, wofür sie mich hielten.

Und jetzt, na ja, jetzt trage ich tief ausgeschnittene Tops und beuge mich weiter vor als notwendig, wenn das Trinkgeld am Abend zu spärlich fließt, und ich nehme fast gar nicht mehr wahr, wenn Männer mit meiner Oberweite reden, Frauen meinen Titten tödliche Blicke zuwerfen und Menschen beiderlei Geschlechts mich behandeln, als ob ich einen Hirnschaden hätte. Ich hab gelernt, mit der Tatsache zu leben, dass die meisten Kerle, die ich mit nach Hause nehme, Tittenmänner sind, und dass sie, sobald wir im Bett sind, mehr Zeit mit Nuckeln und Drücken verbringen wollen als damit, sich mit dem *da unten* zu beschäftigen. Ich gebe viel Geld für gute Büstenhalter aus und halte meine Oberschenkelmuskulatur fit, sodass ich ewig auf ihnen reiten kann. Ich gebe ihnen, was sie wollen.

Ich hab mir den riesigen Vorbau nicht ausgesucht, aber man muss akzeptieren, dass man manche Dinge nicht ändern kann, nicht wahr? Also mache ich das. Ich akzeptiere, dass mich mein riesiger Busen zu einer beliebten Barfrau und einem ausgezeichneten Aufriss macht. Wahrscheinlich nicht ausgezeichnet-ausgezeichnet, aber sicherlich Strathdee-ausgezeichnet.

***

Jetzt bin ich abgeschweift. Ich mache das. Ich muss es, weißt du? Es ist kein einfacher Weg, den ich hier entlangstapfe.

Es war eine kurze Fahrt. Ich meine, in dieser Stadt gibt es so etwas wie eine lange Fahrt gar nicht – von der Highwayabfahrt bis zur Highwayauffahrt schafft man es durch die Stadt in der Zeit, die man braucht, um einen großen Takeaway-Kaffee zu trinken –, doch die Fahrt von meinem Haus bis zu Bellas Leiche schien mir übernatürlich kurz. Als wir aus meiner Einfahrt fuhren, fiel mir auf, dass in Carries Garten ein weiteres ausgeweidetes Auto stand, was bedeutete, dass sie nun vier davon hatte. Dann waren wir plötzlich an der Drei-Kirchen-Kreuzung im Zentrum und eine Sekunde später schwangen wir uns auf den Mitarbeiterparkplatz hinter dem Krankenhaus.

Matt führte mich durch eine Tür, die ich früher nie bemerkt hatte, und zu einem Aufzug, in dem die Fahrt vermutlich ähnlich lange wie die Fahrt hierher dauerte. Als die Tür des Aufzugs aufging, starrte uns ein anderer Polizist an. Ich erkannte Senior Constable Tomas Riley, weil er beinahe so viel Zeit im Pub, in dem ich arbeitete, verbrachte wie ich. Er sagte mir, dass es ihm leidtue, mich unter diesen Umständen wiederzusehen. Er führte mich und Matt zu einer Empfangszone, wo er der Frau hinter dem Schalter etwas mitteilte, das ich nicht verstand. Die Frau bat mich um eine Art von Identitätsnachweis, und ich war eine Minute lang verwirrt und sagte, dass ich es noch nicht getan hätte, das mit dem Identifizieren.

»Nein, nein«, sagte Riley. »Hast du irgendeinen Ausweis? Einen Führerschein?«

»Ich fahre nicht«, sagte ich, während ich in meiner Tasche nach der Geldbörse kramte. »Ich hab eine Sozialversicherungskarte. Bankkarten. Den Ausweis, der mir die Vertrauenswürdigkeit beim Ausschank von Alkohol bestätigt.« Ich stapelte das ganze Plastik am Tresen. Die Frau grinste und schnappte sich ein paar Karten, scannte sie ein und gab sie mir zurück. Sie druckte ein Formular aus und händigte es Riley aus, der es unterschrieb und dann meinen Arm berührte und mich einen anderen Korridor entlangführte.

Als die Klimaanlage meinen Schweiß trocknete, kribbelte meine Haut. Mir war bis dahin gar nicht bewusst gewesen, dass ich schwitzte. Ich glaube nicht, dass es an dem Tag heiß war. Draußen war es grau, daran erinnere ich mich, aber wir haben ja manchmal diese schwülen grauen Tage, an denen wir es kaum aushalten, auch nur einen Faden am Leib zu tragen, oder? Es könnte einer von diesen Tagen gewesen sein. Ich weiß es nicht. Ich weiß nur, dass meine Haut zu kühlen und trocknen begann, während ich die leeren Gänge entlangschritt, einen Polizisten an jeder Seite. Ich täuschte eine Dehnung vor und roch kurz an meinen Achseln. Ich konnte keinen Mief ausmachen, das war schon mal was.

»Rogers ist dein Ehename?«, fragte Riley, aber eher Smalltalk-mäßig, ohne seinen Stift oder das Notizbuch zu zücken.

»Nein.«

»Oh. Deine Schwester –«

»Bella hat einen anderen Vater.«

Bellas Vater war ein Klassekerl, was der Grund dafür ist, dass sie so einen hübschen Namen hatte. Meinen Namen hingegen hat mir meine Mutter verpasst, die zu dem Zeitpunkt nicht ganz zurechnungsfähig war, was wohl daran lag, dass sie achtzehn war und soeben ein riesiges Kind zur Welt gebracht hatte, dessen Vater sie nicht gesehen hatte, seit er nach Tasmanien geflüchtet war, weil er gehört hatte, dass er die Tussi von Kassiererin ohnmächtig geschlagen hatte, die er hinter dem Rücken seiner Frau gevögelt hatte. Mutter war so sauer, dass sie mir seinen Nachnamen nicht geben konnte, deswegen gab sie mir zumindest seinen Vornamen – Chris. Als ich jünger war, habe ich so getan, als sei es die Abkürzung von Christina, aber jetzt ist es mir egal. Einfach Chris, das ist alles.

Wir hielten vor einer matten Doppelschiebetür. »Chris, hast du schon mal eine Leiche gesehen?«

Ich schüttelte den Kopf. Er sagte irgendeinen Scheiß, an den ich mich nicht erinnere. Ich konnte nicht zuhören. Ich war mir nur mit einem Mal sicher, dass das tote Mädchen hinter dieser Tür nicht Bella war. Ich war mir sicher. Ich begann in meinem Kopf zu üben, mitleidsvoll und traurig zu klingen beim Anblick derjenigen, die da drinnen lag, während ich vor Freude glühte, weil sie nicht meine Schwester war.

»Bist du bereit?«

Ich nickte. Bald würde es vorbei sein und ich würde am Weg nach Hause sein, würde ihre Nummer wählen, ihr noch eine verärgerte Nachricht auf der Mailbox hinterlassen, weil sie uns alle vor Sorge in den Wahnsinn trieb.

Das Witzige ist, dass ich, sogar noch während sie das Leintuch wegzogen, wirklich einen Augenblick lang dachte, dass sie es nicht war. Ich dachte, *Gott, was ist mit diesem armen Ding passiert, das arme Mädchen, jemandes Liebling, wie kann man jemandem nur so was antun, jemandes kostbares, wunderschönes Mädchen, das arme kleine Ding mit Haaren wie Bella.*

Und ich dachte nicht gleich daran, aber später realisierte ich, welch glückliche Fügung es war, dass ich auf der Fahrt dahin nicht sprechen konnte. Stell dir vor, ich hätte den armen jungen Cop gefragt, ob Bella gelitten hatte? Ich meine, Gott im Himmel. Kannst du dir das vorstellen?

***

Matt fuhr mich vom Spital zur Polizeidienststelle im Zentrum. Er bemühte sich nicht um Konversation, sagte mir nur, dass sich die Taschentücher im Handschuhfach befänden, und fragte ein paarmal, ob ich einen kurzen Halt machen wolle, um einen Tee oder Kaffee oder sonst was zu holen.

Ich weinte nicht, fühlte auch keine Wut oder so, aber ich bibberte und schlotterte so heftig, dass es mich kichern ließ, woraufhin Matt mich ansah, als ob ich geschrien hätte. Ehrlich, es war wie auf einem dieser vibrierenden Stühle im Einkaufszentrum. Als *wäre* ich der vibrierende Stuhl.

Auf der Dienststelle boten sie mir wieder Tee an. Ich sagte Nein und ließ mich in einen Raum mit einem weißen Resopaltisch und ein paar abgenützten Vinylstühlen führen. Riley war da, zusammen mit zwei Männern in Anzügen, Ermittler aus Wagga, wie sie sagten. Sie wollten wissen, wann ich Bella zuletzt gesehen hatte. Ich musste eine Minute nachdenken und dann brauchte ich eine weitere Minute, um es herauszubringen.

»Mittwochabend. Sie schaute kurz im Pub vorbei.«

»Dem Pub, in dem Sie arbeiten?«

»Ja, im Royal. Sie kam vorbei, als wir gerade schlossen. Sie hatte bis spät gearbeitet, war für einen kranken Kollegen eingesprungen, und weil sie wusste, dass ich bald Feierabend hatte, hatte sie daran gedacht, kurz mal reinzuschauen, um mir anzubieten, mich nach Hause zu fahren, vielleicht eine heiße Schokolade zu trinken und vor dem Schlafengehen ein wenig zu plaudern.«

»Und wie lang blieb sie bei Ihnen?«

»Gar nicht … Ich sagte ihr, dass ich länger bleiben und einigen organisatorischen Krempel erledigen müsse. Sagte ihr, dass wir das am Wochenende nachholen würden.«

»Na gut, Chris. Tief einatmen. Es tut mir leid, aber wir brauchen ein wenig mehr Infos von Ihnen, bevor wir Sie heimbringen können. Tief einatmen. Braves Mädchen.«

Sie wollten noch einen Haufen Dinge wissen, die sie auch aus dem Telefonbuch erfahren hätten, und dann Sachen über meine Familie. Bellas Familie. Sie wollten von den Männern in Bellas Leben hören, nur gab es da keine. Ich meine, es gab die Männer, die mit ihr im Pflegeheim arbeiteten, und dann gab es den siebenundachtzigjährigen Nachbarn, mit dessen Hund sie spazieren ging, und es gab ihren Vater, den sie seit ihrem zwanzigsten Lebensjahr nicht mehr gesehen hatte, aber mit dem sie hin und wieder E-Mails schrieb. Nur keinen Freund, schon länger nicht.

»In dem Fall, vielleicht eine Freundin?«, fragte einer der Anzugtypen.

»Sie ist keine Lesbe, wenn es das ist, was Sie wissen wollen. Natürlich hat sie Freundinnen. Die Mädchen in der Arbeit zum Beispiel. Da gibt es eine Gruppe, die miteinander ausgeht, wenn ihre Dienstpläne das zufällig mal erlauben. Und sie hat noch Kontakt zu ein paar Schulkumpels.«

»Alles Frauen?«

»Vermutlich.«

»Mochte sie keine Männer?«

»Bella mochte alle Menschen. Es war nur so, dass sie Männern nicht besonders vertraute. Sie mussten sich zuerst beweisen, verstehen Sie?«

»Wieso, denken Sie, vertraute sie ihnen nicht?«

»Weil sie wusste, wozu sie fähig sind«, sagte ich, und dann brauchte einer der Anzugträger eine Pause.

Weißt du, man hat mir oft gesagt, dass ich zu vertrauensselig bin, zu großzügig, zu offen. Früher hielt ich das für Komplimente, doch vor Kurzem schwante mir, dass das keine sind. Sie sagen »vertrauensselig« und meinen doch »dumm«, »großzügig«, aber meinen »leicht zu haben«, »offen« und meinen »schamlos«. Alle diese Dinge sind wahr und nicht wahr. Es kommt drauf an, wen du fragst, oder etwa nicht? Frag den alten Bert im Pub, ob ich leicht zu haben, großzügig oder so bin, und er wird Nein sagen. Er wird sagen, »Die kleine Zicke schlägt meine Hand, wenn ich auch nur einen Hauch an ihr anstreife«. Frag meinen Ex, Nate. Er wird dir etwas anderes erzählen.

Was ich damit sagen will, ist: Manchmal bin ich vertrauensselig und großzügig und offen und dumm und leicht zu haben und schamlos. Was ich damit sagen will, ist: Wer ist das nicht?

Bella. Bella war es nicht. Von dem Moment an, als sie dreizehn wurde, war sie älter als ich. Ich weiß nicht, was da mit ihr passiert ist, vielleicht nichts Wichtiges, aber ich erinnere mich, wie die Veränderung eintrat. Sie hörte auf, Kind zu sein, und wurde eine richtige Erwachsene. Sie kam nach der Schule zu mir, nur um mich noch im Bett vorzufinden, meistens auch noch höllisch verkatert. Sie zog mich da raus, machte mir Kaffee und Eier und hielt mir eine Standpauke. Mit sechzehn zog sie wegen eines Konflikts mit Mums Freund bei mir ein. Ich beschwerte mich darüber, was für eine nörgelnde kleine Arschkuh sie doch war, aber als sie sich mit achtzehn auf und davon machte, vermisste ich sie so sehr, wie du dir das gar nicht vorstellen kannst.

***

Sally Perkins, deren Vater an dem Tag, an dem sein kleines Mädchen die Polizeischule erfolgreich abschloss, im Pub gesessen und sich beinahe ins Koma gesoffen hatte, brachte mir unaufgefordert einen Tee und ein paar extrem süße Kekse. Die Anzugträger betrachteten mein Nichttrinken und Nichtessen ein paar Minuten lang und fragten mich dann, ob ich weitermachen könne. Ich stimmte zu, weil ich mich beim Anstarren des Teebechers an diesen einen Typen erinnerte, den Bella vor ein paar Wochen erwähnt hatte. Es war mein freier Abend und ich wollte gerade ins Bett gehen, als sie auftauchte. Es war schon nach elf. Ungewöhnlich, dass sie so spät vorbeikam, ohne zuerst eine Nachricht zu schicken, ob ich daheim und wach sei. Ich öffnete die Tür und da war sie, mit glänzenden Augen und so, also dachte ich zuerst, dass einer ihrer Lieblinge im Heim gestorben war – sie sollen es ja nicht persönlich nehmen, aber so war Bella einfach. Dann sah ich, dass sie sich schick gemacht hatte, süße kleine Stiefeletten und ein wenig Eyeliner und so, und ich zog sie rasch hinein, ein wenig besorgt, was wohl passiert sein mochte.

Eigentlich war es nichts. Sie war mit ein paar Freunden bei einem Quizabend gewesen, und als am Ende die Preise verkündet wurden, rief man ihre Nummer auf. Also lief sie nach vorne, um ihren Preis abzuholen – einen Korb mit Schokotrüffeln, kandierten Früchten und so Zeugs –, und da begann dieser Typ, der einen anderen Preis gewonnen hatte, sie anzubaggern. Er fragte sie, wie sie so einen großen, schweren Korb allein nach Hause bringen wolle, und sie antwortete, das sei nicht notwendig, weil sie sowieso mit dem Auto hier sei. Daraufhin erzählte er ihr eine rührselige Geschichte, wie er zu Fuß quer durch die ganze Stadt laufen hätte müssen, um den Abend hier verbringen zu können, und dass er nun diesen riesigen, schweren Korb habe, den er nach Hause bringen müsse, und dass die Taxis nach zweiundzwanzig Uhr so teuer seien, dass es ihn beinahe sein komplettes Wochengeld kosten würde, nur um nach Hause zu kommen. Bella hatte sich gewundert, wieso er für einen Quizabend so weit weg von zu Hause gekommen war, wo doch jede Kneipe und alle Vereine in der Stadt offensichtlich jede verdammte Woche ihre eigenen Quizabende veranstalteten, doch das sagte sie nicht, sie sagte »Oh je« oder so ähnlich und wollte ihren Preis wegbringen. Doch er stoppte sie, legte ihr seine Hand auf den Arm und fragte sie, in welche Richtung sie unterwegs sei. Das habe ihr ein wenig Angst gemacht, erzählte sie mir, weshalb sie ihn anlog, dass sie direkt zu ihrer Schwester fahre, die quasi ums Eck wohne. »Ich könnte die Mitfahrgelegenheit richtig gut brauchen, zumindest bis zur Hauptstraße vor«, sagte er, während er ihren Arm nicht losließ. »Ach, frag doch irgendeinen der Typen hier. Ich bin mir sicher, dass dich einer mitnehmen wird«, sagte sie und dann – ihre Stimme konnte es noch immer nicht glauben, als sie mir das erzählte –, dann versuchte sie, sich von ihm zu entfernen, aber er bewegte sich einfach mit ihr mit. Sie musste ihren Arm von ihm richtiggehend *wegziehen*.

Als sie ihr Auto erreicht hatte, versperrte sie alle Türen und weinte ein wenig. »Dumm, ich weiß«, sagte sie an dem Abend (obwohl sie es nicht vorgehabt hatte, tat sie das, was sie dem Mann erzählt hatte, und kam direkt zu mir, gleich ums Eck). »Er war einfach ein unguter Typ, der nicht wusste, wie man mit einem Wink umgehen sollte, und es ist ja nichts passiert, aber ich habe mich dabei so *unhöflich* gefühlt und das hasse ich.«

Ich machte ihr eine heiße Schokolade und wir redeten über andere Dinge und gerade, als ich dachte, dass die Sache bereits vergessen war, sagte sie, »Weißt du, wenn es eine Frau gewesen wäre, hätte ich ihr sicherlich angeboten, sie nach Hause zu bringen«. Das machte ihr zu schaffen, denke ich.

Der ältere Anzugtyp fragte mich, ob Bella den Kerl irgendwie beschrieben habe, aber das hatte sie nicht. Der jüngere fragte mich, ob ich dachte, dass sie sich über eine Nichtigkeit aufgeregt habe, und ich weiß nicht wieso, aber da wollte ich ihn schlagen. Nein, ich weiß schon wieso. Es war, weil ich eben wirklich gedacht hatte, dass sie überreagierte, und ich ihr das auch gesagt hatte. Sanft, aber doch. Was, wenn sie es sich zu Herzen genommen hatte? Was, wenn sie bei der nächsten Gelegenheit gegen ihr Bauchgefühl entschieden hatte?

»Ich meine«, fuhr der jüngere Anzugträger fort, »was ich so höre, sind Sie selbst ein vertrauensseliger Typ Frau. Was Männer betrifft, meine ich.«

»Genau«, sagte der ältere.

Ich konnte in dem Moment keine Worte herausbringen. Ich konnte es einfach nicht.

»Genau«, sagte der ältere noch einmal. »Danke für Ihre Zeit, Chris. Wir halten Sie auf dem Laufenden. Und Sie rufen mich an, wenn Ihnen etwas einfällt, okay?«

Sally Perkins fuhr mich nach Hause und warnte mich, dass die Geschichte bald überall in den Nachrichten sein würde.

»Dann werde ich die Kiste wohl ausgeschaltet lassen.«

»Wenn es irgendjemanden gibt, der es deiner Meinung nach wissen sollte … Ich meine, so was aus den Nachrichten zu erfahren, ist schon ziemlich hart.«

»Ihr Vater. Ich schätze, ich sollte ihren Vater anrufen.«

»Die Ermittler haben seine Daten, die werden sich direkt mit ihm in Verbindung setzen. Sie waren auch schon an ihrem Arbeitsplatz. Aber vielleicht gibt es andere Freunde, entfernte Verwandte …«

»In Ordnung«, sagte ich. »Ich werde darüber nachdenken. Ein paar Anrufe machen.«

»Schreiberlinge werden wahrscheinlich versuchen, mit dir zu sprechen. Vermutlich nicht heute. Ihr habt ja unterschiedliche Nachnamen, also werden sie mit etwas Glück eine Weile brauchen, um dich aufzuspüren. Wie auch immer, du musst dich nicht mit ihnen abgeben, in Ordnung? Wir haben Leute, die diese Dinge für dich erledigen können.« Ohne ihre Augen von der Straße abzuwenden, zog sie eine Karte aus ihrer rechten Oberschenkeltasche und gab sie mir.

Wir fuhren an dem Park vorbei, in den ich Bella immer mitgenommen hatte, als sie noch ein winziges Ding war. Heute würde ich da nicht mehr mit ihr hingehen. Ich meine, ich würde da heute mit keinem kleinen Kind hingehen. Die alte Burg, über die sie immer geklettert war, war komplett mit Graffiti und bewusst gesetzten Splittern aus scharfem Holz übersät. Die Schaukel, auf der ich vor Jahren saß und sie beobachtete, ist längst verschwunden, nur das Gestell steht noch da, BESCHISSENE FOTZEN war seitlich darauf geschmiert, das struppige Gras darunter längst mit alten Chipspackungen und Zigarettenstummeln verwachsen. An den meisten Nachmittagen und Abenden ging ich daran vorbei, aber ich hatte dabei noch nie an Bella und mich gedacht.

Das ist jetzt mein Leben, realisierte ich. Dieses … Weißt du, mich überall daran zu erinnern, wo Bella gewesen war und niemals wieder sein würde. Ich dachte daran, wie sogar dieser seltsame Tag, an dem ich ein Leichenschauhaus von innen und den hinteren Bereich des Polizeireviers gesehen hatte, dadurch noch seltsamer wurde, dass Bella es nie erfahren würde.

»Chris? Das ist es, oder?«

Wir waren vor meinem Haus angelangt. Es ist eines der gepflegteren in der Straße. Ich mähe den Rasen und halte meinen Postkasten geleert und die Einfahrt von Ölflecken sauber. Nur Frank an der Ecke, der seinen Rasen mit der Nagelschere trimmt und seine Dachrinnen täglich reinigt, hat eine gepflegtere Straßenfront als ich.

»Chris?«

Ich bedankte mich fürs Herbringen und stieg aus dem Wagen. »Pass auf dich auf«, sagte ich und sie lächelte. Sie war kein hübsches Mädchen, aber ihr Lächeln war entzückend.

***

Ich tat, wie Sally gesagt hatte, rief ein paar von Bellas Freundinnen an und fragte jede von ihnen, ob es ihr was ausmachen würde, ein paar andere anzurufen. Es war so merkwürdig. Ich hatte gedacht, dass sie schreien und weinen und »Nein, das ist doch nicht möglich« sagen würden, aber alle akzeptierten es einfach irgendwie. Alle sagten, dass es ihnen leidtat. Alle fragten, was sie tun konnten. Es war, als ob sie mehr Sorgen um mich hatten als um Bella, was natürlich logisch ist, ich weiß, aber auch schrecklich. Vielleicht klang ich auch nur so schrecklich.

Am späten Nachmittag klingelte mein Telefon sofort wieder, wenn ich einen Anruf beendet hatte. Die Nachrichten hatten es gebracht und die Leute wollten wissen, ob es wahr sei und ob sie etwas tun konnten. Ich sagte, dass es so sei und dass es nichts zu tun gäbe.

Gegen achtzehn Uhr klopfte es an der Tür und sofort zitterte ich wieder am ganzen Körper. Ich sagte mir, dass es nichts mehr gebe, wovor ich Angst haben könnte, das Schlimmste sei bereits geschehen, aber meine Nerven wollten nicht auf mich hören. Ich wappnete mich für das nächste Unheil, öffnete die Tür.

Nate. Liebe meines Lebens, Zertrümmerer meines Herzens. Da stand er, mein mächtiger Baum von einem Mann, dem die Tränen nur so in seinen Buschrangerbart flossen.

»Babe«, sagte er.

»Ja.«

»Oh, Babe.« Sein Körper drängte sich mir entgegen. Er umschlang mich mit seinen riesigen Armen und drückte das ganze Zittern aus mir raus. Er trug mich hinein und setzte mich auf einen Küchenstuhl. Kniete vor mir und umarmte mich noch mehr, während er sein nasses, kratziges Gesicht an meinem Hals rieb.

»Ich hab's in den Mittagsnachrichten gehört, keine Details, nur dass man eine Frau in der Nähe von Strathdee gefunden hatte. Beim nächsten Update sagten sie, dass es sich um eine Altenpflegerin handle. Ich musste in der Zentrale anrufen, brachte sie dazu, einen Ersatzfahrer für mich zu schicken. Nahm ein Taxi zurück zu meinem Auto und fuhr direkt hierher.«

»Danke.«

»Du hättest mich anrufen sollen.«

»Ich hatte es vor. Alle rufen mich an.« Wie um meine Aussage zu bestätigen, klingelte das Telefon wieder.

»Oh, Babe.«

»Ja.«

»Arme Bella. Das arme kleine Ding.«

Und da verlor ich die Fassung, weil das bisher noch niemand gesagt hatte. Nicht einer.

***

Ich hatte Nate im Pub kennengelernt, klar. Wo sonst sollte ich jemanden kennenlernen? Ich war fünfundzwanzig und es mangelte nicht an Angeboten, aber ich war das alles langsam leid. Ich hatte mit dem Gedanken gespielt, dass es vielleicht doch nett sein könnte, mit jemandem wirklich zusammen zu sein, vielleicht sogar ein Baby zu haben. Die meisten Mädchen, mit denen ich zur Schule gegangen war, hatten da bereits ein paar Kinder, und obwohl ich nicht eifersüchtig auf ihr Leben war, fühlte ich ein tiefes Ziehen in mir, wenn ich sie in der Hauptstraße mit einem vor ihre Brust gebundenen pastellfarbenen Bündel oder einem lockigen Zwerg an ihrer Hand sah.

Man könnte also sagen, dass ich mich in einem beeinflussbaren Zustand befand, doch ich weiß, dass ich Nate auch verfallen wäre, selbst wenn ich mit Prinz Harry verheiratet gewesen und rothaarige Zwillinge im Ofen gehabt hätte. Ehrlich. Ich wäre ihm verfallen, egal was.

Das war vor der Fertigstellung der Umfahrung, als Strathdee noch die zentrale Truck-Stop-Stadt zwischen Sydney und Melbourne war. Ich war also daran gewöhnt, dass ich Typen bediente, die aussahen, als ob sie ihre Kisten mit einer Hand aufheben konnten, aber ich hatte die Bude noch nie als klein empfunden. Bis Nate reinspazierte. Sofort wirkte es, als ob es nicht mehr genug Raum für irgendjemanden anderen hier gebe. All die anderen Dummköpfe wurden von ihm in die Ecken gedrängt, und obwohl ich aus dem hinteren Teil der Küche durch das kleine Fenster der Durchreiche zusah, hatte ich das Gefühl, als ob er sich direkt an mich drücken würde. Es war, als ob seine Masse auch den Sauerstoff verdrängt hatte, weil ich plötzlich kaum mehr atmen konnte.

Er bestellte einen Burger mit Chips und einen Orangensaft. Ich hatte noch nie einen Mann Orangensaft bestellen sehen. Bin mir auch nicht sicher, ob ich je gesehen hatte, dass *irgendjemand* einen Orangensaft ohne Wodka bestellt hatte. Aber es ist ja nicht so, dass der alte Grey hinter der Bar, oder irgendjemand sonst, diesen Berg dafür attackiert hätte, dass er so sanft war. Oh Gott.

Als ich seine Nummer aufrief und er kam und sich seinen Burger holte, kam mir der schmutzige Gedanke, ob diese riesigen Pfoten meine Titten zur Gänze umfassen könnten, und es schüttelte mich am ganzen Körper und ich war mir sicher, dass er wusste, was ich dachte.

Ich lehnte mich zurück und sah zu, wie er sich eine Handvoll Chips in seinen riesigen Mund stopfte und sich daraufhin die Lippen leckte. Es war einfach unanständig, wie diese nasse rosa Zunge zwischen diesen dicken roten Lippen herauslugte und sich im Gewirr seines schwarzen Bartes versteckte.

Gut, dass ich da gerade zum Braten einiger Steaks gerufen wurde, bevor er sich dem Burger zuwandte, weil ich mich, wenn ich da bereits gesehen hätte, wie weit sich dieser Mund öffnen konnte, wahrscheinlich nass gemacht hätte.

Damals verschwand er gleich nach dem Burger und das Pub füllte sich wieder mit Platz und Luft und ich beruhigte mich, und ich lachte sogar ein wenig über mich, dafür, dass ich mich so an einem Orangensaft-trinkenden Affenmann aufgegeilt hatte.

Und dann kam er in der Woche darauf wieder und es war wieder genau dasselbe: Die Wände näherten sich einander und mein Hirn war von schmutzigen Gedanken über seine Hände und seinen Mund benebelt. Aber diesmal blieb er bei der Durchreiche und quatschte zwischen Bestellungen mit mir. Gott weiß, was ich alles zu ihm gesagt habe. Wenn ich daran zurückdenke, stelle ich mir einen heißen Sprühregen voller Verzweiflung vor, der ihm jedes Mal entgegenkam, wenn ich den Mund aufmachte. Doch ich vermute, dass es genau das war, was er suchte, weil er anbot, mich heimzubringen, und er mein Höschen abgestreift und meine Titten zum Hüpfen gebracht hatte, bevor die Windschutzscheibe seines Reisebusses auch nur zur Hälfte angelaufen war.

Nate war davor Truckie, aber als ich ihn traf, fuhr er bereits Touristenbusse die Ostküste rauf und runter. Hauptsächlich ältere Leute, die das Land sehen wollten, aber zu verängstigt oder zu gebrechlich waren, um die Entfernungen selbst zu schaffen. Nate war wie der freche, aber doch verlässliche Enkelsohn, den sie sich alle wünschten. Er konnte dabei auf der Straße sein, ohne dem Druck ausgesetzt zu sein, der die meisten Truckies zu Tablettenjunkies macht. »Australien im gemächlichen Tempo« war der Werbeslogan der Gauner, für die er arbeitete.

Doch nachdem wir zusammengekommen waren, gab er die Langstreckenroute auf und nahm nur mehr die Tagesausflüge von hier zu den kleineren Orten weiter westlich an. Ich hatte ihn nicht darum gebeten. Er wollte jede Nacht zu Hause bei mir sein. Unglaublich. Ein Mann wie er, ein Mädchen wie ich … Ich wusste, wie viel Glück da mit im Spiel war, das kannst du mir glauben. Es hinderte mich jedoch nicht daran, alles zu verkacken.

Aber ich hatte offenbar nicht den letzten Rest seiner Liebe für mich verbrannt, weil er da in meiner Küche war und sich um mich kümmerte, als ob das vergangene Jahrzehnt nie stattgefunden hätte. Er achtete drauf, dass ich alle notwendigen Anrufe tätigte, und schaltete dann mein Telefon ab. Er machte mir ein Käse-Sandwich, von dem ich sofort die Hälfte aß, eine Tasse Tee, die ich trank. Dann dosierte er mir, was er seine »Zehn-Stunden-Garantie« nannte. Ich sagte, dass ich mir nicht vorstellen konnte, je wieder zu schlafen, erlaubte ihm aber trotzdem, dass er mich ins Bett brachte. Er legte sich zu mir, und es gab keinen Grund, daraus eine große Sache zu machen. Ich drückte mich gegen die Planke, die seine Brust war, und seine Arme umschlossen mich und ich sank in den Schlaf, so wie es fünf Jahre zuvor war, und es gab nichts mehr zu befürchten, außer, ob er am nächsten Morgen noch hier sein würde.

Dienstag, 7. April

AustraliaToday.com / May Norman, 7. April 2015

»SCHÖNE BELLA« BÖSARTIG ZUGERICHTET

Die »übel zugerichtete« Leiche, die gestern von einem Reisenden während einer Rauchpause am Straßenrand gefunden wurde, konnte als die von Bella Michaels, 25-jährige Altenpflegerin aus Strathdee im südwestlichen New South Wales, identifiziert werden. Ms. Michaels war beinahe

48 Stunden vermisst, als die Einsatzkräfte den Anruf des verstörten Mannes aus Melbourne erhielten, der von seinem grausigen Fund berichtete.

»Der Herr hatte gleich nach der südlichen Ausfahrt von Strathdee am Straßenrand neben Gebüsch und Gras gehalten. Er hatte sich die Beine vertreten und wollte eine Zigarette rauchen, während seine Kinder im Auto schliefen. Was für ein Glück, dass die Kinder nicht aufwachten und ihren Vater suchten«, sagte ein Polizeisprecher heute Morgen.

Als die örtliche Polizei am Fundort eintraf, fand sie eine Leiche vor, die ein Polizeibeamter als jene von Ms. Michaels erkannte. Die offizielle Identifizierung durch Ms. Michaels Schwester erfolgte zu einem späteren Zeitpunkt.

Bisher hüllt sich die Polizei über die Hintergründe des Ablebens von Ms. Michaels oder ob sie davor sexuell missbraucht wurde, in Schweigen, wenngleich unbestätigte Aussagen von Personen am Tatort darauf hindeuten, dass sie nach den Worten des Mannes, der die Leiche fand, »schrecklich zugerichtet« war. Detective Sergeant John Brandis, der die Ermittlungen leitet, wollte dazu keine Angaben machen, auch nicht darüber, ob die Misshandlungen der Toten erst post mortem erfolgt seien, während Einheimische auf die unzähligen wilden Hunde und Katzen in der Gegend hinweisen und die Leiche möglicherweise bereits seit Freitagnacht im Freien lag.

Ms. Michaels wurde zuletzt gegen 17 Uhr gesehen, als sie Strathdee Haven, das Pflegeheim, in dem sie arbeitete, verließ. Ihr Auto hatte sie drei Gehminuten entfernt geparkt, doch sie sollte es nicht mehr erreichen. Das Personal und die Patienten des Pflegeheims sind laut Aussage der

Heimleiterin Cathryn Charles »schockiert und betäubt. Sie war ein unverzichtbarer Teil unseres Teams, eine Gebende, immer mit einem Lächeln im Gesicht. Es ist unfassbar, dass ihr das zugestoßen ist, und das anscheinend auch noch direkt vor unserer Haustür.«

Laut Detective Brandis sei die Befragung der Anrainer in der Gegend, in der Ms. Michaels verschwand, bisher ergebnislos verlaufen, doch die Ermittlungen würden fortgesetzt werden. »Es war nur ein kurzer Fußweg, bei Tageslicht, in einer ruhigen Wohnstraße. Wenn es einen Kampf oder irgendeine Art von Aufruhr gab, muss das jemand gesehen oder gehört haben.«

Die Polizei bittet auch Autofahrer, die zwischen Freitag 18 Uhr und Samstag 6 Uhr haltende Autos oder sonstiges verdächtiges Verhalten zwischen Gundagai und Holbrook auf dem Hume Highway bemerkt haben, sich an die Polizei von Strathdee oder die Crime Stoppers zu wenden.

*** *** ***

Ich schlief zwar nicht die versprochenen zehn Stunden, aber doch fast sieben, was in Anbetracht der Umstände schon ein verdammtes Beinahewunder war. Sobald ich wieder bei Bewusstsein war, dachte ich über Bella und was sie ihr alles angetan hatten, nach. Ja, genau, *sie*. Daran zweifelte ich nie. Nicht nachdem ich sie gesehen hatte, verstehst du?

Als meine Mutter starb, dauerte es Monate, bis ich mit dem Bewusstsein aufwachte, dass sie tot war. Jeden Morgen gab es diesen süßen, schläfrigen Moment, in dem die Welt so zu sein schien, wie sie davor gewesen war, bevor die Wahrheit dazwischengefahren war und alles zerstört hatte. So war es auch, nachdem mich Nate verlassen hatte. Ich wachte auf und meinte ihn neben mir zu finden. Aber mit Bella war es nicht so. Ich wachte auf und sah sofort ihr Gesicht vor mir, genau so, wie ich es im Leichenschauhaus gesehen hatte.

(Als ich Bellas Gesicht zum ersten Mal sah, sagte ich zu meiner Mutter, dass es danach aussehe, als ob sie jemand geschlagen hätte, weil ihr Kopf so schief war und sie Kratzer auf den Wangen und blaue Flecken über ihren eigenartigen, nackten Brauen hatte. Mutter lachte und sagte, dass die Geburt die brutalste Angelegenheit sei, durch die wir im Leben durchmüssten.)

Ich schleppte mich in die Küche. Nate saß am Küchentisch, trank Kaffee und las etwas auf seinem Smartphone. Er wischte die Seite weg, steckte das Telefon in die Vordertasche seiner Jeans, kam zu mir und küsste mich am Hinterkopf und wiegte mich so für einen langen, süßen Moment. Ohne zu fragen, ob ich einen wollte, machte er mir einen Kaffee und er hatte genau die richtige Temperatur, genau die richtige milchige Süße.

Er wartete, bis ich ungefähr die Hälfte getrunken hatte, und nahm meine Hände in seine. »Also, was ist passiert? Was sagt die Polizei?«

Die Berührung seiner Hände schien die Trauer und das Grauen ein wenig zu dämpfen. Es fühlte sich an, als ob das Gewicht seiner Hände auf meinen diesen furchtbaren, mich beutelnden Dämon davon abhalten könnte, wieder Besitz von mir zu ergreifen.

»Sie verließ die Arbeit kurz nach fünf. Verabschiedete sich von allen und weg war sie, so wie sonst auch. Drei Stunden später fiel einer Pflegerin, die zur Schicht kam, Bellas Auto auf der Straße auf. Sie fand das etwas seltsam und versuchte sie zu erreichen, erhielt aber keine Antwort. In ihrer Pause, gegen dreiundzwanzig Uhr, ging die Schwester zu ihrem eigenen Auto, um etwas zu holen, und bemerkte, dass Bellas Auto noch immer dastand. Sie probierte es noch einmal vergeblich bei Bella und hatte da schon eine böse Vorahnung, weshalb sie auch gleich Bellas Notfallkontakt ausfindig machte, also mich, und mich anschrieb, um sicherzugehen, dass alles in Ordnung sei. Ich war in der Arbeit und hatte keinen Bock darauf, meine Nachrichten zu checken, bevor ich dann abstürzte – und – und –«

»Hey, hey.« Nate streichelte mit dem Daumen über meine Hand. »Atmen, Baby. Komm schon, tief durchatmen. Braves Mädchen, so ist es gut.«

»Ich erhielt die Nachricht also erst am nächsten Morgen. Da gab es dann schon eine weitere – von ihrem Dienstgeber –, weil Bel nicht zur Arbeit erschienen war. Ich schaute bei ihr vorbei, aber niemand öffnete. Ich rief die Polizei an. Ich solle warten, sagten sie. Ich wartete. Ich rief sie den ganzen Tag über an. Rief ihren ganzen Freundeskreis an. Am Ende des Tages meldete ich mich erneut bei der Polizei. Da nahmen sie die Anzeige auf. Sagten mir, dass sie sicherlich auftauchen würde, beschämt wegen all den Sorgen, die sie mir bereitet hatte, nur weil sie ein Wochenende mit ihrem Typen blaugemacht hatte.«

»Wer ist dieser Typ?«, fragte Nate und es war nur der Bruchteil einer Sekunde, aber da sah ich sie, die Gewaltbereitschaft. Es tat gut, daran erinnert zu werden. Ich zog meine Hände aus seinen. Ich tat es beiläufig, nahm meine Kaffeetasse, trank einen Schluck und klammerte meine Hände um die wohlige Wärme der Tasse.

»Sie hat keinen. Das nahmen die nur an. Redeten über sie, als ob sie irgendein anderes Mädchen sei. Irgendeine Idiotin, die einfach nicht zur Arbeit erscheinen würde, ohne Bescheid zu geben. Als ob sie das tun würde.«

»Die jüngste Großmutter der Welt«, sagte er lächelnd.

Früher nannten wir sie so, Nate und ich, früher, als wir uns noch die Kante gaben und alles versauten und sie antanzte, alles sauber machte und uns einen Vortrag über Verantwortung hielt.

Nate berührte meine Hand. »Und dann?«

»Dann war gestern Vormittag dieser Cop an meiner Tür … Die sagten, dass sie wahrscheinlich seit Freitagnacht da draußen gelegen war. Während des Wochenendes hat es ja ununterbrochen geregnet, deswegen war niemand am Straßenrand zum Pissen oder Picknickmachen stehen geblieben.«

Nate holte tief Luft. Ich wusste, dass er sie sich vorstellte, da draußen im Regen liegend, wusste, dass er sich darüber sorgte, wie kalt und bange ihr gewesen sein musste, und wie er sich dann erinnerte, dass sie da bereits nichts mehr gefühlt haben konnte. Der schnelle Doppelschlag von Horror und Dankbarkeit.

»Weißt du wie … In den Nachrichten sagten sie, dass sie …« Er streckte seine Hände hilflos nach mir aus.

Ich erzählte ihm, was ich von der Polizei erfahren hatte. Ich ersparte ihm keine Details, weil sie mir auch nicht erspart geblieben waren, und ich vermute, dass ich einfach den Schmerz teilen wollte. Aber jetzt, na ja, um ehrlich zu sein, überkommt mich der Widerwille, es zu wiederholen. Schlimm genug, dass ich alles an jenem Morgen aus meinem eigenen Mund noch einmal gehört hatte. Schlimm genug, dass ich gesehen hatte, was von ihr übrig war und was der Gerichtsmediziner aus der Sauerei gemacht hatte. Schlimm genug, die Schlagzeilen in den Zeitungen zu sehen, während ich durch das

Einkaufszentrum zum Supermarkt eile. Schlimm genug, zu erraten, was die Typen im Pub zwischen ihrem lauten »Wie geht's dir, meine Liebe?« flüstern. Schlimm genug, dass die Bilder jedes Mal, wenn ich versuche einzuschlafen, so heftig und mit derartiger Wucht kommen, dass sie sich wie Erinnerungen anfühlen. Schlimm genug, dass ich keine Nacht verbringe, ohne zumindest ein wenig davon zu träumen, alles davon, die ganzen Dinge, die sie ihr angetan haben, und dabei auch die Männer, die es tun, die fast, fast, fast ihre Gesichter zeigen, sodass ich mir diese Horrorshows zurückwünsche, weil ich *dieses Mal* vielleicht einen genauen Blick auf diejenigen erhaschen könnte, deren Fäuste und Schwänze und Knie und Arme es sind. Grausamer, grausamer, grausamer als schlimm, diese gottverdammt lebhaften Vorstellungen meines Verstands, der bereits zu viele Stunden damit verbracht hat, Krimis zu schauen, zu viele Nächte damit verbracht hat, True-Crime-Bücher zu lesen. Schlimm genug, dass in meinem Kopf Bilder des Leidens auftauchen, die ausschauen, als würden sie aus einer beschissenen Folge von *Navy CIS* stammen und wie die beschissenen Hintergrundgeräusche aus *Underbelly* klingen, oder die sich wie ein Stiefel anfühlen, der auf meine Brust drückt. Und falls das für dich gut klingt, dann mach nur und lies den Bericht des Gerichtsmediziners und schau dir die obszönen Fotos selbst an. Ich bin doch nicht deine Pornografin.

Nate war während der schlimmsten Schilderungen davon ruhig und still, aber als ich ihm sagte, dass die Polizei keine Verdächtigen hatte, knackte er mit den Fingerknöcheln, ließ seinen Nacken vor- und zurückkippen. »Ich hoffe, dass ich diese Dreckschweine zuerst finde«, sagte er. »Denen werde ich schlimmere Dinge antun, als sie ihr angetan haben.«

»Bitte nicht.«

Wieder knackte er mit den Fingerknöcheln. »Denkst du, die verdienen es, zu leben?«

»Ich denke, dass ich es nicht verdiene, meinen Mann wegen Mordes im Gefängnis zu sehen.«

Er sah mich ernst an. »Babe«, sagte er, »ich bin nicht dein Mann.«

»Du weißt, was ich meine«, sagte ich. »Du weißt, dass es wichtig für mich ist … Dass du okay bist.«

Er sah mich lange an. Ich weiß nicht, ob er an die Vergangenheit dachte oder an Bella oder an seine Frau da oben in Sydney. »Es tut mir leid«, sagte er. »Mit mir ist alles in Ordnung.«

***

Am ersten Tag hatte ich eine Menge Besuch. Am ersten vollen Tag, an dem ich wusste, dass sie tot war. Alle saßen mit mir am Küchentisch, den Blick durchs Fenster auf die Einfahrt gerichtet, und sagten *Auf Wiedersehen und pass auf dich auf und ruf an, wenn du was brauchst*, wenn das nächste Auto in die Einfahrt bog. Ich denke nicht, dass sie sich abgesprochen hatten; es passierte einfach so. Ein wenig schockierte mich, wie viele Leute kamen. Heute sehe ich das differenzierter als damals. Ich denke, dass die Hälfte von ihnen als Gaffer kamen, bemüht, irgendwas von der Tragödie abzustauben. Schon schräg, wie viele Menschen das tun. Es macht mich krank, dass ich das weiß, dass ich rückblickend annehmen muss, dass es genau das war. Damals dachte ich nur, *Was für eine Prinzessin der Herzen du doch bist, Bella! Schau dir all diese Leute an, die vorbeikommen. Hör dir all die netten Dinge an, die sie über dich sagen.* Ich erinnere mich, wie ich zu Nate sagte, ich hoffte, sie wüsste, für wie viele Menschen sie einfach der Wahnsinn war.

Zuerst kam die Nachbarin von rechts, Carrie Smith. Carrie war in meinem Alter und bereits zweifache Großmutter. Sie hatte ihre Älteste, Emma, mit sechzehn bekommen und Emma das Erste mit fünfzehn und das Zweite vor wenigen Monaten. Die Kinder und Enkelkinder und verschiedenen Partner wohnten manchmal bei Carrie und manchmal nicht. Ihr Haus veränderte sich von Woche zu Woche. Während der einen Woche lagen Plastikroller in der Auffahrt, während blendend weiße Windeln auf der Wäscheleine flatterten und Babygeschrei sich mit Kleinkindkichern abwechselte, während in der nächsten Woche Teenager mit geröteten Augen in einer Rauchwolke herumlagen und Hip-Hop aus den Stereoanlagen ihrer geparkten Autos plärrte, deren Motoren ununterbrochen liefen.

Carrie fragte, wie es mir gehe, und ich sagte, dass es gehe, und dann machte sie Tee und zeigte mir Fotos ihrer Enkelkinder auf ihrem Telefon und fragte, ob sie hier drinnen rauchen könne, und fragte, ob ich irgendwas brauche, und fragte, ob das parkende Auto vor dem Haus Nate gehöre, und fragte, ach, ich weiß nicht, noch einen Haufen anderer Dinge, die nichts mit dem zu tun hatten, weshalb sie um neun Uhr früh an einem Dienstagmorgen in meiner Küche herumwuselte, anstatt ihre Rente wie üblich in Spielautomaten zu versenken.

Danach erschien Lisa von gegenüber. Lisa war in ihren Fünfzigern, eine Buchhalterin, die sich wie ein Nordküstenhippie anzog und auch so sprach. Sie hatte eine Tochter in Bellas Alter und einen etwas jüngeren Sohn. Als sie durch die Vordertür fegte, verfing sich ihr grünes, bodenlanges Kleid im Türstock und wir ignorierten beide das wie ein lauter, nasser Furz klingende Geräusch, das zu hören war, als es riss. Lisa brachte mir Kuchen auf einem Glasteller. Sie platzierte ihn in der Mitte des Küchentisches und dann wickelte sie ihre dürren, sonnengegerbten Arme um mich und drückte meinen Kopf auf ihre Schulter.

»Ich wusste nicht, was ich tun sollte«, sagte sie zu mir, nachdem ich mich befreit hatte. »Ich rief meine Freundin Di an – sie ist einfach die ruhigste Person, die du je treffen wirst, und sie hat die Gabe, weißt du, das zweite Gesicht –, und ich fragte sie und sie sagte – hör zu, ich weiß, das klingt weit hergeholt, Chris, ich *weiß*, aber sie sagte, dass es Menschen, die einen gewaltsamen Tod sterben, schwer haben, Frieden zu finden, und deshalb könntest du –«

»Nicht jetzt.« Nate musste vom Schlafzimmer aus zugehört haben. Er stand in der Tür und füllte die Küche aus. »Chris braucht solche Gespräche jetzt nicht.«

Lisa stand mit gerötetem Gesicht auf, ihre Hände flatterten nach oben um die Perlen, die fünfmal oder öfter um ihren Hals gewickelt waren. »Nate, es ist *so* beruhigend, dich zu sehen, zu wissen, dass Chris jetzt nicht allein ist.«

»Hast du den gemacht?« Er beugte sich zum Kuchen, roch daran. »Orangenkuchen?«

»Mit heute von meinem Baum gepflückten Früchten.« Sie kam zurück auf meine Seite, tätschelte meine Hand. »Und nur dieses eine Mal habe ich mir gesagt, zur Hölle mit den Giften, und hab ein schön volles Glas weißen Zucker hineingegeben. Die Situation verlangte danach, dachte ich.«

»Möchtest du auch etwas davon?«, fragte Nate, aber sie schüttelte den Kopf.

»Ich lasse ihn euch.«

»Danke«, glaube ich gesagt zu haben.

»Natürlich, und falls du *irgendwas* brauchst …« Sie warf Nate, der gerade damit beschäftigt war, den Kuchen anzuschneiden, einen Blick zu. »Oder falls du mit Di darüber –«

»Eigentlich gibt es doch etwas, bei dem du behilflich sein könntest. Die Polizisten wollen, dass Chris morgen auf einer Pressekonferenz spricht und –«

»Oh, ich weiß nicht, Chris, bist du sicher, dass du dazu imstande bist?«

»Sie sagen, dass es helfen wird«, sagte ich. »Weil das Menschen dazu bringen könnte, ihre Beobachtungen zu teilen.«

»Es wird helfen. Und sie sagten auch, dass sie eine vorbereitete Aussage vorlesen könnte und sie die Fragen und so übernehmen würden«, sagte Nate. »Es wäre toll, wenn du da beim Aufschreiben helfen könntest, weil ich gar keine Ahnung von so was habe, wenn ich ehrlich bin. Es sollten Dinge über Bel sein – persönliches Zeug, meinten sie –, und dann sollte sie darum bitten, dass die Leute alles, was sie darüber wissen, der Polizei melden.«

»Oh, natürlich. Wird erledigt.« Sie strich mir leicht über den Oberarm. »Ich werde etwas aufsetzen und dann kannst du ja morgen, bevor es losgeht, noch kleine Änderungen vornehmen. Klingt das gut?«

»Ja, danke, ich weiß das sehr zu schätzen.«

»Du bist einfach die Beste, Lis.«

»In Ordnung. Ich kümmere mich darum.« Sie drückte meinen Arm und ging.

Sobald sie außer Sicht war, steckte sich Nate ein Stück Kuchen in den Mund. Er kaute, schluckte. »Er ist gut«, sagte er, aber er versuchte nicht, mich dazu zu bringen, auch ein Stück zu nehmen, was ich ihm hoch anrechnete.

Danach kamen noch ein paar andere Nachbarn. Ich erinnere

mich nicht an die Einzelheiten ihrer Besuche, nur dass von allen, oder von der Summe aller, dicke Wellen von Wärme und Sorge und Neugier und Mitleid kamen, sodass es sich bald anfühlte, als ob ich diejenige sei, die misshandelt worden sei.

Am frühen Nachmittag kam Bellas Kollegin Vicky vorbei, und da hielt ich es nicht mehr aus. Ich hatte Vicky nur ein paarmal getroffen: Einmal im Pflegeheim, als ich Bella besuchte, und einmal, als Bella auf dem Weg zu irgendeinem Empfang hier vorbeischaute, und da war Vicky in meinem Wohnzimmer gesessen und hatte mir von ihrer Katze erzählt, während Bella meine Schuhkollektion auf der Suche nach einem Paar durchstöberte, das zu ihrer neuen, schwarzen Caprihose aus Satin passte.

Am Tag, nachdem sie Bellas Leiche gefunden hatten, saß Vicky in meiner Küche und erzählte, dass, als sie sechzehn war, ihr damals neunzehnjähriger Bruder in Melbourne erstochen worden war, als er bei einem Straßenkampf intervenieren wollte. Ich denke nicht, dass sie es so direkt gesagt hat. Ich erinnere mich nicht an die Worte, die sie verwendete, nur an die atmosphärische Veränderung. Viel mehr als das hat sie nicht gesagt. Vielleicht noch, wie sehr sie Bella bei der Arbeit vermisse. Es machte keinen Unterschied. Nichts von ihr machte einen Unterschied, außer der Tatsache, dass sie eine weitere Person war, die wusste, wie es sich anfühlte, sich inmitten eines wahr gewordenen Albtraums zu befinden. Ich hätte einfach dasitzen und sie Tag und Nacht anstarren können – diese schlichte, blasse Dreißigjährige, die das überlebt hatte, die diese Seiten eines Horrorromans wieder verlassen hatte, die lange genug weitergemacht hatte, um wieder ein gewöhnlicher Mensch sein zu können.

Gegen acht, einige Stunden, nachdem die letzten Gäste

gegangen waren, begann ich zu weinen und konnte nicht mehr aufhören. Nate streichelte meinen Rücken eine Zeit lang, gab mir dann ein paar von den Pillen, die in der Nacht zuvor so gut gewirkt hatten, und brachte mich ins Bett.

Das Nächste, was ich wusste, war, dass ich starb. Ich kann es nicht anders ausdrücken: Ich wachte auf und starb. Es war stockfinster – schwärzer als ich eine Nacht je erlebt hatte –, und etwas saß auf meiner Brust und war dabei, das Leben aus mir herauszudrücken. Meine Arme und Beine wollten sich nicht bewegen. Ich konnte nicht schreien. Es war, als ob mein Körper bereits tot sei und nur darauf wartete, dass mein Geist ihn einholte.

Ich weiß nicht, wie lang es gedauert hat, aber ich weiß, wann es aufgehört hat, weil ich 4:42 in grüner Leuchtschrift sah und Nates gurgelndes Schnarchen hörte und fühlte, dass ich komplett nassgeschwitzt war. Ich rollte mich auf ihn, drückte ihn mit meinem Bein und meinem Arm nieder. Zwang mich, in seinem Rhythmus zu atmen. Ich schlief und wachte auf und schlief so bis zum Morgengrauen.

Mittwoch, 8. April

»Na endlich, der Scheiße sei's gedankt«, murmelte May, als sie das Schild sah, das die Ausfahrt nach Strathdee ankündigte. Ihr Kopf und ihr Körper hatten schon vor den fünf Stunden auf der Straße geschmerzt. Drei Nächte Schluchzen statt Schlafen tun das mit dir. Und dann die Qual der Fahrt: nichts zu sehen außer endlosen Wiesen, manchmal mit darauf verstreuten Kühen oder Pferden, die unendlich langen Lastwagenzüge, die entweder dicht auffuhren oder mit unter vierzig

Stundenkilometern dahinschlichen, und all das in ihrem beschissenen zwanzig Jahre alten Hyundai, der aufheulte und in dem es sie durchrüttelte, sobald sie mehr als hundert fuhr.

Ihr Motel – die günstigere der beiden Optionen in Strathdee – war weniger als eine Minute Fahrt in die Stadt entfernt. Ein »Air-con, FOXSports, Tea & Coffee, Inspection Welcome«-Banner auf schwarzem Kreppapier war über dem Eingang drapiert. May checkte ein, ging auf die Toilette, stellte Teewasser auf und hörte dann zum zwanzigsten Mal Craigs Nachricht auf der Mailbox ab, diesmal löschte sie sie beinahe wirklich. *Fast.* »Fick dich, fick dich, fick dich«, sagte sie zu ihm und sich selbst und dem langsam kochenden, beschissenen Plastikwasserkocher. Sie begann, die Nummer der Mailbox zu wählen, doch der Wasserkocher schaltete sich ab und rettete sie. Sie warf vier von den Kaffeebeuteln in ihren Reisekaffeebecher, füllte ihn mit kochendem Wasser auf und ging zurück zu ihrem Auto.

Sie fuhr an einem Pub vorbei, dessen Kundenparkplatz bereits zu einem Viertel besetzt war, obwohl es noch nicht einmal elf Uhr morgens war, an einem Autoverleih, einer Tankstelle mit einer einzigen Zapfsäule. Neben der Tankstelle gab es eine Volksschule und gegenüber, auf der anderen Straßenseite, das Ärztezentrum Strathdee. Ab da war die Straße dann auf beiden Seiten von Faserzementhäusern gesäumt, deren Vorgärten doppelt so groß wie der von Mays Terrassenhaus in Sydney waren. In der Nähe des Zentrums war zuerst jedes dritte, dann jedes zweite Haus ein Backsteinbau; sie rumpelte über einen Bahnübergang, sah das Schild, das die Polizeistation als nur einmal links, dann einmal rechts abbiegen entfernt anzeigte, fuhr an einem Hühnchen-Takeaway und dem Laden der Heilsarmee vorbei und befand sich plötzlich im Stadtzentrum.

Es war wie das Zentrum jeder australischen Stadt am Land, die sie bisher besucht hatte. Ein sauberer Park mit trockenheitsresistentem grünem Rasen und saisonal unmöglichen lila und gelben Stiefmütterchen, die über den Rand des gewundenen, kopfsteingepflasterten Weges spähten, der zu einem im Zentrum des Parks platzierten Kriegsmahnmal führte. Über die Straße ein Wettbüro, ein kleines Pub, das mit »Thekengerichten, Glücksspiel und historischen Wandmalereien« warb, ein China-Restaurant, ein im alten Stil gehaltenes Teehaus, das an das Stadtmuseum von Strathdee angebunden war, eine Bäckerei und eine Nachrichtenagentur. Auf den Gehwegen hielt sich niemand auf bis auf einen Wasserlieferanten in engen Shorts und verschwitztem T-Shirt, der rückwärts an ein namenloses Geschäft heranfuhr, und ein Teenagermädchen, das einen Zwillingskinderwagen am Wettbüro vorbeischob.

Obwohl die Ampel auf Grün stand, hielt sie kurz an der Kreuzung. Keine anderen Fahrzeuge waren in Sicht, nur die drei Kirchtürme, ein Woolworths-Schild mit einem nach links zeigenden Pfeil, eine Tafel, die Reisende zum Happy Star Inn führte (das Motel, das für Mays knausrigen Arbeitgeber zu teuer gewesen war), und, dahinter gleich, das Schild, das den Weg Richtung Melbourne wies.

Wenige Minuten später, auf dem Highway in Richtung Süden, verfing sich ihr Blick in unüblich bunten Farbklecksen zu ihrer Linken. Sie fuhr an den Straßenrand, vergewisserte sich, dass niemand hinter ihr war, und schob zurück zu den gelben und rosafarbenen Flecken. Es überraschte sie, dass keine anderen Medienvertreter hier waren, da die Pressekonferenz nicht vor dreizehn Uhr stattfand. Möglicherweise kümmerte sich aber niemand von außerhalb um irgendetwas anderes als die Anrufer. Das wäre auch alles, was sie tun würde, wenn ihr desaströses Liebesleben sie nicht dazu veranlasst hätte, darauf zu bestehen, in diesen Fliegenschissfleck einer Stadt zu fahren, um aus erster Hand über die Story zu berichten. Tatsächlich war ihr hastig hingeschmierter, nur am Handy recherchierter Artikel über den Fund der Leiche der meistgeteilte Beitrag des Tages gewesen, weshalb sie leichtes Spiel gehabt hatte, die Fahrt hierher als unbedingt notwendig zu verkaufen.

Natürlich bedeutete das auch, dass die Artikel der Konkurrenz über den Leichenfund mindestens genauso reißerisch waren und dass diese ebenfalls ihre besten Reporter oder die Versager, die so verzweifelt waren, dass sie um jeden Preis aus der Stadt raus wollten, geschickt hatten, um hier Lokalkolorit zu tanken. In diesem Fall wies das Fehlen der Medienvertreter darauf hin, dass diese bereits hier gewesen und längst wieder zurück in der Stadt waren, wo sie nun mit den Verwandten und Freunden der toten Frau sprachen und damit ihre Abneigung vor weiteren Journalisten schürten. Beschissen, wenn das der Fall war.

May hängte sich die Kamera um den Hals, schnappte ihr Notizheft und ging zu der Gedenkstätte, den sie von der Straße aus gesehen hatte.

Ein abgelegenes Feld, schrieb sie. Nein. Es war weder ein Feld, noch war es wirklich abgelegen. Ungefähr zehn bis zwölf Autos rauschten hier im Schnitt pro Minute vorbei. Es gab keinen Zaun, nur eine lückenhafte Reihe von Ghost-Gum-Bäumen nahe der Straße und dann schütteren Rasen und vereinzelte Spindelsträucher auf den nächsten rund siebzig Metern, bevor eine weitere Reihe von Ghost-Gum-Bäumen dagegen kämpfte, von echtem, tiefem und dunklem Outback-Buschland geschluckt zu werden. Sie nahm sich vor, später zu fragen, weshalb der Mörder die Leiche nicht ein wenig weitergeschleppt und dort hinten abgelegt hatte, wo sie wahrscheinlich ungestört zu Kompost geworden wäre, anstatt sie hier vorne in diesem … *billigen Picknickplatz für Reisende auf der Straße von –*

Nein, es war eigentlich kein Picknickplatz, auch wenn ein verblassender KFC-Eimer und eine in den Boden gestampfte Fanta-Dose erkennen ließen, dass der Ort immer wieder als solcher genutzt wurde. Doch es gab weder einen abblätternden Holztisch noch einen münzbetriebenen Grillherd und auch kein schmuddeliges Toilettenhaus. Es gab nicht einmal einen deckengroßen Fleck Boden, der nicht von Unkraut, Steinen oder abgetrennten Baumwurzeln, die sich wie mumifizierte Knie aus dem Boden stemmten, bedeckt war.

Eine fußballplatzgroße Fläche aus Gras und Dreck, die von der Straße nicht so sehr versteckt, sondern nur bruchstückhaft erkennbar ist. Bruchstückhaft? Oh Gott … *streifenweise aufgedeckt.* Das war noch schlimmer. Sie war einfach nicht auf der Höhe. Verfickte Scheiße, scheiße, scheiße, beschissener Craig. Scheiße.

May steckte das Notizbuch in die Tasche und zückte die Kamera. Sie bemühte sich, exakt den Platz, den sie aufgrund der Polizeiberichte als Fundort der Leiche identifizieren konnte, aus den verschiedensten Winkeln und Entfernungen zu fotografieren, und unterbrach nur alle paar Minuten, um den Schweiß aus dem Gesicht und von der Kamera zu wischen. Die Sonne war unerbittlich, die Luft unbeweglich. Das Gras – welches es genau war, müsste sie später nachschlagen (Craig hätte es sofort gewusst, der Streberscheißkerl) – strich um ihre Knöchel und hinterließ strohfarbene Samen auf ihren unbedeckten Füßen. Ihr Mund fühlte sich wie mit Dreck gefüllt an.

Die Gedenkstätte, auf die May aufmerksam geworden war,

war nicht an der Fundstelle, sondern wenige Meter davon entfernt, an einen der dürren, blutleeren Bäume zwischen der Straße und dem Busch gelehnt, errichtet worden. Blumen – fünf Sträuße, wie man sie bei den Straßenhändlern kaufen konnte, zwei auffallende Floristenbouquets in mit Bändchen zusammengebundenen Manschetten, vierzehn einzelne Schnittblumen, die möglicherweise noch bis vor Kurzem durch das rosafarbene Band zusammengebunden waren, das sich in Richtung Straße schlängelte. Eine welkende Topfpflanze. Ein in einem grünen Kindertrinkbecher steckender Heliumluftballon mit einem Smiley-Gesicht darauf. Ein größerer Luftballon mit einem schreienden »*ICH VERMISSE DICH!!!* « um den Baum gebunden. *RIP BELLA* stand auf einer rosa Karte in einem angelaufenen Plastiktäschchen. Fünf Kerzen, zwei unangezündet, eine davon mit der Aufschrift *BELLA* grob ins weiße Wachs geschnitzt. Zwei Teddybären, ein Plüschhase, ein aus Pailletten bestehender Schmetterling, der mit einem Band an einem Ast befestigt war. BELLA MICHAELS 1990–2015 GOODBYE ANGEL in den Baum geritzt, so oberflächlich, dass die Mitteilung bald verschwunden sein würde. *IHR WERDET IN DER HÖLLE BRENNEN VERDAMMTE MÖRDERISCHE SCHEISSKERLE WER HAT DAS DEM ENGEL AUF ERDEN ANGETAN* auf den Baumstamm, offenbar mit Tippex geschrieben. Darunter, in grüner Farbe: *wenn ich dich nicht zuerst finde wirst du hier brennen du abschaum*. Die Polizei hatte den Fundort vor zwölf Stunden wieder freigegeben.

Sie hätte letzte Nacht hier sein sollen, anstatt heulend auf ihrem Bett herumzutoben wie ein liebeskranker Teenager. Sie hätte vielleicht Fotos der improvisierten Totenwache und Interviews mit den Trauernden vor Ort haben können, statt ein rotzverschmiertes Kissen und eine vom Schnäuzen wunde Nase. Scheiße.

Das Hotelbett – ein Doppelbett, allerdings kleiner als jedes andere, in dem sie seit ihrer Kindheit geschlafen hatte – blitzte in ihren Gedanken auf. Der Gedanke, eine weitere Nacht heulend, diesmal in dem düsteren, kleinen Raum mit dem konstanten Klicken des Minibarkühlschranks beim Ein- und Ausschalten und der dröhnenden Klimaanlage und dem billigen Kissen zu verbringen, das ihre sowieso schon in Mitleidenschaft gezogene Nase noch weiter abrieb, verschaffte ihr Herzrasen. Sie könnte in dem Ärztezentrum vorbeischauen, das sie während ihrer Fahrt durch die Stadt entdeckt hatte, und sich ein paar Schlaftabletten verschreiben lassen – wie diejenigen, von denen ihre Mutter in dem furchtbaren Jahr, als Mays Vater sie verlassen, Großmutter gestorben und das Haus unter ihrem Hintern wegverkauft worden war, abhängig war. May erinnerte sich nicht mehr an ihren Namen, erinnerte sich nur, wie ihre Mutter innerhalb von fünfzehn Minuten nach der Einnahme ausgeknockt war. Kein sanftes Wegdriften, keine flatternden Augen, während die Pausen zwischen den Wörtern immer länger wurden. Es passierte immer im Bruchteil einer Sekunde, und sie hatte den Moment nie kommen sehen. Zuerst wach, dann weg. Es hatte May wütend gemacht, dass sich ihre Mutter mit Absicht so komplett abgemeldet hatte. *Was, wenn ich dich was fragen muss? Was, wenn etwas passiert?,* hatte sie immer gesagt, wenn sie ihre Mutter dabei erwischte, wie sie sich die kleinen Pillen in den Rachen schob. *Das kann warten. Du wirst es schon schaffen,* hatte ihre Mutter immer geantwortet, bevor sie sich daraufhin im Bett in Decken einwickelte und auf das Vergessen wartete.

Es hatte May Angst und Bange gemacht. Wie konnte man das nur wollen – diese vollständige Abwesenheit? Wie konnte man nur wollen, unerreichbar zu sein, die ganze Nacht unwissend zu sein? Es war weniger wie ein Schlafzustand – den May als etwas mit vielen Unterbrechungen kannte, die von Stechmücken, dem Furzen und Schnarchen ihrer Brüder, plötzlich zu schweren Decken oder zu lautem Wind herrührten –, und mehr wie Totsein. Aber jetzt war dieser Schlaf viel zu rar geworden, die Unterbrechungen ihres Schmerzes zu kurz. Sie verstand. Sie sehnte sich danach.

Sie trat aus der Baumreihe hervor, fotografierte den Straßenrand, wo das Auto gestoppt haben musste. Es musste ein Auto gewesen sein, weil man anders nicht hierherkam, wenn der oder die Mörder Bella nicht dazu überredet hatten, die fünf Kilometer von dort, wo man sie mitgenommen hatte, zu Fuß zu gehen. Und sie hätte wirklich überredet anstatt gezwungen werden müssen, weil sie in Sichtweite des Verkehrs gewesen waren, und das zumindest einen Teil des Weges bei Tageslicht. Wenn man sie direkt hierhergebracht hatte. May notierte sich, auf der Pressekonferenz nach der zeitlichen Abfolge der Ereignisse zu fragen, und ging zurück zu ihrem Auto.

In der Hoffnung auf eine leichte Brise ließ sie die Tür offen, holte den Stadtplan hervor, den ihr die Frau an der Rezeption gegeben hatte, und studierte den Grundriss der Stadt. Die Straße, die von der Highwayausfahrt kam, John Street, teilte die Stadt von Norden nach Süden. Ihr Motel befand sich am nördlichsten Ende, die teuerste Gegend kurz vor der Ausfahrt Richtung Melbourne. Die meisten der von Westen nach Osten verlaufenden Straßen schnitten durch die John oder die parallel dazu verlaufende Elizabeth Street. Das Muster wurde nur hie und da von Straßen, Gassen oder Sackgassen unterbrochen, die ins Nirgendwo verliefen. Wo immer man sich in der Stadt befand, das nächste Pub war nie mehr als vier Blocks entfernt. Das Pflegeheim, in dem Bella gearbeitet hatte, befand sich auf dem King Close, einer Sackgasse, die von der Elizabeth Street abzweigte, nah am südlichen Rand der Stadt. Dieser Ort, an dem Bella ihr Ende gefunden hatte, war knapp außerhalb der Karte, irgendwo dort, wo die Werbungen für Pizza Genius und das Imperial Hotel abgedruckt waren.

Mit ein wenig Glück war Bella Michaels von Beginn an bewusstlos und erfuhr weder, welch eintönige, uninspirierende Fahrt ihre letzte gewesen war, noch in welchem Fleck Nichts sie verblutet war. Mit ein wenig Glück war sie von einem Augenblick auf den anderen weg gewesen, hatte alles, was darauf folgte, nicht mehr mitbekommen.

*** *** ***

Mein Telefon klingelte früh am Morgen. Die Cops wollten, dass ich zu einem weiteren Gespräch vor der Pressekonferenz um eins vorkam. Sie boten an, ein Auto zu schicken, aber ich brauchte keines. Ich hatte Nate.

Auf der Polizeidienststelle hielt ich nach wenigen Schritten an und blickte mich verwirrt um. Ich wusste, dass ich vor zwei Tagen hier gewesen war, aber ich erkannte nichts. Ein Poster bewarb die Nachbarschaftswache, ein anderes informierte über Übersetzungs- und Dolmetschdienstleistungen. Eine Sitzbank mit marineblauem Vinyl überzogen, zerkratzte blaue und beige Fliesen, ein Holzfurniertresen und dickes, durchsichtiges Plastik, das bis zur Decke reichte. Ich hätte schwören können, dass ich all das noch nie gesehen hatte.

Nate berührte meine Schulter und fragte, ob bei mir alles in Ordnung sei. Ich nickte und trat an den Tresen, aber noch bevor ich dem jungen Matt sagen konnte, wofür ich hier war, lächelte er mir zu, drückte auf einen Summer und sagte, »Chris. Hallo noch einmal. Detective Brandis wird gleich da sein.«

Ein mir vage bekannter, dünner Mann mittleren Alters mit schütterem braunem Haar in einem viel zu engen grauen Anzug tauchte hinter einer Tür auf, die ich nicht bemerkt hatte.

»Danke, dass du hergekommen bist«, sagte er und schaute mich dabei kaum an, sein Blick stur auf Nate gerichtet. »Brandis«, sagte er und streckte eine Hand aus, die Nate schüttelte, während er seinen eigenen Namen nannte. »Du bist der Ex-Mann?«

»Bellas Schwager«, sagte ich, obwohl niemand zuzuhören schien.

»Du musst hier draußen warten, Kumpel. Wenn du willst, kannst du auch wieder gehen. Wir können organisieren, dass jemand Chris später heimbringt.«

»Ich warte.« Ohne den Blick von Brandis abzuwenden, trat Nate zur Sitzbank zurück. Ein Gefühl der Geborgenheit überwältigte mich. Es war immer so gewesen. Je mehr er sich wie ein gottverdammter, motorradfahrender Macho aufführt, desto mehr befürchte ich, dass man ihn zusammenschlägt und bricht.

»Na gut«, sagte Brandis. »Wir werden uns bemühen, sie nicht allzu lange aufzuhalten.« Er führte mich den Weg zurück durch die Tür und drückte sie zu, sobald ich mich im dunklen Flur befand. Ein unsichtbares Schloss klickte laut und ich zuckte zusammen. Der Mief hier hinten kam mir bekannt vor: nasser Hund und Mehltau unter einem scharfen, chemischen Geruch wie von einem Toilettenreiniger mit Blumengeruch versteckt. Wir bogen um die Ecke in einen fensterlosen Raum ab, der mit Holzfurniertischen und Drehstühlen überladen war, die entweder mit ausdruckslosen Männern oder Jacken besetzt waren. Ein Whiteboard an der entferntesten Wand war teilweise mit einem roten Stofftuch abgedeckt. Aus der unteren linken Ecke lugten die mit grünem Marker geschriebenen Buchstaben HROAT heraus.

»Chris! Danke fürs Herkommen.« Ein junger Kerl mit blonden Haaren, buschigen blonden Augenbrauen und einer sich abschälenden rosa Nase kam mir entgegen, legte eine fleischige Hand auf meine Schultern und schob mich in Richtung einer Tür, die sich neben dem Whiteboard befand. Wir traten in ein kleines Büro, das ich erkannte, aber es war wie etwas aus einem Film, den ich irgendwann gesehen hatte, statt einem realen Ort, an dem ich gesessen, geredet und geweint hatte. Der Tisch, die Stühle, die Taschentuchbox, der blaue Plastikmülleimer, der schwarze Plastiklaptop mit dem daran befestigten überdimensionierten Mikrofon – alles bekannt, aber so, als ob das alles nichts mit der Realität zu tun hätte.

»Also, wie geht es Ihnen, Chris?«, fragte der junge Kerl, als ich mich gesetzt hatte. Sein Gesicht war komplett zerknittert, als hätte er seit der Früh vor dem Spiegel einen betroffenen Gesichtsausdruck geübt.

»Es geht. Wie geht's Ihnen? Habt ihr schon jemanden?«

»Chris, ich muss Ihnen leider sagen, dass wir noch nichts haben.« Brandis öffnete seine Hände, als ob ich sonst nicht verstehen würde, was ›nichts‹ bedeutete. »Jack. Verdammte Scheiße. Keine Hinweise. Keine Sichtungen. Keine Theorien. Nichts.«

»Verstehe. Aber diese Sache, dieser Appell, dieses Presseding, das wird uns helfen, richtig?«

»Das wird es, das wird es. Es wird die Öffentlichkeit mobilisieren. Hoffentlich hat irgendjemand irgendetwas gesehen, irgendetwas gehört. Nur können wir uns dafür nicht auf

Tipps von Unbekannten verlassen. Die Menschen, die Bella kannten, müssen ganz tief graben. So hart das für Sie sein mag, aber es ist das, was wir tun müssen.«

Der junge Kerl seufzte. Es brach ihm persönlich das Herz. »Fällt Ihnen noch irgendetwas ein, das wir wissen sollten? Es mag wie etwas Kleines wirken, vielleicht nicht einmal erwähnenswert. Weil, wissen Sie, manchmal sind genau das die Dinge, die alles aufbrechen. Kleinzeug.«

»Ich könnte euch den ganzen Tag und die ganze Nacht Kleinzeug von Bella erzählen. Einen Monat lang wahrscheinlich. Ich kann euch erzählen, wie sie in der Schule war. Welche Geschenke sie zum letzten Geburtstag bekommen hat. Ich meine …« Ich hörte meine Stimme schrill werden, so wie sie sonst nur klang, wenn ich mit Nate stritt. Ich wünschte mir, sie hätten ihn mit mir durchgelassen, aber dann wäre er längst explodiert und alles wäre noch schlimmer. Ich atmete tief durch. »Ich meine es ernst. Ich weiß nicht, was ihr von mir wollt. Wollt ihr wissen, wie sauber sie ihr Auto hielt? Wo sie ihre Unterwäsche gekauft hat? Was wollt ihr?«

»Nein, nein. Ich denke, Chris, dass wir nur mehr darüber wissen wollen, wer Bella im Privaten war. Zum Beispiel, wie sie einen typischen Samstagabend verbrachte, solche Dinge.«

Ich erzählte ihnen von den Freunden, von denen ich wusste, sagte, dass sie mit ihnen reden mussten, wenn sie wissen wollten, was an Kinoabenden, auf der Kegelbahn oder beim verdammten Karaoke an Samstagabenden abging. Sie hörten mir kaum zu, das konnte ich sehen. Da gab es etwas, was sie von mir hören wollten, was ich aber nicht sagte, und ich hatte keine Ahnung, was es war.

»Eine Sache, die uns beschäftigt«, sagte der jüngere Kerl, nachdem ich die Namen aller Personen aufgezählt hatte, mit denen Bella je gesprochen hatte. »Kann es sein, dass Bella einer Mondscheintätigkeit, Sie wissen schon, illegal anschaffen, nachgegangen ist?«

Meine Gedanken hängten sich an dem Wort auf und alles, was ich denken konnte, war, wie hübsch es klang. Ich stellte mir Bella beim Besteigen einer Leiter vor, wie sie einen Hebel umlegt und die Welt in sanftes, rotes Licht taucht.

»So wie Sie, meine ich«, fügte er hinzu.

Moonlighting. Mondscheintätigkeit. Bella war keine für so eine Art Mondlicht. Wenn es eine Morgenperson gab, dann sie. Noch dazu musste sie am Freitag so müde gewesen sein.

»Komm schon, Chris«, sagte Brandis. »Wir wollen Ihnen ja nichts unterstellen, aber jeder weiß, dass Sie –«

»Nein.«

»Hör zu, das macht Ihnen keine Probleme, wir müssen nur –«

»Nicht sie. Auf keinen Fall.«

Die Ermittler wechselten einen dieser Blicke und meine Hand wurde heiß beim Wunsch, den beiden ins Gesicht zu schlagen.

»Sie wissen, dass es eine Hochrisikobeschäftigung ist?«, sagte Brandis.

»Was? Die Scheiße anderer Leute wegzumachen?«

»Chris«, sagte Brandis und der Jüngere lächelte. Er lächelte, verdammt noch mal.

***

Wir müssen das wohl auch ansprechen, denke ich.

Das erste Mal, vor dreieinhalb Jahren oder so, das war ein Missverständnis gewesen. Es war ein langer, mühsamer Abend in der Arbeit gewesen und ich war mit einem Langstrecken-Truckie ins Gespräch gekommen, der im Pub Pause machte. Am Ende meiner Schicht, als er mir sagte, dass er im Truck schlafen würde, lud ich ihn zu mir nach Hause ein. In der Zeit davor hatte ich immer wieder den einen oder anderen Typen zu mir eingeladen. Nate hatte mich zuvor verlassen und ich wollte nichts mit Liebe zu tun haben, weißt du, aber diese andere Sache, na ja, um ehrlich zu sein, die brauchte ich schon.

Schau, ich bin wahrlich keine Schönheit, aber ich schminke mich nicht schlecht und halte mich fit, was, so hart das klingen mag, auf die meisten Frauen in meinem Alter hier in der Gegend nicht zutrifft. Ich will sie nicht verurteilen, nur Fakten äußern: kinderlos und Single zu sein gibt dir mehr Zeit, dich darum zu kümmern, hübsch auszusehen. In dieser Stadt waren die meisten Frauen in meinem Alter weder Single noch kinderlos, als sie sich noch nicht um ihr Aussehen kümmern mussten, weshalb ich, zumindest in dieser Hinsicht, wenn schon sonst nicht, einen gewissen Vorteil habe.

Was ich damit sagen will: Es war mir noch nie schwergefallen, Typen zu gefallen, und in den Jahren nach der Scheidung fiel es mir noch leichter. Das hört sich wahrscheinlich traurig an, aber manchmal war es das, was mich am Leben gehalten hat. Es gab Zeiten, in denen ich am Boden war, völlig fertig mit mir selbst und meinem Leben – und dann tauchte irgendein Kerl im Pub auf, hing da einfach ab, suchte nach Vorwänden, um mit mir zu reden. Ich bemerkte, wie er mich ansah, wenn er meinte, dass ich es nicht mitbekam. Das gab mir immer Auftrieb, egal, wer er war. Und wenn er mir auch noch gefiel, umso besser. Ich sage dir, es war eine Erleichterung, zu wissen, dass ich dieses Kribbeln, dieses sprudelnde, Schwindel verursachende, alberne Gefühl, von dem ich gedacht hatte, es sei nur Sechzehnjährigen beim Petting im dunklen Kinosaal vorbehalten, auch noch als geschiedene Vierunddreißigjährige fühlen konnte.

Ich rede nicht von Liebe. Ich habe mich damit abgefunden, dass Nate mein Ein-und-Alles in dieser Hinsicht ist. Und es ist nicht einmal so sehr Lust, oh Gott, obwohl die mich auch hie und da überwältigt. Aber nein, ich rede von etwas weit weniger Dramatischen, dafür Süßerem. Einer Schwärmerei, das trifft es vermutlich. Eine Schwärmerei, die vielleicht nur ein paar Stunden dauert, die zu unbeholfenen feuchten Küssen oder unglaublich gutem Sex führt, oder vielleicht auch zu gar nichts, die dich einfach im Sommerwind schweben lässt, und solange sie andauert, fühlst du dich frisch und hübsch und als ob dein ganzes Leben noch vor dir läge.

Wie auch immer, eines Nachts lade ich diesen Typen zu mir ein. So wie hundert-, nein, so viele waren es nicht, aber einige Male davor. Wir gönnen uns ein paar Drinks und dann ein nettes Treiben unter den Laken und dann ist er in der Früh weg. Nur diesmal war es anders, weil der Kerl einen Stapel Zwanziger auf meinem Nachtkästchen hinterlassen hatte, darauf eine Nachricht: *Musste früh los. Bis zum nächsten Mal, wenn ich in der Stadt bin, du Hottie.*

Ich ging zum Supermarkt, stockte meine Vorräte auf, ging wieder heim und starrte auf die vollen Regale im Schrank, auf die Markenkekse, das hippe Müsli, die italienischen Nudeln und die Dosen mit *Campbell's* Tomatensuppe. Ich machte mir ein Sandwich mit dem teuren gelben, weichen Käse, der nicht in von Plastik getrennten Scheiben, sondern im Stück kommt, und machte mir einen Moccona mit frischer Milch. Erst am Abend, im Bett, sprang mich das Wort *Prostituierte* an. Es war ein Schock, aber kein besonders großer. So einer wie beim Anblick einer Maus, die man beim Einschalten des Küchenlichts davonhuschen sieht. *Ooh!* Und dann, *verdammt*, und dann, *na egal*. In der Nacht danach schlief ich ausgezeichnet, und obwohl ich seither eine Menge schlafloser Nächte hatte, verbrachte ich keine einzige davon schlaflos, weil ich wegen der Unterstützung, die mir manche Kerle zusteckten und die mir gewisse Einkäufe finanzierte, ins Grübeln gekommen wäre. Nicht eine.

Ich will mich ja nicht damit brüsten oder so. Ein paar Tage nach dem ersten Mal kam Bella vorbei und sah meinen mit gutem Zeug gefüllten Vorratsschrank. Sie stürzte sich auf die Schokokekse und fragte mich, ob ich im Lotto gewonnen hätte. Ich überlegte, ob ich es ihr erzählen sollte. Ich wollte glauben, dass sie es so wie ich sehen würde, doch ich erinnerte mich, wie wir uns über die an der Tankstelle bei der Autobahnauffahrt herumlungernden Huren lustig gemacht hatten, wie sie sich von einem Typen getrennt hatte, nachdem er ihr gestanden hatte, seine Jungfräulichkeit bei einer Prostituierten verloren zu haben. »Er hätte sich alles Mögliche von der schmutzigen Schlampe holen können«, hatte sie gesagt. Ich denke, dass ich ihr zugestimmt hatte. Wieso hätte ich das nicht tun sollen?

Als sie mich fragte, sagte ich, klar, ich hätte wirklich im Lotto gewonnen. Sie wusste, dass ich nie auf irgendetwas wettete, wegen der Probleme, die unsere Mutter aufgrund der Spielautomaten hatte, also sagte ich, dass irgendein Typ zur Geburtstagsfeier seines Sohnes im Pub eine Wette für das Barpersonal veranstaltet habe und dass mein Gewinnanteil gereicht habe, um meine Vorräte aufstocken zu können. »Fantastisch«, sagte sie. Sie zögerte nicht. Ich fühlte mich so beschissen, als ich ihre Hände beim Eintauchen in die Kekspackung betrachtete, rau und rot von der ganzen Reinigungschemie, die sie im Heim benutzte. Sie erzählte mir, wie sie in der Pisse eines alten Mannes ausgerutscht war, und lachte, während sie das erzählte, aber alles, woran ich denken konnte, war, wie viel tiefer das war, als das Bett mit einem süßen, einsamen Truckie für einen Hunderter zu teilen.

Der erste Typ blieb wieder über Nacht, als er das nächste Mal in der Stadt war, und fragte mich, ob ich Interesse hätte, dem einen oder anderen seiner Kumpel Gesellschaft zu leisten, wenn sie auf der Durchreise waren. Ich sagte, dass sie im Pub willkommen seien und dass ich sie, falls ich an dem Abend keine anderen Pläne hätte, vielleicht auch bei mir anstatt in ihren Trucks übernachten lassen könnte.

Es funktionierte gut. Ein oder zwei Mal in der Woche lud mich irgendein Kerl auf ein Menü und Bier ein und fragte, ob ich nach der Arbeit bereits Pläne habe. Je nach Laune und Kontostand und ob er mir gefiel, sagte ich, dass ich bereits verplant sei, oder wann ich Dienstschluss hatte. Jedenfalls war es für niemanden ein Problem.

Ich nenne ihnen nie einen Preis, bitte nie um Bezahlung. Sie wissen, dass von ihnen erwartet wird, eine Kleinigkeit am Nachtkästchen zu hinterlassen. Ein paar Typen nutzten das aus und hinterließen nur einen Zehner oder Zwanziger. Ein Mistkerl hat mir ein Sixpack Bier dagelassen, das er im Truck dabeigehabt hatte. Es ist schon in Ordnung. Wenn die Knausrigen das nächste Mal wieder in der Stadt sind, habe ich einfach keine Zeit. Das macht die Runde. Wenn sie großzügig sind, erinnere ich mich daran und zeige mich ihnen gegenüber erkenntlich.

Seit dem Supermarktgelage gebe ich die Truckiekohle nicht mehr aus. Sie wandert in die Zinnschatulle, die mir meine Mutter hinterlassen hat. Wenn die Schatulle voll ist, nehme ich den Bus nach Wagga (kannst du dir den Tratsch vorstellen, wenn ich bei der lokalen Bankfiliale mit ein paar Tausendern in bar auftauchen würde?). Zuerst dachte ich, dass ich nur so viel sparen würde, um mit Bella einen schönen Urlaub an der Goldküste zu machen, aber dann wurde mir klar, dass ich, wenn ich weiter sparte, in ein paar Jahren genug hätte, um mir die Anzahlung für ein kleines Häuschen zu leisten. Ich dachte an ein Haus mit einem freien Zimmer, in dem Bella gratis wohnen und dabei für eine eigene Anzahlung Geld beiseitelegen hätte können. Stell dir vor – die Barfrau und die Pflegerin, Töchter einer besoffenen Wohlfahrtskönigin und zweier nutzloser Frauenhelden, beide Hausbesitzerinnen.

Dieser Traum also, dieser Traum, den ich dabei war, in die Realität umzusetzen, den haben mir diese Dreckskerle auch weggenommen.

Glaub nicht, dass mir das nicht klar ist.

Das alles habe ich den Ermittlern natürlich nicht erzählt. Obwohl sie darauf scharf gewesen wären. Sie bohrten und bohrten, fragten mich Dinge, die überhaupt nichts mit den Ermittlungen zu tun hatten, sondern nur mit meiner Würde.

»Das ist scheinbar etwas, worüber Sie nicht gerne reden, doch um Bellas willen müssen Sie uns die Liste Ihrer Kunden geben.«

»Kunden? Sie meinen die Säufer im Pub? Oh Gott, da müssen Sie schon Old Grey fragen.«

»Sie wissen, was wir meinen, Chris. Die Typen, die Sie vom Pub nach Hause mitnehmen.«

»Typen, die ich nach Hause mitnehme, sind keine Kunden. Das sind nur Typen, die ich mit heim nehme. Das geht niemanden was an, richtig?«

»Das Beschissene an einer Mordermittlung ist nur«, sagte Brandis, »dass uns alles im Leben des Opfers angeht.«

»Ihr redet aber nicht über ihr Leben. Sondern über meines.«

Der Jüngere seufzte wieder. Ich hätte ihn so gerne geschlagen. »Eure Leben waren miteinander verflochten. Es ist möglich, dass einige Ihrer Kund-«, er brach mit einem gottverdammten Grinsen ab. Hob seine Hände. »Entschuldigung. Ihrer Freunde. Es könnte ja sein, dass einer von ihnen Interesse an Ihrer Schwester gefunden hat.«

»Nein, ist es nicht.«

»Wieso nicht? Sie haben daheim überall Fotos von ihr, oder etwa nicht? So'n Typ hätte Gefallen an ihr finden können, Lust darauf, sie aufzusuchen. Nicht undenkbar, oder?«

»Sie denken, dass derjenige, der ihr das antat, *Gefallen* an ihr fand? Oh Gott.«

»Na gut, na gut. Nicht Gefallen gefunden. Etwas anderes. Der Punkt ist, es hätte der Ort sein können, an dem sie ihm aufgefallen ist, wenn man es so ausdrücken will. Er sieht ihr Foto, er entscheidet sich …«

»Nein«, sagte ich. »Kein Mann, den ich je kennengelernt habe, könnte so was tun.«

»Du würdest überrascht sein«, sagte Brandis, so leise, dass ich mich fragte, ob er überhaupt wollte, dass ich ihn hörte.

»Die Sache ist, Chris, dass wir von der Annahme ausgehen müssen, dass es jeder sein könnte, und da das eine höllisch große Menge Leute bedeutet, müssen wir im privaten Umfeld beginnen. Bellas Arbeitskollegen und Freunde, ihre Nachbarn und Verwandten. Deswegen könnten Sie uns zuerst einmal die Namen Ihrer Freunde mitteilen …«

»Yeah, könnte ich, würde ich, nur kenne ich sie nicht.«

Schon wieder lächelte der kleine Scheißkerl. »Sie kennen die Namen der Männer nicht, die Sie mit nach Hause nehmen?«

»Genau, das ist richtig. Ich bin eine große, alte Schlampe. Ist ja kein Verbrechen, oder?«

»Chris. Beruhigen Sie sich. Wir wollen Sie nicht verstören. Wie ich schon sagte, es ist eine gefährliche Art von … *Lebenswandel*, den Sie da pflegen. Keine sichere Sache, Männer, die man nicht kennt, mit nach Hause zu nehmen. Kaputte Typen, die Frauen suchen, denen sie üble Scheiße antun können, na ja, meistens gehen die davon aus, dass eine Hure eine gute Wahl dafür wäre. Niemand würde sich zu sehr sorgen, wissen Sie?«

»Wie können Sie solche Dinge zu mir sagen?« Ich wandte mich zu Brandis, der grübelnd in der Ecke saß. »Darf er so mit mir reden?«

Brandis blinzelte ein paarmal, als ob er gerade dabei wäre, aufzuwachen. Ich sage dir, in dem Moment dachte ich, dass ich es nachvollziehen kann, wie man dazu gebracht werden kann, einen Mord zu begehen. Echt, ich verstand es.

»Komm runter, Mikey«, sagte er.

Mikey hob seine Hände erneut. »Hören Sie zu, ich verurteile nicht. Mir geht es ausschließlich darum, denjenigen zu finden, der Bella das angetan hat. Wenn das auch das ist, was Ihnen wichtig ist, und ich denke, das ist es, dann verbringen Sie den Nachmittag damit, gründlich darüber nachzudenken. Überlegen Sie, ob Sie nicht doch ein paar Namen aus der Erinnerungsbank quetschen können, einverstanden?«

Brandis stand auf. »Die Pressekonferenz ist erst in ein paar Stunden. Wenn du in der Zwischenzeit hierbleiben und deine Gedanken sammeln willst, kann ich jemanden organisieren, der dir Kaffee und ein Sandwich oder sonst etwas bringen kann.«

»Nein, ich denke, ich gehe jetzt heim.«

»Wie du möchtest. Es ist nur wichtig, dass wir dich vor eins wieder hier haben. Ich schick dir um zwanzig vor einen Wagen vorbei, gut?«

***

Nate saß im Wartebereich und spielte mit seinem verdammten Telefon. Las die Nachrichten oder schrieb seiner Frau welche. Ich wusste nicht, was schlimmer war, deshalb nahm ich, statt zu fragen, einfach beides an und schlug die Hand, die er mir anbot, weg, während wir zum Auto gingen.

»Worüber wollten die mit dir reden?«

»Nur noch mehr Bullshit darüber, mit wem Bella sich möglicherweise getroffen haben könnte. Sie können es nicht in ihre beschissenen Hirne bekommen, dass sie nicht so ist.«

Nate startete den Motor, prüfte mit einem Blick, ob ich den Sitzgurt angelegt hatte. Das machte er jedes Mal und jedes Mal erweichte es mein Herz in dem Moment für ihn. Ich langte hinüber und streichelte sein Bein.

»Danke, dass du hier bist, Babe.«

Nate nickte und löste die Handbremse. »Solange du mich brauchst, nur …« Er fuhr vom Parkplatz in Richtung meines Hauses. »Ich muss leider heute später zurück nach Sydney. Nach dem Pressedings werde ich –«

»Ich dachte, du hast gesagt, du hättest dir freigenommen.«

»Ja, schon. Gibt nur ein paar Dinge, die ich tun muss.«

»Dinge.«

»Babe, komm. Sei fair.«

»Ich habe nicht darum gebeten, dass du herkommst.«

Seine Riesenhände schlugen mit der Handfläche aufs Lenkrad. »Sie war wie meine Schwester.«

»Ja, das Gefühl kenne ich.«

Er holte tief Luft und trommelte mit den Händen, nun sanft, aufs Lenkrad. Er nahm den langen Weg und vermied dabei die Straße, in der Bella gelebt hatte. Das waren die Teile von Strathdee, die die Touristen nie sehen, die Straßenzüge mit den roten Ziegelhäusern und den Faserzement-Mietshäusern mit den kompakten Stahlzäunen an der Vorderfront. Es war ein paar Minuten vor zehn an einem windigen, sonnigen Mittwoch und die meisten Vorgärten waren belebt: Ich wechselte einen Blick mit einem kettenrauchenden Teenager, der zwei Kleinkindern desinteressiert dabei zusah, wie sie sich mit Plastikspielzeug schlugen, zwei uralte italienische Immigranten in Feinripp-Unterhemden und Anzughosen, die ausdruckslos auf die Straße starrten, und eine Frau mittleren Alters in Trainingshosen und String Tanga beim Bewässern von Unkraut. Eine Horde von Hunden bellte und heulte, doch ich konnte keinen von ihnen sehen.

»Du kannst mich einfach rauslassen und dich auf den Weg machen«, sagte ich, als wir in meine Straße bogen.

»Und was ist mit diesem Presseding?« Nate zog die Handbremse an, ließ aber den Motor laufen.

»Brandis sagte, er würde mir einen Wagen schicken.«

»Eine große Sache, um sie allein zu überstehen.«

»Ich werde Lisa bitten, mitzukommen.«

Er sah mich auf diese besondere Art an. Oh Gott, dieser Mann.

»Ich will hier sein, das weißt du, aber sie hat mich gestern erwartet und ich bin nicht aufgetaucht. Hab nicht angerufen, bis … Sie versteht und so, aber sie ist … Ich muss einfach hin und sie beruhigen, sie wissen lassen, dass zwischen uns alles in Ordnung ist. Ihr und mir. Bin morgen früh wieder da. Wir müssen … Begräbnis und so.«

»Es wird Tage dauern, eine Woche vielleicht. Sie müssen … Weil es diese Ermittlungen gibt, dauert es länger, bis sie den Leichnam freigeben.«

Er schloss die Augen, trommelte wieder auf das Lenkrad. Sie war wie seine Schwester. Er liebte sie. Es tat ihm weh, sehr weh. Es tat mir für ihn sehr weh und ich machte mir Sorgen um ihn.

»Weiß sie, deine Frau –«

»Renee.«

»Weiß Renee von dir, vom Trinken?«

Er ballte die Fäuste, öffnete sie, ballte sie wieder. »So sind wir uns begegnet. Bei einem Treffen.«

»Oh, okay, gut. Das ist gut.«

»Morgen«, sagte er, den Blick aus dem Fenster gerichtet.

Ich lehnte mich zu ihm rüber, küsste ihn auf die Wange, spürte seinen ganzen Schmerz im zusammengebissenen Kiefer. Ich konnte nicht schnell genug aus seinem Truck rauskommen.

*** *** ***

Als sie sich der Polizeidienststelle von Strathdee näherte, konnte May ihre Konkurrenz davor versammelt sehen. Sie hatte eine Horde befürchtet, doch so schlimm war es nicht. Eine kleine Gruppe Fotografen, alle mit gezückter Kamera, den Blick in Richtung Himmel gerichtet. Vom *Telegraph* und dem *Herald* waren je ein Reporter da sowie zwei weitere, die May erkannte, aber nicht zuordnen konnte. Die Ü-Wagen von 7, 9 und 10 waren da, aber keine von ABC oder Sky.

Sie parkte um die Ecke, rauchte eine Zigarette und brachte ihr Make-up in Ordnung. Sie hatte den Weg zum Polizeirevier perfekt geplant und kam in dem Moment an, als der Uniformtyp sie alle in Strathdee willkommen hieß. Hinter ihm standen zwei Männer in Anzügen, zwei uniformierte Polizisten und eine dunkelhaarige Frau, die einen hellblauen

Trainingsanzug – die enge Velours-Sorte, die vor zehn Jahren in Mode gewesen war –, weiße, knöchelhohe Sneakers und pastellrosa Lippenstift trug. Ihr Kopf vibrierte. Sie blinzelte in schneller Abfolge. Die arme Frau schien aufrichtig überrascht zu sein, dass man sie sanft in Richtung der Reportergruppe schob. May bezweifelte, dass die Frau einen ganzen Satz, geschweige denn die ganze Pressekonferenz durchhalten würde. Es schauderte sie beim Gedanken an die Unfreundlichkeit der ganzen Sache, und dann drängte sie sich unter Einsatz ihrer Ellbogen nach vorne, um gute Fotos vom Zusammenbruch schießen zu können, wenn er passierte.

***

Zurück im Auto, spielte May die Aufnahme ab und machte sich dabei knappe Notizen zu den wenigen Details, die die Cops verlautbart hatten. Sie entwarf auch verschiedene Ansätze für die Story, bevor sie Andrew anrief, um ihn davon zu überzeugen, sie noch ein paar Tage hierbleiben zu lassen, obwohl sie bis jetzt nicht mehr Nachrichten hatte als »Frau tot, Schwester traurig, Polizei weiß nichts«.

Reaktionen/Erinnerungen von:
Familie (bes. Schwester)
Lebensgefährte
Freunde
Nachbarn
Kollegen
Auswirkungen für die Stadt – Sicherheit von Frauen, Tourismus, Nachtleben (gibt es da was?)
Ähnliche Fälle (Morde in dieser Stadt oder nicht lange zurückliegende Vergewaltigungen/Morde woanders)

»Na gut«, sagte Andrew, während sie noch bei ihrer ersten Idee war. »Schau, die Story, das wir haben, geht noch immer durch die Decke, wird überall geteilt, also müssen wir da nachlegen. Gib mir zuerst einen geradlinigen Bericht, konzentriere dich auf die Schwester, baue jedes Fitzel ein, das die Polizei herausgerückt hat. Dann will ich eine atmosphärische Übersicht des Ortes; beschreibe, wie es da ist, wo sie sie umgebracht haben, wie die Stimmung in der Stadt ist. Jim meint, dass es dort in der Siedlerzeit irgendein berühmtes Massaker gab. Schau, ob du das einarbeiten kannst. Ich möchte die erste Story am Nachmittag hochladen, damit sie geteilt werden kann, bevor es die anderen auch nur ankündigen, und dann will ich die zweite Geschichte morgen Früh auf den Weg bringen. Also, eine Stunde für den Bericht und Deadline vor achtzehn Uhr für den zweiten Text, gut? Ciao. Wir reden in der Früh.« Er legte auf.

***

May saß im Schneidersitz am Hotelbett und schickte, nachdem sie soeben die zweite ihrer beiden Storys fünf Minuten vor der Deadline abgeliefert hatte, eine kurze Mail an ihren Nachbarn, Jack, in der sie ihn bat, ein Auge auf ihre Wohnung zu werfen, bis sie wieder zurück sei. Jack wohnte eigentlich drei Türen weiter, aber er war die einzige Person in der Terrassenreihenhaussiedlung, mit der sie sprach. Die Frau links von ihr war ein jammerndes Miststück, das sich über Post beschwerte, die länger als einen Tag im Briefkasten lag, über eine über Nacht draußen vergessene Mülltonne, über Musik, die so laut abgespielt wurde, dass man sie gerade noch hörte, wenn man das Ohr an die Lautsprecher hielt. Auf der anderen Seite gab es einen älteren Mann, der täglich mittags Besuch von einer Pflegerin erhielt und mindestens einmal im Monat von der Rettung abgeholt wurde.

Hier, in dieser geruchlosen, braun-beigen Schachtel, spürte May Stiche des Verlangens nach ihrem kleinen gemieteten Zuhause auf der Devonshire Street. Nach ihren fahlgrünen Wänden und den grün-lila Vorhängen mit Retromuster, den Fenstern mit dem weißen Gitter, die in der Nacht offen standen, dem Duft malaiischer Gewürze vom Restaurant ums Eck, dem Geräusch der Lastwagen, Radglocken, des Lachens und der Prügeleien und des gelegentlichen Zerbrechens von Flaschen vor dem Pub eine Straße weiter. Und May sah, hörte und roch all das, während sie auf ihrem viel zu weichen, aber herrlichen Vintage-Eisenrahmenbett saß, und speziell, ja, oh Gott, Craigs Kopf zwischen ihren Beinen, seine Zunge …

»Scheiße.« Sie klappte ihren Laptop zu, schnappte sich die Laufschuhe aus der noch nicht ausgepackten Tasche und schlüpfte barfuß hinein. Sie steckte den Zimmerschlüssel ein und schritt in die Strathdee-Dämmerung, wobei sie ständig daran dachte, dass sie, wenn er hier auftauchen sollte, binnen Sekunden flach am Rücken liegen würde. Ich habe keinen Stolz, ich habe keine Würde. Wenn ich ihn anrufe, würde er kommen, wenigstens für eine Nacht? Um der guten, alten Zeit willen? Er kann nicht mit der anderen zufrieden sein, schwanger und wütend, und ich hier so bereit und voller Verlangen.

May lief in die Richtung, in die sie am Morgen gefahren war. Sechs oder sieben einsame rauchende Männer auf der Veranda eines Pubs ignorierten sie, während eine Dreiergruppe ihre Konversation unterbrach, um ihr beim Vorbeilaufen zuzusehen. Der Autoverleih war unbeleuchtet, die Tankstelle leer, bis auf den Teenager-Angestellten, der in sicherem Abstand von den Zapfsäulen lässig rauchte.

Um eine Straße mit weiteren rauchenden Schloten zu vermeiden, bog May bei der Vorschule links ab und lief erleichternd aufatmend eine mit hübschen Faserzementhäuschen gesäumte Straße entlang. Sie wählte jede Richtungsänderung per Zufall, behielt den Überblick über die Route im Kopf, fokussierte auf ihre Atmung und das Gefühl der Straße unter ihren hämmernden Beinen, verscheuchte dabei die Gedanken an Craig und seine leckende, verdammte Lügenzunge für bis zu dreißig Sekunden am Stück.

»Hallo!«, rief ein Kind hinter einem Drahtzaun vier oder fünf Häuser links vor ihr.

»Hi.«

»Brauchst du einen Ort zum Verstecken? Wir haben eine Laube.«

May verlangsamte ihr Tempo. »Nein. Ich bewege mich nur ein bisschen.«

»Oh. Ich dachte, die Männer verfolgen dich vielleicht.«

»Welche Männer?« Sie blieb stehen, hüpfte auf den Zehenspitzen auf und ab, betrachtete das kleine Gesicht. Ein Mädchen, vielleicht fünf oder sechs, mit einem hausgemachten Topfschnitt, in grauen Trainingshosen und einem ausgebleichten Superman-T-Shirt.

»Die, die die Lady gelöded haben. Wusstest du das? Eine Lady wurde umgeblacht.«

»Ja, ich weiß.«

»Meine Mami sagt, dass die Polizei sie erwischen wird, aber noch nicht ganz, also solltest du dich verstecken, wenn du sie siehst und sie dich sehen, musst du ganz, ganz, ganz, ganz laut schreien.«

»Super Ratschlag. Tschüss jetzt.«

»Tschüss. Hab eine schöne Zeit beim Laufen.«

Craigs mittleres Kind müsste ungefähr in dem Alter sein. May dachte nur selten an sie, diese schuldlosen Kinder. Sie kannte keine Kinder, hatte es nur irgendwie geschafft, sich Craigs als besser angezogene und besser ernährte Varianten von sich und ihren Brüdern vorzustellen. Das Mädchen, bleich und verschreckt, ihre Züge zu groß und alt für ihr zerknautschtes Gesicht. Der ältere Junge, feingliedrig und mit langen Wimpern, wurde so oft für ein Mädchen gehalten, dass er aufgehört hatte, die Leute zu korrigieren, warf seine hübschen Hände hoch und sagte »wie auch immer« in einer Art, die seine Mutter kichern und den Vater sein Gesicht verziehen ließ. Der Jüngste, seines Vaters ganzer Stolz, stämmig und schroff, bereits mit drei fähig, seinen älteren Bruder zu Fall zu bringen.

Sie hätte sie lieben können. Selbst wenn sie sich überhaupt nicht als sie, Max und Jason erwiesen hätten, hätte sie genug von Craig in jedem von ihnen finden können, um sie alle zu lieben. Er hatte ihr nie die Chance dazu gegeben. Er hatte es auch nie vorgehabt, das wusste sie jetzt. Das vierte Kind, das im Anmarsch war, war der beste Beweis dafür. Die Familie immer weiter zu stärken, während die Geliebte in Vergessenheit gerät.

»Hey. Warum läufst'n so, Süße?«

May behielt ihr Tempo bei und den Kopf weiter oben, ihr Blick die üblichen zwei Meter nach vorne gerichtet. Sie war es gewohnt, in der Innenstadt zu laufen, wo aus Autos rufende Arschgeigen nicht mehr als Hintergrundgeräusch waren.

»Uuuhhh, nur 'ne Frage. Wieso läufst'n so? Mit so'nem süßen Arsch auch noch, den solltest nicht so wegtrainieren.«

Sie lief weiter, nahm die nächste Straße nach links, fokussierte ihre Gedanken auf den Weg zurück, überlegte, ob sie bei der nächsten Ecke den Bogen retour einschlagen sollte oder erst ein paar Blocks weiter. Sie realisierte, dass erst ein paar Autos an ihr vorbeigefahren waren, seit sie die Hauptstraße verlassen hatte, versuchte, sich den Stadtplan im Kopf vorzustellen, eine direktere Route zurück zum Hotel zu finden.

Ein Auto bog von der gegenüberliegenden Ecke in die Straße ein, kam ihr entgegen, das Fernlicht eingeschaltet, dann plötzlich ohne Licht. Alles verschwamm und flackerte vor Mays Augen. Sie bemerkte, wie dunkel es war, wie wenige Häuser sich in dieser Straße befanden, wie viel Vorgarten und Einfahrt vor jedem war. Sie lief schneller, ein wenig nur, hielt ihr Tempo stabil, als das ohne Licht fahrende Auto das andere Ende der Straße erreichte und mit quietschenden Reifen eine Kehrtwende machte.

»Komm schon, Mädchen. Bleib mal ’ne Sekunde stehen. Nur ’ne Sekunde.«

Das Auto war jetzt direkt hinter ihr und hielt unter ständigen Gasstößen ihr Tempo. Vorne, am Ende der Straße, vielleicht eine Minute entfernt, war ein beleuchtetes Haus. Sie beschleunigte stark.

»Uhhh, wieso läufst du denn immer so? Gib mir nur ’ne Sekunde, gib mir ’ne Sekunde.« Das Gequassel ging weiter, freundlich, fast sanft, als ob sie ein wilder Hund wäre, der in den offenen Schlund eines Vans getrieben werden sollte.

Die asphaltierte Einfahrt wenige Meter entfernt war zu weit weg. Sie bog scharf auf den Rasen, lief rasch dem beleuchteten Vorbau entgegen. Als sie klopfte, raste das Auto mit quietschenden Reifen davon.

Ein Mann öffnete, er war Ende dreißig, trug eine gestreifte Pyjamahose und ein weißes Unterhemd. Er hob die

Augenbrauen, sprach nicht. Hinter ihm brüllte die Kennmelodie von *Friends* und Kindergejammere ging hoch und hörte gleich darauf auf.

»Es tut mir wirklich leid«, sagte May. »Ich war laufen und jemand folgte mir. Ich wollte nur … Dein Licht war an und deshalb …«

Der Mann spähte ihr über die Schulter. »Schaut so aus, als wäre er jetzt weg.«

Irgendwas an ihm kam ihr bekannt vor. Eine verrückte Sekunde lang dachte sie, dass er der Typ aus dem Auto sei, ihr Herz blieb stehen, bevor der Verstand es wieder zum Schlagen brachte. »Ja, hm. Ich frage mich, ob … Ich habe mein Telefon nicht dabei und –«

»Das war nicht so klug, oder?«

»Nein. Ich dachte nicht, dass – könnte ich vielleicht ganz kurz dein Telefon benutzen? Ein Taxi rufen?«

»Ein Taxi? Wohin möchtest du denn?«

»Ins Strathdee Inn. Es ist nur –«

»Ja, klar. Gib uns eine Sekunde und ich fahr dich.«

»Oh nein, ich wollte nicht –«

»Dauert nur 'ne Sekunde.« Er verschwand im Flur. May hörte eine Frauenstimme, dann die Kinder aufmucken, dann kichernde Kinderstimmen. Weitere gemurmelte Gespräche und dann kam er wieder zurück, nun in Fußball-Shorts und einem marineblauen T-Shirt, Schlüssel und Telefon in der Hand. »Komm mit.«

Plötzlich machte es klick. Sie fügte Stimme und Gesicht zusammen. »Du bist, hm, du warst heute auf der Pressekonferenz? Constable Riley, nicht wahr?«

»Senior Constable Riley«, sagte er, dann lächelte er leicht. »Tom, wenn du möchtest.«

»Ich bin May Norman. Ich bin –«

»Reporterin, ja, ich weiß.« Er ging an ihr vorbei zu einem grauen Kombi, hielt ihr die Beifahrertür auf und offen, während sie sich ins Auto setzte.

»Der Typ, der dir gefolgt ist«, sagte er, sobald er aus der Einfahrt auf die Straße zurückgesetzt hatte. »Hatte der 'nen kackfarbenen Ford? Nummernschild ROX111?«

»Hm, braunes Auto, ja. Aber ich konnte – ich konnte das Nummernschild nicht sehen oder erkennen.«

»Nicht? Ich dachte, das sei es, was ihr so macht? Dinge erkennen – Details und so.«

May verkniff sich die Entschuldigung. »Ich dachte, dass es das Beste sei, ihn einfach zu ignorieren. Funktioniert normalerweise mit diesen Nervensägen.«

»Ja. Die Sache ist nur die: Der Typ, mit dem wir es hier zu tun haben, Dean Rockford – Rox – besteht zur Gänze aus Pisse und Wind. Wenn's noch mal passiert, zeig ihm den Mittelfinger oder was Ähnliches, und er wird abhauen.«

»Der macht so etwas also oft, oder?«

»Wenn sich ihm die Gelegenheit bietet. Er ist allerdings harmlos. Glaub mir, wenn du ihm auch nur ins Gesicht geschaut hättest, wäre er davongerast.«

Sie bogen auf den Hotelparkplatz. Mays Herzschlag hatte sich wieder normalisiert, aber ihre Brust tat noch weh und es schien ihr, als könne sie nicht aufhören zu schlucken. »Schau«, sagte sie. »Was, wenn es nicht dieser Typ war, oder wenn … Ich meine, wer auch immer gemordet –«

»Rox war's nicht.«

»Wie kannst du dir da so –«

»Mehr kann ich dazu nicht sagen, das weißt du. Aber vertrau mir, er war's nicht. Wie gesagt, er ist harmlos.«

»Okay, aber …« Er sah sie an, als ob sie ein Kind sei, das sich weigerte zu glauben, dass sich kein Werwolf in seinem Schrank versteckt. »Was, wenn es nicht dieser Rox-Typ war? Gerade eben, meine ich. Ich konnte das Auto nicht wirklich gut sehen. Es hätte …«

Er seufzte, griff zu seinem am Armaturenbrett liegenden Telefon, wählte und lächelte ihr zu, als er redete. »Rox, Riley hier. Sicher. Sicher. Halt mal die Klappe für 'ne Sekunde und hör zu. Hast schon wieder deinen Blödsinn getrieben? Du weißt, was ich meine. Brüllen und am Bordstein entlangkriechen? Mädchen erschrecken?«

May hielt ruhig, ihr ganzer Körper war heiß. Das blecherne Gebrüll am anderen Ende der Leitung verursachte ihr ein Kratzen am Rücken.

Riley lachte schallend, schüttelte den Kopf. »Du bist ein richtiges Loch, Kumpel. Musst mit dem Scheiß aufhören, ja? Ich meine es ernst. Wenn ich dich noch mal beim Herumkriechen erwische – du solltest es besser glauben … Werde ich … Klar. Klar. Behalte deine dreckigen Gedanken einfach von jetzt an für dich.« Er ließ das Telefon in seine Tasche gleiten. »Okay?«

»Was?«, fragte May.

»Es war Rox. Und wegen ihm brauchst du dir keine Sorgen zu machen.«

»Wenn du meinst.« Sie öffnete die Tür, stellte die Füße auf den Boden.

»Aber hey, nur weil er harmlos ist, bedeutet das nicht, dass es sicher für dich ist, so allein herumzulaufen. Speziell in der Nacht. Ein gut aussehendes Mädchen, ohne Telefon, ohne gar nichts. Nicht wirklich klug, in Anbetracht der derzeitigen Umstände.«

»In Ordnung. Tut mir leid.«

»Ich will dich nicht belehren. Mach, was du willst, freies Land und so. Es ist nur, dass wir keine weitere Bella Michaels wollen, oder?«

»Nein.« Sie stieg aus. »Danke fürs Herbringen«, sagte sie und dachte *Nur hinein, hinein, hinein, hinein.*

»Kein Problem. Pass auf dich auf.«

May ließ die Tür zufallen und taumelte, als sie den in Plastik eingewickelten Körper unter der Motorhaube des Geländewagens hervorschauen sah, der neben ihr stand.

»Alles okay?«, rief Riley von drinnen und sie blinzelte und sah, dass es sich nur um einen schlampig abgelegten Müllsack handelte. Sie fühlte seine Augen in ihrem Rücken und eine Vielzahl weiterer Augenpaare, die sich von der Rezeption aus in sie bohrten. Sie ertrug es nicht, den ganzen Weg über den Parkplatz zu laufen, um zu ihrem Zimmer zu gelangen. Sie kürzte den Weg über den einen Meter breiten Streifen aus Kieselsteinen und heimischen Pflanzen ab, erschauderte, als Farnwedel ihre Knöchel wie weiche Haarsträhnen kitzelten.

*** *** ***

AustraliaToday.com / May Norman, 8. April 2015

SCHWESTER FLEHT UM MITHILFE BEI DER SUCHE NACH BELLAS MÖRDER

Die verzweifelte Schwester der ermordeten Bella Michaels hat die Öffentlichkeit um Hilfe gebeten, die zur Verhaftung des Mörders der 25-Jährigen führen soll.

Als Chris Roger zwischen den beiden Mordermittlern vor der Polizeidienststelle in Strathdee stand, brach ihre

Stimme bei der Antwort auf die Frage eines Journalisten, wie sie sich gefühlt hatte, als sie die Leiche ihrer Schwester identifizieren musste. »Sie scheinen doch ein menschliches Wesen zu sein. Versuchen Sie einfach, sich vorzustellen, wie es für Sie wäre. Dann verstehen Sie, dass dieses Gefühl nie verschwinden wird. Der Moment, in dem ich sie sah, ist für immer in mir eingebrannt. Er ist jetzt ein Teil von mir.« Dann schluchzte sie und schien zu wanken, stolperte in Richtung des Mikrofonständers, bevor eine Polizistin sie aufrichtete und zurück in die Dienststelle führte.

Nach Ms. Rogers Abgang setzte Detective Sergeant John Brandis die Pressekonferenz fort und informierte die versammelten Medienvertreter über die Fakten des Verbrechens. Die Polizei geht davon aus, dass Ms. Michaels am späten Freitagabend oder in den frühen Stunden des Samstags ermordet wurde, nachdem sie zuvor vor dem Pflegeheim, in dem sie gearbeitet hatte, entführt worden war. Ihre Leiche hatte man am frühen Montagmorgen in der Nähe einer Highwayausfahrt gefunden.

Det. Brandis bestätigte, dass Ms. Michaels in den Stunden vor ihrem Tod mehrfach sexuell missbraucht worden war, und erklärte, es sei möglich, dass mehr als ein Täter in diese Tat verwickelt war.

Auf Nachfrage erklärte Det. Brandis, dass die Polizei eine »Reihe von Personen« im Zusammenhang mit diesem Fall befragt hatte, darunter mehrerer Anwohner, die Vorstrafen wegen physischer oder sexueller Gewalt hatten, dass die Polizei allerdings bis jetzt keine Hinweise auf mögliche Verdächtige habe.

Bevor sie die Antwort gab, die zu ihrem Zusammenbruch

führte, verlas Ms. Rogers ein vorbereitetes Statement. »Alle, die Bella gekannt haben, sind am Boden zerstört«, lautete das Statement. »Worte können die Hölle nicht einmal annähernd beschreiben, durch die wir gerade gehen, in dem Wissen, dass ihre letzten Momente höchstwahrscheinlich voller Leid gewesen waren.

Bella war eine liebe und sanfte Seele, die hart arbeitete, sich rührend um ihre Patienten kümmerte und die von ihrer Familie und ihren Freunden geliebt wurde.

Wir werden sie jede Minute jedes Tages vermissen.

Nichts wird je den Schmerz heilen, den wir fühlen, aber wir hoffen inständig darauf, dass die Person oder die Menschen, die dafür verantwortlich sind, gefunden werden, damit sie zur Rechenschaft für Bellas Tod gezogen werden können und damit niemand anderer diesen unendlichen Schmerz empfinden muss.

Es ist von äußerster Wichtigkeit, dass jeder, der Informationen über die Geschehnisse dieser Nacht hat, diese umgehend der Polizei meldet. Wer Informationen hat, wird dazu aufgefordert, die Crime Stoppers oder die Polizei in Strathdee anzurufen.«

*** *** ***

Ich hatte mir die ersten zwei Nächte freigenommen. Ich hätte mehr freie Tage nehmen können – Old Grey vom Royal ist ein Sanfter im Herzen und Gott weiß, ich hab genug Jahre da reingesteckt, um ein wenig Freizeit zu verdienen –, nur wieso sollte ich allein in meinem verdammten Haus sitzen, wo ich doch nur an meine arme, verdammte Schwester denken würde?

Wie auch immer, das Pub ist mehr ein Zuhause für mich als sonst ein Ort, wirklich. Ich arbeite da bereits seit, oh Gott, dreizehn Jahren? Ungefähr so lange, jedenfalls. Ich begann in der Küche und wurde dann an die Bar versetzt, als ich meine Alkoholausschankberechtigung erhielt. Ich kenne da jeden noch so kleinen Kniff, könnte das Ding führen, ganz leicht sogar, hab nur keinen Bock darauf. Ich mag meinen Job, so wie er ist, und könnte ihn so lange mit Freude machen, bis meine Beine mich nicht mehr tragen.

Vor einiger Zeit bemühte sich der Manager des Imperial um mich. Frecher Mistkerl, der er war, kam er rein, bestellte ein Bier und machte mir beinhart ein Angebot direkt vor der Nase von Old Grey. Er bot mir mehr Kohle und ein ganzes freies Wochenende pro Monat, und einen ganzen Tag lang oder so überlegte ich, doch am Ende fragte ich mich, wieso etwas reparieren, das nicht gebrochen ist, verstehst du? Abgesehen davon, das Imperial ist direkt im Stadtzentrum, also kriegen die die Typen, die nach der Arbeit kommen, und die Shopping-Kundschaft ab. Wir sind näher beim Truck-Stopp, der Wohnwagenanlage und dem Hotel in der Nähe der Sydney-Ausfahrt, was bedeutet, dass wir den meisten Zwischenstopp-Verkehr haben. Nicht so, wie er vor der Umfahrung war, aber wir bekommen noch immer eine schöne Menge Truckies und Reisende, und ich liebe es, mit Menschen zu quatschen, die von irgendwo kommen, wo ich noch nie gewesen bin. Noch besser, von einem Ort, von dem ich noch nicht mal gehört habe. Da kann man viel lernen.

Und ja, wozu an diesem Punkt leugnen: Ich habe wirklich ein ziemliches Ding für Truckies, speziell die Langstreckentypen. Ich meine, physisch könnten die meisten von ihnen besser in Form sein, aber dicke, sonnenverbrannte Arme und borstige Wangen haben schon was. Dazu kommt die Geduld, zehn, zwölf oder vierzehn Stunden am Tag auf der Straße zu bleiben, und die Geschicklichkeit, die es braucht, diese Monsterdinger in und aus diversen Ecken und Ritzen zu manövrieren, na ja, sagen wir mal, dass sich diese Geduld und Manövrierfertigkeit im Truck üblicherweise ganz gut im Schlafzimmer anwenden lassen.

Wie auch immer, es stellte sich heraus, dass eine Tragödie ganz gut fürs Geschäft ist. Ich hatte das Pub noch nie so voll gesehen wie an dem Mittwochabend in der Woche, als sie Bella gefunden hatten. Die übliche Mischung aus Leuten auf der Durchreise und dann noch die halbe gottverdammte Stadt. Ehrlich, es waren mehr Leute da, als wir im letzten Jahrzehnt je an einem Wochentag gehabt hatten.

Niemand sagte mehr als »Wie hältst du das durch, Liebes?«, aber wenn ich antwortete, dass ich okay war, konnte ich die Enttäuschung in ihren Gesichtern sehen. Sie wollten Tränen und Wut. Sie wollten Details. Das konnte ich auch sehen. Ich konnte erkennen, dass jeder von ihnen die Zeitungen gelesen hatte und sich wirklich bemüht hatte, sich alles vorzustellen. Alle waren respektvoll und düster, wenn sie zum Bestellen an die Bar kamen, doch sobald sie wieder an ihren Tischen waren, ließen sie das Schauspielern sein. Das »Wie geht's dir, Liebes?« war beinahe geflüstert, nur um dann zehn Sekunden später über weiß der Teufel was mit ihren Kumpels zu grölen.

Es tat schon ein bisschen weh, wenn ich ehrlich bin. Ich kannte viele bereits mein ganzes Leben. Janie, die bis zur siebenten Klasse, als sie in die katholische Schule wechselte, meine beste Freundin in der Grundschule war. Mick, ihr Mann, der sich im Kindergarten immer in die Hosen gemacht hatte und als Teenager Schwimmmeister war und vor ein paar

Jahren fast an Meningitis gestorben wäre. Patrick, der mit fünfzehn mehr oder weniger mein Freund war und der später die schielende, stotternde Jenny heiratete, die wir uns alle in der Highschool bemüht haben zu mögen, weil sie als Einzige von uns einen Pool hatte. Mr. und Mrs. Creighton, die neben uns lebten, als wir Kinder waren, und die ich in all den Jahren noch nie im Royal gesehen hatte.

Einmal kam eine Frau zu mir, die ich nicht erkannte, streichelte meinen Arm und sprach mit mir, als ob sie meine beste Freundin sei. Ich brauchte beinahe bis zum Ende des Gesprächs (obwohl es nicht lang dauerte – nur sie, die mich fragte, wie ich damit zurechtkomme, ich, die sagte, dass es gehe, und dann fragte, wie es ihr gehe), bis mir einfiel, dass es Fiona Willard war, die beim Schulball in der sechsten allen erzählt hatte, dass ich ein Kleid trug, das ihre Schwester eine Woche zuvor der Heilsarmee gespendet hatte.

Sehr spät an jenem Abend kam eine der Stammkundinnen, Lynn, sagte meinen Namen und sah mir in die Augen, so richtig in die Augen. Da musste ich fast losheulen, weil ich bis zu der Sekunde nicht bemerkt hatte, dass das während der ganzen Schicht noch niemand getan hatte.

»Hör zu, Schätzchen«, sagte sie. Sie war dreiundsiebzig, Witwe, und kam jede Nacht, zurechtgemacht wie die Queen, trank ihr Körpergewicht in Gin und wenn sie wieder ging, sah sie aus wie ein ungemachtes Bett. »Hör zu. Du solltest nicht hier sein.«

»Es ist in Ordnung«, sagte ich und versuchte sie loszuwerden, weil ich wirklich kurz davor war, loszuheulen.

»Nein. Hör mir zu. Die Zeitungen sagen, dass sie keine Ahnung hätten, wer das getan hatte. Also könnte es irgendwer sein. Es könnte jeder von denen sein.«

Mein Magen zog sich zusammen. Es konnte jeder von denen sein. Die Männer, denen ich Drinks serviert hatte, deren Grillteller-Bestellungen ich aufgenommen hatte, denen ich gesagt hatte, dass alles okay sei. Ich weiß nicht, wieso ich selbst nicht daran gedacht hatte. Ich wusste nicht, was ich dachte oder weshalb ich damals so dachte. Oh Gott. Es konnte jeder von denen sein.

***

Seit der einen furchtbaren Nacht, wenige Wochen, nachdem Nate mich verlassen und Bella mich schlafend in meiner eigenen Kotze gefunden hatte, hatte ich daheim keinen Whisky. Das war der Tiefpunkt in meinem Leben gewesen und ich hatte Bella versprochen, dass ich mich zusammenreißen, daheim und allein nur mehr Bier trinken würde. Natürlich wäre es ihr lieber gewesen, wenn ich gar nicht mehr getrunken hätte, aber ihr Realismus erlaubte ihr, das geringere Übel zu akzeptieren. Wir hatten eine Abmachung in Bezug auf Spirituosen und daran hielt ich mich.

Am dritten Abend nach der Nachricht von Bellas Tod brachte ich ein Sixpack Bier und eine Flasche Jim Beam mit nach Hause. Ich trank ein Bier, einen Schluck Bourbon, ein Bier, einen Schluck Bourbon, bis nur mehr Bourbon da war, und von da an trank ich ihn direkt aus der Flasche.

Ich brauchte Lärm und Abwechslung, hatte aber Angst vor den Nachrichten im Radio und Fernsehen, weshalb ich stattdessen eine alte Hitparaden-CD einlegte. Ich schnappte mir meine Fotoalben und schaute sie alle durch. Ich weinte viel. Als ich zum Hochzeitsalbum kam und Bella sah, damals noch ein Kind eigentlich, die aber in ihrem blassrosa Satin-Mini bereits wie ein gottverdammtes Modell aussah, und mich in meinem aufreizenden weißen Cocktailkleid und Nate, je eine große Hand auf unseren Schultern, erstickte ich fast an meinem Schluchzen. Ich rief ihn an, erreichte aber nur die Mailbox. Ich denke, ich redete hauptsächlich von Bella, aber möglicherweise sagte ich auch, wie krank ich es fand, dass er da oben irgendein anderes Vögelchen fickte, während seine Frau hier um ihre kleine Schwester trauerte. Es ist sogar ziemlich wahrscheinlich.

Ich wachte mitten in der Nacht auf, noch immer am Boden hingefläzt, das Hochzeitsalbum offen vor mir, die Eingeweide in Aufregung. Ich schaffte es gerade noch auf die Toilette. Während ich mich übergab, spürte ich, wie weh mir mein Genick, mein Rücken und die Hüften taten. Als ich noch jünger war, trank ich auch, bis ich am Boden lag; doch tat es nachher nie so weh. Bellas Rücken schmerzte fast immer, obwohl sie jung und fit war. Es war natürlich ihre Arbeit, das Bücken und Schrubben und Reichen und Heben. Sie sollten eigentlich so eine Art Schaukelwagen verwenden, um die Patienten von einem Ort zum anderen zu bewegen, doch gab es da nur einen für das ganze Haus und sie wollte die armen Schweine keine überflüssige Minute in ihrem eigenen Dreck liegen lassen, also hob sie sie einfach selbst auf. Sie vermutete, dass die meisten weniger als eine Kiste Bier wogen. Aber ich sorgte mich um sie. Wenn dein Rücken im Arsch ist, ist es für immer, sagt man.

Ihr Rücken. *Gott hilf mir, Gott scheiß auf den Rücken, was sie alles aushalten musste, oh Gott, was sie ihrem Rücken alles angetan haben, oh Gott, scheiß auf ihren Rücken.*

Ich wusch mich und humpelte direkt ins Bett. In meinem Kopf drehte sich alles und so wandte ich den Trick an, den ich in meinen schlimmsten Sauftagen gelernt habe: Ich hielt die Augen offen und starrte einen einzelnen Punkt an der Wand an. Solange ich die Augen nicht zum Schließen zwang, würde ich schon bald von selbst einschlafen, redete ich mir ein. Ich starrte und starrte den dunklen Fleck an der Wand an, und dann spürte ich wieder diese Eiseskälte in den Eingeweiden, als mir bewusst wurde, dass ich diesen Fleck noch nie gesehen hatte. Meine Wände sind weiß und ich halte sie sauber, wische Verschmutzungen und fettige Händeabdrücke sofort weg, sobald sie auftauchen. Ich hätte ihn gesehen, diesen dunklen Fleck, der wie ein gesprenkelter, schlapper Fußball aussah. Ich hatte die Vorhänge nicht zugezogen, weshalb die Wand durch den Vollmond von draußen beleuchtet wurde. Eine reine, helle Fläche, beschädigt durch diese schreckliche Wunde.

Ich konnte mich vor Angst nicht bewegen. Ich kann es nicht erklären. Es war nur eine dunkle Stelle an meiner Wand, aber in dem Moment fühlte es sich an, als ob mein Leben jeden Moment enden würde.

Und dann war er weg. Meine Wand war wieder sauber, einfach so. Ich schob mich aus dem Bett und berührte die Wand da, wo der Fleck gewesen war. Es war, wie eine Kochplatte anzugreifen, von der man nicht weiß, ob sie aufgedreht ist. Ich brauchte eine Sekunde, um zu verstehen, dass ich mir die Hand verbrannte, und fiel auf die Knie. Ich berührte die Wand in der Nähe des Bodens und sie fühlte sich wie eine Wand an. Ich langte wieder hinauf und berührte erneut die Stelle, an der ich mich verbrannt hatte, diesmal nur mit dem Mittelfinger. Nichts. Ich ließ die Hände die Wand auf und ab wandern und konnte die heiße Stelle, die dunkle Stelle, nicht mehr finden. Meine linke Handfläche brannte noch immer von der Hitze.

Ich musste kotzen, bretterte durch den Flur, an der Küche vorbei ins Badezimmer. Ich schaffte es nicht ganz. Versaute den Boden und die Vorderseite meines Nachthemds. Ich saß vor der Toilette, bis mein Herz zu hämmern aufgehört und mein Magen sich beruhigt hatte. Dann reinigte ich den Boden, warf das Nachthemd in die Wäsche, duschte, nahm ein paar Panadol mit einem großen Glas Wasser. Ich ging im Haus herum, schaltete alle Lichter an, prüfte alle Wände. Dumme alte Säuferin, sagte ich zu mir, aber als ich endlich wieder im Bett war und meine Augen schloss, wusste ich mit Sicherheit, dass ich, sobald ich sie wieder öffnen würde, das Ding da wieder sehen würde, diesen unerträglichen Bluterguss.

*** *** ***

AustraliaToday.com / May Norman, 8. April 2015

EIN VON GESPENSTERN HEIMGESUCHTER ORT

Fünf Minuten außerhalb von Strathdee, auf dem Hume-Highway in Richtung Süden, lenken unnatürliche Farbspiele den Blick des Autofahrers an der Reihe Eukalyptusbäume vorbei zu einem wenig spektakulären, fahlgrünen und braunen Feld dahinter. Wenn man am asphaltierten Straßenrand hält, wird sofort deutlich, dass es sich bei dem grellen Rosa und Gelb, das man von der Straße gesehen hat, um eine provisorische Gedenkstätte handelt, die um einen dünnen Ghost-Gum-Baum aufgestellt ist. Ungefähr zwanzig Schritte daneben befindet sich die Stelle, an der man am Montagmorgen den zum Teil in eine blaue Plane gewickelten, nackten und geschändeten Körper der beliebten 25-jährigen Altenpflegerin Bella Michaels fand.

Die örtliche Polizei hatte den Ort sofort abgesperrt, bis die Ermittler und die Spurensicherung und ein ganzes

Bataillon von Polizisten erschienen, inklusive Auszubildende der nahe gelegenen Polizeiakademie Goulbourn, die die Aufgabe hatten, die umliegende Gegend Zentimeter für Zentimeter abzusuchen. Am Dienstag um 22 Uhr waren die Autos und Flutlichter und Suchtrupps verschwunden. Alles, was von ihnen blieb, war ein Haufen Furchen und Bremsspuren am Asphalt und im Schlamm, der das Gras von der Straße trennt.

Strathdee, 3000 Einwohner, 450 Kilometer südwestlich von Sydney und beinahe ebenso weit nordöstlich von Melbourne, war einst der beliebteste Ort für Zwischenstopps zwischen den beiden Städten. Doch die vor fünf Jahren in Betrieb genommene Highway-Umfahrung führte dazu, dass Tausende Autos, Busse und Trucks, die früher hier zum Nächtigen, zum Beinevertreten oder einfach nur für eine Stärkung gehalten hatten, nun an Strathdee vorbeifahren. Mehrere Hotels und Restaurants sowie die Autowerkstatt einer großen Kette mussten schließen und mehrere hundert Einwohner zogen weg, viele von ihnen in den nur 50 Kilometer entfernten, vergleichsweise blühenden ländlichen Knotenpunkt Wagga Wagga.

Nichtsdestotrotz ist Strathdee keine Geisterstadt. Seine Einzelhändler und Kleinunternehmen sind für die umliegenden Vieh- und Schaffarmer da, und seine vier Pubs, zwei Hotels und ein riesiger, sich ausdehnender Wohnwagenpark sind mit einer Mischung von Einheimischen, Langstreckenlastwagenfahrern bei ihren obligaten Pausen und Touristen, die es gerne gemütlich haben und ihre Pausen in authentischen australischen ländlichen Ortschaften machen, die auf dem Weg zwischen Australiens größten Städten liegen, beschäftigt.

Am Mittwoch war einer dieser Reisenden, Gleys Morton aus Cairns, entsetzt, von dem jüngsten Mord zu hören. »Es ist so ein netter kleiner und ruhiger Ort«, sagte Mrs. Morton, die mit ihrem Gatten seit sechs Monaten mit dem Wohnwagen an der Ostküste Australien unterwegs ist. »Es ist so ziemlich der letzte Ort, an dem man erwarten könnte, von so einem Verbrechen zu hören.«

Arthur Tomesberry von der historischen Gesellschaft Strathdee hat allerdings eine andere Sicht auf die Dinge. »Seit er bewohnt wird, und das sind beinahe 70 Jahre, ist Strathdee ein sicherer Ort gewesen, aber die Geschichte dieser Region ist eine dunkle. Wenn ich im Busch draußen unterwegs bin, spüre ich immer, dass es hier Geister gibt.«

Die »dunkle« Geschichte, auf die Mr. Tomesberry anspielt, umfasst ein angebliches Massaker an der indigenen Bevölkerung im frühen 19. Jahrhundert. »Ein Haufen Schotten kam her, um einen Platz für ihre Farmen zu suchen. Sie vertrieben die Einheimischen wie Ungeziefer. Davon ist allerdings nichts dokumentiert, doch die Geschichten wurden von Generation zu Generation weitergegeben und jede alteingesessene Familie hier weiß was über das, was damals passiert ist.« Mr. Tomesberry verweist auch auf die »Schreckensherrschaft« des Buschrangers Mad Dog Morgan in den 1860ern, die dazu beigetragen hat, der Gegend um diese ruhige, aufgeräumte Stadt einen Nimbus der »Unheimlichkeit« zu verleihen.

Für einen Besucher, der zum ersten Mal hier ist, ist es unmöglich, festzustellen, ob der spärliche, borstige Flecken Land neben dem Highway, fünf Minuten außerhalb der Stadt, immer schon dieses Gefühl der Bedrückung und Verwüstung vermittelt hat wie heute, oder ob diese

Atmosphäre der Verzweiflung erst in dem Moment eingetreten ist, als Bella Michaels ihren letzten, zweifellos angsterfüllten Atemzug tat.

Donnerstag, 9. April

May wachte vom Klingeln ihres Telefons auf, sah, dass es ihr Bruder Max war, und drückte ihn weg. Sie machte Kaffee, trug ein wenig Mascara und Lippenstift auf, schlüpfte in ihre engen Khakihosen und ein dazu passendes braunweißkariertes Shirt. Beim Packen in Sydney hatte sie gedacht, dass das Outfit hier am Land passend wäre, aber jetzt, wirklich am Land, merkte sie, dass sie so aussah, wie eine städtische Stripperin sich eine Rinder- oder Schaffarmpraktikantin vorstellte. Sie tauschte die Khakihosen gegen Jeans. Jetzt sah sie aus, als ob sie das Ziel hätte, ältere Herren zum Scheunentanz zu animieren. Scheiße. Khakihose, schwarzes T-Shirt, schwarzer Blazer. Überhaupt nicht ländlich, aber auch nicht, als ob sie ländlich aussehen wollte. So war es in Ordnung.

Beim Verlassen des Hotels klingelte ihr Telefon erneut. Sie lehnte sich gegen das Auto, aber es war schon viel zu heiß dafür. Und das im April, um Gottes willen. Sie schloss die Tür auf und rutschte ins stickige Innere, bevor sie abhob.

»Hey Max. Ich bin am Weg zu einem Interview, ich hab also nur wenig Zeit. Was gibt's?«

»Wieso könnte man aus der Autorenzeile schließen, dass du deine letzten zwei Artikel in einem Ort namens Strathdee geschrieben hast?«

»Hm, komisch, ich denke, das muss ich mit der Redaktion besprechen.«

»Ja, super, danke, dass du deine Familie darüber informiert hast.«

May nahm die Straßenkarte vom Armaturenbrett und fächerte sich Luft ins Gesicht. »Ich covere nur eine Story, bin nicht hierhergezogen.«

»Du hättest uns trotzdem informieren können. Es sind Schulferien und ich hätte gerne einen Roadtrip gemacht.«

»Max, du würdest es hier hassen. Es ist hier sicherlich zehn Grad heißer als an irgendeinem anderen Ort auf dieser Erde. Nicht einmal ein Lüftchen. Und kein *Banh mi*, kein Craft-Bier, keine eng geschnittenen Jeans.«

»Hört sich wie Blacktown an.«

»Bitte, Blacktown hatte *Banh mi* bereits zwanzig Jahre, bevor deine Schnösel-Freunde es hatten.« May hatte die Gegend, in der sie aufgewachsen waren, nie so gehasst wie Max. Allerdings war sie kein unterdurchschnittlich kleiner, feingliedriger Junge mit sanften Löckchen und der Tendenz, sich in der Öffentlichkeit zu vergessen und laut draufloszusingen gewesen. Nicht dass man sie nicht auch drangsaliert hätte, nur waren ihre Peiniger auf die Schule beschränkt gewesen, während Max es von überall außerhalb der eigenen vier Wände abbekommen hatte. Oh Gott, stell dir vor, wie es ihm hier ergangen wäre, wo sogar die Vorschüler wie Clint Eastwood aussehen.

»Wie auch immer. Wann kommst du heim?«

»Weiß nicht.«

»Hm. Ich langweile mich.«

»Du klingst, als wärst du zwölf.«

»Das könnte sogar hinkommen. Den ganzen Tag nichts zu tun, kein Geld, kein Auto, kein Sex.«

»Ich kann dir mit keinem dieser Dinge behilflich sein. Und ich muss jetzt wirklich los.«

»Egoistisches Miststück.«

»Ja, ich hab dich auch lieb.«

***

Auf der Polizeidienststelle plauderte sie mit einem süßen jungen Typ am Schalter, der, wie sich herausstellte, nach dem Anruf nicht nur einer der ersten Bereitschaftspolizisten am Leichenfundort gewesen war, sondern Bella auch persönlich gekannt hatte. May fragte ihn, ob sie ihn zum Essen einladen könne, und er lief rot an und sagte, dass er sie im Frederica's – »Es ist im Einkaufszentrum, aber sehr nett, nicht im Foodcourt oder so« – um zwölf erwarte, und dann machte sie sich aus dem Staub, bevor irgendwer Schlauer oder Erfahrener daherkam und ihr das ruinierte.

Sie fuhr zum Pflegeheim, drehte aber um, als sie den Wagen von Channel 7 vor dem Eingang sah. Danach zum Haus der Schwester, wo ein bärtiger Riese die Tür öffnete und ihr mitteilte, dass Chris keine Interviews gab. Als May hartnäckig blieb und ihn fragte, ob er ein paar Worte über die Verstorbene sagen wolle, antwortete er, dass sie sich dafür schämen solle, die Hinterbliebenen so zu belästigen.

Fast hätte May gesagt, dass die Hinterbliebenen zu belästigen das Letzte sei, wofür sie sich schämen müsse, doch ein letzter Funke Würde hielt sie rechtzeitig davon ab. Sie bedankte sich bei ihm und schob, nachdem er ihr die Tür vor der Nase zugeschlagen hatte, ihre Visitenkarte unter der Tür durch. Sie schleppte ihr beschämtes Ich die Straße rauf und runter, klopfte an Türen, schnappte dabei die eine oder andere Kleinigkeit auf, die notfalls reichen musste, und machte sich auf den Weg zum Einkaufszentrum, um den jungen Cop zu treffen.

Sie hatte noch fünfzehn Minuten, bevor er auftauchen sollte, also sprach sie mit den Rauchenden, die an den grauen, geflammten Betonwänden lehnten, schnappte ein paar zitiertaugliche Aussagen auf, jede eine Variation desselben Themas. *Es hätte mich treffen können. Hätte meine Tochter sein können. Hätte jedem von uns passieren können.*

Constable Matt Drey war fünf Minuten zu früh, sein Grinsen reichte von einem übergroßen Ohr zum anderen. Als sie das Frederica's betraten, schob er sie am Ellbogen und zog ihren Stuhl hervor, damit sie sich setzen konnte.

»Was ist hier denn gut?«

Sein Grinsen wurde, unfassbar eigentlich, noch breiter. »Oh, alles. Aber ich bin ein wenig voreingenommen. Der Laden hier gehört meiner Tante.«

»Frederica ist deine Tante?«

»Nein, nein. Sie heißt Jo, aber so kann man ja kein Restaurant nennen, oder?«

Nein, dachte May, aber das ist ja nicht wirklich ein Restaurant, oder? Sie bat ihn, für sie beide zu bestellen, was so ziemlich das Beste zu sein schien, was ihm seit langer Zeit passiert war. Er kannte die Kellnerin offensichtlich gut, aber nicht, soweit May es einschätzen konnte, wie eine Verwandte oder eine Freundin. May war ein wenig besorgt, weil das Mädchen nichts von dem, was Matt sagte, aufzunehmen schien, weil sie so damit beschäftigt war, May unter ihren stark verlängerten Wimpern zu mustern. Falls es Matt bemerkte, so trug das nur zu seiner extremen Zufriedenheit bei. May überlegte, ob sie ihn fragen sollte, ob ihre Verlobung offiziell sei, sobald sie gegessen hatten.

»Also, hm, ich hoffe, es stört dich nicht, aber ich habe mich ein wenig mit dir beschäftigt. So im Internet und so, nicht in der Datenbank und so. Ha ha ha.«

»Hey, da gibt's nichts zu verbergen.«

»Nein, daran hatte ich auch nicht gedacht. Es ist nur der Name der Zeitung auf deiner Karte, und von der hatte ich noch nie gehört, also dachte ich, ich check das mal und so.« Er trank das halbe Glas Wasser in einem Zug aus und fügte hinzu, »Schaut nach einer wirklich guten Zeitung aus. Du solltest mit Mr. Chin in der Trafik darüber sprechen, damit er sie hier lagernd hat.«

»Oh, nein, die gibt's nur digital.«

»So wie nur 'ne Website?«

»Wir nennen sie wegen des Formats Zeitung, aber sie wird nicht auf Papier gedruckt, nein. Unsere Abonnenten erhalten die komplette Ausgabe auf ihren iPads oder ähnlichen Geräten jeden Morgen und die Updates rund um die Uhr.«

»Und so kann man Geld verdienen?«

»Na ja, ich werde bezahlt. Die Besitzer werden sicher irgendwann damit verdienen, denke ich, es ist halt ein neuer Versuch. Gibt es erst seit ein paar Monaten, also, na ja, ist wahrscheinlich noch kein Goldesel.«

»Hm.« Er lehnte sich zurück, nickte. »Und, ähm, dein Profildings auf der Seite sagt, dass du in Sydney aufgewachsen bist, aber, wie soll ich sagen, ich hoffe, du verzeihst, dass ich das sage, aber du siehst nicht wie, als ob du – ich meine, sind deine Eltern aus …«

May behielt ihre angenehme, neutrale Reporterinnenmiene bei. Ließ die Stille wirken.

Er schluckte nichts. »… von irgendwo Übersee?«

»Nein, beide geboren und aufgewachsen im Westen von Sydney.«

»Echt? Hm. Na gut! Hier kommt die Kürbissuppe. Tante Jo macht sie selbst und spart nicht bei der Sahne. Also, wie ist es,

Kriminalreporterin da oben in Sydney zu sein? Ich wette, du siehst viel aufregendes Zeug.«

»Aber bitte, du bist ein Cop. Du würdest bei dem, was ich bis jetzt gesehen habe, nicht mal mit den Augen zwinkern.«

»Weiß nicht. Sydney is'n ganz anderes Pflaster, würde ich mal sagen. Hier herüben, da sehen wir nichts Schlimmeres als die üblichen Pub-Keilereien und häusliche Gewalt. Bis jetzt jedenfalls.« Er bugsierte einen tropfenden Löffel Suppe in den Mund. »Ich würde ziemlich glücklich sein, wenn ich den Rest meines Lebens leben könnte, ohne so was noch mal zu sehen.«

May zückte ihr Notizheft. »Ziemlich schlimm, oder?«

»Hast du so was schon mal gesehen?«

»So was wie …?«

Er blickte zum Tresen und beugte sich dann vor. »Einen Mord. Komplett ramponierte Leiche.«

»Nicht so, nein.« May hoffte, dass ihr Tonfall suggerierte, dass sie dennoch eine Vielzahl anders zugerichtete Leichen gesehen hatte und nicht die peinliche Wahrheit verriet, nämlich die, dass sie bisher keinen einzigen Tatort gesehen, geschweige denn einen Blick auf eine Leiche erhascht hatte. Vor sechs Wochen war sie noch Chefreporterin bei dem winzigen Bezirksblatt gewesen, bei dem sie bereits als Praktikantin angefangen hatte. Der Job bei *Australia Today* war zwar nicht besser bezahlt, doch bot er die Möglichkeit, jene Art von Arbeit zu tun, die sie seit der Uni tun wollte. Es hatte lange gedauert, ihn zu bekommen, zum einen, weil Jobs im Journalismusbereich rarer und rarer wurden, und zum anderen, weil die Stellen als Kriminalreporter von den alten Hasen besetzt waren, die den Eindruck vermittelten, nicht zu zögern, die Unterwelttaktiken, die sie in ihrem Beruf kennengelernt hatten, anzuwenden, um irgendeinen Neuling davon abzuhalten, ihnen in die Quere zu kommen.

Doch sie hätte selbst schon mehr tun können, um ihre Karriere voranzutreiben. Irgendwann mit Mitte zwanzig hatte sie aufgehört, ihren Redakteur zu nerven, sie längere Artikel schreiben zu lassen, und sie hatte aufgehört, die Branchennews zu abonnieren, weil es sie traurig machte, wenn sie sah, dass die Leute, mit denen sie an der Uni gewesen war, Jobs bei irgendwelchen überregionalen Zeitungen oder nationalen Medien hatten oder gar für den Journalistenpreis Walkleys nominiert waren. Sie hörte auf, ihre Freunde mit Schimpftiraden über Werbejournalismus zu langweilen, und darüber zu reden, wie sie, wenn sie die hochkarätige Position dann endlich hätte, damit … Was hatte sie nur tun wollen? Sexismus, Rassismus, Homophobie und Armut beenden? Weltfrieden herstellen? Sie konnte sich nicht genau erinnern. Woran sie sich erinnerte, war, wie sie am Boden ihrer Wohngemeinschaft Wein aus dem Tetrapack getrunken hatte und bei der Hälfte bemerkt hatte, wie sich ihre Freunde Blicke zuwarfen und sie mit Grimassen fertigmachten. Sie war daraufhin ins Badezimmer verschwunden und hatte im Spiegel eine aufgedunsene, durchschaubare, armselige Loserin gesehen. Pathetisch, darüber nachzudenken, doch so hatte sie sich seither ständig gefühlt. Bis Craig … Nein, zur Hölle mit ihm. Fokussieren.

»Sie zu sehen – besonders wenn es jemand ist, den du kennst –, muss ganz schön erschütternd gewesen sein.«

»Ich sag dir was, Miss Norman –«

»May.«

»Ich sagen dir, May, es gibt Dinge, die lieber kein Mensch wissen sollte, und wie eine in eine Plane gewickelte und zwei Tage im Regen liegende Leiche riecht, ist eines davon.«

»Als du dort ankamst, war sie …«

»Komm schon, lassen wir es dabei. Iss die Suppe, bevor sie kalt wird und Tante Jo durchdreht.«

Nach Suppe mit Knoblauchtoast und Hühnerschnitzel mit Nudelsalat, begleitet von Fragen darüber, wo sie in der Stadt wohnte, ob sie je ausgeraubt worden war, welche Art von Sicherheitsvorkehrungen sie in ihrer Wohnung hatte und welches Auto sie fuhr, schaffte es May, eine weitere Frage zu Bella Michaels einzuschieben. Das Essen musste ihn aufmerksamer gemacht haben, denn er sagte, dass er ihr eigentlich gar nichts sagen konnte, und schon gar nicht aus den Akten. Sie vermutete, dass er ohnehin kaum etwas über die Ermittlung wusste, aber das war in Ordnung. Was er von sich gegeben hatte, als sie ihn ermutigt hatte, mehr über die Stadt zu erzählen, war detailliert genug, um zu wissen, wen sie aufspüren musste.

Er wollte sie nicht für das üppige Essen zahlen lassen, fragte sie, ob sie es wiederholen könnten. »Das wäre sehr schön«, sagte sie. »Ich weiß nur nicht, wie lange ich in der Stadt sein werde. Das hängt davon ab –«

»Davon, wie wir unseren Job machen und wie viel Zeug ihr somit zum Berichten habt.«

»Genau.«

»Wo wir gerade davon sprechen, ich sollte lieber wieder zurück zur Dienststelle.« Er schwankte wie in Erwartung eines Kusses nach vorne. May fasste seinen Arm und zog ihre Hand an seinem Arm hinab, erzwang so ein ungeschicktes Händeschütteln. »Ah, genau. Hm. Bis bald.«

Er schlenderte in Richtung der Straße. May fand die öffentlichen Toiletten und gab ihr Bestes, um möglichst viel vom Mittagessen loszuwerden, obwohl das Essen so lange gedauert hatte, dass die Hälfte davon bereits zu weit entfernt war, um es wieder loszuwerden.

Am Weg zum Auto schaltete sie ihr Telefon auf lautlos und sah, dass sie eine Nachricht bekommen hatte. Sie drückte auf Nachrichten abhören, hielt in der Mitte des Parkplatzes, als sie seine Stimme hörte.

»May, ich bin's.«

Scheiße. Ein Auto hupte höflich, sie winkte und lief weiter, das Telefon fest ans Ohr gepresst.

»Hör zu, es tut mir wegen der Nachricht leid. Ich musste es, aber … Ich muss dich sehen. Ich weiß, dass ich gesagt … Oh Gott, ich vermisse dich. Ich kann nicht lange weg, aber vielleicht, ich weiß nicht, könnten wir uns was überlegen. Äh, ruf mich nicht zurück, weil – na ja, du weißt. Ich, hm, werde es wieder versuchen, wenn ich kann.«

May schaffte es zum Auto und sank in den Fahrersitz. Ihr Finger schwebte über seinem Namen. Aber er hatte gesagt, dass sie es nicht tun sollte. Wenn sie es tat und seine Frau da war, würde ihn das in Schwierigkeiten bringen und er wäre wütend auf sie und dann … Scheiße. Sie steckte das Telefon in die Tasche. Er würde zurückrufen. Das würde er.

***

May verbrachte den Nachmittag bei einem Mann, der bis zu ihrem Tod neben Bella Michaels Mutter gelebt hatte. Auch wenn er sie in schönem Licht zeichnete, war doch alles eingebettet in endlose, miteinander verbundene Geschichten über jede einzelne Person, die je in der Straße gelebt hatte, die dazugehörenden Verwandten und ihre Jobs und was sie alle in dem verdammten Krieg getan hatten (in welchem? May hatte keine Ahnung und wollte nicht riskieren, zu fragen), sodass es drei Stunden dauerte, die zwei Minuten sinnvolle

Information zu beschaffen. May berührte das in ihrer Tasche steckende Telefon so oft, dass der Mann, wäre er nicht blind gewesen, denken hätte können, dass sie die ganze Zeit über masturbierte.

Um vier stellte sie das Auto beim Hotel ab und spazierte über die Straße zu dem Pub, in dem die fragile, trainingsanzugtragende Schwester arbeitete. Die Sonnenstrahlen, die durch hohe Glasplatten in der straßenseitigen Wand fielen, streiften den tiefroten Teppich. Im Raum waren vier kleine Gruppen Trinker und drei über den Tresen hängende Einzelgänger verteilt. Ein großer Fernseher übertrug stumm eine Spieleshow. Bei einem alten Mann mit einem Silberzahn bestellte und bezahlte sie ein Bier, dann setzte sie sich an einen Tisch in der Nähe der hinteren Wand.

Links von ihr und mehr im vorderen Bereich waren vier Typen in Warn-T-Shirts und Arbeitshosen. Zwei von ihnen waren jünger als sie – ein verzwickt dreinschauender Rotschopf und ein viel zu gut aussehender Surfer-Typ mit sandfarbenen Haaren. Der dritte Mann war in seinen späten Dreißigern und ungewöhnlich groß; seinem Shirt, den Hosen und seinem Gesicht fehlte der graue Staub, mit dem die anderen gesprenkelt waren. Der vierte Mann saß mit dem Rücken zu ihr, doch aufgrund seiner gebeugten Haltung und der weißen Haare schätzte sie ihn als älter als die anderen ein.

»Doch, du musst es tun. Zumindest, wenn du es auch von ihnen haben willst«, sagte der junge Rotschopf.

»So isses, hey«, pflichtete ihm der Typ mit den sandfarbenen Haaren bei. »Wenn's nur ein Einnachtding ist, scheiß drauf, aber wenn's dein Mädchen ist, so langzeit und so, und wenn du willst, dass sie deinen Schwengel poliert, dann musste da runter, hin und wieder.«

»Verdammte Schwuchteln«, sagte der Älteste.

»Schwuchteln lecken keine Mösen, du Trottel.«

»Keine Ahnung, wie ich euch nennen soll. Mich wirst du jedenfalls nie dabei erwischen, dass ich irgendwas lecke, das aufstehen und davonlaufen kann.«

»Ah, also nur tote Weiber und Krüppel. Ich wusste es, du kranker Idiot.«

»Ohhhh.« Der hochgewachsene Mann sagte es leise, aber die jungen Typen zuckten zusammen, als ob er gebrüllt hätte, und tauschten Blicke aus, ein wenig wie Kindergartenkinder, die beim Zeichnen ihre Gesichter anstatt des Blocks erwischt hatten. »Verhaltet euch verdammt noch mal ein wenig respektvoller.« Sein Kopf zuckte in Richtung Bar. »Was, wenn Chris das gehört hätte?«

»Scheiße. Hab nich' nachgedacht, hey.«

»Sie's nicht mal hier, du verweichlichte Muschi«, sagte der alte Mann.

»Vielleicht is'se hinten, draußen. Vielleicht komm'se jeden Moment rein. Vielleicht ist das Vögelchen, das uns da belauscht, ihre Freundin, die gleich losrennt und ihr alles brühwarm vor'n Latz knallt.« Er sah jäh auf, traf Mays Blick. »Oder vielleicht is'se auch'n Cop. Beim Auskundschaften, wer was sagt und so. Ist das so, Süße?«

May hielt seinem Blick stand, solange sie es aushalten konnte – zwei Sekunden, vielleicht drei –, hob die Augenbrauen, zuckte mit den Schultern und griff zu ihrem Telefon. Sie scrollte durch ihre Mails, wählte eine per Zufallsprinzip aus, las sie Wort für Wort durch.

»He du. Hab dich was gefragt.«

Sie sah nicht auf. »Hast du? Tut mir leid. Was war das noch mal?«

Ein paar Momente und dann lag ein sehniger, hell-pelziger Arm auf ihrem Tisch, gleich neben ihrer Hand. »Bist du'n Copper?«

May schaltete den Bildschirm ihres Telefons aus, lächelte ins sonnengegerbte Gesicht des hochgewachsenen Mannes. »Nein.«

»Kennst du Chris?«

»Nie getroffen.«

Er kniff die Augen zusammen. »Arbeitest für 'ne Zeitung?«

»Sozusagen.«

Der Mann klopfte mit den Fingern auf den Tisch. »Was soll'n das heißen? ›Sozusagen‹?«

»Ich bin Reporterin für *Australia Today*, es ist eine digitale Nachrichtenseite. Das ist –«

»Ich weiß, was das ist. Was willst'n du mit Chris?«

»Ich sagte nicht, dass ich was mit ihr will.«

»Ja, ja, ich bin kein Idiot und du fällst auf wie Hundeeier, weißt du das?«

Sie probierte es erneut mit einem Lächeln. »Bist du immer so aggressiv zu Unbekannten?«

»Ja.« Seine Miene blieb starr.

»Wow. Hm, okay. In dem Fall, besser hier nicht unbekannt sein.« May schob sich die Haare hinter die Schultern, hielt ihm die Hand entgegen. »Ich bin May Norman und würde dich gerne auf einen Drink einladen.«

Er versteifte sich, warf einen Blick hinter sich zu seinen Kumpels, die über ihren Bieren saßen und grinsten. »Netter Name«, sagte er, nahm ihre Hand, drückte eine Sekunde zu und ließ sie los. »Ich bin Chas.« Er lächelte, aufgeweckt und nett. »Und ich lade dich ein.«

Er machte auf dem Absatz kehrt und stapfte zur Bar, blieb unterwegs nur kurz bei seinen Kumpels stehen, um irgendwas in die Luft zu flüstern. Der Rothaarige gackerte laut drauflos und der Alte schlug ihm auf den Rücken. May spielte mit ihrem Telefon, erinnerte sich daran, dass sie diese Dinge ganz gut konnte und die Kontrolle hatte und dass die Story zu kriegen wichtiger war als feministische Prinzipien – oder nein, nicht einmal das, es waren ihre feministischen Prinzipien, die verlangten, dass sie die Wahrheit über diesen abscheulichen Akt von Gewalt an einer Frau und über diese blöde, frauenfeindliche Gemeinschaft, in der er passiert war, erzählte, und wenn das bedeutete, dass sie mit einem oder mehreren Mitgliedern dieser blöden, frauenfeindlichen Gesellschaft flirten musste, dann war das für das Wohl der Sache.

*** *** ***

Ich wachte kurz nach neun auf. Für mich ist das früh. Mir war sofort klar, dass Bella tot war, ich zu viel getrunken hatte und Nate fort war. Ich wusste alles in dem Moment. Ich lag im Bett und hielt durch, solange ich konnte, dann stand ich auf und ging in die Küche. Mir taten Beine und Rücken weh, und als ich den Wasserkocher unter den Hahn hielt, bemerkte ich, dass meine Hände zitterten. Ich fühlte mich schwach und leer und wackelig, doch der Gedanke an Essen verursachte mir einen Magenkrampf. In der Nacht hatte ich mich selbst lädiert – das Trinken und Heulen und am Boden ohnmächtig werden –, doch das war etwas anderes. Es fühlte sich an, als ob man etwas aus mir herausgerissen hätte. Etwas Wichtiges. Eine Lunge oder eine Niere. Vielleicht ein paar Rippen. Nicht mein Herz. Das schlug verdammt noch mal weiter.

Ich stellte mir vor, wie Bella reinkommen und viel Aufhebens um mich machen, mir die Hand auf den Kopf legen und darauf bestehen würde, dass ich zurück ins Bett ginge. Sofort erkannte ich, dass ich eine von ihnen geworden war, einer der Menschen, um die sie sich kümmerte, über den Tisch gebeugt, das Haar glatt, der Morgenmantel fusselig und ausgebleicht, mein Körper von mysteriösen Schmerzen geplagt, mein Verstand noch nicht so weit hinüber, um nicht zu kapieren, dass ich dabei war, ihn zu verlieren. So geht alt werden, dachte ich.

Der Wasserkocher machte klick und ich schlurfte hin, um Kaffee zu machen. Aus dem Augenwinkel nahm ich eine Bewegung wahr und sah aus dem Fenster und da stand sie, in ihrer Pflegerinnenuniform, sah mir direkt in die Augen, das Haar straff nach hinten gebunden, sodass ich ihr ganzes Gesicht deutlich sehen konnte. Ungeschminkt, bis auf einen vertikalen Strich zwischen den Augenbrauen. Sie runzelte grimmig die Stirn, wusste sicherlich, dass ich wieder soff und mich wie ein dummes Kind aufführte.

Mein Körper erkannte es vor dem Verstand. Ich dachte noch immer darüber nach, was ich ihr sagen sollte, damit sie aufhörte, mir böse zu sein, als meine Beine nachgaben. Ich fasste nach der Spüle und konnte meinen Fall ein wenig bremsen, doch ich fiel auf den Knöchel und verschwendete ein paar Sekunden damit, ihn zu reiben. Als ich mich aufrappelte, war sie weg.

Einen kurzen Moment lang erwartete ich, dass sie ums Haus zur Eingangstür unterwegs war. Ich beobachtete den Platz vor der Tür, wartete darauf, dass sie ihn ausfüllte, und dann, als sich da keinerlei Bewegung oder Änderung zeigte, da wusste ich einfach, dass sie nicht da sein konnte, nicht da sein würde, nicht dagewesen war.

»Ich stehe unter Schock«, sagte ich laut, und es muss so gewesen sein, weil ich da ihre Stimmen sagen hörte, *Du bist schockierend, das ist sicher.*

***

Ich bereitete mir gerade Kaffee zu, als das Telefon klingelte. Obwohl es eine unbekannte Nummer war, nahm ich den Anruf entgegen. Jetzt würde ich so etwas nicht mehr tun, aber das war früher. Ich kapierte nicht, dass ein Haufen Fremder sich in den Hauptrollen einer spannenden Story sah, die damit begann, dass man ein hübsches, totes Mädchen fand, das zufällig von meiner Schwester gespielt wurde.

Übrigens, du kannst das ruhig auch auf dich beziehen.

Wie auch immer, an dem Morgen nahm ich den Anruf entgegen und eine Frau sagte: »Chris? Hier Monica Gordon«, in einem Tonfall, der mich vermuten ließ, dass ich sie kannte.

»Ah, hallo«, sagte ich, während sich mein Hirn anstrengte, um sie zu einzuordnen.

»Oh, Chris, es tut mir wegen deines Verlusts so leid. Es ist die schlimmste Sache. Seit ich davon gehört habe, stehe ich irgendwie neben mir. Wie kommst du zurecht?«

»Na ja, geht so«, sagte ich. Ich war baff. Sie klang jung, aber wie eine Person, die es gewohnt war, dass man ihr zuhörte. Jemand aus dem Büro des Pflegeheims? Eine Schulfreundin von Bella, die zum Studieren nach Sydney gegangen war?

»Ich kann's mir nicht vorstellen. Kann es einfach nicht.« Sie seufzte. »Ich hoffe, du hast nichts dagegen, dass ich dich einfach direkt anrufe, doch eine Kontaktaufnahme über die Polizei wäre nur mit viel überflüssigem Geschwätz möglich gewesen, und als ich sah, dass du im Telefonbuch stehst, da dachte ich, dass es besser ist, wenn ich dich einfach besuchen würde und …«

»Warte, tut mir leid. Ich bin im Moment ein wenig verwirrt. Ich habe den Faden verloren. Wer bist du?«

»Monica Gordon. Ich bin von Femolition. Wir sind eine feministisch-aktivistische Gruppierung. Ich bin mir sicher, dass du die Einschaltungen gesehen hast, die wir in der öffentlichen Diskussion um Bellas Tod –«

»In der öffentlichen …?«

»Ja. Ich meine, in den Zeitungen und in Radiosendungen und so?« Sie klang nun weit weniger sicher und noch jünger. »Weißt du, da gab's viel Opfer-Täter-Umkehr-Rhetorik und es war uns bei Femolition äußerst wichtig, dagegen vorzugehen. Also haben wir, weißt du, bei diesem Fall eine klare Position bezogen.«

»Es tut mir leid. Ich habe wirklich keine Ahnung, worüber du redest. Ich habe weder Zeitungen gelesen noch Radio gehört. Das ist das erste Mal – was meinst du mit ›Opfer-Täter-Umkehr‹? Bist du von der Polizei?«

Es gab eine lange Pause, dann hatte sie ihre Stimme wieder unter Kontrolle. »Chris, wow, es tut mir so leid. Ich hatte nicht damit gerechnet, dass du die öffentliche Diskussion nicht verfolgst, aber natürlich hätte ich damit rechnen müssen. Ich habe das hier falsch begonnen. Ich hätte damit beginnen müssen, zu sagen, dass ich auf deiner Seite bin, auf Bellas Seite.« Sie seufzte. »Die Sache ist die: Es gibt Gerede über die Möglichkeiten, dass Bella zu dem, was passiert ist, eingeladen oder dazu beigetragen haben könnte, und wir glauben, dass das einfach Schwachsinn ist.« Sie betonte das Gesagte so übertrieben, dass ich fast glaubte, sie meine es wirklich ernst. So wie ich es gesagt hätte. »Was wir gern tun würden, Chris, wäre, Bellas Andenken dadurch zu ehren, dass wir einen Marsch gegen Opfer-Täter-Umkehr und Gewalt gegen Frauen abhalten. Wir wollen, dass es eine öffentliche Demonstration ist, die den Großmäulern, die die Frage stellen, was Bella womöglich getan hat, um sich in Gefahr zu bringen, zeigen soll, dass es viele, sehr viele von uns gibt, die daran glauben, dass die Schuld allein bei den Tätern liegt.«

Ich weiß nicht, ob ich darauf irgendwas gesagt habe. Ich taumelte. Vielleicht sagte ich *Hm*.

»Also, wir haben sie mal vorsichtig für nächsten Mittwochabend angesetzt – wir können das erst bestätigen, sobald wir von der Stadt die Genehmigungen für die Straßensperren und so weiter erhalten haben. Und natürlich, je nach deiner Verfügbarkeit. Wir dachten an die Strecke vom Belmore Park bis zum Rathaus, mit einigen Reden am Ende und einer Mahnwache. Wir würden uns geehrt fühlen, wenn du in der ersten Reihe gehen würdest, vielleicht mit einem Banner oder einem Lieblingsfoto von Bella, und, wenn du dich dazu in der Lage fühlst, vielleicht sogar ein paar Worte sagst, wenn wir beim Rathaus ankommen?«

»Rathaus? So wie das in Sydney?«

Wieder eine Pause. »Vielleicht könnte ich vorbeikommen und dich sehen, um das alles zu besprechen? Bei einem persönlichen Treffen ist es vielleicht einfacher. Ich könnte in, ich weiß nicht, wie lange fährt man da? Vier Stunden? Fünf?«

»Nein, danke.«

»Hm, okay. Also, ist Mittwoch …?«

»Nein. Nein zu all dem –« Meine Sicht trübte sich und ich musste mich mit einer Hand an der Spüle festhalten. »Bitte, hör einfach damit auf. Es ist nicht … Einfach so. Bitte. Nein.« Ich legte auf. Das Telefon klingelte sofort wieder und ich nahm den Anruf entgegen und sagte ihr, dass sie mich in Ruhe lassen solle, und dann drehte ich das verdammte Ding ab.

***

Gegen fünfzehn Uhr lag ich im Bett und starrte die Wand an, als jemand heftig gegen die Tür hämmerte. Das Hämmern hörte auf und stattdessen hörte ich Nate meinen Namen brüllen, also riss ich mich zusammen und ließ ihn rein.

Er stampfte ins Haus, rammte dabei mit der einen Schulter die Tür, mit der anderen mich, dann schlug er sein Telefon auf den Tisch. »Was für eine beschissene Nachricht war das denn bitte?«

»Es tut mir leid. Ich war besoffen.«

»Klar. Kein Scheiß.«

»Es tut mir leid.«

Er sah mich an, dann blickte er über meinen Kopf, dann wieder mir ins Gesicht. »Hast du überhaupt geschlafen?«

»Nicht viel.«

Er setzte sich, murmelte irgendetwas, das ich erfreulicherweise nicht verstehen konnte. Ich setzte mich ihm gegenüber und dann saßen wir eine Weile einfach stumm da.

»Hör zu, ich hatte ein langes Gespräch mit Renee, und sie –«

»Erspar mir das.«

»Bitte, Babe, hör zu.« Er nahm wieder meine Hände. »Hör zu, sie versteht. Sie weiß, dass ich hier mit dir sein muss. Sie ist total fertig wegen dem, was passiert ist. Sie *will*, dass ich hier für dich da bin.«

»Eine Heilige, nicht wahr?«

»Aber, hör zu, sie fühlt sich nicht wohl dabei, dass ich hier bei dir wohne. Ich denke, dass sie recht hat, weißt du. Es ist zu einfach für uns – für dich und mich –, da wieder reinzurutschen und wie Ehemann und Ehefrau zu leben. Wir sind beide derzeit wirklich verletzlich. Es wäre einfach, in alte Angewohnheiten reinzukippen.«

»Sind das ihre Worte oder deine?«

Er zuckte innerlich zusammen, das wusste ich, aber sein Gesicht blieb ruhig. »Ihre, aber ich stimme ihr zu.«

»In Ordnung.«

»Chris, ich liebe sie. Weißt du? Und sie vertraut mir. Ich will das nicht verkacken.«

»Jetzt bist du auch noch ein Heiliger.« Ich zog mich zurück und ging zur Spüle, wusch mir seine Hitze von den Händen, schaufelte kaltes Wasser aus der Leitung zum Mund, der sich wie ein voller Aschenbecher anfühlte. Ich bespritzte auch mein Gesicht und trocknete es mit einem Geschirrtuch ab, das nach alten Eiern roch.

»Ich bemühe mich nur, das Richtige zu tun«, sagte er, als ich ihn wieder ansah.

»Darf ich dich daran erinnern, dass ich dich zu Beginn nicht darum gebeten hatte, zu mir zu kommen? Und ich hatte dich auch nicht darum gebeten, bei mir zu übernachten. Ich habe dich auch heute nicht gebeten, herzukommen. Also schau mich nicht an, also ob ich irgendeine kleine, verheulte Ehezerstörerin sei. Ich hab dich um nichts gebeten.«

»Du musstest nicht, Babe. Du weißt, dass ich –«

»Bleib, bleib nicht, es ist mir egal, aber erzähl mir nicht von dir und Renee und tu nicht so, als ob ich dir irgendwas schulden würde und – bitte, oh Gott, bitte – streite doch verdammt noch mal nicht mit mir. Okay?«

Er kam zu mir und wickelte mich ein und das war schön. Es war immer schön, wenn er das tat.

***

Auf dem Weg zu seinem Kumpel Melvin, bei dem er üblicherweise übernachtete, wenn er mit einer Touristengruppe in der Stadt war, fuhr mich Nate um fünf zur Arbeit. Er bot an, mich bei Dienstschluss abzuholen, doch ich sagte, ich hätte eine Mitfahrgelegenheit.

»Geh nur bitte nicht zu Fuß«, sagte er.

»Ich sagte, ich habe eine Mitfahrgelegenheit.« Ich wollte die Tür öffnen, doch er hatte die Kindersicherung aktiviert. Ich starrte ihn wütend an, wartete.

»Mit wem fährst du mit?«

»Jemand, der sein Auto zumindest von Zeit zu Zeit reinigt«, sagte ich und zerrte eine leere Chipspackung aus dem Müll unter meinen Füßen und warf sie ihm in den Schoß. Ohne sie zu betrachten, fegte er sie zu Boden, zuckte mit den Schultern. Ich warf sie ihm wieder in den Schoß und fügte eine leere Coladose und eine zerknüllte McDonald's-Tüte hinzu.

»Du machst mich damit nur hungrig. Also, sag mir, wie du heimkommst, und ich lass dich raus und hol mir dann was zu futtern.«

»Ich fahre mit Suze oder Grey. In Ordnung?«

»Ich kann kommen und dich abholen. Es ist wirklich kein Problem.« Seine Hand schwebte über dem Verriegelungsschalter der Tür.

»Das schätze ich sehr, aber es ist nicht notwendig. Geh bitte früh schlafen.«

»In Ordnung. Aber ruf mich, wenn du mich brauchst.« Das Schloss klickte. Ich öffnete die Tür und stieg aus. »Ich meine es ernst«, rief er, als ich davonging. »Geh ja nicht zu Fuß heim.«

Ich winkte, ohne mich umzusehen. Bella hatte mich auch immer gerügt, wenn ich zu Fuß nach Hause lief. Aber es waren nur zehn Minuten, maximal fünfzehn. Es war die beste Art, nach der Schicht runterzukommen. Ich war nie bedroht worden, hatte nie Angst gehabt.

Doch Nate hatte recht. Diese Dinge waren Bella nicht einfach passiert; jemand hatte sie ihr angetan. Unbekannte. Menschen, die noch immer herumliefen, herumfuhren und sich frei und leicht fühlten wie nie zuvor.

Und sie waren all die anderen Nächte, in denen ich zu Fuß nach Hause gegangen war, auch frei und leicht herumgefahren. Heute war es nicht anders, nur wussten sie jetzt, dass ich existierte, dass ich mit meinen eigenen armen Augen gesehen hatte, wozu sie fähig waren.

***

Es war eine gute Nacht hinter der Theke. Wir hatten eine Busladung von Fußballern aus einem anderen Bundesstaat und keiner von ihnen hatte eine Ahnung, wer ich war, oder davon, was passiert war. Der eine oder andere Stammgast gab mir noch immer den *Armes Ding, aber was gibt's für 'nen Tratsch*-Blick, doch meistens schaffte ich es, zu reden und zu lachen und mich für Trinkgeld zu krümmen, als ob es keine Probleme auf der Welt gebe.

Die Busladung verschwand gegen Mitternacht ins Hotel und ließ nur einen Haufen um den Fernseher im hinteren Bereich versammelter, einheimischer Jungs und ein paar Langstrecken-Truckies und Busfahrer, die die Bar auf Trab hielten, zurück. Einer von ihnen, Tyler, war einer meiner halb-regulären Übernachtungsfreunde. Er war einer der jüngeren Burschen, die ich mit nach Hause genommen hatte, erst achtundzwanzig, aber mit einem guten Jahrzehnt seines Lebens auf der Straße unterm Gürtel. Unverheiratet und ohne Freundin, soweit ich wusste. Lebte mit seiner Mutter in den Außenbezirken von Melbourne. Schüchtern im Schlafzimmer. Schüchtern und dankbar. Jetzt, wo die Fußballer weg waren, sah ich, dass er mich von seinem Barhocker beim Zigarettenautomaten beobachtete.

»Hey Chris«, sagte er, als ich mich näherte.

»Dich hab ich schon lange nicht mehr hier gesehen. Hast die Langstrecke zurückgeschraubt, oder?«

»Nein. War auf Urlaub. Hab die Mutter mit nach Thailand genommen.«

»Schön für dich! Thailand, echt? Jetzt wo du es sagst, du hast wirklich ein wenig mehr Farbe auf den Wangen.«

Bis dahin hatte er es nicht. Jetzt war er rot wie eine verdammte Jungfrau.

»Ja. Bin erst gestern heimgekommen. Direkt auf die Straße heute.«

»Die Schuldigen ruhen nicht, oder?«

»Wenn das wer beurteilen kann, dann du.«

»Du Frechdachs«, sagte ich und zog ihm eine mit dem Geschirrtuch über.

»Also, hm, hast du was Großes für heute Nacht geplant?«

»Oh«, sagte ich. »Weißt du …« Ich hielt inne. Er wusste scheinbar nichts, sonst hätte er mich nicht gefragt. Ich konnte es ihm erzählen und er würde sich schämen und mich bemitleiden und ein wenig begeistert sein wie der Rest, oder ich konnte es an mir vorbeiziehen lassen, ihm sagen, dass ich müde sei. Oder ich könnte das tun, was ich Nate versprochen hatte, und mich von ihm heimbringen lassen und während ich schon dabei war, vermeiden, dass ich die ganze Nacht in meinem gottverdammten Haus allein war.

»Alles cool, ich dachte nur –«

»Ehrlich, meine Füße bringen mich fast um. Wenn es dir nichts ausmacht, bis Dienstschluss hier abzuhängen, würde ich mich darüber freuen, nach Hause gebracht zu werden.«

***

Wie gesagt, er war wirklich ein Schüchterner, wenn es zur Sache ging. Ich beschäftigte ihn mit einem Bier, duschte währenddessen, zog mein tief ausgeschnittenes rotes Nachthemd an und wechselte das Bettzeug. Dann rief ich ihn rein und zog ihn aus. Er war dürr, hatte ein verzwicktes Frettchengesicht, aber er hatte diese schönen dicken, golden gewellten Haare. Eine richtige Verschwendung an dem Kerl, dachte ich immer.

Ich ließ ihn sich hinlegen, bestieg ihn und hängte ihm die Titten ins Gesicht. Ließ ihn daran nuckeln und sie kneten, während ich in die Lade des Nachtkästchens griff, wo ich meine Vorräte hatte. Während er nichts als meine Titten sah, nahm ich ein wenig Gleitmittel mit den Fingerspitzen und steckte sie mir rein, dann packte ich ein Kondom aus.

(Du wolltest wissen, wie ich so bald danach wieder mit jemanden in die Kiste hopsen konnte. So war es. Frag nicht, wenn du es verdammt noch mal nicht wissen willst.)

Ich bereitete mich vor und setzte mich aufrecht hin. Rollte ihm das Kondom auf, während er unablässig meine Brüste knetete. Als ich ihn in mich schob, ließ er sie für eine Sekunde los, langte jedoch sofort wieder zu. Normalerweise hätte ich ein wenig mit ihm gespielt, ihm ein wenig mehr Spaß bei der Sache bereitet, aber ich war so verdammt müde und traurig, dass ich es nicht ertragen hätte, es länger hinauszuzögern. Ich drückte seine Hände nieder und hielt mich beinahe gerade, sodass ihm meine Brüste mit jedem Stoß ins Gesicht schlugen. Klatsch, klatsch, klatsch, klatsch und – bumm – er bebte kurz auf, stöhnte, sank zurück, seufzte.

Ich küsste seine Stirn, entfernte das Kondom sorgfältig und ging ins Badezimmer, um es zu entsorgen und mich zu waschen. Als ich zurückkam, hatte er sich in die Decken gekuschelt. Ich drehte das Licht ab und legte mich zu ihm, glücklich, sein Gewicht und seine Wärme neben mir zu spüren nach dem einsamen, betrunkenen Horror der letzten Nacht.

»Das war fantastisch«, sagte er, seine Hand auf meinem Bauch. »Wie, ja, so viel besser als alle diese Thai-Mädchen.«

»Echt? Ich hab gehört, die sollen ziemlich gut sein, dort drüben.«

»Sind in Ordnung. Bemühen sich sehr, aber sie haben nicht die da, oder?« Er drückte meine linke Brust und kicherte. »Manche haben große, aber die sind nicht echt. Keine Bewegung, weißt du? So wie, komm schon, lass mich ein wenig daran rütteln.«

Ich stellte mir so ein eng gebautes, achtzehnjähriges Thaimädchen vor, auf ihm auf und ab reitend, während er, unter ihr, ihre harten und teuren Brüste klatschte. Hätte ich meinen Körper zu Stein werden lassen können, hätte ich das in diesem Moment getan.

»Und wenn's vorbei ist, ist's vorbei, weißt du. Es ist nur rein-raus, rein-raus und dann zieh dich an und verpiss dich. Ich so: Wo's das Feuer, Süße? – Kein Runterkommen, kein Kuscheln.« Er drückte erneut zu.

»Hm. Die meisten Kerle würden das vermutlich wollen. Ich glaube, du bist der Einzige, den ich kenne, der danach so gesprächig ist.«

»Na gut, ich bin nur sehr froh, dass du mich rüberkommen hast lassen, das ist alles. Ich bin dir sehr dankbar, Chris.«

»Okay, du großer Süßer. Lass uns ein wenig Schlaf kriegen, gut?«

»In Ordnung. Ich wollte dich nur wissen lassen, dass ich es

sehr schätze, dass du das tust. Vor allem nach dem, was mit deiner Schwester passiert ist und allem.«

Wenn ich zu Stein oder Eis oder Asche werden könnte … Wenn ich mich in Feuer verwandeln könnte … Ich lag da und starrte und starrte die Wand an, bis die Wunde zurückkehrte, und hörte ihn schnarchen und wünschte ihm und mir einen hässlichen Tod und der ganzen Welt obendrauf und die Wunde schien mir zu versprechen, dass ich das bekommen würde, den hässlichsten Tod, den ich mir je wünschen hätte können, und dann noch …

Ich muss eingeschlafen sein, denn als ich aufwachte, war er fort und zwei Hundertdollarscheine lagen auf meinem Nachtkästchen.

*** *** ***

AustraliaToday.com / May Norman, 9. April 2015

EINHEIMISCHE VEREINT IM UNGLAUBEN ÜBER EREIGNISSE IM FALL DER »ARMEN BELLA«

Menschen in ganz Australien reden über den Mord an der 25-jährigen Bella Michaels, nur hier, in ihrer Heimatstadt, wird das »M-Wort« nicht verwendet. Es ist hier »die Tragödie«, »dieses furchtbare Ding« oder einfach »arme Bella«.

»Arme Bella … es ist doch nicht zu glauben«, sagte der 76-jährige pensionierte Tischler John Highsmith. »Ich habe hier mein ganzes Leben gelebt und hätte mir nicht in den schlimmsten Albträumen vorstellen können, dass bei uns so etwas möglich sein könnte.«

Die Aussage von Highsmiths 45-jähriger Tochter schließt nahtlos daran an. »Es ist wie so ein Ding, das nur

im Fernsehen oder Kino passiert. Nicht hier. Ich habe, seit ich das gehört habe, kein einziges Mal gut geschlafen. Dauernd überprüfe ich die Fenster und Türen. Vor letzter Woche hatte ich sie nicht mal abgeschlossen.«

Während die Einheimischen ihren Schock über »diese schlimme Sache« kundtun, kämpfen diejenigen, die Bella gekannt hatten, zusätzlich mit ihrer Trauer. Bella Michaels wurde im Krankenhaus von Strathdee geboren, ging hier zur Schule und, bis auf 18 Monate in Sydney in ihren frühen Zwanzigern, lebte und arbeitete die beliebte Angestellte im Pflegeheim, die sich auch ehrenamtlich in der Gemeinde betätigte, ihr ganzes Erwachsenenleben im Zentrum von Strathdee.

»Ich kannte sie, seit sie ein Baby war«, sagte ein Nachbar von Bellas verstorbener Mutter, der darum bittet, nicht namentlich genannt zu werden. »Die Familie hatte ihre Probleme, aber Bella war so ein gutes Mädchen, ein echter Sonnenschein.«

Zu den »Problemen«, auf die sich der Nachbar bezog, gehörte eine Mutter, die von ihrer Teenagerzeit bis zu ihrem Tod infolge einer Krebserkrankung vor fünf Jahren mit Glücksspiel- und Alkoholsucht kämpfte. Bellas Vater verließ die Familie, als sie noch nicht einmal zwei Jahre alt war, und, laut Aussage des Nachbarn, pflegte die Mutter Beziehungen zu einer ganzen Reihe von Männern, von denen zumindest einer dafür bekannt war, ihr physische Gewalt anzutun.

Bellas Halbschwester, Chris Rogers, 37, weigert sich seit ihrem gestrigen Zusammenbruch bei der Pressekonferenz mit den Medien zu sprechen. Ihr Ex-Mann, Nate Cartwright aus Sydney, ist angeblich nach Strathdee zurückgekehrt, wo er im Haus von Chris Rogers wohnt, das nur zehn Fahrminuten vom Leichenfundort entfernt ist.

Richard Grey, Eigentümer und Manager des Royal Pub, wo Ms. Rogers seit einem Jahrzehnt arbeitet, sagte, dass die Beziehung der beiden Frauen »wasserdicht« gewesen sei. »Die kleine Bella war die einzige Person auf der Welt, auf die Chris hörte. Sie würden lachen, wenn sie es gesehen hätten. Sie verzieht gegenüber einem stockbesoffenen neunzig Kilo Truckie keine Miene, aber wenn Bella ihr einen Anschiss verpasste, war sie eine Pfütze.«

»Sie haben immer aufeinander aufgepasst«, sagte der ehemalige Nachbar. »Manchmal war Chris die große Schwester und dann war es wieder Bella, weil sie, obwohl sie jung war, eine richtige Erzieherin war. Sie bedeuteten einander wirklich die Welt. Ich bin jetzt furchtbar in Sorge um Chris.«

Die Polizei gibt gegenüber der Öffentlichkeit zum jetzigen Zeitpunkt nur wenig Informationen preis, bestätigt nur, dass die Todesursache Blutverlust war und dass vor dem Tod sexueller Missbrauch stattgefunden hat. Währenddessen verbreiten sich lokale Gerüchte und Spekulationen wie das Feuer, das hier vor zwei Sommern 8000 Hektar zunichtegemacht hat. Es gibt Gerüchte über Folter und Verstümmelung. Manche dieser Beschreibungen scheinen den extremsten Hollywood-Horrorfilmen zu entstammen. Auf die Frage, was Bella Michaels seiner Meinung nach zugestoßen sei, zeichnete ein Trinker im Royal in sachlichem Tonfall ein albtraumhaftes Szenario von Dutzenden einzeln beschriebenen Akten grenzenloser Brutalität.

»Der Tratsch, den man hört, ist furchtbar«, sagte Mr. Grey hinter seinem Tresen, wo viel von diesem Tratsch

stattfindet. »Die Wahrheit ist, wir wissen nicht genau, was passiert ist. Wir wissen nur, dass es verdammt furchtbar war. Wir wissen, dass sie gelitten hat. Ja, so viel ist sicher.«

Alle, die etwas wissen könnten, werden gebeten, die Crime Stoppers oder die Polizei in Strathdee zu kontaktieren.

Freitag, 10. April

Drei Nachrichten von Monica Gordon, als ich am Morgen, nachdem Tyler weg war, das Telefon einschaltete. Ich versuchte, die Karte zu finden, die mir Sally Perkins am ersten Tag gegeben hatte, fand sie aber nicht. Ich rief stattdessen bei der Polizeidienststelle an und man stellte mich zu Brandis durch, der klang, als sei mein Anruf das Beste, was ihm je passiert sei.

»Chris, Chris, so gut von dir zu hören. Was gibt's?«

»Irgendeine Frau rief mich wegen einer Demonstration in Sydney an. Für Bella?«

»Ja. Hab schon davon gehört. Also steckst du da nicht mit drin, oder?«

»Du musst das stoppen.«

»Liegt nicht an uns, das zu verhindern. Ist ein Sydney-Ding. Wenn die die Erlaubnis haben –«

»Die haben sie nicht. Ich habe keinerlei Erlaubnis für irgendwas gegeben.«

»Erlaubnis von der Stadt, meinte ich. Um eine öffentliche Demo abzuhalten. Dafür brauchen sie von dir keine Erlaubnis.«

»Ich bin die nächste Verwandte.«

»Chris, so was passiert bei allen aufsehenerregenden Fällen.

Alle möglichen Leute – Lobbyisten, verrückte, krankhaft böse, gutmeinende Idioten – versuchen sich einzumischen, um es zu ihrer Sache zu machen. Am besten, du hältst dich da raus und überlässt das ihnen. Kümmere du dich um deine ganz private Trauer um Bella.«

»Es ihnen überlassen?«

»So ist es am besten. Und du solltest überlegen, dir eine neue Nummer zuzulegen, eine, die nicht im Telefonbuch steht. Mach es ihnen nicht so einfach, dich zu erreichen. Wenn sie zu lästig werden, bei dir vorbeischauen oder bei deiner Arbeit oder sonst wo, ruf uns an und wir schicken einen Uniformierten vorbei, um sie zu verscheuchen.«

»Du glaubst, dass die Leute bei meiner Arbeit vorbeikommen könnten?«

»Nicht Leute: Reporter. Da wir davon sprechen, lass bitte den Fernseher die nächsten Tage abgeschaltet, gut? Lies keine Zeitungen oder Sachen im Internet. Die ganze Scheiße da draußen, das hat gar nichts mit irgendwas zu tun. Echte Durchbrüche, Entwicklungen und so, die erfährst du von mir, gut?«

»Also gibt es welche? Entwicklungen?«

»Wie gesagt, du hörst von mir, sobald es welche gibt.«

»Alles klar. Also soll ich mich von der Welt aussperren, dasitzen und auf deinen Anruf warten?«

»Wir tun alles, was wir können, Chris. Ich muss, jetzt leider los, aber bitte stell sicher, dass wir deine neue Nummer bekommen, gut?«

»Okay.«

»Na gut. Pass auf dich auf.«

***

Ich ging sofort rüber zu Lisa und bat sie, ihren Computer benutzen zu dürfen. Das hatte ich in der Vergangenheit immer wieder getan, nur jetzt sagte sie, »Oh, ich denke, das ist keine gute Idee, Süße.«

Ich spielte die Opferkarte, es macht mir nichts aus, das zuzugeben, und erzählte ihr, dass ich eine E-Mail an irgendwelche weit entfernt wohnenden Verwandten schicken müsse, deren Telefonnummern ich nicht hätte, und dass ich ein wenig Online-Banking erledigen müsse, weil ich nicht damit zurechtkäme, es in der Stadt zu tun. Beide Dinge stimmten, wie ich im Moment, als ich sie sagte, erkannte. Ich realisierte, dass ich mir einen eigenen Computer mit dem Geld kaufen könnte, das ich für mich und Bella zur Seite gelegt hatte. Aber das würde ich später tun. Jetzt musste ich einfach wissen, wieso Brandis so darauf aus gewesen war, mich von den Nachrichten fernzuhalten.

Lisa ließ mich mit dem Computer allein, während sie den Tee machen ging, der gesetzlich verpflichtend für trauernde Verwandte war. Ich begann Bellas Namen einzutippen und bevor ich ihn fertig tippen konnte, bot die automatische Vervollständigungsfunktion folgende Varianten an:

Bella Michaels Mord
Bella Michaels Fotos
Bella Michaels vergewaltigt

Ich klickte auf das erste Suchresultat, die Meinungskolumne in einer Zeitung. Bella erinnere uns daran, hieß es im ersten Absatz, dass niemand von uns sicher sei. Ich kehrte zurück zu den Suchresultaten, öffnete eine Facebookseite, die sich RIP BELLA MICHAELS nannte. Dort sah ich mein grinsendes Gesicht an Bellas gerötetes, kicherndes Gesicht gedrückt.

Bellas Achtzehnter. Ihr damaliger Freund, ein schüchterner, dümmlicher Klempner in Ausbildung, dessen Name ich vergessen habe, an ihrer anderen Seite, ihr etwas ins Ohr flüsternd. Zu meiner Linken war Mutter mit diesem Lächeln mit zusammengepressten Lippen, das bei allen den Eindruck erweckte, sie sei verärgert, obwohl sie sich nur für ihre schiefen Vorderzähne schämte, und neben ihr meine Cousine Kim, die ich nicht mehr gesehen habe, seit jener Nacht, in der das Foto gemacht worden war.

Bella Michaels, meine geliebte Cousine und eine meiner engsten Freundinnen, wurde dieser Welt durch die Tat eines unbekannten Monsters genommen. Diese Seite ist ein Tribut an diese wunderschöne Seele, die nun ein Engel im Himmel ist. Bitte hinterlasse ein »Like«, um zu zeigen, dass es dir nicht egal ist, und »teile den Beitrag«, um die Nachricht über diese sinnlose Tragödie zu verbreiten.

Dieser Eintrag, den Kim geschrieben hatte, war bisher dreitausendneunundsiebzig Mal »geliked« worden. Der Seite folgten siebentausendfünfundvierzig Menschen. Ich las weiter.

Ich habe Bella nie kennengelernt, es fühlt sich aber an, als hätte ich eine Schwester verloren. RIP, mein Engel.

Bella, du warst zu schön für diese Welt.

RIP Bella, dein Tod wird nicht vergeblich sein, er wird allen jungen Mädchen da draußen eine Lehre sein.

DEIN MÖRDER WIRD DAFÜR BEZAHLEN WAS ER DIR ANGETAN HAT. WIE LANGE AUCH IMMER ES DAUERN WIRD WIR WERDEN NIE VERGESSEN

Unter diesem letzten Post gab es eine ganze Reihe von Kommentaren.

Gewalt führt zu Gewalt

Wenn ich dieses verfickte Tier zu fassen bekomme, dann wird es wissen, was Gewalt wirklich ist.

Lese die ganzen Berichte und denkt irgendwer anderer auch noch dass es ein wenig komisch ist dass sie keine Kampfspuren bei ihrem Auto gefunden haben??? So als ob sie freiwillig mitgegangen wäre? Ich werde nicht sagen wer mir das gesagt hat aber jemand der es weiß hat gesagt dass sie bekannt dafür war »leicht zu haben« zu sein also vielleicht sollte die Polizei in Erwägung ziehen dass sie gar nicht beim Parkplatz entführt worden ist??? Natürlich ist das was ihr später passiert ist ein furchtbares Verbrechen und wer auch immer es getan hat muss bestraft werden aber es zahlt sich aus darüber nachzudenken ob das hier doch eher ein »Mord aus Leidenschaft« und nicht eine zufällige Entführung war.

Fick dich und deine verfickte Täter-Opfer-Umkehr

Beschuldige das Opfer nicht stelle es nur in den Raum weil es wichtig ist dass man bei solchen Fällen die Fakten richtig hat. Viele Frauen fürchten sich davor geschnappt zu werden aber fürchten sich vielleicht ohne Grund solange sie nicht in irgendwelche Autos steigen???

Du laberst Scheiße Mann und außerdem war Bella keine Leichte frag alle die sie wirklich kannten sie war eine SEHR MORALISCHE PERSON

»Oh, Süße«, Lisa stellte die Tasse auf einem Beistelltisch ab und legte den Arm um meine Schultern. »Das war genau das, was ich befürchtet hatte. Du darfst dieses ganze Zeug nicht lesen. Es ist lächerlicher, ahnungsloser Unfug. Diese Menschen sind –«

»Familie«, sagte ich. »Eine davon, immerhin. Gottverdammte Cousine, die sie fast nie getroffen hat.«

Lisa griff an mir vorbei und schloss das Fenster. »Familie oder nicht, es sind Idioten, und was sie da zu sagen haben, ist komplett irrelevant. Bedeutungslos.«

Ich hatte das Gefühl, ich sollte das Fenster wieder öffnen und wütende Antworten tippen, aber all die Luft, der ganze Kampf war aus mir gewichen. Ich nahm die Teetasse, die Lisa mir in die Hand drückte, und nippte daran. Der Tee schmeckte wie von Geschirrspülwasser durchtränkte Petersilie.

»Es ist eine spezielle Mischung, die ich dir da gemacht habe. Beruhigend. Ich wollte dir am Nachmittag eine Dose vorbeibringen.«

Ich konnte nicht einmal Danke sagen, ich nippte einfach weiter an dem faulen Zeug, damit sie wusste, dass ich ihr dankbar war.

Nach ein paar Minuten sagte sie, »Hör zu, gestern war eine Reporterin hier. Offenbar hat sie es bei dir probiert und Nate hat ihr unmissverständlich klar gemacht, wohin sie verschwinden soll. Die kleine Tussi kam dann gestern rüber, als ob ich für sie Sympathien hätte! Ich schickte sie auch packen, aber du solltest wissen, dass sie die ganze Straße runter an die Türen geklopft hat. Ich hab sie beobachtet, so gut ich konnte, aber ich hatte einen großen Topf am Herd und so hab ich sie aus den Augen verloren. Ich denke, dass sie bei Carrie reinkam, vielleicht auch beim alten Frank. Bin mir ja sicher, dass es nichts gibt, was sie gesagt haben, worüber du dir Sorgen machen müsstest, aber ich dachte, du solltest einfach vorsichtig sein, weißt du, einfach wissen, dass die Leute da draußen nach Informationen lechzen, egal, wie unwichtig und nebensächlich sie sein mögen.«

»Was …« Ich befreite meinen Rachen von ein wenig Kräutermoos und Lisa rieb mir den Rücken. »Was könnte irgendwer ihr erzählen? Bella hat schon seit Jahren nicht mehr hier gelebt.«

»Ich vermute, dass es nur das ist, Süße. Sich daran erinnern, was für ein Goldschatz sie war. Wie sie immer so laut beim Gärtnern im Vorgarten sang, sodass man sie schon von ganz vorne an der Straße hören konnte, wenn die Fenster offen standen und das Radio aus war. Wie sie allen anbot, die Hunde spazieren zu führen, und Leckerlis für die Katzen hinterließ, weil sie, ich meine die alte Kuh, ihr kein Haustier erlaubte.« Sie umarmte erneut meine Schultern. »Es gibt nur nette Erinnerungen im Zusammenhang mit Bella. Über wie viele Menschen kann man das schon sagen?«

»Irgendeine Frau rief bei mir an«, erzählte ich ihr. »Sagte, dass sie einen Gedenkmarsch oder so was plane. Für Bella. Ich wusste nicht, was ich sagen sollte. Es ist so … verrückt.«

»Die Leute fühlen sich furchtbar mies. Sie wissen nicht, was sie tun sollen.«

»Das muss schwer für sie sein.«

»Oh, Süße. Hör mal, ist Nate zu Hause – bei dir meine ich?«

»Nein. Er wohnt bei Mel. Er wollte am späteren Vormittag vorbeikommen. Wie spät ist es?«

»Kurz nach zehn. Wie wär's, wenn ich ihn anrufe, hm? Ihm sage, dass er seinen süßen Arsch herbewegen soll?«

»Nein«, sagte ich, während ich mich zum Gehen aufraffte.

»Ich will nicht, dass er denkt, dass ich nicht ein paar Stunden ohne ihn auskomme.«

»Du bist zu selbstständig für dein Wohlbefinden, Chris. Es ist in Ordnung, sich in schweren Zeiten an Leute anzulehnen.«

»Ich habe mich jetzt ganz an dir angelehnt, oder nicht?«

»Jederzeit, Süße. Das meine ich ernst.«

Ich wusste, dass sie das tat. Ich fühlte ihre Augen auf mir, während ich die Straße überquerte und meine Tür aufschloss. Gott segne die lieben Nachbarn, oder? Obwohl das besserwisserische Luder, nachdem ich weg war, natürlich sofort Nate anrief. Zwanzig Minuten später tanzte er an, besorgt und voll mit Schuldgefühlen. Voller als sonst. Übervoll.

»Lisa sagte, du wärst ganz verzweifelt. Wieso hast du mich nicht angerufen?«

»Lisa ist eine Drama-Queen. Ich war nicht verzweifelt. Ich war angepisst.« Ich erzählte ihm von dem Telefonat und der Facebookseite. Er nickte die ganze Zeit, als ob er das alles längst wusste. Sagte, dass er das bereits beobachten würde, dass ich mir keine Sorgen machen solle.

»Aber jetzt sag mir ehrlich, wie geht es dir? Wie hast du letzte Nacht geschlafen?«

»Alles gut«, sagte ich und dachte an Tyler und die dunkle Hasswunde an der Wand. »Ich hatte Gesellschaft, also ging es mir gut.«

Ich genoss es nie, ihm weh zu tun, aber es war eines der wenigen Dinge, die ich gut konnte, und deshalb konnte ich mich nur selten davon abhalten, wenn sich mir die Gelegenheit bot.

***

Nachdem er weg war, hatte ich diese komischen Krämpfe in der Kehle. Sie führten dazu, dass ich mich am liebsten selbst erwürgt hätte. Ich lief hustend und schluckend im Haus herum, nahm dann ein Buch zur Hand, das eine der Nachbarinnen am Tag, nachdem man Bella gefunden hatte, dagelassen hatte. *Ein unnatürlicher Verlust.* Es war für Eltern gedacht, die ihr Kind verloren hatten. Ich versuchte nicht, es zu lesen, ich drückte es nur an mich, bemüht, die Wärme zu spüren, die ich von der Frau, Edie, bekommen hatte, als sie es vorbeigebracht, meine Hände gehalten und mir gesagt hatte, dass sie wusste, dass Bella nicht meine Tochter war, aber dass sie sie als solche gesehen hatte. Jedes Mal, wenn sie Bella kommen und gehen gesehen hatte, hatte sie gedacht, da ist das Mädchen von Chris. Wie auch immer, hatte sie gesagt, sie wisse, dass ich furchtbar trauern würde, so sehr wie jede Mutter, die ihr Kind verloren hätte. Es gefiel mir, dass sie es so ausdrückte, diese Frau, selbst Mutter und Großmutter, dass sie über mich – über uns – so dachte. Ich weiß nur nicht, ob sie recht hat. Ich bin keine Mutter und kann nicht wissen, wie es sich anfühlt. Man sagt, es ist mit nichts anderem vergleichbar, oder? Dass man Liebe nicht verstehen könne, bevor man nicht sein eigenes Baby in den Händen gehalten hatte. Ich weiß nicht, weiß es nicht, kann es nicht wissen. Und überhaupt, Bella war mehr ein Elternteil für mich, als ich es für sie je war. Praktisch betrachtet. Aber ich habe sie so sehr geliebt, weißt du? Es klingt so dumm, das zu sagen. Wir haben einander so sehr geliebt. Wenn es eine Liebe gibt, die größer als die ist, die ich für sie empfand, dann bin ich froh, dass ich noch nie ein Baby hatte, weil ich das dann gar nicht ertragen könnte. Natürlich, Liebe empfangen, wer könnte das nicht? Liebe ist einfach. Aber das ist nur die Kehrseite, oder? Eine größere als die könnte ich gar nicht verdauen. Weiß nicht einmal, wie ich das ertragen kann, um ehrlich zu sein. Sie zu verlieren ist schon viel zu viel, und dann ist da noch diese andere Seite – das andere Ende davon, so geliebt zu werden, wie nur meine Schwester mich lieben konnte. Was ich für sie fühle, überlebt, und das schmerzt in jeder Minute wie Säure, aber noch schlimmer ist, dass das, was sie für mich gefühlt hat, mit ihr gestorben ist. Ich werde nie wieder so geliebt werden.

Wie auch immer, ich stand da im Wohnzimmer und drückte das Buch an mich, dachte diese Dinge, als alles plötzlich schwarz wurde. Ich ließ das Buch fallen, fror ein, versuchte herauszufinden, was passiert war. Sogar wenn das Licht aus und die Vorhänge zu waren, bekam der Raum noch ein wenig Licht an einem sonnigen Nachmittag wie diesem. Ich hielt die Hand vors Gesicht und konnte sie nicht sehen.

Hinter mir bewegte sich etwas. Das Scharren eines Schuhs am Teppich. Ich wandte mich jäh um, spürte heißen Atem im Gesicht, sprang zurück und stieß gegen die Wand. Ich schwang die Arme, aber da war nichts. Ich schaute und schaute, strengte meine Augen an, als ob die Dunkelheit durch Bemühung wettgemacht werden konnte.

Ich blinzelte und plötzlich war es wieder hell und so, wie es zuvor gewesen war, nur dass mein Puls raste und der Hinterkopf vom Schlag gegen die Wand wehtat. Ich hatte das Bedürfnis, Nate anzurufen, damit er kommen und bei mir sitzen würde. Stattdessen rief ich Melvin an und fragte ihn, ob er irgendwann demnächst vorbeikommen und die Verkabelungen checken könnte. Ich konnte Nate im Hintergrund fragen hören, ob ich in Ordnung sei, und daher wartete ich bis zum letzten Moment, um zur Arbeit zu gehen, insgeheim darauf hoffend, dass Nate vorbeikommen oder zumindest anrufen würde, um zu sehen, wie es mir ging, aber er tat nichts dergleichen.

*** *** ***

Das Gute an einer Stadt wie Strathdee war, dass das Telefonbuch recht dünn war, nur wenige Leute anonyme Nummern hatten, und dass man, in den wenigen Fällen, in denen die gesuchte Person nicht zu finden war, darauf wetten konnte, dass man nur zwei oder drei beliebige Menschen fragen musste – in diesem Fall einen Taxifahrer, einen Supermarktmanager und einen pensionierten Lehrer –, und man die Adresse und eine ziemlich detaillierte Lebensgeschichte der gesuchten Person bekam.

Melvin und Julie Atkins, die Freunde, bei denen Nate Cartwright manchmal übernachtete, wenn er in der Stadt war, lebten in einem hübschen Backsteinhaus mit drei Schlafzimmern hinter dem Krankenhaus. Von ihren Informanten wusste May, dass Melvin vermutlich bei der Arbeit sein würde – er war einer der beiden Elektriker, die es noch in der Stadt gab, und daher immer beschäftigt –, aber dass Julie, die nachts im Wettbüro arbeitete, wahrscheinlich zu Hause sein würde.

Julie öffnete die Tür, bevor die Glocke den elektronischen Jingle beendet hatte. Sie war ein stämmiger Block von einer Frau, gut dreißig Zentimeter größer und mindestens doppelt so schwer wie May, mit einem glatten, breiten Gesicht und kurz geschorenem, gebleichtem Haar.

»Guten Morgen. Mein Name ist May Norman. Ich bin –«

»Eine Zeitungsschreiberin aus Sydney, ich weiß. Ich hatte soeben Cheryl Sands am Telefon, die sich stammelnd entschuldigte, weil sie meine Adresse verraten hat.«

»Ich hoffe, es macht dir nichts aus, ich –«

»Nein, ist schon okay. Komm rein, komm rein. Ich habe gerade Tee gemacht, möchtest du eine Tasse?«

»Nein, danke.«

Julies Wohnzimmer erinnerte May an die Wohnung ihrer Großmutter in Blacktown. Makelloser pfirsichfarbener Spannteppich, graue Kunstledersitzgarnitur, ein Kaffeetisch aus Glas, die wöchentlichen Tratschheftchen und ein Liebesroman darauf ausgebreitet, die einheitlich goldfarben gerahmten Fotos und eine gestickte Fassung des Ruhegebets auf dem Kaminsims angerichtet. Julie trank ihren Tee aus einer Tasse mit der Aufschrift RETTE EINE SICHERUNG, BLASE EINEN ELEKTRIKER.

»Ich sollte dir sagen, dass ich Bella nicht besonders gut kannte. Wir grüßten einander, wenn wir uns in einem Geschäft sahen, nur darüber hinaus …« Sie zuckte mit den Schultern, lächelte entschuldigend.

»Ich hatte eigentlich gehofft, dass du mir mehr über Nate Cartwright erzählen könntest.«

Julies Lächeln ließ ein wenig nach, doch ihr Tonfall blieb locker. »Über Nate gibt es nicht viel zu wissen. Du kriegst, was du siehst.«

»Standen sich er und Bella nahe?«

Sie seufzte, stellte die Tasse am Tisch ab. »Er war es einmal. Sie lebte eine Zeit lang mit ihm und Chris. Aber seit er nach Sydney gezogen ist, war er nicht so gut darin, den Kontakt aufrechtzuerhalten. Ich meine, wir sehen ihn, wenn er am Weg durch die Stadt ist, nur dazwischen, da hören wir nichts.«

»Wieso hat er die Stadt verlassen? War es eine schlimme Trennung?«

»Schau, ich hoffe, das klingt nicht unhöflich, aber ich denke nicht, dass das irgendjemanden etwas angeht.« Sie drehte die Tasse in der Hand.

»Ist mir klar, nur … die Nachrichten waren so voll mit

Geschichten über Bellas Tod, und das ist nur verständlich, ich meine, es war furchtbar, und die Leute wollen die ganzen Details wissen, wollen verstehen, aber ich spüre, dass das, was dabei verlorengeht, die Geschichte ihres *Lebens* ist. Wer sie war, bevor sie zu einer Schlagzeile wurde.« May bemerkte, wie Julies Augen feucht wurden; sie lehnte sich vor, sprach mit sanfter Stimme. »Und ich denke, sie war eine Frau, die sich intensiv um ihre Familie und Freunde kümmerte. Soweit mir bisher klar ist, zählte Nate zu dieser Gruppe, aber ich verstehe auch, dass es kompliziert war wegen seines Verhältnisses zu Chris. Deshalb versuche ich mir ein Bild davon zu machen – ein wahres, vollständiges Bild –, wen sie liebte, wer sie liebte und –«

»Na gut, schau, ich kann dir schon ein paar Dinge erzählen, aber ich werde nicht, weißt du, in seine Privatsphäre oder so eindringen.«

»Julie, es ist kein Geheimnis, dass er und Chris ein nach wie vor aufrechtes Verhältnis haben. Ich meine, er hat sie, seit sie Bella gefunden haben, kaum verlassen, aber er weigert sich, mit den Medien zu sprechen – was ich respektiere, ich verstehe –, aber richtig oder falsch, es hinterlässt den Eindruck, dass er etwas zu verbergen hat, verstehst du?«

Julie schüttelte den Kopf, lächelte mit einer Art von Verzweiflung, die in May den Wunsch aufkommen ließ, ihr zu sagen, dass sie aufhören sollte, so verdammt entgegenkommend zu sein. Einschleimer machten Mays Job so einfach und ihren Geist so müde.

»Es geht nicht darum, etwas zu verstecken. Es ist eine sehr, sehr schwere Zeit. Niemand von uns kann wirklich begreifen, was geschehen ist. Ich, wenn ich nur beginne, daran zu denken, was passiert ist, dann schießt mein Verstand in eine andere

Richtung, weil es einfach zu viel ist. Und wenn ich das schon so fühle, dann stell dir vor, was Chris durchmacht. Und weißt du, wenn Chris leidet, dann ist Nate …« Ihr Lächeln verschwand, kam zurück, weniger und weniger bittend. »Das mit ihm und Chris, da hast du natürlich recht, nur ist es kompliziert. Ich meine, die Art, wie die beiden ihre Beziehung gelebt haben, oh Gott, es hat meine Ehe fast kaputt gemacht. So wie das ganze Zeug, das du mit achtzehn meinst, über die Liebe zu wissen, und wenn du dann fünfundzwanzig bist, verstehst du endlich, dass es totaler Mist ist? So wie du akzeptierst, dass wahre Liebe – auf Dauer und so – na ja, dass sie nicht in jeder Minute spannend ist, dass es nicht andauernd eitel Wonne sein wird. Nicht, dass ich Melvin nicht lieben würde, aber er ist halt nicht gerade Christian Grey, wenn du verstehst, was ich meine. Ich habe das akzeptiert, denke, na ja, so ist wahre Liebe eben. Nicht jede Minute Nervenkitzel, aber trotzdem angenehm.« Sie zuckte mit den Schultern. »Aber dann kamen die beiden zusammen, und plötzlich dachte ich, dass ich mit allem, was ich bis jetzt gedacht hatte, falsch lag. Ich fühlte mich übers Ohr gehauen. Bei mir war alles so geregelt. Ich meine, ernsthaft, man hat noch nie ein Paar gesehen, das so perfekt zusammenpasste. Wie Teenager konnten sie die Hände nicht voneinander lassen, aber dazwischen sah man sie reden oder dem anderen beim Gespräch mit jemandem zuhören und man konnte einfach sehen, wie sehr sie einander mochten. Ich war so glücklich für sie – ich meine, ich liebe Nate wie einen Bruder –, aber, oh Gott, ich war eifersüchtig, das kann ich dir sagen.«

»Und was ist schiefgelaufen?«

Julie schüttelte den Kopf. »Privates Zeug. Zeug, das mich, geschweige dich, nichts angeht. Ich kann nur sagen, dass es mir dabei geholfen hat, das zu schätzen, was Mel und ich haben. Ruhe, kein Drama.« Sie sah auf und sah zum Kamin, schien sich an etwas zu erinnern, blickte zurück zu May. »Verdammt, was ich für einen Müll erzählen kann! Schau, nichts von dem, was ich dir gesagt habe, hat mit irgendetwas zu tun. Wichtig ist – ich meine, wenn du darüber schreiben wirst –, was wichtig ist, wichtig ist, dass Nate und Chris gute Freunde sind und das seit dem ersten Tag immer gewesen sind. Ihre Ehe hat nicht funktioniert, und das ist ihre Sache, aber es ist unmöglich, dass Nate Chris dabei nicht unterstützen würde, diese Sache durchzustehen. Nicht verheiratet bleiben zu können heißt nicht, dass die Verbindung zwischen ihnen gerissen ist. Ich kann mir jetzt einfach nicht vorstellen, dass er nicht an ihrer Seite ist. Und, ja, er liebte Bella. Das tat er wirklich.«

*** *** ***

Das Interview mit Julie hatte May einige brauchbare Hinweise geliefert und ihr zudem die Telefonnummern von einigen lokalen Kumpels von Nate verschafft. Es hatte auch dermaßen genau in ihre Wunde gestoßen, dass sie eine Stunde mit dem Kaufen, Kochen und Essen von fünf Zweiminuten-Nudeln-Packungen mit geschmolzenem Schmelzkäse vergeuden musste, bevor sie ihren Mageninhalt in die Hoteltoilette kotzte. Es war wie Rauchen, eine widerliche Angewohnheit, die sie vermeintlich mit dem Uniabschluss hinter sich gelassen hatte, die sich aber in der letzten Woche wieder ihrer bemächtigt hatte. Also gab es einen weiteren Grund, Craig zu hassen: ihr Rückfall in die pathetische Neunzehnjährige, die nach Rauch und Kotze stank.

Sie putzte sich die Zähne, setzte sich aufs Bett und hörte das Interview an. *Das ganze Zeug, das du mit achtzehn meinst, über die Liebe zu wissen, und wenn du dann fünfundzwanzig bist, verstehst du endlich, dass es totaler Mist ist?* So viel Kummer und Scham bei diesen Worten. So viel Wut. Sie war dreißig Jahre alt und sie hatte sich für zynisch und gerissen gehalten und hatte doch zur Gänze an der Idee festgehalten, dass Craig ihr Ein und Alles und sie seines war und dass nichts sie trennen konnte.

Sie waren sich ausgerechnet auf einem Begräbnis begegnet. Sie hatte gerade das Porträt eines alten Poeten beendet, der verstorben war; Craig war der Kumpel von dessen Enkel. Wie in einem kitschigen Liebesroman trafen sich ihre Augen über den Raum hinweg und alles, was May tun konnte, war, bis zum Ende des Gottesdienstes auf ihrem Platz auszuharren. Sie suchte ihn im Gewimmel vor der Kapelle, hatte eine Sekunde, um ihn ein zweites Mal aufzusaugen – jung, mager, mit schlangenähnlichen Hüften, zu tief sitzender, teurer grauen Hose –, bevor er bemerkte, dass sie ihn betrachtete und die Distanz zwischen ihnen überwand. Eine Stunde, nachdem der Körper des alten Charlie ins Grab gelassen wurde, fickten sie in Mays Flur.

Sie tauschten Schnipsel ihrer Leben zwischen Atemzügen zwischen Küssen zwischen heftigen Stößen zwischen satten Nickerchen. Er arbeitete in der Stadtverwaltung, im Archiv, was ihn zwar nicht interessierte, aber der beste Job war, den er in der Gegend mit seinem Abschluss in Geschichte bekommen hatte können. Außerdem war er anspruchslos, was ihm viel Zeit dafür gab, das zu tun, was ihn interessierte, das Recherchieren seiner Familiengeschichte. – Oh! Familiengeschichte interessierte sie auch: Sie hatte tatsächlich in Betracht gezogen, Geschichte zu studieren, hatte sich aber dann aufgrund der vermeintlich besseren Jobchancen für den Journalismus entschieden, auch wenn sie zehn Jahre später noch immer dasselbe tat – zehn Jahre! Also war sie …? Gleich alt wie er, fast am selben Tag, sogar im selben Krankenhaus geboren. Wäre seine Familie nicht in den Norden gezogen, als er drei war, wären sie vielleicht gemeinsam in den Kindergarten, in die Volksschule und die Highschool gegangen. Sie wären vielleicht bereits ihr ganzes Leben lang befreundet, hätten ihre Jugendliebe mit einer früh geschlossenen Ehe gekrönt, ein ganzes Haus voll mit Kindern, bevor sie die fünfundzwanzig erreicht hätten. Tatsächlich hatte er aber die ganzen Jahre in Cairns gelebt und war erst vor fünf Jahren zurückgekehrt, weil seine Frau hier eine Stelle fand – ja, seine Frau. Und Kinder, drei davon, wenn sie das glauben konnte, was sie konnte, weil die Existenz von drei Kindern von all den Dingen, die an dem Tag mit ihr geschehen waren, die am wenigsten bemerkenswerteste Tatsache war. Doch sie war besorgt, weil sie angenommen hatte – Nein, nein, es ist seine Schuld, er hätte etwas sagen sollen, aber die Energie zwischen ihnen war so – Ich weiß, ich weiß, ich dachte nur – Er küsste ihre Lippen, ihre Stirn, wieder ihre Lippen. Es ist in Ordnung, es ist in Ordnung, es ist okay. So etwas passiert nur ein Mal im Leben, und dann auch nur, wenn man wirklich Glück hat. Liebe auf den ersten Blick! Sie lachten; so eine lächerliche Phrase, auch wenn es so war. Wenn er diesen Tag kommen gesehen hätte – dass er ihr begegnen würde –, dann hätte er nie geheiratet, aber wie hätte er das wissen können? Und jetzt, sagte sie, jetzt müssen wir das Beste daraus machen, so gut es geht, mit so wenig Schmerz wie möglich, und er nickte, küsste sie, bis sie nicht mehr atmen konnte, und sie dachte, wie lächerlich, peinlich, anmaßend es für sie erst vor wenigen Stunden gewesen war, anzunehmen, dass ein Mann, dessen Nachnamen sie nicht einmal kannte, seine Ehe und Kinder für sie aufgeben würde, und natürlich, so wie es passiert war, gänzlich und vollkommen offensichtlich. Natürlich würde er. Natürlich waren sie beide, May und Craig, zusammen und es war ernst. Es musste nicht ausgesprochen werden.

May starrte auf ihr stummes Telefon. Was für eine verdammte Idiotin sie doch gewesen war.

Sie machte sich eine Tasse Tee, um ihre raue Kehle zu beruhigen, und begann damit, die Kontakte, die Julie ihr gegeben hatte, durchzurufen. Bei Anruf Nummer drei traf sie ins Schwarze.

*** *** ***

AustraliaToday.com / May Norman, 10. April 2015

BELLAS SCHWAGER VERURTEILTER GEWALTTÄTER

Während die Polizei in Strathdee weiterhin auf der Suche nach Antworten darauf ist, wer die 25-jährige Altenpflegerin Bella Michaels entführt, vergewaltigt und ermordet hat, hat sich herausgestellt, dass der Schwager der Verstorbenen, Nate Cartwright, 40, eine Vorgeschichte bezüglich Gewalt an Frauen hat.

2001 wurde Cartwright nach einer feigen Attacke auf seine damalige Freundin Liza Townsend zu zwölf Monaten Gefängnis verurteilt. Die Gerichtsakten belegen, dass Cartwright die Frau, die halb so groß war wie er und nur 50 Kilogramm wog, ins Gesicht schlug, wobei er ihr die Nase brach und sie eine Gehirnerschütterung erlitt, die eine Einweisung ins Krankenhaus zur Folge hatte.

Cartwrights Verteidigung plädierte darauf, dass Townsend ihn zuerst attackiert hatte, wobei sie mit einer

abgebrochenen Flasche auf seinen Bauch losgegangen sein soll. Das Gericht leitete daraus mildernde Umstände ab und Cartwright musste nur einen Monat der Haftstrafe im Gefängnis absitzen. Den Rest durfte er im Hausarrest verbringen.

Julie Atkins, eine enge Freundin Cartwrights, sprach gestern von der nach wie vor aufrechten Beziehung zwischen ihrem Freund und Ms. Michaels Schwester, Chris Rogers. »Nicht verheiratet bleiben zu können heißt nicht, dass die Verbindung zwischen ihnen gerissen ist. Dass er jetzt nicht an ihrer Seite ist, kann ich mir einfach nicht vorstellen«, sagte sie, obwohl sie sich weigerte, Näheres zu den Gründen zu sagen, wieso die beiden nicht verheiratet bleiben konnten.

In der Zwischenzeit haben zwei verschiedene Quellen mit einem Naheverhältnis zu Bella Michaels Familie angedeutet, dass Cartwright Ms. Rogers angeblich zumindest einmal physische Gewalt angetan hat. *Australia Today* konnte diese Vorwürfe bisher nicht bestätigen.

Laut Monica Gordon von der Frauenrechtsgruppe Femolition werden »die meisten Frauen von einem guten Bekannten ermordet, von denen die meisten dieser Mörder eine gewalttätige Vergangenheit haben. Natürlich gilt für Mr. Cartwright die Unschuldsvermutung im Fall von Bella, was an der Tatsache, dass er nachgewiesenermaßen ein gewalttätiger Mann ist, nichts ändert. Man kann nur hoffen, dass die Polizei von Strathdee die potenzielle Gefahr ernst nimmt, die dieser Mann für Chris Rogers und andere Frauen in der Gemeinde darstellen könnte.«

Die Polizei von Strathdee bestätigte, dass sie Mr. Cartwright im Zusammenhang mit dem Mord an seiner

ehemaligen Schwägerin befragt hatte, wies aber darauf hin, dass er nicht als Verdächtiger geführt wird. Mr. Cartwright und Ms. Rogers wurden von *Australia Today* kontaktiert, verweigerten aber jegliche Stellungnahme.

Samstag, 11. April

»Süße, hör zu.«

»Was ich meistens mache, wenn ich einen Anruf annehme.«

»Klar, aber ernsthaft jetzt. Bist du daheim?«

»Es ist sechs Uhr früh.«

Tiefes Einatmen. »Also, das Ding ist jetzt im Radio. Sie haben eine Leiche gefunden.«

»Eine Leiche.«

»Eine Frauenleiche. Sie sagen nicht, ob –«

»Wie Bella, meinst du?«

»Das sagen sie nicht. Könnte auch nichts mit –«

»Oh, scheiße, Nate. Scheiße.«

»– Bella. Ich dachte nur … Du hast nichts von den Cops gehört?«

»Ich habe gar nichts gehört. Oh Gott, Nate. Sie haben's wieder getan, stimmt's? Diese beschissenen Cops haben nur herumgeeiert und verdammten Bullshit gefragt, und währenddessen waren die da draußen und haben wieder –«

»Babe, bitte. Atme durch. Wir wissen es nicht. Wir wissen gar nichts. Es ist nur … Hör zu, ich musste gestern spätabends nach Sydney zurückfahren, ich bin noch immer da, aber ich werde am Nachmittag wieder zurück in Strathdee sein. Kannst du bis dahin vielleicht rüber zu Lisa gehen oder so? Warte auf den Anruf der Polizei. Wenn's irgendwas mit Bella zu tun hat, werden sie anrufen, wenn nicht, dann mach dir keine Gedanken darüber.«

Ich starrte die Wand an, wünschte mir den dunklen Fleck. Ich weiß nicht, wieso. Ich starrte und kniff die Augen zu, öffnete sie. Nichts, nichts, nichts.

»Chris? Ist alles in Ordnung mit dir, Babe? Komm schon, alles okay?«

»Jap.«

»Bist du sicher?«

»So sicher wie Regen. Bis später dann, ja?«

Als ich auflegte, klingelte das Telefon sofort wieder. Unbekannte Nummer. Ich ignorierte den Anruf, wählte Detective Brandis' Nummer. Mailbox. Ich duschte und stand so lange nackt vor meinem Kleiderschrank, bis ich aus dem Zustand erwachte und bemerkte, dass ich trocken war. Ich zog meine Sportklamotten an, schlüpfte in die Sneakers und verließ das Haus. Lisa war drüben an ihrem Fenster; sie tat überrascht, mich zu sehen, und winkte. Ich winkte zurück, ging aber weiter, bewusst zügig und konzentriert. Ich stellte mir vor, wie sie sich darüber freute, dass ich ein wenig Bewegung machte.

Der Spaziergang zum Polizeirevier dauerte keine halbe Stunde. Ich erwartete andauernd, unterwegs angehalten zu werden, doch entweder bemerkte mich niemand oder sie sahen meinen Gesichtsausdruck, der wohl unheimlich grimmig wirken musste, und ließen mich in Ruhe. Ich ging schnell und muss zugegeben, dass es sich gut anfühlte. Viel besser, als mich hinter Kissen zu verkriechen oder die Wand anzustarren. Besser, als auf dem Scheißkerl Tyler auf und ab zu tollen. Fast so gut wie Bourbon. Beinahe so gut, wie meinem Rücken gegen Nates Brust zu drücken und zu spüren, wie er sich dabei an mich schmiegt.

Vor der Station standen der Reporter der Wagga-Fernsehnachrichten und eine rauchende und Kaffee trinkende Gruppe von Nachrichtentypen. Sie schienen mich alle gleichzeitig zu entdecken, warfen Zigaretten und Becher weg, schulterten Kameras, zogen Aufnahmegeräte aus dem Nichts und rannten auf mich zu.

»Nein.« Ich ging zügig weiter und drängte die Mistkerle mit Ellbogen, Hüften und Füßen aus dem Weg. »Nein«, sagte ich erneut und zwang mich durch die Schwingtür der Polizeistation, die hinter mir zufiel. Drinnen lehnte ich mich gegen die Wand und bemühte mich, meinen Atem wieder unter Kontrolle zu bringen. Sally Perkins sah mich und rief jemandem hinter ihr etwas zu. Es dauerte nur Sekunden, bis der Kumpel von Brandis seine kalte, trockene Hand auf meinen schwitzenden Arm gelegt hatte und mich durch den Raum mit den Whiteboards und Sesseln und Topfpflanzen führte.

»Chris, was ist los? Du siehst ein wenig – nagutnagut, lass uns dich mal hinsetzen, gut? So ist es gut. Und jetzt, sag mir bitte, was das alles soll? Ist dir irgendetwas eingefallen –«

»Die haben es wieder getan, nicht wahr?«

»Tut mir leid. Ich weiß nicht, was –«

»Ein weitere Frau, getötet wie Bella.«

Er zog die Brauen hoch, kratzte sich am Kopf. Jede verdammte Bewegung, die der Mann machte, stammte direkt aus dem Bilderbuch, das meine Cousine benutzt hatte, um ihrem autistischen Sohn das Erkennen von Emotionen beizubringen. »Chris, wenn du irgendwas über –«

»Sie meint Miller.«

Der Dummkopf wandte sich zu der Frau um, die gesprochen hatte. »Was hat das mit –«

»Der verfluchte Roddro hat am Morgen in seiner Show darüber gesprochen. Angedeutete, dass es eine Verbindung gäbe.«

»Wieso zum Teufel sollte er das tun?«

Die Frau stellte die Kaffeekanne ab, die sie eben noch gespült hatte, zog einen Stuhl hinter einem Schreibtisch hervor und setzte sich mir gegenüber. Ihre Knie berührten fast meine. Sie war Ende vierzig und trug einen grauen Hosenanzug, der weich und flauschig aussah. Das Beste an ihr war, dass sie meine Sicht auf den Dummkopf zur Gänze blockierte.

»Miss Rogers, ich bin Detective Sergeant Belinda Mancini. Ich bin wegen einer Sache, die nichts mit Ihrer Schwester zu tun hat, aus Wagga hierhergekommen, aber ich habe das verfolgt und möchte Ihnen mein Beileid aussprechen.«

»Danke.«

»Wir hatten leider einen Mord in der Nacht, aber da gibt es keinerlei Verbindung zu Ihrer Schwester. Das wissen wir mit absoluter Sicherheit, aber wir können noch keine Informationen an die Öffentlichkeit weitergeben und deswegen füllen solche Idioten wie Roddro auf 2SB die Lücken selbst, indem sie Angst und Panik schüren und, für Sie –«, sie berührte meine Hand »– echten Schmerz. Das tut mir außerordentlich leid.«

»Wie können Sie das so sicher wissen? Ich meine, eine andere Frau ermordet, so bald nach –«

»Das können wir Ihnen aus denselben Gründen nicht sagen, die gegen das Informieren der Öffentlichkeit sprechen.« Der Doofkopf sprang aus seinem Stuhl, seine riesigen Beine füllten den Raum zwischen Belinda und mir. »Du musst uns da einfach vertrauen. Es hat nichts mit deiner Schwester zu tun.«

»Okay, also, habt ihr … Gibt es irgendetwas, habt ihr irgendetwas herausgefunden, über –«

»Du weißt, dass wir hart daran arbeiten, Chris.«

»Ihr müsst härter arbeiten! Irgendjemand anderer könnte –«

»Chris, ich muss los. Brandis wartet auf mich. Wie werden uns melden, wenn es irgendetwas zu vermelden gibt, in Ordnung? Belinda, machst du ihr einen Tee oder sonst was und schau zu, dass sie da rauskommt, ohne dass diese Scheißkerle da draußen sie belästigen«

»Ich will keinen Tee«, sagte ich zu Belinda. »Ich will nur wissen, wieso ihr euch so sicher sein könnt, dass dieses Mädchen nicht – von denselben – weil die noch immer da draußen sind, die sind –«

»Miss Rogers.« Sie drückte meine Hand und beugte sich nahe zu mir. »Unter uns, okay? Wir wissen, wer die Frau gestern Nacht getötet hat. Wir wissen es, haben aber die Beweissicherung noch nicht abgeschlossen, um ihn verhaften zu können, deshalb können wir noch nichts sagen.«

»Aber, was, wenn es doch – war sie –«

»Nichts war wie bei Bella. Das war ...« Sie schloss kurz die Augen, sah mich dann mit einem Ausdruck so tiefer Trauer an, dass ich meine Brust bersten spürte.

»Schnell«, beendete ich den Satz für sie.

Sie nickte. »Es tut mir leid.«

»Ich weiß. Danke.«

Der junge Matt bot an, mich nach Hause zu fahren, und ich akzeptierte, doch sobald ich mit ihm im Auto war, bibberte ich wieder wie beim letzten Mal, also sagte ich, dass ich doch selbst gehen wollte. Er fuhr ein wenig, bis wir die Medienmeute hinter uns hatten, und ließ mich dann raus.

Ich war bereits ein paar Minuten unterwegs, als ein Avis-Mietauto neben mir hielt.

»Ms. Rogers, Joel Frankle von –«

»Nein«, sagte ich und ging weiter.

Der Dreckskerl parkte gleich vorne in der Busspur, lief mir zu Fuß nach. »Ms. Rogers, können wir einen Moment über Ihre Beziehung zu Nate Cartwright reden?«

Ich lief weiter.

Er trabte neben mir her, roch nach Schweiß und Tomatensauce. Sein Aufnahmegerät schwebte neben meinem Kinn. »Wenn man seine gewalttätige Vergangenheit betrachtet, sind Sie da nicht besorgt, dass –«

»Ich gebe keine Interviews.«

»Hat Nate Cartwright etwas mit Bellas Tod zu tun?«

Es war wie ein Schlag in den Magen, so war es, aber ich stolperte nicht, musste nicht keuchen und sah das Arschloch nicht mal an.

»Decken Sie ihn, Ms. Roger?«

»Verpiss dich«, brachte ich raus.

»Ich versuche nur –«

»Verpiss dich sofort, sonst rufe ich die Cops und verklage dich wegen gottverdammter Belästigung.«

Er lachte kurz auf, sagte irgendwas davon, dass er nicht mein Feind sei, aber er drehte ab und ging weg.

Ich lief direkt zu Lisa, fragte sie, was die Arschgeige gemeint haben könnte. Sie bemühte sich, der Antwort auszuweichen, gab dann aber nach und zeigte mir den Artikel auf *Australia-Today* über Nate.

***

Schau, ja, zwei Jahre, bevor ich ihn kennenlernte, saß Nate einen Monat im Gefängnis, weil er seiner Freundin die Nase gebrochen hatte. Er wäre länger gesessen, aber weil sie ihn zuerst mit einer abgebrochenen Flasche attackiert hatte, waren die

Richter ein wenig milder zu ihm. Nate ließ sofort die Finger vom Alkohol, nachdem es passiert war, und war beinahe sechs Jahre lang trocken. Sein Rückfall passierte an meinem dreißigsten Geburtstag, als ich ihn anflehte, zumindest ein Glas Schampus mit mir zu trinken. Er sagte mehrmals Nein und ich nörgelte und schmollte, und dann tat er einen Schluck und kippte das Glas ex. Er jubelte und küsste mich und wir tranken die Flasche leer, und dann kauften wir noch eine, und dann begannen wir mit dem Bourbon. Wir hatten eine richtig geile Nacht. Soffen und lachten und fickten und dann tranken wir noch mehr. Am nächsten Tag war ich so hinüber, dass ich meine Augen kaum öffnen konnte, aber als ich es konnte, sah ich in seinem Gesicht, dass er mir das nie verzeihen würde, und das hat er auch nie wirklich.

Dass wir danach noch so lange durchhielten, ist der beste Beweis dafür, welch verdammt wunderbarer Mann er ist. Er hat mir so weh getan, wie ich es nicht für möglich gehalten hatte, aber er ist der beste Mann, beste Mensch, wirklich. Er hat sich wirklich bemüht, mir zu verzeihen, dass ich ihn wieder zum Fusel gebracht habe. Hat sich wirklich bemüht, die Verantwortung auf sich zu nehmen, sogar während ich weiterhin versuchte, ihn jeden Abend zum Trinken mit mir zu animieren. Und als er beschloss, wieder trocken zu werden, versuchte er monatelang, mich dazu zu überreden, es mit ihm gemeinsam zu tun. Er strengte sich so sehr an. Und ich strengte mich genauso sehr an, um ihn betrunken zu halten. Ich weiß nicht, wieso. Ich hatte wohl Angst, ihn zu verlieren, obwohl ich keinen Grund hatte, zu vermuten, dass er mich fallen lassen würde, wenn er wieder trocken wäre. Er hatte sich ja immerhin auch in mich verliebt und mich geheiratet, als er trocken war.

Am Ende zettelte er eine Schlägerei vor dem Pub an, nachdem ihn Grey rausgeschmissen hatte, weil er mich beim Arbeiten belästigte. Als ich fertig war und rausging, schlug er mir ins Gesicht, und als ihm so ein vorbeikommender Typ sagte, dass er mich in Ruhe lassen solle, schlug ihn Nate zusammen und trat ihm ein paarmal in den Bauch, bevor ich ihn dazu bringen konnte, aufzuhören. Der Kerl zeigte ihn nicht an, Gott sei Dank, obwohl die Polizei ihn dazu ermutigte, es zu tun. Sie wollten auch, dass ich ihn anzeigte, aber ich konnte es nicht. Ich hatte ja förmlich darum gebettelt. Nicht um den Schlag, aber um den Mann, der geschlagen hatte. Ich hatte ihn jahrelang dazu getrieben.

Wir hatten danach einige schlechte Tage. Schrien uns an und hassten uns. Ich sagte, dass ich ihn, wenn er mich je wieder schlug, zurück ins Gefängnis schicken würde. Er glaubte mir, obwohl ich mir nicht sicher bin, dass ich es getan hätte. Es reichte mir, dass er es mir abnahm. Er sagte, dass er um jeden Preis wieder trocken werden müsse. Ich erwiderte, dass das armselig sei und dass die meisten Männer Alk nicht als Ausrede verwendeten, um ihre Frauen zu vermöbeln. Ich beschuldigte ihn, schwach zu sein, verglich ihn mit den Säufern, die sich da unten, am Fußballstadion, jede Nacht volllaufen ließen. Gebrochene, feige, schwache Verlierer, die in allen Pubs Hausverbot hatten, weil sie nicht ein paar Drinks genießen konnten, ohne sich dabei in weinerliche, selbstmitleidige Schläger zu verwandeln.

Nate hörte sich das alles an und dann sagte er, dass er mich liebe, und dann packte er sein Zeug und verließ mich.

*** *** ***

AustraliaToday.com / May Norman, 11. April 2015

EINHEIMISCHE WURDE OPFER HÄUSLICHER GEWALT

Die Polizei bestätigte heute Nachmittag, dass der Ehemann von Tegan Miller, 22, die man tot in einer Mülltonne hinter dem Strathdee-Shoppingcenter gefunden hatte, den Mord an seiner Frau gestanden hat.

Mrs. Miller wurde durch einen Schuss in den Hinterkopf getötet und dann in der Mülltonne bei StrathTown auf der Elizabeth Street abgelegt, wo sie ein Security-Mitarbeiter am späten Freitagabend gefunden hatte.

Die städtische Gerüchteküche brodelte vor Spekulation, dass der oder die Mörder von Bella Michaels erneut zugeschlagen hätten, doch diese Vermutung endete mit der Verhaftung des 24-jährigen Bradley Miller.

Die Millers waren seit drei Jahren verheiratet und hatten, zumindest laut einer der ermordeten Mrs. Miller nahestehenden Quelle, eine »stürmische« Beziehung geführt. »Sie stritten sich immer, söhnten sich aus, stritten wieder. Aber sie haben sich nur gestritten, sie sind nicht physisch aufeinander losgegangen, soweit ich weiß. Ich hätte nie gedacht, dass er dazu fähig ist. Er hat sie so sehr geliebt«, sagte die Freundin, die darum bat, anonym zu bleiben.

Die Polizei von Strathdee hat bestätigt, dass Mr. Miller bei der Verhaftung selbst zugefügte Schnittwunden aufwies. Bis er einem Haftrichter in Wagga Wagga vorgeführt werden kann, bleibt Mr. Miller unter polizeilicher Bewachung im Krankenhaus von Strathdee.

Am nächsten Morgen wachte ich auf, als es noch dämmrig war, und spürte den verzweifelten Drang, das Haus zu verlassen. Ich, die bemüht ist, den Sonnenaufgang immer nur von der anderen Seite zu sehen, wenn es irgendwie geht. Ich fühlte mich voller Energie, die allerdings nicht von dieser gesunden Art Ich-hatte-gerade-einen-soliden-Achtstundenschlaf-und-dann-Saft-und-Cornflakes war. Ich war nervös, überdreht. Ich überlegte, ob es sich um eigenartige Entzugserscheinungen von Nates Tabletten handeln könnte, da ich sie am Abend davor nicht eingenommen hatte. Was auch immer es war, ich konnte nicht im Bett bleiben. Das ist keine billige Redewendung, versteh mich bitte; ich konnte buchstäblich nicht hierbleiben. Meine Beine – nein, das stimmt nicht – mein Inneres stand unter Strom.

Ich schwöre, es war wie in dem Film, den ich eines Abends mit Carries Kindern geschaut hatte, wo diese böse Regierung in der Zukunft Gedankenkontrollen einsetzt, um all die heißen Teenager in Soldaten zu verwandeln. Mir ging es wie diesen jungen Mädchen, mit dem Unterschied, dass ich einen Trainingsanzug anhatte und keine Kampfausrüstung, und dass ich meine Geldbörse statt einer Waffe einsteckte. Ich ging los, schritt hinaus in den Morgen, sah meine Straße, meine Nachbarschaft in einem Licht, das ich zuvor nur betrunken und nicht mehr zurechnungsfähig am langen Ende einer großen Nacht gesehen hatte.

Es kommt mir vor, als würde ich einen Traum erzählen. Mein Kopf war nicht ganz klar. Ich nahm alles wahr. Die Grasspitzen waren feucht. Vögel sangen und zwitscherten. Ich zählte drei Trucks, die am Highway vorbeifuhren. Eine Straße von meiner entfernt hörte ich einen Hund, der bellte und bellte, und als ich näherkam, sah ich, dass er den Hahn verbellte.

Ich ging zum Kiosk auf der John Street und besorgte mir eine Ausgabe des lokalen Schundblattes. Das Gesicht des Mädchens von der Bäckerei auf der Elizabeth Street nahm fast die gesamte Titelseite ein. Mrs. Chin hielt meine Hand eine ganze Weile lang, während sie mir das Wechselgeld herausgab, und dann füllten sich ihre Augen mit Tränen. Normalerweise hätte ich da auch losgeheult, nur, wie ich schon sagte, mein Kopf war nicht ganz klar.

Daheim breitete ich die Zeitung aus und begann zu lesen, aber die Worte verblassten rascher von der Seite, als ich lesen konnte, sodass ich, als ich den dritten Absatz erreicht hatte, nichts als fahle graue Flecken auf feinen kleinen Linien erkannte.

Ich sehe den Blick, den du mir zuwirfst, aber ich schildere dir nur, wie es war.

Ich schloss meine Augen und öffnete sie wieder. Schloss die Zeitung und öffnete sie erneut. Ich blätterte weiter und konnte problemlos vom Treffen des Stadtrats am Donnerstag und einem Einbruch in der katholischen Schule lesen. Ich blätterte zurück zur Titelseite und sah dabei zu, wie das Gesicht des Mädchens seine leuchtende Farbe verlor, bis jegliche Farbe verblasst war und auch die Form abhandengekommen war. Ich sah ihr beim Verschwinden zu, bis ich so schläfrig war, dass ich aufhören musste. Ich zog mich aus, legte mich ins Bett und schlief tief und fest, bis Nate gegen elf Uhr auftauchte.

Er schimpfte mit mir, weil ich die Zeitung gekauft hatte, sagte, dass es mich nur noch mehr aufregen würde. Ich fragte, ob er sie gelesen hatte, und das hatte er.

»Das arme Mädchen. Grässliche Scheiße, Liebling. Schlimme, schlimme Scheiße. Aber du sollst das nicht lesen, okay?«

Nate hatte sie bereits in die Mülltonne draußen geworfen, aber als er das Haus verließ, um Fish & Chips für das Mittagessen zu holen, ging ich hin und fischte sie aus der Tonne. Bis zur Seite drei gab es für mich nichts zu lesen, ich schwöre es dir. Nichts als das Impressum und ein großer, sehr blasser, grauer Fleck, wo das Gesicht gewesen war.

Weißt du, dass die ermordete Frau, Tegan, noch jünger als Bella gewesen war? Erst zweiundzwanzig. Ich frage mich, wann sie es mitbekommen hatte, ob sie es überhaupt mitbekommen hatte. Es ist schnell passiert, also wahrscheinlich nicht.

Aber Bella muss es mitbekommen haben. Die Frage ist nur, wie viel davon und wie bald. Als sie die Tür des Pflegeheims hinter sich schloss und auf die Straße trat, den Schlüsselbund in der Hand (hatte sie einen Schlüssel zwischen jedem Finger ihrer geschlossenen Faust, wie es uns unsere Mutter beigebracht hatte?), hatte sie es da gefühlt, ein ängstlicher Schauer, eine winzig kleine Vorahnung, dass irgendetwas Schlimmes passieren würde? Hatte sie – für einen kleinen Moment nur – daran gedacht, zurück ins Heim zu gehen und einen der Pfleger zu bitten, ob er sie zum Auto begleiten würde, bevor sie diese Gedanken wieder unterdrückte, ihren Herzschlag unter Kontrolle brachte, während sie sich vorstellte, zuzugeben, dass sie Angst hatte, weniger als hundert Meter zu laufen? Wie dumm würde sie sich fühlen, wenn sie um Begleitung für eine so kurze Strecke bat, bei einer frei einsehbaren Fläche und bei Tageslicht, nur weil sie ein leichtes Kribbeln an der Stelle, wo ihre zusammengebundenen Haare mit der Kopfhaut in Berührung kamen, fühlte. Also ging sie allein weiter – und dann? Wann wusste sie etwas, wenn nicht sogar alles?

War es, als ein Mann auf sie zukam und sie nach dem Weg fragte, darum bat, ihr Telefon benutzen zu dürfen, nach dem

Datum zu fragen, nach der Uhrzeit? Und sie, immer höflich und nett, nie gewillt, das Schlimmste anzunehmen, dreht sich um, lächelt, antwortet und sogar als sie das Messer oder die Knarre sieht, oder seine Hand an ihrer Kehle spürt, schreit sie nicht, sie sagt nur etwas Nettes und Ruhiges, bemüht, zu deeskalieren, so wie sie immer tut, wenn einer ihrer Demenzpatienten ausrastet, so wie sie es tat, als ihre ältere Schwester und ihr Freund besoffen nach Hause kamen und damit begannen, in der Küche mit Gläsern zu werfen.

Oder war es, als ein Auto neben ihr hielt und sie eine Stimme etwas sagen hörte – was –, was mochten sie gesagt haben? Als sie am Rücksitz eines seltsamen Autos ausgebreitet lag oder steif aufrecht saß oder am Boden des Autos zu sich kam, Dreck oder übelriechende Zigarettenstummeln unter ihren Wangen? Oder als sie sich beim Aufwachen neben dem Highway wiederfand, einen Mann bedrohlich über ihr, ihre Haut schreiend, und sie sich an den Schauer beim Verlassen des Heims erinnerte, sich erinnerte und sich erinnerte und sich erinnerte, und im Kopf übte, anderen Frauen Ratschläge zu geben, ihrer Schwester riet, immer auf diese Schauer zu achten, weil schau, weil schau, weil schau.

Und eventuell auch dieses andere Mädchen, Tegan, vielleicht hatte sie ja die Nachrichten über Bella verfolgt. Sie hätte Trauer um sie empfunden – weil jeder Mensch mit einem Herz so empfinden muss – und hätte besser auf ihre Sicherheit geachtet, weil das jede Frau mit einem Hirn tun muss. Wäre nicht mehr herumgelaufen oder hätte ihr Auto nicht in verlassenen Gegenden geparkt, nicht einmal bei Tageslicht. Hätte unterwegs den Schlüsselbund zwischen der Faust gehalten, ihr Telefon in der anderen Hand, hätte jedes langsam fahrende Auto zweimal angesehen und sich bemüht, sich die

Nummernschilder für den Fall der Fälle zu merken. Sie wäre in der Dunkelheit nicht mehr allein ausgegangen. Wäre froh gewesen, ihren Mann als Rückhalt zu haben.

*** *** ***

May verbrachte den Vormittag am Bauernmarkt, den die Volksschule jeden Sonntag veranstaltete, und interviewte jeden, der sich bereit erklärte, mit ihr zu reden. In den vier Tagen, die sie bereits in der Stadt verbracht hatte, hatte sie sechs Artikel eingereicht und genug Notizen für einen ganzen Monat Wochenend-Features gesammelt, sodass es nicht mehr notwendig war, noch mehr Anekdoten und Geschichten über Bellas Freundlichkeit gegenüber alten Menschen und Hunden aufzuschreiben, wenngleich es ihr dabei half, beschäftigt zu bleiben. Ein Klischee, das wusste sie, aber es war zuallererst das grauenhafteste Klischee von allen gewesen – eine Romanze mit einem verheirateten Mann –, das ihr Herz und ihr Leben in Tausende kleine Stücke zerschmettert hatte, also war das Klischee der dreißig Jahre alten Frau, die sich in ihre Arbeit stürzt, um sich nicht dem Armageddon ihres Privatlebens zu stellen, nur angemessen.

Und es war ihr gesamtes Privatleben, das auseinandergefallen war, weil sie nun eine Fremde für ihre Familie und Freunde war, die keine Idee von dem ganzen abscheulichen Durcheinander hatten. Es hatte nicht einmal jemand gewusst, dass sie sich verliebt hatte. Sie hatte vorgehabt, es allen zu sagen, nachdem Craig seine Frau verlassen hatte und zu ihr gezogen war, was er tun wollte, sobald er das Auto mit der erwarteten Gehaltserhöhung abbezahlt hätte, seine Schwiegermutter genesen, das jüngste Kind eingeschult und das Baby geboren wäre. Was noch? Ha. Ha ha ha ha ha ha. Ha.

Als er ihr sagte, dass seine Frau schwanger war, war es nicht das Ende. Hätte sie auch nur ein wenig Selbstachtung, wäre es das gewesen, das wusste sie, doch wenn Craig ihr etwas über sie selbst offenbart hatte, dann war das, dass sie keine besaß. Falls es noch etwas gab, das sie aus der Sache gelernt hatte, dann war es, dass sie gut schlafen konnte, obwohl sie wusste, dass sie einen Ehemann von seiner Ehefrau fernhielt und einen Vater von seinen Kindern, solange dieser Ehemann/Vater sie so geil kommen ließ, dass die Schnepfe von nebenan an die Wände klopfte und schrie, dass sie doch die Klappe halten solle.

Drei Wochen, nachdem May herausgefunden hatte, dass Craigs Frau schwanger war, war das Ende dann da. Es kam in Form eines Anrufs. Von der Frau. Carmel. Sie erzählte May, dass sie alles wisse und dass Craig neben ihr sitze und dass sie sich in der Sache einig seien. Sie sagte, dass Craig nicht mehr in die Nähe von May kommen würde, und dass May nicht mehr in die Nähe von Craig kommen würde. Dann legte sie auf.

Craig rief ein paar Stunden später an. Mays Telefon war abgeschaltet. Er hinterließ eine Nachricht, in der er ihr mitteilte, dass er alles, was er je zu ihr gesagt hatte, auch so gemeint habe. Aber er müsse das Richtige tun und sich seiner Familie erneut verpflichten. Er wünsche ihr alles Gute.

Das war an dem Tag passiert, bevor man Bella Michaels Leiche fand, also war zumindest das Timing gut. Endlich eine große, nationale Story, mit der sie sich beweisen konnte. Dabei lag auch noch eine gewisse Ironie in der Tatsache, dass sie diesen Kriminalreporterin-Job ohne Craig gar nicht hätte. Er hatte sie dazu gebracht, zu erzählen, warum sie Journalistin werden wollte. Als sie sich der Antwort durch sarkastische

Ausweichmanöver enthalten wollte, nagelte er sie mit den Augen an die Wand und verlangte, dass sie sich genauso ernst nehmen solle, wie er das täte. »Wir sind noch jung«, sagte er, und May hörte darin ein Versprechen über ihre gemeinsame Zukunft, das sie entschlossen machte, sich eines Mannes wie Craig würdig zu erweisen.

Kriminalberichterstattung, das gab sie zu, war seit damals, als sie als Zehnjährige unter der Bettdecke im Schein der Taschenlampe geklaute Exemplare der True-Crime-Bücher ihrer Mutter gelesen hatte, ihr Traum gewesen. Im Besonderen, sagte sie, als Craig sie dazu drängte, wolle sie über Mord schreiben. Nur gab es nicht genug davon, um irgendwo in diesem Land eine Vollzeitstelle damit zu füllen, also würde sie alle Formen der Kriminalität nehmen, um in einer Position zu sein, über die Morde, wenn sie passierten, zu berichten.

»Und wieder einmal bringst du mich zum Staunen«, hatte Craig gesagt. Sie waren im Bett, wie immer, post- und, wie May hoffte, präkoital. »Das hätte ich nie erraten. Ich dachte, du würdest Politik oder Sozialjustiz sagen. Aber Mord? Sollte ich Angst haben?«

»Hm, ja. Ich bin furchterregend. Hast du das noch nicht bemerkt?«

»Ernsthaft, wieso Mord?«

»Ernsthaft? Das *ist* ein Sozialjustizding, denke ich. Ich meine, über Mordopfer zu schreiben, um sicherzustellen, dass ihr Tod nicht in Vergessenheit gerät, und zusätzlich auch die Behörden dabei zu unterstützen, die Täter auszuforschen. Und wenn man bedenkt, wie viele dieser Opfer auf der niedrigsten Sprosse der sozialen Leiter saßen, als sie getötet wurden, macht es das sogar noch viel wichtiger.«

»In Ordnung, aber wäre es nicht eine bessere Anwendung

deiner Fähigkeiten, wenn du über die sozialen und politischen Bedingungen schreiben würdest, die dazu geführt haben, dass diese Menschen auf der niedrigsten Sprosse sitzen? Ihnen helfen, solange sie noch unter uns sind, sodass sie auch etwas davon haben? Ihnen vielleicht dabei helfen, eine Sprosse höher zu steigen, damit sie nicht so verwundbar sind?«

»Vermutlich ja.« May täuschte vor, sich zu strecken, damit sie sehen konnte, wie spät es war. Auf die Uhr schauen irritierte Craig, aber sie konnte es trotzdem nicht lassen. Sie musste wissen, wie viele Minuten ihr noch mit ihm blieben, damit sie sicherstellen konnte, dass keine davon verschwendet wurde. Einhundertundvier Minuten. Also, ein wenig Gerede noch, aber dann würde sie sich auf sein Gesicht setzen, um seine Fragen zu ersticken. »Aber es ist kein Entweder-Oder. Die meisten Mordopfer werden von jemandem umgebracht, den sie kennen. Gangster töten andere Gangster. Kinder werden von ihren Eltern getötet. Frauen von ihren Männern umgebracht. Gelegentlich auch mal andersrum. Und immer gibt es eine Geschichte, eine Hintergrundgeschichte, bei der man, wenn man sie einmal kennt, denkt, na ja, das war klar, dass das so enden würde.«

»Klingt gefährlich danach, dass die Opfer darum gebettelt hätten.«

»Nein, nein, überhaupt nicht. Ich will damit sagen, dass wir viele dieser Unglücke verhindern könnten, wenn wir dem mehr Aufmerksamkeit schenken würden. Zum Beispiel bei einem Kerl, von dem jeder wusste, dass er irgendwann mit der Gewalt gegen seine Frau zu weit gehen und sie umbringen würde – warum hat dann niemand eingegriffen? Wenn wir rückblickend sehen, dass jeder junge Mann aus einer armen Familie, der in einem der westlichen Bezirke durch

Messerstiche oder in Schießereien ums Leben kommt, einen ähnlichen Lebensweg hatte, stellt sich dann nicht die Frage, was wir tun wollen, um bei der ersten Abzweigung einzugreifen, die ihn in diese Richtung gelenkt hat?«

»Mhm. Könnte es sein, dass das Erfinden von Narrativen um einen Mord herum ein gewisses Maß von Trost vermittelt? Ein abstrakter Mord ist furchterregend; aber in den Details erkennst du, dass es nichts mit dir zu tun hat.«

»Es könnte sogar sehr viel mit dir zu tun haben, wenn du weiterhin einen auf Sokrates machst und mich nicht sofort fickst.«

Und so war die Sache vorerst erledigt gewesen, doch als er zu seiner Familie zurückgekehrt war, ließ sie das ganze Gespräch noch einmal im Kopf ablaufen und verstand, worauf er hinauswollte und dass sie sich genau das nicht eingestehen wollte. Die matschige, übel riechende, dunkle Wahrheit war, dass sie das Lesen über Morde wohl genauso begeisterte wie es die Massen begeisterte, die True-Crime-Bücher in millionenstarken Auflagen verschlangen und trashige Sendungen, in denen echte Morde nachgestellt wurden, und ungemütliche und vulgäre Dramen im Kabelfernsehen anschauten. Es war einfach so *intim*.

Nicht nur die Tat selbst, obwohl das natürlich auch, aber die Art, wie alles im Nachhinein ausgegraben und ausgebreitet wurde. Ermittlungen in Mordfällen – die polizeilichen, manchmal sogar noch stärker in jenen der Medien – bringen unvorhersehbare Dinge aus dem Privatleben zutage. Wenn jemand eines natürlichen Todes stirb, bemüht sich jeder, die Privatsphäre zu respektieren. Wenn jemand ermordet wird, ist es plötzlich in Ordnung – hilfreich und verantwortungsbewusst sogar –, wenn man E-Mails und SMS durchleuchtet,

Unterwäsche und Pornosammlungen ausstellt, Körperenthaarungsgewohnheiten veröffentlicht, wie regelmäßig die Bettwäsche gewechselt wurde, ob das Opfer Tampons oder Binden bevorzugte, Kondome oder die Spirale. Und sich dabei aber nicht nur auf die Gewohnheiten des Opfers zu beschränken. Auch die der ehemaligen und aktuellen Lebenspartner, Geschwister, Eltern, Kinder, Arbeitskollegen, Freunde. Ihre ganzen schlechten Angewohnheiten und schmutzigen Geheimnisse im Namen von Wahrheit und Gerechtigkeit ausgebreitet. Es war ebenso furchtbar wie unwiderstehlich.

Von Zeit zu Zeit wurde May nach der Lektüre einiger besonders saftiger Details einer Mordermittlung beim Gedanken an Beweismittel von blankem Entsetzen gepackt. Sie durchwühlte dann ihre Taschen, entsorgte Rechnungen, löschte Nachrichten und Fotos auf ihrem Handy und den Browserverlauf am Laptop. Sie sorgte sich auch um ihren Vibrator und die schmuddeligen Bücher im Nachtkästchen, ebenso wie um die verschiedenen Cremen und Pillen im Medizinschrank, und entschied, dass die Peinlichkeit, eine notgeile, unausgeglichene, hyperventilierende Knalltüte zu sein eine schlimmere Aussicht sei als das Kichern und die hochgezogenen Augenbrauen hypothetischer Mordermittler. Wie auch immer, das kam wahrscheinlich auf sie zu. Leb du nur mit dem atemlosen Tatortinventar, so wirst du gedemütigt nach deinem Tod von …

Bella Michaels, das Mordopfer, hatte sich bis jetzt geweigert, den erwarteten schmutzigen Nervenkitzel bereitzustellen. Weder Drogen noch Alkohol im Blut, und soweit man den Erzählungen glauben konnte, wäre das auch so gewesen, wenn man sie am Silvesterabend ermordet hätte. Die Frau trank nicht einmal Kaffee, um Gottes willen. Es gab zwar Gerüchte über einen heimlichen Liebhaber, nur konnte niemand einen passenden Namen zum Geruch bieten. Die Schwester hatte keine einwandfreie Reputation und da gab es die Sache mit dem gewalttätigen Ex, aber Bella selbst war makellos.

Und trotzdem, als sie bereits gute drei Stunden damit verbracht hatte, die Leute bei ihrem wöchentlichen Obst- und Gemüseeinkauf zu stören, um ihre Gedanken über den Mord zu hören, realisierte May, dass in der Art, wie manche Leute über Bella sprachen – post mortem nur allerdings –, ein gewisser schlüpfriger Unterton mitschwang. *Süßestes Mädchen, dem du begegnen konntest. Immer bereit, zu helfen. Zu gut für diese Welt.* Und dann … *Was diese Scheißkerle mit ihr gemacht haben,* von einem sichtbaren Schauer gefolgt, der wirkte, als hätte der Sprecher zu viel Eis auf einmal in den Mund genommen. *Wenn ich daran denke, was mit ihr passiert ist – ich meine, stell dir das vor* – schnelles Blinzeln, hektisch die Lippen befeuchtende Zunge – *ich meine, es ist hart, sich das nicht vorzustellen, wenn du es einmal weißt.*

»Woher weißt du das alles?«, fragte May einen Ziegenkäseverkäufer, der ihr soeben – in heißem, säuerlich riechendem Flüsterton – den Zustand von Bellas Leiche beschrieben hatte, als man sie gefunden hatte.

Der Käsehändler trat zurück, lächelte sie misstrauisch an. »Komm schon, als ob du die Fotos nicht gesehen hättest.«

May spürte, wie sie rot wurde. Sie erinnerte sich daran, dass es nur Grünschnabelreportern peinlich sein musste, nicht mehr als ihre Quellen zu wissen. »Willst du damit sagen, dass du Fotos von Bella Michaels Leiche gesehen hast?«

Der Mann blinzelte. »Ja, ich dachte …« Er beugte sich wieder nach vorne. »Ich dachte, alle wüssten, dass die Fotos durchgesickert sind. Aber offenbar ist das nicht so, wenn die Journalisten da noch nicht dran sind. Schau mal, ich will niemandem Ärger machen. Ist es zu spät, um zu sagen, dass unser Gespräch *off record* ist? Ha, ha, ha.« Er trat zurück, sah sich hoffnungsvoll nach Kundschaft um und begann damit, seine Käseglocke mit einem gelben Tuch abzuwischen.

»Ich werde das mit den Fotos nicht schreiben, natürlich. Kannst du mir sagen, wo du die Fotos gesehen hast?«

Er beugte sich wieder zu ihr und flüsterte eine aus fünf Worten bestehende Phrase, zog sich jäh zurück und wischte weiter das blitzblanke Glas sauber. »Wie auch immer, ich sollte hier jetzt aber wirklich weiterarbeiten«, sagte er.

May schlängelte sich durch die Menge, stieß dabei gegen Strohkisten und Jutesäcke, Ellbogen und schwitzende Unterarme, bis sie den Ausgang erreichte. Sie lehnte sich gegen den Schulzaun und wartete darauf, dass sich ihr Puls beruhigte. Die Verfügbarkeit der Fotos war irrelevant. Sie konnte sie in ihrer Arbeit nicht beschreiben. Selbst die Erwähnung ihrer Verfügbarkeit wäre rechtlich bedenklich und ethisch verwerflich.

Es gab keinen Grund für sie, sie anzuschauen. Also würde sie das auch nicht tun.

Zurück im Hotel duschte sie kalt und zuckte bei dem Stich zusammen, den das kalte Wasser ihrem frisch sonnenverbrannten Nacken verpasste.

Es war noch immer zu heiß, um sich wohlzufühlen; sie setzte sich nackt aufs Bett und begann, die morgendlichen Notizen durchzugehen. Alles, was Potenzial hatte, in einen Artikel einzufließen oder Ausgangspunkt für weitere Nachforschungen sein könnte, gab sie in ihren Computer ein. Davon gab es nur sehr wenig.

Sie öffnete den Browser, tippte den Anfang der vom Käseverkäufer genannten Phrase ein, klickte das Fenster weg und schloss den Laptop.

Wenn man sie heute ermorden würde, hier in Strathdee, würde die Polizei ihren Browserverlauf analysieren, ihre gespeicherten Dokumente, ihr Notizheft. Die Hypothese, dass man sie ermordet hätte, weil sie zu nahe an die Wahrheit hinter Bella Michaels Tod gekommen wäre, würde man allerdings mit einem Lachen abtun.

Sie würden ihre Sprachnachrichten abhören, Craigs gespeicherte Nachrichten hören – nie wieder, eine davon und die nächste, die das Gesagte wieder zurücknahm –, und ihn zum Hauptverdächtigen erklären. Der Gedanke verschaffte ihr ein Gefühl wie nach dem Nüchternwerden nach einem Saufgelage – gleichzeitig krank und zufrieden.

Nur hätte er ein Alibi, der Scheißkerl. Seine Frau, das selbstgefällige Miststück, würde behaupten, dass er die ganze Nacht mit ihr verbracht hätte und, noch schlimmer, es würde sogar stimmen. Die Polizei würde tiefer graben müssen, andere Männer finden, mit denen May irgendwie involviert gewesen war. Bei dem, was die Menschen hier tratschten, würde es nicht lange dauern, bis sie den Kerl vom ersten Tag in der Mangel hätten. Chas. Er hatte sich als toller Gesprächspartner erwiesen, der ihr viel lokalen Tratsch und eine ganze Reihe von Tipps einbrachte. Sie hatten den ganzen Nachmittag geredet und dann hatte er sie zurück zum Hotel begleitet. Auf einen zufälligen Beobachter hätte es vielleicht so gewirkt, dass er auf eine Einladung aus gewesen sei und sie ein wenig zu lange gezögert hätte, sodass das schlussendlich bestimmt klingende »Gute Nacht« härter und übertriebener und wie eine vor der Nase geschlossene Tür gewirkt haben musste, als wenn sie sich stattdessen vor dem Pub locker Auf Wiedersehen zugewunken hätten.

May verstaute den Laptop unter dem Nachtkästchen und

durchsuchte ihre Notizen nach der Telefonnummer von Chas. Sie hatte viel recherchiert, seit sie zuletzt mit ihm gesprochen hatte. Es gab eine ganze Reihe von Fragen, bei denen er ihr bestimmt behilflich sein konnte.

*** *** ***

Nate war noch immer nicht vom Fish & Chips-Laden zurück und ich saß herum und dachte über Bella und Tegan nach, als es an der Tür klopfte. Weil ich noch im Nachthemd war, hatte ich die Vorhänge zugezogen und so niemanden in der Einfahrt gesehen. Ich schlüpfte in Nates riesige alte Regenjacke, die neben der Eingangstür hing, stand eine Weile da und versuchte, ein wenig Nate in mir zu spüren – oh, nicht so, du und deine schmutzigen Gedanken. Seine Art, mit Menschen zu reden, meine ich. Höflich, aber verdammt unnachgiebig.

Ich öffnete einem Mann in meinem Alter die Tür, der die traurigsten Augen hatte, die ich je bei einem Menschen gesehen hatte. Hundeaugen, weißt du? Gebrochene, geschlagene Augen, so wie die eines Hundes, der erkennt, dass er gleich eingeschläfert werden soll. Er trug beige Cargohosen und ein gestreiftes Polohemd und hielt kein Notizheft und keine Kamera und kein Aufnahmegerät in der Hand, soweit ich das sehen konnte.

»Chris. Hallo. Mein Name ist Glen Goodes. Du kennst mich nicht, aber da ich deine Schwester gut kannte, habe ich gehofft, dass ich –«

»Du kanntest Bella?«

»Sehr gut sogar, ja. Können wir reden?«

Ich ließ ihn herein und setzte ihn an den Küchentisch, während ich mir etwas Ordentliches anziehen ging. Als ich zurückkam, war er weg. »Hallo?« Ich rief und mein Herz raste, weil es das heutzutage gerne tut, wenn irgendetwas überraschender ist als eine Scheibe Toastbrot, die nach genau drei Minuten aus dem Toaster ausgeworfen wird.

Er trat aus dem Wohnzimmer in die Küche, seine traurigen Augen waren nass vor Tränen. Er hielt das gerahmte Foto von Bella auf meiner Dreißigerparty in der Hand. »Tut mir leid, ich hatte nur … Ich habe dieses Foto noch nie gesehen.«

Ich nahm es ihm aus der Hand. »Wo und wieso hättest du es auch sehen sollen?«

»Chris, ich – können wir uns hinsetzen?« Er zeigte auf den Küchentisch und ich nickte und setzte mich ihm gegenüber. Das Foto hielt ich fest an meine Brust gedrückt.

»Bella und ich …«, begann er und dann starrte er aus dem Fenster.

»Du und Bella?«

»Wir waren verliebt.« Er hielt mir seine offenen Hände entgegen und ich schaute sie an, doch da war nichts in ihnen, das mir verstehen half. Sie waren blass und glatt, keine Sommersprossen oder Schwielen. Keine Kerben oder Narben. Kleine Bubenhände, bis auf den goldenen Ehering.

»Ich weiß, dass es ein Schock ist. Sie wollte es dir auf keinen Fall sagen, bis … Na ja, es gab Komplikationen und sie meinte …«

»Ich verstehe nicht, was du mir sagen willst. Du warst in Bella verliebt?«

»Wir waren ineinander verliebt.«

Ich sagte nichts. Was konnte ich auch sagen? Er hätte mir genauso gut erzählen können, dass Bella eine Astronautin oder eine russische Spionin gewesen war. Er sprach weiter, als ob seine Erklärungen irgendeinen Sinn ergeben würden.

»Es war recht schwierig, weil, na ja … meine Frau ist krank. Krebs. Es ist unwahrscheinlich, dass sie … wie auch immer, ich konnte sie nicht verlassen. Sie ist ein guter Mensch und verdient es nicht … Bella war damit einverstanden, natürlich. Sie war …«, er zog eine Grimasse, »voll von Konflikten. Sie verließ mich einige Male, bemühte sich wirklich, Abstand zu halten, aber wir haben einfach weiter … Wir haben zusammengearbeitet, haben uns jeden zweiten Tag gesehen. Ich bin Geriater im … Sie hatte davon gesprochen, zu kündigen, doch es gibt diese Jobs hier ja nicht im Überangebot. Wir haben uns also die ganze Zeit über gesehen und es war nur … Sie hat sich geschämt. Wollte nicht, dass irgendwer etwas weiß. Speziell du. Sie sagte, dass du ihre Grille Jiminy wärst, und falls sie es dir erzählen würde, wäre zwischen uns alles für immer vorbei.«

»Stopp«, sagte ich. Die Grille Jiminy, um Himmels willen! Bella hatte immer darum gebettelt, dass ich diese verblödete *Pinocchio*-DVD mit ihr ansah, und manchmal tat ich das, nur kaum je mit der Aufmerksamkeit, die sie sich wünschte. Fünfzig Mal während des Films hatte sie seitlich zu mir geschaut und mich dabei beim Lackieren der Nägel, beim Lesen einer Zeitschrift oder sogar beim Dösen erwischt, mich daraufhin mit ihren pummeligen kleinen Fäusten gestoßen und gesagt, »Chris, du verpasst es«. Ich, ihre verdammte Grille Jiminy! Oh Gott, sie war schon eine Nummer.

»Es tut mir leid. Ich weiß, dass das sehr hart für dich sein muss, nur drehe ich beinahe durch. Ich habe den Menschen verloren, den ich auf dieser Welt am meisten geliebt habe, aber ich durfte nur so tun, als sei ich über den Tod einer lieben Kollegin verzweifelt. Meine Frau verfolgt den Fall so aufmerksam, der Fernseher ist andauernd an, also sehe ich dauernd

Bel, höre, was –«. Ein unheimliches Schluchzen erfasste ihn und es wurde kalt im Raum.

»Du musst zur Polizei gehen.«

»Wie bitte? Nein! Oh Gott, Chris, du denkst doch nicht, dass ich auch nur irgendetwas damit –« Er schluchzte erneut, die Tränen flossen in Strömen. »Meine Frau … es darf nicht herauskommen. Ich musste es dir nur sagen. Weil du sie genauso sehr geliebt hast wie ich.«

Die Luft gefror. Die Kälte versetzte meiner Haut Stiche. Ich wollte ihn fragen, ob er das auch fühlte, aber meine Zunge war wie eingefroren. Hätte ich gesprochen, wäre sie zerbrochen.

Er hörte nicht auf, mich darum zu bitten, es niemandem zu erzählen, quasselte andauernd davon, dass er auf einer Konferenz in Canberra gewesen sei, als es passiert war, und dass ich es selbst überprüfen könne, er würde mir die Telefonnummer geben.

Schlüssel im Schloss, die Tür sprang auf und die hereinströmende Luft taute mich postwendend auf. Vielleicht war es auch nur Nate, der dafür verantwortlich war.

»Guten Tag«, sagte er, ruhig wie nur irgendwas vor diesem quasselnden, heulenden Lügner. »Nate.«

»Glen.« Der Typ fuhr sich mit dem Handrücken über Nase und Mund. »Tut mir leid, du hast mich in einem schlechten –«

»Chris?« Nate sah mich an. »Alles in Ordnung hier?«

Ich schluckte die letzten Überreste des Eiswassers und nickte. »Ja, alles okay, aber ich brauche dich, damit du Brandis für mich anrufst. Sag ihm, dass ein Typ hier ist, der behauptet, in Bella verliebt gewesen zu sein.«

»Mann, bitte.« Glen stand auf, als ob das irgendwie geholfen hätte. Er reichte Nate nur bis zu den Brustwarzen. »Ich habe einen Fehler gemacht. Ich werde jetzt gehen und hoffe, schau, es tut mir leid, dass ich sie so aufgewühlt habe. Ich hätte wissen müssen, dass sie noch zu sehr in Trauer sein würde, um … Wie auch immer, ich hoffe, dass du sie beruhigen kannst.«

»Sie wirkt ruhig auf mich.« Nate hatte seine Augen nicht von Glen genommen. »Chris, bist du ruhig, Babe?«

»Komplett. Ruf bitte Brandis, gut?«

»Bitte.« Der Mann sah mich direkt an und diese Augen, diese Augen – ihre Trauer zerriss mich beinahe.

»Du hast ein Alibi. Nichts, worüber du besorgt sein müsstest«, sagte ich.

»Meine Frau …«

Nate schnaubte. »Okay, ich denke, es ist eine gute Idee, wenn du gehst.« Er rührte ihn nicht an, doch der Mann bewegte sich, als ob er ihn gestoßen hatte. »Chris, weißt du seinen Namen und sonst alles?« Ich antwortete, dass ich das alles wisse. Nate folgte ihm hinaus und schloss die Tür hinter ihm ab. Ich hörte ihn draußen flennen und da überzog mich das Eis wieder, doch Nate stellte die Fish & Chips auf den Tisch, kniete sich neben mich und nahm meinem Kopf in beide Hände und küsste meine Stirn und mir wurde so warm.

***

Brandis war so rasch bei mir, dass ich mich fragte, ob er am Ende der Straße in seinem Auto gewartet hatte, als ich anrief. Er bretterte auf meine Einfahrt zu, parkte schief und stand mit verschwitztem Gesicht vor meiner Tür. Sobald er mit einem Glas kalten Wasser am Küchentisch saß, war er wieder professionell und cool, tat, als ob er gar nicht sonderlich aufgeregt sei über das, was ich ihm da erzählte.

»Wir haben Dr. Goodes im Zuge der Vernehmungen der Mitarbeiter des Pflegeheims befragt. Selbstverständlich werden wir ihn erneut befragen. Fragen, wieso er uns über seine Beziehung zu Bella belogen hat.«

»Vielleicht hat er da nicht gelogen. Vielleicht lügt er jetzt«, sagte ich.

»Er sah echt erschüttert aus«, sagte Nate.

»Es könnte sein, dass er Wahnvorstellungen hat. Dass er denkt, Bella und er hätten viel mehr gehabt als in Wirklichkeit. Das kommt vor. Wenn er sagt, dass niemand davon wusste, wird es sehr schwer, das eine oder andere zu beweisen.«

Nate drückte meine Hand, lehnte sich zu Brandis. »Es gab allerdings Gerüchte über irgendetwas in diese Richtung.«

»Es gibt viele Gerüchte, Mr. Cartwright. Es bringt nichts, irgendeinem davon zu viel Gewicht zu verleihen.«

»Ich meine ja nur, die müssen von irgendwo kommen. Wer auch immer das sagt … vielleicht hat dieser Irgendwer von diesem Typen und Bella gewusst.«

»Vielleicht. Zuerst liegt es an uns, noch einmal mit Goodes zu reden. Ich werde mich gleich auf den Weg zu ihm machen.«

»Geh nicht nach Hause zu ihm.«

Nate und Brandis sahen mich an.

»Ich meine ja nur, dass du ihn anrufen könntest und bitten, dass er zu euch kommt oder so? Seine Frau hat Krebs. Es gibt keinen Grund, sie zu verstören, wenn es sich dann auch noch als unwichtig herausstellen sollte.«

Brandis nickte und schüttelte unsere Hände. »Wir bleiben in Kontakt.«

Als er weg war, trat Nate von hinten an mich heran und rieb meine Schultern auf eine Weise, von der er wusste, dass ich es liebte. »Du bist das weichherzigste kleine Ding auf dieser Welt, richtig?«

»Bella wollte sicher nicht, dass sie mehr leiden muss, als sie es bereits tut.«

»Ach, ihr beide. Ein Paar Softies.«

»Er hat gesagt, dass Bel mich ihre Grille Jiminy nannte.«

»Ihre was?«

»Ihr Gewissen. Als ob ich das sein könnte?«

»Na ja, du hast ihr schon immer gute Ratschläge erteilt. Ich weiß noch, wie du ihr zugeredet hast, ich glaube, das war, als sie damals aus Sydney zurückgekommen ist.« Er hörte auf zu reiben, ließ seine Hände schwer auf mir liegen. »Ich kann mich nicht daran erinnern, was du genau gesagt hast, aber ich erinnere mich an den Gedanken, an den Wunsch, dass du deinem eigenen Ratschlag folgen würdest. Dass es uns besser gehen würde, wenn wir so leben würden, wie du es von Bella erwartet hast.«

»Daran kann ich mich nicht erinnern. Ich kann mich nicht einmal daran erinnern, ihr jemals Ratschläge erteilt zu haben. Die eine oder andere Zurechtweisung, ja, klar, doch meistens war der Fall umgekehrt.«

»Das habe ich anders in Erinnerung. Sie offensichtlich auch.«

»Denkst du, dass es stimmt? Könnten sie und dieser Mistkerl wirklich …?«

Er drückte meine Schultern und sagte, das Essen werde kalt. Also vermute ich, dass es ein Ja war.

*** *** ***

AustraliaToday.com / May Norman, 12. April 2015

FRAU IN DER NÄHE DES ORTES VON BELLA MICHAELS ENTFÜHRUNG ÜBERFALLEN

Freitagnacht wurde eine Frau in der Umgebung jenes Ortes attackiert, von dem Bella Michaels früher in diesem Monat zuerst entführt und anschließend vergewaltigt und ermordet worden war.

Die 32-jährige Frau aus Strathdee ging an einem kleinen Park auf der Straße hinter dem Strathdee-Haven-Pflegeheim vorbei, als sie von einem unbekannten Angreifer von hinten gefasst wurde.

Die Polizei bestätigt, dass der Mann versucht hatte, die Frau zu einem geparkten Auto zu zerren, aber von einem vorbeifahrenden Autofahrer, der den Kampf mitbekam, bei seinem Vorhaben gestört wurde.

Der Angreifer floh in einem weißen Toyota Camry, der später in der Nähe des Busterminals in Strathdee verlassen aufgefunden wurde. Die Polizei bestätigt, dass das Auto als gestohlen gemeldet war.

Die Frau erlitt keine Verletzungen, musste aber im Krankenhaus von Strathdee psychologisch betreut werden.

Der Angreifer wird als ein Weißer in seinen Dreißigern und von schlanker Statur beschrieben. Er trug einen dunklen Hoodie und schwarze Jeans.

Die Polizei weigerte sich, sich dazu zu äußern, ob dieser Angriff im Zusammenhang mit dem Mord an Bella Michaels stehen könnte, doch die Einheimischen gehen kein Risiko mehr ein. An einem klaren, warmen Samstagnachmittag waren die Straßen, Parks und Gehwege dieser

kleinen Gemeinde mit einem so starken Gemeinschaftssinn so gut wie verwaist.

Jeder mit Informationen über diesen Angriff oder die Entführung und den Mord an Bella Michaels möge bitte die Polizei in Strathdee oder die Crime Stoppers kontaktieren.

*** *** ***

Kurz bevor May Chas treffen sollte, rief der feige, verheiratete, geliebte Mistkerl endlich an.

Sie lehnte sich an die Außenwand des Royal, schloss die Augen. »Craig?«

»May. Gott sei Dank. Es tut so gut, deine Stimme zu hören. Wie geht es dir?«

»Mir geht's gut.«

»Ich vermisse dich so sehr.«

»Wieso hast du nicht angerufen? Ich habe –«

»Ich weiß, ich weiß. Carmel hat mich dazu gezwungen, Urlaub zu nehmen, damit wir uns ganz darauf konzentrieren können, unsere Ehe zu retten, und es war einfach unmöglich für mich, auch nur für eine Sekunde von ihr wegzukommen. Sie beobachtet mich wie ein Falke. Jetzt am Nachmittag ist die Yogaklasse für werdende Mütter, also … Oh Gott, wann kann ich dich sehen? Wir müssen etwas arrangieren. Bald.«

»Meinst du das ernst?«

»Natürlich.«

»Craig, du kannst nicht einfach –«

»Ich weiß, dass du verletzt bist, aber …«

»Ich kann das jetzt nicht. Ich treffe gleich eine Quelle. Es ist wichtig. Ich kann da nicht verheult auftauchen.«

»Tut mir leid, tut mir leid.« Er nahm einen langen, tiefen Atemzug. »Woran arbeitest du?«

»Offensichtlich liest du meine Arbeit nicht.«

»Ich kann das wirklich nicht lesen, wenn Carmel in meiner Nähe ist, verstehst du? Du kannst dir nicht vorstellen, wie es hier zugegangen ist … Komm, erzähl mir, woran du arbeitest. Ich möchte es wissen.«

»Mord an einer Frau in Strathdee. Dieser gottvergessene Truckstop von einer Stadt. Ich hänge hier ab und versuche, irgendwelche neuen Seiten an dieser Geschichte zu finden, die schon eine Woche alt ist, und für den Fall eines Durchbruchs die letzte Reporterin vor Ort zu sein.«

»Scheiße. Ja. Ich habe von dem armen Mädchen gehört. Furchtbar, dass du dort sein musst. Ist es sicher für dich?«

»Natürlich. Ich weiß nicht. Ich denke, schon.« May sah Chas aus einem glänzenden, dunkelgrünen Pick-up steigen. »Ich muss jetzt los. Wann kann ich dich –«

»Nein, komm schon, geh noch nicht. Carmel kommt frühestens in einer Stunde heim und ich weiß nicht, wann ich dich wieder anrufen kann. Oh Gott, May, ich vermisse dich. Wir müssen einen Weg finden, damit das funktioniert. Nicht wahr? Nicht wahr?«

May erstickte ein Schluchzen im Keim. »Ich muss los.«

Sie legte auf, stellte das Telefon auf lautlos und trat durch die Tür, die ihr Chas aufhielt. Das Pub war halbvoll. May suchte es nach Chris Rogers ab, sah aber nur die dürre Blonde und den uralten Besitzer hinter der Theke. Ihr Telefon vibrierte in ihrer Tasche und alles, was sie tun konnte, war, nicht danach zu greifen.

»Alles klar bei dir?«, fragte Chas. »Du bist ganz blass.«

»Schlechter Tag.«

Er führte sie zu einem Tisch im hinteren Bereich, zog einen Stuhl hervor. »Also stärker als Bier, richtig? Bist du ein Gin-, Wodka- oder Whisky-Mädchen?«

»Ich sollte nicht trinken.«

»Wieso?«

»Weil ich arbeite.«

»Du kannst nicht betrunken arbeiten? Gott, und du nennst dich Journalistin?«

Sie lachte. »Ich nehme ein Bier.«

»Eine doppelter Whisky ist im Anflug.«

»Du bist kein guter Zuhörer, stimmt's?«

Er lehnt sich vor, beide Unterarme am Tisch. »Ich bin eher ein Leser von Gesichtern. Und dein Gesicht sagt mir, dass du –«

»Ich werde mich nicht betrinken und mit dir Sex haben.«

Er kam noch näher. Sie konnte seinen rauchigen Atem riechen und seine blassen Wimpern zählen. »Das ist cool. Wir können es auch nüchtern tun.«

Ihr Telefon vibrierte abermals. Sie zog es aus der Tasche und drückte den Anruf weg. Die Uhr erschien am Display. Vier Stunden, bis sie den Artikel hochladen musste. »Wieso hängen wir dann überhaupt noch hier ab?«, fragte sie.

Er blinzelte, wirkte erstaunt. Oh Gott, dachte May, er hat nur gescherzt. Er hat nur einen Spaß gemacht und ich habe mich mit meinem dummen Schlampen-Ich komplett lächerlich gemacht.

Ein vorsichtiges Lächeln. »Na gut, in Ordnung, klar.« Er nickte in Richtung Tür.

Als sie rausgingen, meinte May, jemanden seinen Namen und so etwas wie »Gut für dich« rufen zu hören – oder vielleicht war es »Mach sie gut«? Chas schien es nicht zu hören.

Er ging zielstrebig und ganz natürlich weiter, ohne sie dabei zu berühren oder anzulächeln, bis sie auf der anderen Straßenseite und in ihrem Zimmer waren, die Tür verschlossen hatten und die Vorhänge gegen die dämlich strahlende Herbstsonne zugezogen waren.

***

May wartete einige Minuten länger, als sie es für angemessen hielt, und stieß Chas dann sanft an der Schulter. »Will ja nicht unhöflich sein, aber du musst gehen.«

Er stützte sich auf die Ellbogen und sah ihr ins Gesicht. Schweiß tropfte von seinen Augenbrauen auf ihre Lippen. »Ihr Sydney-Mädchen, ihr seid immer so in Eile.«

»Ich muss arbeiten. Hab eine Deadline.«

»Das ist in Ordnung für mich. Ich werde dich nicht stören.« Er rollte sich auf die Seite, zog sich ein Laken über den Körper und stellte sich schlafend.

»Hast du kein Zuhause, wo du hinkannst?«

»Kann dich nicht hören. Schlafe.«

May ging ins Badezimmer, duschte sich kühl ab und zog sich Jogginghose und T-Shirt an. Sie lächelte sich im Spiegel zu und stellte fest, dass ihr gefiel, was sie sah. Als sie ins Zimmer zurückkehrte, war Chas auf und angezogen und blätterte in ihrem Notizbuch.

Sie nahm es ihm ab und schlug damit nach seinem Arm. »Das ist vertraulich.«

»Ich kann dein Geschreibsel sowieso nicht lesen. Schaut aus wie ein beschissenes Spinnennetz.« Er ging zum Kühlschrank, nahm eine Dose Bier heraus und riss sie auf. »Scheint die letzte zu sein. Teilen wir sie uns?«

Sie nahm die Dose, machte einen großen Schluck und gab sie ihm zurück. Sie hob ihre Hose vom Boden auf und zog das Telefon aus der Hosentasche. Vier verpasste Anrufe des Scheißkerls. Keine neuen Nachrichten.

»Also, was gibt's Neues zu Bella? Haben sie einen Verdächtigen?«

Sie schüttelte den Kopf. »Die Polizei behauptet, in verschiedene Richtungen zu ermitteln. Sagt aber nicht, was es mit diesen Richtungen auf sich hat. Die meisten Leute, mit denen ich darüber gesprochen habe, scheinen zu denken, dass es sich um einen Fremden handeln müsse. Jemand, der auf der Durchreise war.«

»Ergibt Sinn.«

»Wieso?«

Er reichte ihr das Bier. »Weil wir uns alle hier kennen. Na ja, nicht persönlich, aber wir kennen alle irgendjemanden, der jemanden kennt, der jemanden kennt, wenn du verstehst, was ich meine. Wenn es hier jemanden gäbe, der dazu fähig wäre, wüssten wir das längst. Es würde die Runde machen. Tut es immer.«

»Immer? Also sind solche Sachen hier schon passiert?«

»Nicht solche. Das sage ich ja. Ich bin der Erste, der zugibt, dass es hier einige Arschlöcher gibt. Frauenschläger, Töchtervergewaltiger, Katzenvergifter …«

»Katzenvergifter? Plural?«

»Jap. Aber wir wissen, wer sie sind. Manchmal wissen wir es, weil sie ins oder gerade aus dem Gefängnis kommen, und dann wieder, weil wir reden, aber in beiden Fällen wissen wir es. Wie bei der kleinen Tegan. Wir wussten alle, dass ihr Mann ein gewalttätiger Wichser ist. Als wir hörten, dass sie tot ist, waren wir so, ja, klar, das hat man kommen sehen.«

»Ihr habt es kommen sehen. Oh Gott.«

»Was? Denkst du, wir hätten es verhindern können?«

»Ich weiß es nicht. Habt ihr es versucht?«

»Guter Punkt. Ich kannte sie allerdings nur als die verbissen dreinschauende graue Maus in der Scheißbäckerei, in die man nur am Sonntag geht, weil die gute geschlossen ist.«

»Aber du hast gewusst, dass ihr Mann gewalttätig war?«

»Ja, genau, weil Leute reden. Das sage ich ja die ganze Zeit. Es gibt hier hundert Mädchen, die verschiedene Kassen bedienen – ich kenne sie nicht auseinander, außer, wenn es einen Grund dafür gibt. So, wie wenn die Leute sagen: ›Hast du die arme Tegan in der Bäckerei gesehen? Gerade zurück von der Hochzeitsreise und schon ein Veilchen im Gesicht‹, und du sagst ›Welche ist denn Tegan? Die Blonde mit den Titten oder die Brünette mit den Beinen?‹, und dann die so, ›Nein, nein, das stille kleine Ding im Morello's‹, und dann weißt du, wer Tegan ist, und du weißt, dass ihr Alter sie schlägt, und deshalb nimmst du sie jedes Mal wahr, wenn du am Sonntag Brot holst, und manchmal wirkt sie ganz in Ordnung, und dann sieht sie aus, als ob sie gar nicht geschlafen hat, und das eine oder andere Mal hat sie blaue Flecken und du sagst, ›Alles in Ordnung?‹, und sie so, ›Kann mich nicht beschweren‹, und du holst das Brot und gehst weg, und wenn du draußen auf jemanden triffst, sagst du, ›Schaut so aus, als ob sie das Arschloch schon wieder vermöbelt hat‹.«

»Ein verdammter Scheißort ist das.«

»Es geht darum, dass du was hörst – Schlägereien, Autodiebstahl, Katzenvergiftungen und sagst, ›Oh ja, ich wette, dass der oder der dahintersteckt‹, aber das, was mit Bella passiert ist … Kann mir nicht vorstellen, dass da einer von ihnen dazu fähig ist. Niemand kann das hier.«

»Was ist mit Nate Cartwright?«

»Nope. Da bellst du den falschen Baum an. Nate ist voll in Ordnung.«

»Menschen können so was oft sehr gut verstecken, weißt du.«

»Du kannst nicht verstecken, so beschissen krank zu sein.«

»Vielleicht wird es einfacher, das zu verstecken, je kaputter man ist?«

»Mit dieser Argumentation könnte es jeder sein.«

»Genau.«

»Ich könnte es auch sein.«

»Genau.«

»Denkst du das wirklich?«

»Wahrscheinlich. Ich meine, ich denke natürlich nicht, dass es wahrscheinlich ist, sonst wäre ich nicht hier, aber wer auch immer es war, ist jetzt mit jemandem zusammen – einer Freundin, einer Frau, einem Kumpel –, und diese Person denkt auch genau so.«

»Das ist komplett krank.«

»Ja, das ist es.«

*** *** ***

Ich war im Lagerraum hinter dem Billardtisch im hinteren Teil des Pubs, als ich diese vier Kerle reden hörte. Typen, die ich kannte. Stammgäste. Zwei von ihnen hatte ich gefickt und bei einem hätte ich bis dahin nichts dagegen gehabt.

»Sie hatte dieses Lächeln, weißt du?«

»Ja. So wie Chris, aber, hm, irgendwie frischer. Sonnig.«

»Eine verdammte Schande ist das.«

»Das kann man sich allerdings schon vorstellen, oder? So'n

Lächeln, Haufen Typen draußen auf Tour, auf der Suche nach Problemen.«

»Es war verdammt noch mal fünf Uhr nachmittags. Da wären die Typen noch nicht auf Tour gewesen.«

»Stimmt, wären nicht auf Tour gewesen. Wahrscheinlich Mossies aus der Stadt. Du weißt ja, wie die herumfahren, die Libbies und so, notgeil in ihren aufgemotzten Schlitten. Dann sehen sie so'n Mädchen.«

»Mit so'nem Lächeln.«

»Nicht nur das. Die blonden Haare. Süßes weißes Mädchen. Wahrscheinlich wollten 'se 'ne Jungfrau, verstehst du? Waren sicherlich darauf aus, jemanden zu finden, den sie so richtig erniedrigen konnten. Verfickte Arschlöcher.«

»Sie war aber keine. Pete – Klempner-Pete, nicht der Säufer-Pete –, ist früher mit ihr ausgegangen. Redet nicht viel, darüber schon gar nicht, weißt du, aber damals, als sie ausgingen – schau, ich will nicht schlecht über sie reden –, will nur sagen, dass sie keine Jungfrau war.«

»Du verpeilst den verdammten Sinn der Sache, Kumpel. Ich sage weder, dass sie es war noch dass nicht. Ich sage nur, was diese Arschlöcher bei ihrem Anblick gedacht haben könnten. Die könnten jemanden gesucht haben, der rein und so aussieht, weißt du?«

»Ja, ja. Zum Teufel. Weißt du, was die mit ihr gemacht haben? Also so, ich meine nicht das Zeug, das in den Zeitungen stand, aber das, was ich von einem Kumpel weiß, der mit einem der Bullen gut ist, der sie da liegen gesehen hat? Kranke Scheiße. Richtig verdammt kranke Scheiße.«

Ich stieß die Tür mit der Hüfte auf, mein Körper und Gesicht verdeckt durch den doppelten Stapel von Serviettenschachteln, die ich trug. Ich fühlte ihr Schweigen mehr, als ich es hörte. Ich trat die Tür hinter mir zu.

»Chris! Scheiße, lass mich dir mit dem Zeug helfen, hey?« Es war Hock. Roter, buschiger Bart, Bizeps so groß wie meine Hüften. So sehr mein Typ, dass es richtig verrückt ist. Ich tat, als ob ich ihn nicht hörte. Trug meine Last rüber zur Bar.

Ich war zur Hälfte mit dem Auspacken der Schachteln fertig, ließ die kleinen, plastikumhüllten Bündel Servietten in die Halterungen hinter der Theke gleiten, als Hock zu mir kam und eine weitere Runde bestellte.

»Wie geht's dir, Chris?«, sagte er, während ich einschenkte.

»Oh, weißt du. So gut, wie man es halt erwarten kann.«

»Ja, ja. Bin überrascht, dich hier zu sehen, wenn ich ehrlich bin.«

»Na ja, gibt ja keinen Grund herumzusitzen und sich selbst zu bemitleiden, oder?« Ich stellte die Biere auf ein Tablett, sagte, wie viel es ausmachte, und er zahlte.

»Ah, du warst schon immer eine harte Nuss.« Er nahm die Getränke. »Komm doch und trink mit uns, wenn du hier fertig bist?«

»Ich arbeite bis zur Sperrstunde.«

»Na ja, wenn du Lust hast, hol ich Takeaway und bring dich dann nach Hause.«

»Danke, Kumpel, höchstwahrscheinlich werde ich darauf keine Lust haben, verstehst du?«

Er nickte. »Klar, natürlich, natürlich. Vielleicht ein anderes Mal? Wenn die Dinge wieder normal sind.«

Und dann war er weg. *Du weißt, was sie mit ihr gemacht haben? Wenn die Dinge wieder normal sind.* Ich schwöre bei Gott. Also echt jetzt, ernsthaft. Ehrlich, bei dem verfluchten Scheißkerl Gott.

***

In der Nacht wachte ich jäh auf, so, als ob jemand in mein Ohr geschrien hätte. Ich setzte mich auf, horchte, eine Hand am Telefon, bereit, 000 zu wählen, doch ich konnte nichts hören. Ich schwitzte am ganzen Körper. Als mein Herz aufhörte zu rasen, stand ich auf und machte das Licht an. Meine Hand am Schalter war blutverschmiert.

Ich glaube, ich habe es nicht sofort bemerkt. Ich stand irgendwie da und sah auf meine Hand. Ich schaute auf die andere Hand und da sah ich auch eine rostigfarbene Schliere. Ich setzte mich nieder, begann nachzudenken – oh, Gott, über alle möglichen verrückten Dinge, ich kann dir nicht mal sagen, über welche –, und dann sah ich das Blut vorne auf dem Nachthemd und zwischen den Oberschenkeln und, oh Gott, dann hyperventilierte ich beinahe. Diese Dinge, die mir da durch den Kopf gingen. Na ja, es waren die Dinge, die ich immer im Kopf hatte, doch diesmal passierten sie mir und nicht ihr.

Ich rief Nate an. Er hob sofort ab, Panik in seiner Stimme, und ich sagte, dass er kommen müsse, und legte auf und dann saß ich da und hörte den Geräuschen des Hauses und der Straße zu, während ich auf die albtraumhafte Sauerei schaute.

Schau, ich weiß, dass ich verrückt bin und so, aber ich schwöre, ich bin nicht so dämlich, wie mich diese Geschichte wirken lässt. Die Sache ist die, dass ich davor schon ewig keine Periode mehr gehabt hatte. Nachdem Nate und ich einige Jahre probiert hatten, ein Baby zu bekommen, ging ich zu einem Arzt und fand heraus, dass ich nicht schwanger werden konnte. Danach war ich zur Pille zurückgekehrt, um mir diese beschissenen Krämpfe und Ausbrüche zu ersparen, die immer mit den Blutungen kamen. Seither war ich drauf, übersprang die tablettenfreien Tage und lebte ohne dieses sinnlose Bluten. Natürlich, bei all dem, was passiert war, hatte ich vergessen, die

Verschreibung für das Medikament einzulösen, das mir, wie ich mich jetzt erinnere, an dem Tag ausging, an dem der Polizist an meiner Tür war, um mir zu sagen, dass sie Bella gefunden hatten. Ich hatte das Rezept bereits in meiner Tasche, bereit zum Abholen. Wahrscheinlich ist es noch immer da, begraben und zerknüllt unter all den Visitenkarten der Reporter und Polizisten, den unbenützten und den gebrauchten Taschentüchern.

Als mir das klar wurde, rannte ich ins Badezimmer und sprang unter die Dusche, steckte das Nachthemd unter einen Haufen anderes Zeugs im Wäschekorb, nur für den Fall, dass Nate reinkäme. Er tauchte auf, als ich gerade aus der Dusche kam, lief durchs Haus und rief meinen Namen. Ich wickelte mich ins Handtuch und traf auf ihn, als er gerade dabei war, ins Schlafzimmer zu stürmen.

»Alles ok bei dir? Was ist denn passiert?«

»Es tut mir leid. Hatte einen schlimmen Traum. Bin mit einer Riesenpanik aufgewacht, dachte, dass … ich weiß nicht was. Es geht mir jetzt wieder gut.«

Er atmete ein paarmal tief durch, sah über meinen Kopf, so, wie er es immer tat, wenn er verärgert war. »Ich dachte, du hättest dich verletzt. Du hast geklungen, als ob –«

»Ich weiß, so wie ich sagte, ich bin in dem Zustand aufgewacht und ich war noch immer komplett daneben, als ich dich angerufen habe. Tut mir leid.«

»Na gut.« Er drehte sich zum Gehen um.

»Komm, es ist vier in der Früh. Du könntest hierbleiben. Ich kann am Sofa schlafen und –«

»Das ist nicht in Ordnung, Chris.« Er blickte weiterhin weg von mir. »Du kannst mich nicht mitten in der Nacht anrufen, mich verdammt noch mal beinahe nackt empfangen und dann –«

»Es ist nicht so, wie –«

»Wir hören uns morgen.« Er ging, ohne sich umzudrehen.

Ich legte das Handtuch aufs Bett, legte mich drauf und starrte auf die Blutstreifen auf dem Nachtkästchen. Schon eine komische Sache, oder? Jeden Monat auszubluten. Ich weiß, dass wir das alle erwachsen sehen sollen, als natürlichen Prozess, passiert der Hälfte der Menschheit, wieso sich dafür schämen und all das, aber ernsthaft? Als ich dalag und wartete, bis es beinahe zu spät war, um rauszugehen und verdammte Tampons zu kaufen, konnte ich es fast nicht ertragen. Tagelang blutend herumzulaufen. Dass wir das als Mädchen akzeptieren müssen, akzeptieren müssen, dass wir einen Teil unserer Zeit auf dieser Welt damit verbringen, dieses aus unseren Körpern kommende Blut wegzumachen, dass wir einen Teil unseres Einkommens dafür verwenden müssen, massenproduzierte Teile aus Baumwolle zu kaufen, die es aufsaugen sollen, dass ein Teil unseres Gehirns damit beschäftigt ist, es zu verfolgen, sich zu erinnern, zu planen, damit niemand je die Tatsache bemerkt, dass wir uns manchmal in die Opfer satanischer Aneignung verwandeln, während Blut aus unseren unverletzten Körpern fließt. Sinnloser Blutverlust und nutzlos, dagegen zu wettern, ich weiß, aber als ich an dem Morgen dalag, konnte ich nicht aufhören, an diesen Witz zu denken, den, in dem es darum geht, dass man etwas, das fünf Tage blutet und trotzdem nicht stirbt, nicht vertrauen dürfe. Der Saft des Lebens war über meine Laken und Möbel verschmiert, in der Dusche abgespült und im Abfluss verschwunden. Und das passt so! Du wachst inmitten eines verdammten Tatorts auf, oh, und alles ist in Ordnung. Es ist *normal.* Oh Gott. Schau dich an! Kein Wunder, dass die Männer vor dir zurückweichen, vor Abscheu schrumpfen.

Montag, 13. April

AustraliaToday.com / May Norman, 13. April 2015

KEINE FORTSCHRITTE IN BRUTALEM MORDFALL
Eine Woche, nachdem die Leiche der Einheimischen Bella Michaels auf einem Brachland außerhalb Strathdee gefunden wurde, ist die Polizei noch immer auf der Suche nach Antworten. Da diese jedoch fehlen, machen Gerüchte und wilde Theorien in der eng miteinander verbundenen Gemeinde die Runde.

Ein letzter Rest des blau-weißen Bandes, das zur Absperrung eines Tatorts verwendet wird, hängt am Türstock von Ms. Michaels Apartment und flattert in der Brise. Vor der Eingangstür liegen Blumensträuße und Kärtchen, die Trauer und Wut ausdrücken.

»Ms. Michaels ist vor fünf Jahren, nach ihrer kurzen Zeit in Sydney, in das Apartment gezogen«, sagte Barbara Stein, die Eigentümerin des Gebäudes. »Sie war eine vorbildliche Mieterin. Leise, sauber, zuverlässig beim Bezahlen der Miete, immer schnell zur Stelle, egal, ob es sich um einen entlaufenen Hund oder eine schwere Einkaufstasche handelte.«

In der Stadt denken viele, dass ein Außenstehender für den Mord verantwortlich sein muss, einer der viele Reisenden oder Fernfahrer, die auf ihrem Weg zwischen Sydney und Melbourne hier nur zum Essen oder Schlafen halten. »Wir alle kennen einander hier«, sagte der 37-jährige Mann, der sein ganzes Leben in Strathdee, einem Ort mit knapp dreitausend Einwohnern, verbracht hat. »Wenn's hier jemanden gäbe, der zu so was fähig wäre, wüssten wir das. Das würde die Runde machen. Das tut es immer.«

Andeutungen, dass Ms. Michaels beim Autostoppen gesehen wurde, weist die ermittelnde Polizeistelle als ›Unsinn‹ zurück. Das Gerücht, dass sie freiwillig zu jemandem ins Auto gestiegen sein könnte, hält sich dennoch hartnäckig.

Diejenigen, die es für möglich halten, dass es sich doch um einen Einheimischen handeln könnte, verweisen auf die Tatsache, dass man keine Kampfspuren am Ort der Entführung gefunden hatte, was als Beweis diene, dass Ms. Michaels ihren Mörder gekannt habe. Die Gespräche in den vier Pubs am Abend vor dem Begräbnis drehten sich um die Möglichkeit eines erst kürzlich entsorgten Freundes, eines verheirateten Geliebten oder eines besessenen Verehrers. Währenddessen weigert sich die Polizei, die Frage zu beantworten, ob die beliebte junge Altenpflegerin zum Zeitpunkt ihres Todes in einer Beziehung gewesen sei, sie sagt nur, dass alle Männer, von deren Beziehung zu ihr man wusste, verhört und von jeglichem Tatverdacht ausgeschlossen waren.

»Aber die Cops können ja nicht alles wissen, oder?«, sagte eine 49-jährige Frau beim Wochenendeinkauf am Bauernmarkt. »Sachen passieren nun mal zwischen Menschen, das heißt aber nicht, dass sie die Information darüber auch im Gemeindezentrum aufs schwarze Brett heften.«

»Sie kam manchmal mit einer Gruppe Kollegen aus dem Pflegeheim her«, erinnert sich ein Barkeeper im Imperial Hotel. »Ich würde sie nicht als Partygirl bezeichnen, sie war aber auch kein Mauerblümchen. Sie war freundlich und sozial. Auch ein Hingucker. Irgendwelche Typen hingen immer an ihren Lippen.«

Ms. Michaels verschwand auf dem Weg zwischen dem Pflegeheim, wo sie gearbeitet hatte, und ihrem Auto, das nicht einmal drei Minuten Fußweg entfernt geparkt war. An der Straße gibt es jetzt eine weitere kleine Gedenkstätte, die sich zu jenen an ihrer Arbeitsstätte, ihrem Apartment und am Fundort ihrer Leiche gesellt. Diese besteht aus einigen kleineren Blumensträußen und handgeschriebenen Mitteilungen, die mit Klebeband an den Telefonmasten festgemacht sind.

Caitlin Fischer, 23, und ihre Freundin Jody McDougall, 22, brachten einen Strauß Dahlien, die sie selbst gepflückt und zusammengestellt haben. Sie legten ihn mit einer Nachricht nieder. *RIP Bella. Wir werden dich nie vergessen.* Die Frauen hatten Ms. Michaels nicht persönlich gekannt, sagten aber, dass sie tief betroffen von ihrer Ermordung seien. »Sie war wie wir. Hat ihr Leben gelebt, nichts Falsches oder Gefährliches getan, und dann passiert so was. Du kannst einfach nicht aufhören zu denken ›Es hätte auch ich sein können‹«, sagte Ms. Fischer.

»Es hätte mich, meine Schwester, meine Freundinnen treffen können. Es fühlt sich einfach so nah an«, fügte Ms. McDougall hinzu.

Auf die Frage, ob sie eine Vermutung hätten, wer dafür verantwortlich sein könnte, schüttelten sie die Köpfe. »Es muss jemand auf der Durchreise gewesen sein, vermute ich«, sagte Ms. McDougall. »Weil, wieso sonst gerade jetzt? Wenn's jemand wäre, der schon immer hier gelebt hat, wieso sollte der erst jetzt so etwas tun?«

»Wahrscheinlich ein Truckie oder Reisender, ja«, stimmte ihre Freundin zu, während sie ihre Nachricht besser am Blumenstrauß befestigte. »Aber man weiß ja nie, oder? Das ist ja das Beängstigende. Jede von uns hätte getötet werden können und der, der es getan hat, könnte jeder sein.«

*** *** ***

Als mich zum ersten Mal ein Mann schlug, war ich vierzehn. Mutters Freund Brett lebte da seit ungefähr einem Monat bei uns. Er befahl mir, die Küche zu putzen, und ich sagte ihm, dass er sich verpissen solle. Da schwang er seinen Arm und schlug mir aufs Ohr. Ich lief und erzählte es Mum, die gerade Bella ins Bett brachte. Sie bat mich, bei Bella zu bleiben, und ich legte mich neben sie, neben meinen kleinen Kraushaarzwerg, und kuschelte mich unter dem Laken fest an sie. Ich erinnere mich, dass sie ihre Arme um meinen Nacken schlang und ihre Wange an mein Ohr hielt, genau da, wo Brett mich erwischt hatte, und aus dem anderen Raum hörte ich Mum und Brett aufgeregt flüstern und ich bemühte mich so sehr, nicht zu weinen, aber die Tränen kamen trotzdem und Bel sagte, *Nicht traurig, Kuss* – so nannte sie mich damals –, und rubbelte mir die Tränen mit ihren kleinen, weichen, zwei Jahre jungen Händchen weg.

Ich schlief in der Nacht in ihrem Bett und am Morgen war die Küche sauber und Brett hatte Rührei gemacht und Mum hatte eine aufgeplatzte Lippe und geschwollene Augen.

Ich weiß nicht, wie oft er mich und Mutter danach schlug. Es war nicht oft. Ich meine, schon oft, aber nicht andauernd. Es gab oft Monate, in denen er uns nicht vermöbelte. Mutter hielt immer zu mir und ich zu ihr, ich vermute, das war manchmal der Grund dafür, dass er uns beide schlug. Wären wir klug gewesen, hätten wir uns ausgemacht, es abwechselnd abzubekommen, was die Anzahl der eingesteckten Schläge um die Hälfte reduziert hätte. Wir waren aber nicht clever; wir waren loyal und frech und, um die Wahrheit zu sagen, wenn Mutter es zugelassen hätte, dass er mich berührte, ohne sich einzumischen, hätte es mir das Herz gebrochen. Ich weiß nicht, wieso ich sie nie darum bat, ihn einfach rauszuschmeißen, oder wieso sie so lange brauchte, um es von sich aus zu tun. Ich nehme an, zu dem Zeitpunkt erschien es ihr als nicht so schlimm. Meistens war Brett ja in Ordnung. Er arbeitete hart und war nett und locker, außer wenn er es nicht war.

Wie auch immer, es dauerte, bis ich sechzehn und Bella vier war, um meine Grenze zu erreichen. Mum war nicht da – es kann sein, dass sie damals an der Tankstelle arbeitete – und ich war am Telefon. Brett lief vor mir auf und ab und sagte, dass ich aufhören solle. Ich tat es nicht. Kann mich um nichts in der Welt daran erinnern, mit wem oder worüber ich am Telefon gesprochen habe, aber zu dem Zeitpunkt war es wichtiger als alles, was Brett sagen oder tun konnte.

Das ging eine gute halbe Stunde lang so, bis er sich nicht mehr zurückhalten konnte. Er sagte nichts, schlug mir das Telefon aus der Hand und riss die Schnur aus dem Stecker in der Wand. Dann hob er den Hörer vom Boden auf und schlug mich damit mit voller Wucht auf den Kopf. Mein Ohr brannte und surrte und ich hatte genug. Ich griff nach dem Telefonapparat – es war eines dieser altmodischen schweren und beigen Dinger mit einer Wählscheibe – und schwang ihn mit voller Wucht in sein Gesicht. Er gab einen Ton von sich, der fast wie ein Lachen klang. Als ob er es nicht glauben könnte. Er ließ den Hörer fallen und bedeckte Nase und Mund. Ich sah Blut und mein ganzer Körper begann zu zittern.

Ich lief in Bellas Zimmer und hob sie aus ihrem Bett. Sie schlief und drehte durch, als ich sie aufhob, aber ich drückte ihren zappelnden Körper fest an mich und lief, so schnell ich konnte, durch die Hintertür raus. Ich weiß nicht, was Brett tat – ob er das Blut wegwischte oder eine Mordwaffe suchte oder am Boden saß und wie ein Baby heulte –, aber damals war ich mir sicher, dass er mir nachlaufen und mir das Genick brechen würde.

Während Bella sich wand und mein Gesicht mit ihren kleinen Fäustchen schlug, lief ich so schnell, wie ich konnte. Als ich das Ende der Straße erreichte, verlangsamte ich ins Gehtempo und stellte Bella ab, hielt aber ihren Arm ganz fest, sodass sie nicht davonlaufen konnte. Oh Gott, sie war so sauer auf mich! *Warum nimmst du mich! Schlimme Chrissy! Du sollst mich nicht nehmen! Ich will nicht gehen!* Sie wurde aber bald müde und warf mir nur noch hin und wieder einen enttäuschten Blick zu, den sie mit einem theatralischen Schluchzen begleitete. Als wir die Volksschule erreichten, hob ich Bella über den niedrigen Zaun und trug sie hinauf zu dem kleinen Plastikspielplatz. Das erheiterte sie ein wenig und sie kletterte ein paar Minuten glücklich über die wenigen Geräte, was mir zumindest Zeit gab, um richtig auszurasten. Ich konnte nicht zurück. Ich überlegte, zu welchen Freunden ich gehen konnte, doch sie hatten alle die Art von süßen, besorgten Eltern, die sofort die Polizei oder den Jugendschutz oder sonst wen anrufen würden, und ich wollte lieber täglich Schläge von Brett ertragen, als in ein Heim zu kommen.

Bella kam und setzte sich zu mir auf die Bank, legte ihren Kopf auf meinen Bauch und gähnte. Ihre Augen zuckten unter den geschlossenen Lidern. Ich trug sie hinauf zu dem kleinen Schloss und wir legten uns gemeinsam hin, ihr Kopf auf meinem Arm. Nach einer Weile sagte sie, *Mir ist kalt, Chrissy.* Ich setzte mich auf und zog meine Jacke aus und deckte sie damit zu. *Mir ist sehr, sehr kalt*, sagte sie ein paarmal, und so schlang ich meine gänsehautbedeckten Arme um sie und drückte sie ganz fest an meinen Körper, bis sie aufhörte zu zittern und einschlief. Als wir am Morgen heimkamen, war Mutter mit einem Polizisten im Vorgarten und heulte. Als sie uns sah, jubelte sie laut genug, um den Teufel aufzuwecken. Sie küsste Bellas Gesicht und sagte, *Habt ihr nicht ein großes Abenteuer erlebt?*, und Bella erzählte ihr alles vom Spielplatz und dem Schloss und wie sie unter meiner Jacke geschlafen hatte, und Mutter starrte mich an, und kurz dachte ich, dass sie mich hasste, aber dann sagte sie, *Es tut mir so leid, mein Liebling. Er ist jetzt weg. Okay?*

Und das war es. Später an dem Tag hatten wir eine ernste Unterhaltung über die Sache und sie entschuldigte sich achttausendmal und versprach, dass es nie wieder passieren würde, und bat mich, ihr zu versprechen, dass ich nie einem Mann so viel Macht über mich geben werde.

»Als ich in deinem Alter war«, sagte sie, »sagte mir meine Mum, dass die Kerle nur eine Sache wollten, und dass ich daran glaube, ist nur die eine Hälfte meines Problems. Du musst verstehen, Chris, dass ein Typ, der nur eine Sache von einer Frau will, kaum zu finden ist. Die meisten von ihnen wollen verdammt viel mehr und manche von denen –«, sie strich mir mit der Hand über mein gerötetes, geschwollenes Ohr, »manche von ihnen wollen verdammt noch mal alles.«

Viele Jahre hatte ich nicht mehr daran gedacht. Ich weiß auch nicht, ob ich, seit es passiert war, überhaupt daran gedacht hatte. Aber am Morgen des Begräbnisses legte ich im Badezimmer Make-up auf und hörte Bella, *Mir ist kalt, Chrissy, mir ist sehr, sehr kalt*, sagen. Ich meine nicht, dass ich mich da erinnert hätte – das kam später, die Erinnerung an die Nacht in dem Spielplatzschloss. Ich meine, dass ich sie hörte. Ich hörte ihre Stimme genau da in meinem Ohr sagen, dass ihr kalt war.

Ich sah in den Spiegel und ich sah nur mich, aber ihre Stimme war so real, wie meine es jetzt ist. *Mir ist kalt, Chrissy. Mir ist sehr, sehr kalt.*

***

Das Begräbnis war so entsetzlich, wie man es sich nur vorstellen kann. Nate und Lisa und ein paar von Bellas Freundinnen hatten es organisiert, zumindest das meiste davon. Ich denke, dass sie alles mit mir am Tag davor durchgegangen waren, nur kann ich mich wirklich nicht mehr daran erinnern. Ich vermute, dass ich mit allem einverstanden war. Es würde ja auch überhaupt keinen beschissenen Unterschied machen.

Bella Vater tauchte auf und sah aus wie hundert. Er umarmte mich eine ganze Ewigkeit lang und obwohl wir nie besonders gut miteinander waren, wusste ich, dass er in Wirklichkeit sie umarmte, und deswegen hatte ich nicht viel dagegen einzuwenden. Alle Kollegen von Bella waren da, auch Glen, was ich enttäuschend fand, weil das bedeutete, dass er nicht eingesperrt war oder verhört wurde oder sonst was. Ich erwischte ihn dabei, wie er mich mit diesem trauernden Hundeblick beobachtete, und ein Teil von mir fühlte sich mit ihm beschissen, doch ein größerer Teil von mir wollte zu ihm gehen und ihn fragen, ob Bella auch vor seinem Fenster auftauchte, ob sie ihm ins Ohr flüsterte. Ich dachte, dass es nicht so war.

Offensichtlich waren viel mehr Leute vor der Kirche. Nate meinte, die ganze Stadt, doch später las ich, dass es tausend gewesen waren, und das ist nur ein Drittel. Wirklich nett, dass sie alle gekommen waren, obwohl sie nicht reindurften. Ich hörte, dass ein ganzer Haufen Leute vom Pub gekommen war, ebenso wie einige der Stammgäste. Wieder dachte ich, wie schön es für Bella wäre, all das zu sehen, diese ganze Liebe zu hören. Sie war so ein gottverdammtes Schätzchen. Und all diese Leute weinten genau deshalb um sie.

Und dann waren da die Nachrichtenleute, die am Rand des Parkplatzes abhingen wie ein beschissener Haufen Schmeißfliegen um eine verwesende Leiche. Nates Ausdruck. Das schrie er ihnen zu, als wir ankamen. Die Dreckskerle schreckten nicht einmal zurück. Der Bestatter hatte gewusst, dass das passieren würde. Sie waren vorbereitet, hatten private Sicherheitsleute da, die sicherstellten, dass niemand von der Presse reinkam. Gott sei Dank. Ich hätte nie daran gedacht, das alles zu organisieren. Sie machten es auch gratis. Oder, nein, die Sicherheitsfirma machte es um den halben Preis und der Bestatter übernahm den Rest der Kosten. Ich glaube, dass es so war. Ich war während der Vorbereitungen echt nicht gut drauf, aber die Leute waren großzügig und nett und ich ließ sie es sein.

Es war natürlich ein geschlossener Sarg. Ein Teil von mir wünschte, dass es nicht so gewesen wäre. Ein Teil von mir wünschte, dass jeder Anwesende gezwungen wäre, das zu sehen, was ich gesehen hatte, anstatt sich auszumalen, dass das, was da drinnen lag, Ähnlichkeiten mit dem auf dem Sarg platzierten Foto hatte. Aber natürlich wäre das nicht richtig gewesen. Ich bin ihre Schwester, ihre Blutsverwandte. Es ist in Ordnung, dass ich ihre Geheimnisse für mich behalte, dass ich allen erlaube, darüber zu reden, wie hübsch sie war, und niemandem zu verraten, dass sie es am Ende nicht mehr war.

Old Grey hatte angeboten, das Totenmahl im Pub abzuhalten, und ich hatte zugestimmt, weil ich mir nicht vorstellen konnte, selbst etwas Derartiges auszurichten. Erst als ich in Nates Auto vor dem Pub saß, erinnerte ich mich daran, wie sie das Lokal gehasst hatte, sie kam nie vorbei, außer um mich abzuholen und sofort wieder zu verschwinden. Ich hatte den ganzen Morgen so viel geweint, dass ich dachte, ich hätte keine Tränen mehr, doch ich hatte mich geirrt. Ich saß heulend da, und Nate streichelte meinen Rücken und gab mir Taschentücher.

»Lass das«, sagte ich zu ihm. »Geh bitte rein und sag ihnen, dass es abgesagt ist. Es gibt kein Totenmahl.«

»Ich kann das jetzt nicht absagen. Die Leute sind schon da drinnen. Bella würde es nichts ausmachen, Süße, da bin ich mir sicher. Sie hätte gewollt, dass du das tust, was dir am leichtesten fällt. Es wäre wirklich in Ordnung für sie.«

»Das ist so eine Sache, die man sagt, wenn jemand tot ist. ›Was sie gewollte hätte‹. Das ist Schwachsinn. Das weißt du nicht.«

»In dieser Sache weiß ich es. Ich weiß, dass sie gewollt hätte, dass die Menschen, die sie lieb hatten, zusammensitzen und nett zueinander sein könnten. Egal wo. Menschen, die sie lieb hatten, sind nett zueinander.«

Er hatte natürlich recht. Das hätte sie gewollt. Ich schnäuzte mich, holte Concealer und Lippenstift aus meiner Tasche, fand mein Gesicht im Rückspiegel und begann mich zurechtzumachen. Nate sagte »braves Mädchen«, während er weiter meinen Rücken streichelte.

Ich war beinahe mit dem Auftragen des Lippenstifts fertig, als irgendetwas Schwarzes die Sicht zur Seite abschnitt und Nates Hand von meinem Rücken schnellte. »Verdammt«, sagte er. Mein Herz schlug hart in meiner Brust. Nate war schon aus dem Auto und rannte und mein Herz schlug und schlug und schlug und die Luft drang herein und Leute rannten, rannten von der Vorderseite des Pubs, rannten dorthin, wo Nate jemanden am Rücken seines T-Shirts festhielt.

Ein Fotograf. Nate sagte später, dass es ihn mehr Willenskraft gekostet hatte, dem Kerl den Bleistifthals nicht umzudrehen, als einen Drink zu verweigern. Am nächsten Tag bereute er es und sagte, dass er, wenn er den Wichser noch einmal sehen würde, ihm das Genick brechen und Schlimmeres antun würde.

Ich vermute, du hast es gesehen? Titelseite, scharfer Schuss von mir, mit geschürzten Lippen vor dem Spiegel, während Nate mir den Rücken streichelt. Daneben war ein Foto von Bella bei einer Betriebsweihnachtsfeier, grünes und rotes Lametta in ihrem gekräuselten Haar. In der oberen Ecke der Seite war noch ein Foto. Eine von einem schwarzen Laken bedeckte klumpige Form, daneben eine blaue Plane. Wenn du besonders genau hinsahst, konntest du ihre große Zehe herausschauen sehen. Ich bin mir sicher, dass der kleine, fahle Fleck ihre Zehe war. Ich starrte und starrte das Foto an und je länger ich daraufstarrte, desto deutlicher wurde es. Wie konnte es sein, dass vor Ort niemand bemerkt hatte, dass ihre Zehe da so hervorstand?

Nate fand mich heulend über der Zeitung und nahm sie mir weg. Er dachte, dass mich das Foto von uns beiden so betrübte, das aussah, als ob wir zwei Frischverliebte auf einem Date waren. Als ob mich das jucken würde. Nach all dem, was Bella durchgemacht hatte, und nicht einer dieser Wichtigtuer, die überall am Tatort herumkrochen, hatte darauf geachtet, dass nicht noch ein Teilchen von ihr in die kalte, kalte Luft raushing?

Während des Totenmahls, nachdem der Fotograf den Schnappschuss gemacht hatte, kippte Nate ein Sherryglas Cola, als ob es ein Shot Rum war, und ich erkannte an den angespannten Sehnen in seinem Nacken und dem ständigen

Knacken der Knöchel, dass er am Limit war. Ich schnorrte einige Zigaretten von Old Grey und führte ihn durch die Küche hinaus, um draußen auf der hinteren Treppe zu sitzen.

Nate tat einen tiefen Zug. Sein Telefon piepte. Er warf einen Blick darauf, nahm einen weiteren Zug und schüttelte seinen Kopf in meine Richtung. »Ich kann nicht hier sein.«

»Hier im Pub oder …?«

Er schloss die Augen, lehnte sich zurück gegen den Türrahmen. Sein Telefon piepte erneut. Mit einer raschen Bewegung zog er es aus der Tasche, boxte eine Antwort in die Tasten.

»Ist sie das?«

»Ja.«

»Will sie wissen, wie es dir geht?«

»Ja.«

»Du hättest sie mitbringen sollen. Als Beistand.«

»Schwierig für sie, sich beruflich freizumachen.«

»Was macht sie so?«

»Sozialarbeiterin.«

»Genau was du brauchst, oder?«

Erneut schloss er die Augen. »Chris.«

Ich bemerkte, dass ich meine Zigarette bis zum Filter geraucht hatte. Ließ den Stummel fallen und schob ein wenig Staub drüber. »Wenn ich da noch mal reingehe, werde ich viel trinken müssen.«

»Ich weiß.«

»Und wenn ich nach Hause gehe, werde ich auch viel trinken müssen.«

»Ja.«

»Oder was sonst? Was soll ich denn jetzt machen? Was gibt es zu tun? Wie soll ich einfach … Was mache ich jetzt?«

»Ich weiß es nicht.«

»Was würde *sie* sagen? Renee? Was würde sie mir raten zu tun?«

Er atmete durch, warf mir diesen Blick zu, mit dem er prüfte, ob ich ihn verarschte. Er muss bemerkt haben, dass ich es wirklich ernst meinte, weil er meine Hände nahm und sie so hielt, dass sie ruhig waren. Er beruhigte mich. »Soll ich sie anrufen und fragen?«

»Vielleicht solltest du das, weil ich hier verdammt ahnungslos bin.«

»Was würde Bella sagen?«

»Sie würde mir sagen, dass ich nach Hause gehen, das Haus putzen und früh schlafen gehen soll, weil sich alles leichter aushalten lässt, wenn es rund um dich sauber ist und du gut ausgeschlafen bist.«

Er lachte. »Klingt ziemlich richtig. Wirst du das also tun?«

»Nein.«

»Nein.« Er blickte über den asphaltierten Platz, als ob es ein grünes, grünes Feld sei, das sich den ganzen Weg bis zum Horizont streckte.

»Denkst du, dass die da drinnen sind?«, fragte ich.

»Wie bitte?«

»Die, die das getan haben. Sind die jetzt da drinnen? Und trinken auf ihre Erinnerung?«

»Chris …«

»Deshalb hängen die Cops da ab, oder? Die denken, dass –«

»Stopp.« Er stand auf, streckte mir seine riesige Hand entgegen, damit ich mich an ihr hochziehen konnte. »Komm mit. Hinein. Sag allen Dankeschön und auf Wiedersehen und dann verziehen wir uns.«

Ich ließ mich von ihm hochziehen und mich durch die Küche führen. Während wir die Runde machten, redete ich kaum, kusste und wurde geküsst. Allen tat es leid und alle wollten, dass ich ihnen sagte, falls es irgendetwas gab, was ich brauchte. Ich brauchte viel, nur konnte mir das Notwendige niemand geben, und so hing ich am Einzigen, der es konnte, bis wir in seinem Auto waren, und dann lehnte ich meinen Kopf nach hinten und schloss die Augen und sagte, dass es egal sei, was als Nächstes passieren würde.

In meiner Küche holte ich den Bourbon und er stoppte meine Hand mit seiner und dann küsste er mich lang und intensiv und dann fickten wir am Küchenboden, und für die Zeitspanne, die das dauerte, fühlte sich alles so an, wie es sein sollte.

Und dann war es vorbei. Ich schob ihn von mir, stand auf, zog den Rock über die Hüften, ignorierte die klebrige, an meinen Innenschenkeln herabsickernde Flüssigkeit. In Büstenhalter und verknittertem Rock schenkte ich mir eine Daumenbreite Bourbon ein und trank ihn aus. Nate sagte meinen Namen wie eine Warnung, und ich schenkte mir einen weiteren ein und trank ihn. Wieder mein Name, wie eine Anklage. Noch ein Drink, weich, weich, weich in meiner Kehle. Er zog sich an, schnappte sich sein Telefon und ging nach draußen.

Ich stand in der Nähe des Fensters, mit der Flasche und dem Glas, und hörte ihm zu, wie er seiner Freundin erzählte, wie *brutal* das Begräbnis gewesen sei, was für ein *harter Knochen* ich sei und welch *Abschaum* die Zeitungsfotografen seien, und dass er nicht aufhören könne, darüber nachzudenken, ob irgendwelche der Männer beim Begräbnis diejenigen seien, die das getan hatten, und ob er gerade mit dem Kerl, der – oder ob er dessen Hand geschüttelt hat –, oder, oder, oder, und er wollte so sehr einen Drink, so sehr, sehr, sehr, aber er nahm keinen, er nahm keinen, nahm keinen, Süße, Süße, Süße, wollte nicht, konnte nicht, weil, obwohl die Dinge bereits schlimmer waren, als er es je für möglich gehalten hatte, waren die Dinge auch viel besser, als er es je erhofft hatte, weil sie da war, Renee, die es in seinem Leben gab, und das Baby, bald, bald, ihr Baby, ihren kleinen Lauser, und deshalb würden sie alles durchstehen, alles – es trocken durchstehen –, weil sie es gemeinsam durchstehen würden.

Ein sanftes Gewicht war auf meinem Kopf, das gerade fest genug drückte und sich vom Ansatz bis zum Beginn meines Pferdeschwanzes bewegte. Ich sank in den nächsten Stuhl, zitternd. Der scharfe Geruch von antibakterieller Seife ließ meine Nase zucken. Wieder dieser Druck, perfekt austariert. Ich flüsterte ihren Namen, fühlte, wie ich langsamer atmete, schloss die Augen, ließ sie mich weiterstreicheln, so wie sie es immer getan hatte, wenn ich überarbeitet, traurig oder fertig war. Nach einer Minute langte ich nach oben, so wie immer, um ihre Hand unter meiner Hand zu fixieren, um sie wissen zu lassen, dass sie aufhören konnte, dass es mir gut ging.

Da war nichts zu fixieren, nichts zu stoppen. Ich saß da, zitternd, die Hand auf dem Kopf, bis Nate wieder zurück ins Haus kam.

Er sah so hündisch leidend und ausweichend aus, wie ich ihn noch nie gesehen hatte. Seine Augen huschten von meinen Titten über den Boden zum Fenster. Bevor er seine Bullshit-Schuldgefühle über mich ergießen konnte, sagte ich geradeheraus: »Ich denke, Bella ist noch hier.«

»Was meinst du?«

»Ihr Geist oder was auch immer.«

Er saß am Tisch, starrte die Flasche an. »Chris.«

»Ja, ich weiß. Das klingt verrückt, aber … ein paar Dinge haben mich … ich weiß nicht.«

Er sagte nichts. Es war ihm peinlich für mich. Oder für sich selbst. Beschämt, verängstigt. Ich weiß es nicht.

»Glaubst du an solches Zeug?«

»An Geister?«

»Ja, na ja. Nicht wie ein *Geist* in einem Film oder so, aber wie, na ja, dass Verstorbene vielleicht ...«

Er ließ seine Knöchel knacken. »Als mein Vater gestorben war, sagte Mutter, dass sie ihn gesehen habe. Am Esstisch sitzend oder rauchend auf der Veranda. Sie sagte, dass es nicht beängstigend sei, einfach so, als ob er noch da wäre. Dann, nach einer Weile, sah sie ihn nicht mehr. Sie vermutete, dass er dageblieben war, um ihr dabei zu helfen, damit leben zu lernen, dass er nicht mehr da war.«

»Denkst du, dass es stimmt?«

»Ich denke, dass sie das sah, was sie brauchte, um die ersten Wochen zu überstehen.«

»Meinst du, dass es das ist, was ich mache?«

»Ich weiß es nicht, Süße. Wenn du es tust, funktioniert es nicht besonders gut, oder?« Er gab der Flasche einen Schubs.

»Ich hatte drei Drinks.«

»Bis jetzt. Und du warst in dieser einen Nacht damals so hinüber, dass ich überrascht war, dass du dich erinnern konntest, wie man telefoniert. Wenn Bella *wirklich* da ist, wäre sie angewidert.«

Er hatte natürlich recht. Deshalb tat es ja so weh. Ich hoffte so sehr, dass er mit all dem recht hatte. Dass Bella nicht hier war, dass ich mich mit vermeintlichen Erscheinungen Bellas tröstete, weil sie mich sonst kotzen und den Typen für Geld vögeln gesehen hätte, und dann noch diesen Rückfall mit Nate. Ich hoffte so sehr, dass sie nichts davon gesehen hatte, und da fing ich sofort zu weinen an, dachte, dass das nicht der

Wahrheit entsprach, dass es mir egal war, was sie sah, was sie von mir wusste, dass ich die Beschämung, die Verurteilung und die Enttäuschung in Kauf nehmen würde. Ich rief ihren Namen, denke ich oder dachte ihn so laut, dass Nate wusste, dass ich nach ihr rief.

»Chris, Babe. Oh Gott.« Er massierte mir den Rücken, streichelte mir über den Kopf. Wäre ich aufgestanden und hätte mich umgedreht, hätte er mich geküsst und es wäre wieder losgegangen, doch diese Vorstellung fand ich jetzt ekelhaft. Ich schüttelte ihn ab und ging in mein Zimmer. Er folgte mir und entschuldigte sich, doch es war, als wäre er Rauch. Ich fächerte ihn mit meinen Händen weg, weinte in mein Kissen und wünschte, wünschte, wünschte mir den Klang ihrer Stimme, die Berührung ihrer Hand, ihren krankenhausreinen Geruch. Aber da war nichts. Sich nach ihr zu sehnen brachte gar nichts.

Dienstag, 14. April

AustraliaToday.com / May Norman, 14. April 2015

»WIR WERDEN OFT VON IHR SPRECHEN, AN SIE DENKEN WERDEN WIR IMMER«

Vierzig von Bella Michaels engsten Freunden und Verwandten verabschiedeten sich gestern von ihr in einer nicht-öffentlichen Trauerfeier in der anglikanischen Kirche St. Johns in Strathdee, während sich fast tausend Trauernde vor der Kirche versammelten und um die Frau weinten, deren brutaler Tod die Nation schockiert hat.

Bellas Freundin Vicky Moreland war die Erste, die bei der Trauerfeier sprach. Sie erzählte den versammelten

Trauergästen, dass sie in den vergangenen fünf Jahren täglich mit Bella gesprochen hatte und dass sie jeden Tag bis ans Ende ihres Lebens an sie denken würde.

Danach sprach Bellas Vater Tony Michaels, der seine Tochter als »helles Licht, das er sich nie ausgelöscht hätte vorstellen können« beschrieb. Er sagte, dass er Bella zwar nicht oft gesehen hatte, aber immer ein gutes Gefühl gehabt hatte zu wissen, dass »hier, im ruhigen, kleinen Strathdee, ihr Licht über alle strahlte, deren Wege sich mit ihren kreuzten«.

Bellas ehemaliger Schwager Nate Cartwright sprach anstelle seiner Ex-Frau, Chris Rogers, die während der Trauerfeier untröstlich schluchzte. »Bella und Chris hatten, als sie jünger waren, harte Zeiten, doch keine von ihnen hätte irgendetwas daran geändert, weil diese harten Zeiten sie so zusammenschweißten. Wer auch immer eine von beiden kannte, hätte den Namen der Schwester innerhalb der ersten fünf Minuten eines Gesprächs gehört. Ich weiß, dass sich das bei Chris nicht ändern wird. Sie wird weiterhin oft von Bella reden und alle von uns, die Bella kannten, werden darüber froh sein. Wir werden oft von ihr sprechen, an sie denken werden wir immer.«

Eine weitere Freundin von Bella, Sarah Loome, stand danach auf und sagte, dass Bella nie besonders viel für Poesie übriggehabt habe, aber dass sie den Film *Vier Hochzeiten und ein Todesfall* geliebt habe, und während der Trauerfeier, in der das Gedicht ›Funeral Blues‹ von W. H. Auden vorkommt, »wie ein Baby geheult« habe. Dann las Ms. Loome das Gedicht vor und brachte die Trauernden zum Lachen, als sie sich bei Bella dafür entschuldigte, dass sie nicht »so sexy wie John Hannah geklungen hatte«.

Die Trauerfeier endete mit einer Ansprache von Reverend Peter Longley, der von Bellas großzügigem Geist und ihrer tiefgehenden, geduldigen Freundlichkeit sprach. Er schloss mit einem Gebet um Frieden für Bellas Angehörige.

Die Trauernden verließen die Kirche über eine private Tür im hinteren Teil des Gebäudes zu dem von Judy Garland gesungenen ›Somewhere over the Rainbow‹ aus einem anderen Lieblingsfilm von Bella, *Der Zauberer von Oz*. Diejenigen, die draußen versammelt waren, sangen mit, weinten, beteten und tauschten Geschichten über ihre Verbindungen zu Bella aus.

»Sie hat sich so gut um meinen Vater im Pflegeheim gekümmert«, sagte eine Frau, während sie sich die Tränen aus den Augen wischte. »Sie war die Lieblingspflegerin meines Vaters. Er wollte heute hier sein, aber es ist sehr schwierig für ihn sich fortzubewegen, deshalb bin ich an seiner Stelle hier. Ich hatte nicht erwartet, so bewegt zu sein. Einfach nur zu sehen, wie viel sie so vielen Menschen bedeutet hat, es ist so eine Tragödie.«

Ein Sprecher des Parson Brothers Bestattungsunternehmens bestätigte, dass man eine private Sicherheitsfirma für das Begräbnis engagiert hatte, der man die Liste der von den Angehörigen zugelassenen Trauergäste übermittelt hatte. »Aufgrund der Größe der Kirche musste die Anzahl der Gäste leider beschränkt werden«, sagte der Sprecher. »Doch da wir wussten, dass auch viele Menschen außerhalb des engsten Kreises von Ms. Michaels ihre Anteilnahme ausdrücken wollten, haben wir draußen Lautsprecher angebracht.«

Medienvertreter waren ausschließlich an jenem Teil des Geländes zugelassen, der am weitesten von den

Lautsprechern entfernt war, und sie waren gebeten worden, das Fotografieren und Aufnehmen der Trauerfeierlichkeiten zu unterlassen. In einem von einem engen Freund von Ms. Rogers verfassten Statement, das am Tor von einem Mitarbeiter von Parson Brothers an alle Gäste ausgehändigt wurde, hieß es, dass man die Medienvertreter bitte, die Privatsphäre von Bella Michaels Familie, Freunden und Kollegen zu respektieren.

»Wir bringen hiermit unsere Dankbarkeit für die Liebe, Sorge und die Unterstützung, die wir von Freunden und Unbekannten während der vergangenen furchtbaren Woche erhalten haben, zum Ausdruck. Auch wenn wir verstehen, dass die Medien über Verbrechen und deren Konsequenzen berichten müssen, weisen wir respektvoll darauf hin, dass unser Leid weder eine Eilmeldung noch Teil neuer Entwicklung des Falles sind. Wir bitten daher, uns zu gestatten, unsere geliebte Bella unter Einhaltung unserer Privatsphäre zu betrauern.«

Ebenso anwesend, im Inneren der Kirche und am Gelände draußen, waren Polizisten aus Strathdee und Ermittler der Einheit aus Wagga, eine Erinnerung daran, dass diese Trauerfeier keineswegs das Resultat eines Unfalls oder einer Erkrankung ist, sondern das Resultat von vorsätzlichen und monströsen Handlungen einer Person oder einer Personengruppe ist, die erst ausgeforscht werden muss.

*** *** ***

»Wieso hat *Tele* ein Titelseitenfoto davon, wie die Schwester der Toten mit dem Mordverdächtigen beim Begräbnis kuschelt?«

May setzte sich auf, rieb sich die Augen. »Morgen, Andrew. Entschuldigung, wie war die Frage?«

»Meine Frage ist, was zum Teufel, Norman? Wo warst du?«

»Ich war am Begräbnis und habe Zitate der Trauergäste eingeholt.«

»Statt der Schwester und dem Ex-Kriminellen zu folgen?«

»Die Familie bat darum, ihre Privatsphäre zu respektieren.«

»Gott im Himmel! Bist du neu hier? *Tele* sagt, der Holzkopf-Ex sei auf den Fotografen losgegangen. *Herald* sagt, die beiden hätten die Trauerfeier nach einer Viertelstunde verlassen und er hat ihr Haus erst spät in der Nacht verlassen. Aber wir berichten, dass irgendein Vater von irgendeiner Frau traurig ist, wirklich toll.«

»Okay. Tut mir leid. Ich hab's verkackt.«

»Ich will dich morgen wieder hier haben.«

»Ich sagte ja, ich hab's verkackt. Ich mach es besser.«

»Die Geschichte ist ausgelutscht.«

»Andrew, glaub mir, das ist sie nicht. Es gibt unzählige Gerüchte darüber, dass –«

»Ich will dich morgen hier sehen, damit du über diesen riesigen Aufmarsch der Feministinnen morgen Abend berichtest. Wenn es da unten irgendwas Neues gibt, kannst du wieder hin, nur bringt es gar nichts, da unten abzuhängen. Die Sache ist gestorben, May. Verstanden?«

May rief Max an und arrangierte ein Treffen vor dem Marsch am nächsten Abend, dann blieb sie auf Facebook hängen, wo sie sich über die neuesten Karrieresprünge, fantastischen Partys, süßen Babys und Jahrestagsfeiern ihrer Freunde, Kollegen und entfernten Bekannten informierte.

Sie öffnete das Feld zur Eingabe einer neuen Statusmeldung und tippte

Passabler Sex mit einem Informanten + Mikrowellennudeln = beste Nacht in Strathdee bis jetzt

Löschen.

Verdauungsstörungen, Ausschlag vom Rasieren und von Moskitos zerbissene Knöchel: eine weitere großartige Nacht in Strathdee

Löschen.

Zwei Tage ohne Anruf meines verheirateten Liebhabers brachten mich dazu, Trost im Sex mit einem einheimischen Rowdy zu suchen. Es ist erst zwei Minuten her, dass ich zuletzt daran dachte, den verheirateten Liebhaber anzurufen und ihn anzuflehen, seine Frau zu verlassen. Zwei Sekunden, seit ich daran gedacht habe, ob es falsch ist, im Internet nach geleakten Fotos der Leiche zu suchen.

Löschen.

Fickt euch alle, ihr selbstgefälligen Arschlöcher. Scheiß auf meinen verheirateten Liebhaber und seine schwangere Frau. Scheiß auf AustraliaToday und scheiß auf die Polizei in diesem beschissenen kleinen Loch, die nicht einmal einen einzigen Mordverdächtigen in einer Stadt voll von Vergewaltigern, Frauenschlägern und Tiervergiftern auftreiben kann.

Löschen.

Fuck my life.

Löschen.

Seit sie Craig kannte, konnte sie die besten Dinge aus ihrem Leben nicht mehr teilen und jetzt, wo er weg war, war nichts mehr da, was sie gerne geteilt hätte. Sie postete die Links zu ihren neuesten Artikeln, mehr um die Leute daran zu erinnern, dass sie existierte, als aus Stolz auf ihr Geschreibsel.

Ich muss es besser machen, tippte sie, löschte es wieder, aber wiederholte es laut. Das ist die Wahrheit, dachte sie. Ich muss es wirklich, wirklich.

***

May zwang sich dazu, es erneut an Chris Rogers Tür zu versuchen, indem sie sich an den Ratschlag erinnerte, den ihr Andrew gegeben hatte, als er sie auf ihren ersten Fall von Leichenfledderei geschickt hatte, um die Eltern eines kleinen Jungen zu interviewen, der bei einem Unfall mit Fahrerflucht getötet worden war. »Es fühlt sich wie ein Eindringen an, aber trauernde Verwandte sind oft für die Möglichkeit dankbar, mit jemandem über die geliebte Person zu reden. Du tust ihnen eigentlich einen Gefallen.«

Sie klopfte, wartete ungefähr eine Minute, dann klopfte sie erneut. Nach einer weiteren Minute rief sie: »Chris? Tut mir leid, dass ich dich störe, aber ich muss unbedingt mit dir sprechen.«

Sie hörte Schritte, richtete ihr Haar, bereitete sich darauf vor, sympathisch zu lächeln.

»Chris? Bist du da? Mein Name ist May Norman. Ich schreibe über diesen furchtbaren Mord für *Australia Today* und wollte dir persönlich sagen, wie leid es mir tut.« Sie hielt die Luft an, hörte sanftes Rascheln auf der anderen Seite der Tür. »Ich habe das Gefühl, als ob ich Bella bereits ein wenig kennengelernt hatte, indem ich mit denen, die sie gekannt und geliebt haben, gesprochen habe. Ich weiß, dass es unseren Lesern genauso geht. Nur kannte und liebte sie natürlich niemand so sehr wie du. Ich frage mich, ob du, weil du weißt, wie viel Bella so vielen Menschen bedeutet hat, vielleicht bereit wärst, mir ein wenig darüber zu erzählen, was sie dir bedeutet hat?«

May hörte Atmen, schwer, unregelmäßig. Sie war sich sicher, dass jemand sie von hinter dem Vorhang aus Spitze auf der anderen Straßenseite beobachtete. »Chris? Wenn wir nur ein wenig reden –«

Ein Gebrüll ließ sie nach hinten taumeln, sie fiel fast die Verandastufen hinunter. Fassungslos stand sie da. War das Geräusch – so tief und bestialisch – von Chris gekommen? Da war es wieder. Laut genug, dass es May sogar am Straßenrand schauderte. Sie widersetzte sich dem Drang davonzulaufen, zwang ihre Beine dazu, sich auf eine natürliche, unerschrockene Art zu bewegen.

Dieser erste Todesfall hatte Andrews Best-Case-Szenario entsprochen. Die Eltern saßen rechts und links von May auf ihrem unförmigen orangefarbenen Sofa und erklärten ihr jedes Bild in allen Fotoalben, die sie seit der Geburt des Siebenjährigen angelegt hatten. Es war ein emotional fordernder Nachmittag, doch May hatte nie das Gefühl, die Eltern zu irgendetwas zu drängen oder einen Vorteil aus ihrer Situation zu ziehen. Sie wollten die Welt alles über ihren kleinen Jungen wissen lassen, wie sehr er geliebt wurde, wie glücklich er die Menschen machte. Sie waren May für diese Möglichkeit *dankbar.*

In den vergangenen fünf Wochen hatte sie nicht mehr an die Türen von trauernden Verwandten klopfen müssen. Sie hatte ein paar Interviews auf Pressekonferenzen oder mit Hinterbliebenen beim Verlassen von Gerichtssälen gemacht, aber sie war immer Teil der Meute gewesen und alle bösen Worte oder Blicke waren immer an die ganze Horde gerichtet gewesen – an die ganze Welt sogar –, anstatt persönlich an sie.

Sie saß heftig zitternd in ihrem Auto und brauchte drei Anläufe, um sich eine Zigarette anzustecken. Die Frau hatte sie angebrüllt. Gebrüllt. Was für ein Mensch tut so was?

Was für ein Mensch bringt einen anderen Menschen dazu, so was zu tun?

Den restlichen Tag spielte sie den Moment immer wieder durch, versuchte herauszufinden, ob es irgendetwas Bestimmtes war, das sie gesagt hatte, oder ob ihr Drängen das Gebrüll provoziert hatte. Während sie in den Schlaf abdriftete, sagte sie zu sich selbst: Du bist okay du bist okay du bist okay. Dann traf es sie wie ein Schlag: Es geht gar nicht um dich. Wann bist du zu einem so beschissenen, selbstbezogenen menschlichen Wesen geworden? Denk einfach daran, was diese Frau alles durchgemacht hat. Als ob dein atemloses kleines Verkaufsgequassel da etwas bewirken könnte.

May setzte sich auf, schnappte sich den Computer vom Nachttischchen, gab die Phrase ein, klickte auf den Link.

»Oh.« Sie schloss das Fenster, schlug sich auf das Bein, öffnete die Seite erneut. »Oh Gott, verdammte Scheiße.« Dasselbe Land aus Schmutz und totem oder sterbendem Gras, das sie am Tag ihrer Ankunft fotografiert hatte, von allen Seiten und aus unterschiedlicher Distanz fotografiert, hier mit dem Polizeiband und den nummerierten Markern und dem, was von Bella Michaels noch übrig war.

May konnte sich nicht dazu bringen, die Fotos abzuspeichern, aber sie zwang sich, sorgfältige Notizen zu machen. Als sie sicher war, jedes Detail notiert zu haben, schloss sie den Browser, ging zu den Einstellungen und löschte den Verlauf. Sie verstaute ihren Laptop ganz unten in ihrer Tasche. Ein Krampf erfasste ihren Unterbauch, dann noch einer. Zur Toilette schaffte sie es gerade noch in letzter Sekunde.

Sie prüfte das Türschloss und die Fensterschlösser und verkroch sich im Bett. Eine echte Kriminalreporterin würde die Fotos anschauen und sich nur wünschen, dass sie rechtzeitig an Ort und Stelle gewesen wäre, um sie selbst zu schießen, dachte May. Du musst es besser machen, May. Du musst, du musst, du musst.

Mittwoch, 15. April

AustraliaToday.com / May Norman, 15. April 2015

TAUSENDE GEHEN FÜR BELLA AUF DER STRASSE

Vier- bis fünftausend Menschen gingen am Mittwochabend im *Sydney Central Business District* auf die Straße, um Bella Michaels, der ermordeten Frau aus Strathdee, zu gedenken.

Die Polizei hatte Teile der George, King, Pitt und Market Streets zwischen 18 und 20 Uhr gesperrt, damit die Trauernden ungehindert durch die Stadt ziehen konnten.

Viele der Teilnehmenden trugen Plakate und Tafeln mit feministischen Sprüchen und Botschaften, die Gewalt gegen Frauen anprangerten. Andere hatten Blumen, Kärtchen und andere Erinnerungsstücke, die nach Angaben der Organisatoren gesammelt und an die Familie von Bella Michaels weitergeleitet wurden.

Monica Gordon von Femolition ging mit einem handgeschriebenen Schild voran, auf dem BEENDET GEWALT AN FRAUEN *4EVA*, *4BELLA* stand. Ms. Gordon erklärte, dass ihre Gruppe durch die überwältigende Resonanz auf Bella Michaels Ermordung in den sozialen Medien zur Organisation des Trauermarsches inspiriert worden war. »All diese Menschen, mit den verschiedensten gesellschaftlichen Hintergründen, die ihre Trauer, ihren Schock und ihr Entsetzen zum Ausdruck brachten. Da war so ein Gefühl der Hoffnungslosigkeit. Wir haben diesen Trauermarsch organisiert, um all jene, die um Bella trauern, und alle, die vom Ausmaß der Gewalt an Frauen in der Gesellschaft überwältigt sind, zusammenzubringen.«

Kaylene Johnson, 47, die mit ihren drei Teenagertöchtern teilnahm, sagte, dass es das Gefühl der Hoffnungslosigkeit gewesen sei, das sie hergebracht hatte. »Seit wir davon erfahren haben, weinen meine Töchter und ich um Bella. Wir reden darüber, was man tun kann. Das hilft der armen Bella nicht mehr, natürlich, aber es gibt dir Hoffnung, zu sehen, wie vielen Menschen es wichtig genug ist, um hierherzukommen. Es gibt mir ein etwas besseres Gefühl für meine Mädchen, wenn ich sehe, dass es den Menschen doch nicht egal ist.«

Mitglieder der Familie Michaels waren beim Trauermarsch nicht anwesend. Laut Ms. Gordon trauerten sie privat, was zu respektieren sei. Auf die Frage, ob es nicht passender gewesen wäre, den Trauermarsch in Strathdee abzuhalten, argumentierte Ms. Gordon, dass der Mord zwar dort stattgefunden hatte, es aber eine Sache von nationaler Bedeutung sei.

»Gerne würde ich derartige Märsche im ganzen Land

sehen. Überall, wo junge Frauen zweimal nachdenken, bevor sie allein ausgehen, überall, wo Eltern gegen den Drang kämpfen, ihre Töchter daheim einzusperren, überall, wo die Menschen um Bella Michaels geweint haben – wir sollten da draußen auf den Straßen sein, vereint in unserer Trauer, unserer Wut und unserer Entschlossenheit, diese Welt zu einer zu machen, in der sich Frauen frei bewegen können, ohne Angst vor Gewalt zu haben.«

Laut der Stadtverwaltung von Strathdee wurde nicht um Genehmigung angesucht, einen Trauermarsch in der Stadt abzuhalten, in der Bella Michaels gelebt hat. Doch auf allen sechs Straßen in der Innenstadt von Strathdee bemerkt man die Trauer der Gemeinschaft in den Gebeten der anglikanischen, katholischen und vereinten Kirchen. Die Trauerbekundungen sind auch auf den entweder handgeschriebenen oder professionell gedruckten Plakaten mit der Aufschrift »RUHE IN FRIEDEN BELLA« zu lesen, die in den Auslagen von Geschäften und auf Strommasten hängen. In dem Pflegeheim, in dem Bella Michaels gearbeitet hatte und wo sie zuletzt lebend gesehen wurde, weht die australische Flagge auf halbmast und die Fenster der Rezeption sind mit schwarzem Organza verhängt. Eine improvisierte Gedenkstätte auf der Veranda des Pflegeheims wird von Stunde zu Stunde größer, da Einheimische, Urlauber auf der Durchreise und Gäste, die extra zu diesem Zweck in die Stadt reisten, Blumen, Luftballons, Teddybären und Beileidskarten hinterlegen. Eine ähnliche Gedenkstätte ist an der Stelle entstanden, an der Bella Michaels Leiche gefunden wurde, nur wenige Minuten außerhalb der Stadt. Da sie ungeschützt gegen Wind, Sonne und Regen ist, sieht sie verwahrlost und verlassen aus, und doch wird sie stetig größer.

Zehn Tage nach dem Auffinden von Bella Michaels Leiche kann die Polizei noch keine Verhaftung vorweisen. Polizeinahe Quellen melden, dass es keine Verdächtigen und kaum Fortschritte in den Ermittlungen gebe, obwohl ein offizieller Sprecher der Polizei sich weigerte, das zu bestätigen, und behauptete, dass die Ermittler »in verschiedene Richtungen ermitteln würden«.

*** *** ***

Ich nehme an, du hast den Trauermarsch gesehen? Erstaunlich, oder? Ich sah die Nachrichtenausschnitte davon auf Lisas Computer und fühlte mich anfangs richtig schlecht, weil ich nicht dabei war. Die ganzen Fremden, die Fotos in die Luft hielten, die um Bella weinten. Doch dann sah ich die Nahaufnahme der Frauen, die den Marsch anführten, Tränen, aber keine geschwollenen oder geröteten Augen, ihr Make-up nicht einmal verwischt, und ich wurde so wütend, dass ich kaum atmen konnte.

Schau, um das klarzustellen, ich denke schon, dass sie traurig und verängstigt waren. Aber bei dem Trauermarsch ging es um sie, er war für sie. Das ist in Ordnung. Was auch immer dir hilft. Nur hätten sie nicht so tun sollen, als ginge es um Bella. Wie hätte es das auch sollen? Sie hatten keine Erinnerungen an sie, die sie feiern konnten, keine Möglichkeit, zu verstehen, was die Welt mit Bellas Tod verloren hatte. Und die Berichterstattung über diese Sache, na ja, die gab den Leuten – den verdammt mitfühlenden, traurigen Menschen da draußen – das Gefühl, dass etwas getan worden war, dass damit irgendeine Art von Gerechtigkeit hergestellt worden sei. Sie trug dazu bei, dass sich viele der netten Damen und

Herren, die durch Sydney marschierten, mit dem, was passiert war, besser fühlten, und das ist eigentlich genau das Gegenteil von dem, was wir benötigten. Wir brauchten Wut und Kummer, wir brauchten ein ganzes Land, das nicht schlafen, essen oder mit dem Leben weitermachen konnte, bis die Männer, die das getan hatten, gefasst waren. Stattdessen bekamen wir ein angenehmes Gefühl von unserer Gesellschaft und schöne Sprüche über die Trauer. Sie bekamen Frieden und wir – Bella und ich – bekamen nur verfickte Scheiße.

Tut mir leid. Meine Schrauben drehen durch, wenn ich über diese Sache spreche. Das ist Nates Redewendung. Wenn ich beginne, mich aufzuregen, sagt er: »Beruhige dich, Liebling, deine Schrauben drehen durch«. Wenn ich dann weitermache – was ich, lass uns ehrlich sein, normalerweise tue, weil wer lässt sich denn schon durch die Empfehlung, sich zu beruhigen, beruhigen? –, sagt er: »Ja, die Scharniere sind jetzt komplett losgelöst.« Das sagt er normalerweise allerdings erst im letzten Moment, bevor er mir aus dem Weg geht.

Wie auch immer, in den Tagen vor dem Trauermarsch organisierte Nate, dass meine Telefonnummer abgemeldet wurde und ich eine neue Nummer erhielt, die er nur den Leuten mitteilte, von denen wir wollten, dass sie sie haben, und dabei verdonnerte er sie gleich dazu, die Nummer geheim zu halten. Er organisierte auch, dass Lisa und Carrie abwechselnd bei mir vorbeischauten, um die Nachrichten vom Anrufbeantworter zu löschen, sodass ich keine Anrufe von Unbekannten oder jemanden, mit dem ich nicht reden wollte, entgegennehmen musste, aber trotzdem sicher sein konnte, nichts Wichtiges zu verpassen. Natürlich stellte er das Schild mit dem Hinweis für Eindringlinge und Fotografen draußen auf. Was auch wirklich half.

Wie auch immer, nachdem er das alles getan hatte, sagte Nate, dass es für ihn Zeit sei, nach Sydney zurückzukehren.

»Ich habe meinen ganzen Urlaub aufgebraucht, und Renee –«

»Ist kurz vor dem Platzen.«

Für den Satz wollte er auf mich losgehen, der bescheuerte Idiot.

»Du hast eine Stimme wie ein Donnerschlag. Also, wann ist sie fällig?«

Er warf mir einen Blick zu, der unser ganzes junges Leben in sich hatte. Die ganzen Jahre, in denen wir es probiert hatten, bevor mir die Ärzte mitteilten, dass ich nicht richtig ausgestattet war. Das langsame Abrutschen, als ich verstand, dass der letzte Grund, mich nicht zu betrinken und betrunken zu bleiben, verschwunden war.

»Noch ein paar Monate bis dahin.«

»Du hättest es mir sagen können.«

»Hätte ich. Nur die Umstände, weißt du – es hätte sich angefühlt, als ob ich es dir unter die Nase reiben würde.«

»Klar.«

»Es tut mir wirklich leid, Babe.«

»Das soll es nicht. Es ist eine schöne Sache. Schöne Dinge sollen dir nie leidtun.«

Wie er mich da anlächelte. Eine reine Verarschung, zu glauben, dass ich über ihn hinweg wäre.

»Ich habe darum gebeten, zurück auf die Melbourne-Strecke versetzt zu werden, also werde ich immer wieder hier vorbeikommen und dann bei Melvin übernachten. Und auch wenn ich nicht da bin, musst du mich nur anrufen und ich schau, dass ich kommen kann. Ernsthaft. Ruf mich an, wann auch immer und wofür auch immer. Chris, das meine ich ernst.«

»Nein, tust du nicht. Nicht wofür auch immer.«

Wieder dieses Lächeln. »Nein, stimmt, nicht dafür. Aber …«

»Ich weiß. Ich weiß das zu schätzen. Und du hältst mich am Laufenden, wenn das Baby da ist und so.«

Seine gottverdammten Augen waren plötzlich nass. Es war einfach zu viel. Ich küsste ihn auf die Stirn, dankte ihm für alles und jedes, und dann schob ihn durch die Tür hinaus. Gut, gut, beschissen-verfickt-schön-gut.

***

Als Kind hatte ich Angst vor dem Verlassenwerden. Zumindest nannte es die Schulpsychologin so. Ich wurde wegen meiner ganzen unentschuldigten Fehltage zu ihr geschickt. Ich hatte keine Entschuldigungen, weil Mutter entweder zu besoffen oder zu krank gewesen war, um sie zu schreiben, und wenn sie es nicht gewesen wäre, hätte ich sie sowieso nicht gefragt, weil sie dann verstanden hätte, dass ich nicht in die Schule ging, und mich gezwungen hätte zu gehen, und dann wäre ich nicht daheim gewesen, wenn sie sich in ihrem Zustand am Kopf gestoßen oder sich hinters Steuer gesetzt und dabei in den Bach gefahren wäre. Also musste ich, wenn sie an einem Schultag in dem Zustand war, daheimbleiben und ein Auge auf sie haben. Die Schulpsychologin verstand nicht, dass ich keine Angst davor hatte, dass sie mich bewusst verlassen würde; ich hatte einfach Angst, dass sie sterben könnte.

Alles veränderte sich, als sie Tony kennenlernte. Er und ich wurden nie warm miteinander, nicht wirklich jedenfalls, aber Mutter ging es viel besser, wenn er da war. Sie trank kaum, weinte kaum. Sie hörte sogar mit dem Rauchen auf, als sie schwanger war, und hielt das durch, bis Bella ein paar Monate alt war. Ich würde nicht sagen, dass sie glücklich war, aber sie war viel besser drauf, als ich sie bis dahin gekannt hatte. Wenn du mich über meine Kindheit befragst, sind es diese paar Jahre, an die ich denke, auch wenn ich da nach außen hin schon eine junge Frau war. Nur innerlich, da fühlte ich mich endlich wie ein richtiges Kind, das sich nie Gedanken darüber machen musste, was es zum Abendessen geben würde, oder ob die Stromrechnung bezahlt war oder ob all das Kotzen bedeutete, dass ich einen Arzt holen sollte, oder ob es reichte, die Handtücher zu waschen und ein wenig Alka Seltzer in Wasser aufzulösen.

Die Dinge wurden wieder schlimm, als Tony weg war und Brett kam, aber auf eine andere Art und Weise. Mutter war noch nüchtern, aber unter dem Einfluss dieser Arschgeige, was viel schlimmer war. Dann war auch er weg und die Schläge hörten auf, aber die Sauferei und die Panikattacken kamen wieder. Doch da hatte ich es bereits ziemlich hinter mir. Das klingt hart, aber ich war noch ein Teenager.

Bella war immer besser als ich. Verantwortungsbewusst, nie nachtragend, freundlich. Weißt du, wenn ich darüber nachdenke, je mehr sie Mutter half, desto härter wurde ich. Keine Ahnung, wieso. Ich war über das alles hinweg, wie ich schon sagte, aber es war mehr als das. Ich vermute, dass ich fühlte, dass nun Bella an der Reihe war. Verdammte Idiotin, die ich war. Jede Verbitterung, die ich gegen Mutter hatte, weil sie so eine Scheißerwachsene war, na ja, genauso müsste ich auch über mich denken, weil ich das arme Ding den harten Krempel erledigen ließ. Und bald darauf passte der süße Schatz auch noch auf mich auf.

Als Mutter im Sterben lag, kümmerten wir uns gemeinsam um sie. Danach kamen die ganzen alten Sachen wieder hoch.

Ja, das ist klischeehafte *Oprah*-Scheiße, ich weiß. Erwachsene Frau, die sich von ihrer Mummy verlassen fühlt. Wie auch immer, Bella war mein Fels. Und dann verließ mich Nate und ich zerbrach erneut und natürlich setzte mich Bella wieder zusammen. Ich erinnere mich, dass ich zu ihr sagte, »Was würde ich nur ohne dich machen, Bel?« Und wie sie, freches Ding, antwortete, »Vermutlich an deinem Mikrowellenabendessen ersticken und erst einen Monat später gefunden werden, weil sich die Nachbarn über den Gestank aufregen.«

Sie konnte darüber Witze reißen, weil sie wusste, dass es nie passieren würde. Nicht das Ersticken am Abendessen – das Leben ohne sie. Ich hätte jeden Cent, mein Leben, darauf gewettet, dass sie immer für mich da sein würde. Ich meine es ernst. Ich hatte Angst vor dem Verlassenwerden, so richtig. Ich klebte an meiner Mutter, an meinen Freunden, da vor allem an Nate, so wie ein Polyesterkleid auf billigen Strumpfhosen. Aber ich klebte nie an Bella, fühlte nie die Notwendigkeit dazu. Es gab einfach kein Szenario, egal, wie katastrophal es sein mochte, in dem sie nicht vorkam. Ich konnte mir ein Leben ohne sie genauso wenig vorstellen wie meine eigene Nichtexistenz.

***

Die Cops riefen an, um mir mitzuteilen, dass sie Bellas Auto freigaben, und fragten, ob ich kommen wolle, um es abzuholen. Ich konnte nicht, also boten sie an, es mir vorbeizubringen. Es klingt lustig, aber ich hörte es die Straße entlangfahren. Ich denke nicht, dass ich je darüber nachgedacht hatte, wie ihr Wagen klang – es ist ein zehn Jahre altes Schrägheck in gutem Zustand, nichts Besonderes. Aber an dem Nachmittag war ich in der Küche und es war so – wie ein Rauschen! Da ist es!

Bellas Auto schnaubte die Straße rauf und hielt in meiner Einfahrt. Ich beugte mich vor, damit ich durch das Fenster sehen konnte, und da funkelte mich die rote Motorhaube an, und das erfüllte mich – gegen jede Logik – mit der freudigen Erwartung, die ich immer gehabt hatte, wenn meine Schwester aufgrund einer Laune einfach reingeschneit war.

Nachdem ich alle Papiere unterzeichnet hatte und Matt Drey im Polizeiauto, das ihm gefolgt war, mich wieder verlassen hatte, nahm ich die Schlüssel und öffnete die Tür auf der Fahrerseite, glitt in den Sitz und legte meine Hände auf das Lenkrad. Es fühlte sich so angenehm an, perfekt an meine Größe angepasst. Mir war klar, dass es die Einstellung des Polizisten war, und nicht die von Bella. Sie war kleiner als ich und fuhr immer mit einer beinahe senkrechten Sitzposition. Nate und ich hatten sie immer damit aufgezogen, dass sie aufrecht wie eine Schulbusfahrerin saß und so ernst und aufmerksam wie eine Jugendliche bei der Führerscheinprüfung fuhr.

Wenn ich mich darüber lustig machte, erwiderte sie allerdings immer, dass sie, im Gegensatz zu mir, immerhin fahren *konnte*. »Das stimmt allerdings«, sagte Nate immer, doch er hörte dann gleich auf, weil ich wusste, dass er mich nicht hinterm Steuer sehen wollte. Jedenfalls nicht, solange ich so viel trank.

Es fühlte sich gut an, dazusitzen, mit den Händen am Lenkrad, meine Füße auf den Pedalen. Ich konnte mir vorstellen, die Handbremse langsam zu lösen und im Rückwärtsgang auf die Straße zurückzusetzen. Lächerlich, dass ich es nicht konnte. Als Bella verschwand, konnte ich nichts anderes tun, als gottverdammte Telefonate zu führen und auf das Beste zu hoffen. Selbst wenn ich die Nachricht am Freitagabend erhalten hätte, ich hätte nichts anderes tun können, als Leute anzurufen und sie zu bitten, nach ihr zu suchen. Hätte ich fahren können, hätte ich ein Auto gehabt, das hier auf mich gewartet hätte, dann hätte ich in derselben Sekunde losfahren können und an der Ampel hätte ich vielleicht zur Seite geschaut und Bella in einem Auto voll mit Männern gesehen und hätte rausspringen und so lange auf die Motorhaube hämmern können, bis sie sie rausgelassen hätten.

Selbst wenn ich sie nicht in der Stadt gefunden hätte, hätte ich weiterfahren können, den ganzen Weg raus bis zum Highway, und wenn meine Fernlichter die Gang dabei erwischt hätten, wie sie sie aus dem Auto zerrten, wären sie auf und davon, und ich hätte zu ihr laufen können, ihr aufhelfen können und sie wäre zwar verletzt und gebeutelt – vielleicht schwer verletzt – gewesen, aber heilbar und hier.

Wie spät wäre zu spät gewesen? Wie spät hätte ich sie finden können? Ich weiß, was sie ihr angetan haben. Ich weiß nur nicht, wie lange es gedauert hat. Wie spät hätte ich losfahren und sie finden und die Erste Hilfe leisten können, die ich gelernt hatte, um eine kleine Gehaltserhöhung zu bekommen, und sie in meine Jacke einwickeln und ins Krankenhaus fahren können?

Ich öffnete das Handschuhfach. Nichts als das Benutzerhandbuch und die Papiere. Der Rücksitz war leergeräumt, der Boden wirkte wie frisch gesaugt. Bella hielt ihr Auto immer sauber, aber dass da nicht einmal ein vergessenes Haarband oder ein paar Fusseln waren, dass da jeglicher *Geruch* fehlte, war einfach zu viel für mich. Natürlich hatten sie das Auto gründlich untersucht und dabei jedes Haar, jede Faser oder jedes Papierchen als mögliches Beweismaterial gesichert. Sie hätten es mir nicht gegeben, wenn da noch Fussel von Bella dran gewesen wären.

Ich drehte den Zündschlüssel und *Love Her Madly* tönte aus dem Radio. Bella und ihre klassischen Hits, eine weitere Sache, mit der wir sie gerne aufzogen, ihr altmodischer Musikgeschmack. Wenigstens hatte die Polizei nicht den Sender verstellt. Ich schob den Sitz bis zum Anschlag zurück, schloss die Augen.

Ein Klopfen schreckte mich auf und ich fuhr mit dem Ellbogen gegen die Tür.

Lisa schaute rein, ein entschuldigendes Lächeln im Gesicht.

Ich kurbelte das Fenster runter.

»Tut mir leid, Süße, wollte dich nicht erschrecken, nur schauen, ob bei dir alles in Ordnung ist.«

»Ja, alles okay.«

»Gut, gut, es ist nur …« Sie deutete ein schräges Achselzucken an. »Du bist schon eine ganze Weile hier draußen und ich war in Sorge, dass … oh, ich weiß nicht. Muss ziemlich aufwühlend für dich sein, das Auto und …«

Ich bemerkte, dass es da bereits beinahe dunkel war. Die Uhr am Armaturenbrett zeigte 18:46. »Scheiße. Ich muss eingeschlafen sein.«

»Schläfst du nicht gut, Süße?«

Ich wischte ihre Frage mit einer Hand weg, schaltete den Motor ab, stieg aus, prüfte, ob die Tür verschlossen war. »Was für ein Glück, dass du rausgekommen bist, Lis. Bin spät dran für die Arbeit.«

»Vielleicht solltest du –«

Ich schüttelte den Kopf, lief ins Haus. Ich fühlte mich nicht ausgeruht, ganz und gar nicht. Mein Telefon blinkte auf der Küchenbank. Old Grey auf der Suche nach mir, keine Frage. Ich dachte daran, mich krankzumelden, aber dann sah ich den schwarzen Müllsack mit Bellas Sachen. Wenn ich daheimbliebe, würde ich sie durchgehen müssen und dafür fühlte ich mich nicht bereit.

»Warte lieber, bis du dich stärker fühlst«, sagte Bella. »Vielleicht bittest du Nate, es mit dir gemeinsam zu tun.«

Ein guter Ratschlag. Ich beeilte mich, um mich für die Arbeit anzuziehen.

***

Ich rief Nate in meiner Pause an. Voicemail. Ich hinterließ eine kurze Nachricht, in der ich ihm mitteilte, dass ich Bellas Sachen erhalten hätte und dass ich ihn beim Aussortieren gerne dabeihätte, bevor er die Stadt verließ. Ich schlug vor, dass er entweder heute später am Abend oder morgen Früh vorbeikommen könnte, bevor er sich wieder auf den Weg machte.

Kurz vor der Sperrstunde begann ich über den daheim wartenden Sack und die Klarheit von Bellas Stimme, die mir gesagt hatte, dass ich es lassen sollte, nachzudenken. Das brachte mich ganz durcheinander. Es ging nicht so sehr darum, dass ich sie gehört hatte, aber dass ich darauf reagiert hatte, als ob es ganz normal wäre. Ich wusste nicht, ob ich kurz davor war, verrückt zu werden, oder ob ich nicht einfach zu viel Zeit allein verbrachte oder sonst was.

Ich probierte es erneut bei Nate. Wieder Voicemail. Es war eine ruhige Nacht, keiner meiner üblichen Schlafkumpels war anwesend. Ein Typ war da, der mir in den Jahren davor immer wieder Angebote gemacht hatte, die ich aber immer abgelehnt hatte, weil mir irgendwas an ihm nicht gefiel, so lange, bis er aufhörte zu fragen. Ich hielt mich mit dem Geschirrtuch in dem Bereich auf, wo er Billard spielte, und suchte nach der Bestätigung, dass mir noch immer etwas an ihm nicht gefiel.

Und ich meine jetzt nicht, ob er heiß war oder nicht; um ehrlich zu sein, sah er besser als die meisten Kerle aus, die hier auf der Durchreise waren. Aber da war etwas Hinterhältiges an ihm. Eine Art zu lächeln, als ob er etwas zu vertuschen hätte. Eine Art, genau in dem Moment wegzusehen, in dem eine Verbindung entsteht.

Andererseits war er, wie gesagt, wirklich recht gutaussehend und je näher die Sperrstunde rückte, desto mehr dachte ich über den Müllsack und die Stimme nach, die mir gesagt hatte, ich solle ihn noch nicht durchsehen, und desto weniger störte mich an ihm.

Ich fragte ihn nicht geradeaus; das ist nicht meine Art. Aber ich machte es so deutlich wie möglich, dass ich ihn neu betrachtete, dass er es mir wert war, einen Knopf mehr für ihn zu öffnen. Er las mich laut und klar, meinte, dass die Regenwahrscheinlichkeit hoch sei, schlug vor, mich nach Hause zu bringen. Also bekam ich, was ich wollte.

Schau, ich sag nur so viel: Meine Intuition ist leider verdammt gut. Solltest du je mitbekommen, dass ich sie wieder einmal ignorieren will, dann schlag mich bitte, einverstanden? Der Sex war beim ersten Mal gut. Das Problem war, dass ich nur *ein Mal* geplant hatte. In meinem Kopf war der Deal einfach: Er bekommt von mir einen guten Fick und ein komfortables Bett; er gibt mir einen warmen, starken Körper als Schutz vor ich weiß nicht was, lebendiges Atmen – mit Schnarchen und allem Drum und Dran –, um alle Stimmen zum Schweigen zu bringen. Und mehr als alles sollte er mir einen Grund geben, den Inhalt dieses verdammten Sacks nicht durchzuschauen.

Doch das konnte ich ihm alles nicht sagen, oder? Also ist es nicht seine Schuld, weißt du. Ein Missverständnis. Bevor er in mein Bett stieg, hatte er seine Brieftasche bereits um einen Haufen Zwanziger erleichtert, also nehme ich an, dass er dachte, von seiner Seite aus sei alles geklärt.

Nicht dass er mich gezwungen hätte. Das sage ich ja gar nicht. Du weißt ja, wie es ist, manchmal ist es einfacher, einen Typen sein Ding machen zu lassen, statt den ganzen Stress damit zu haben, ihm zu erklären, wieso nicht, ihn rauszuschmeißen und eine unschöne Szene zu machen. Also, so war es.

Als er endlich einschlief, konnte ich nicht schnell genug von ihm wegkommen. Ich duschte, zog mir den potthässlichen Flanellschlafanzug an und setzte mich auf die Wohnzimmercouch. Versuchte, mich zu beruhigen. Doch jedes Schnarchen war wie eine Rasierklinge, die die Nervenspitzen durchschnitt.

Gegen vier Uhr früh, müde von den Einschlafversuchen, schnappte ich mir den Sack und leerte ihn auf dem Wohnzimmerboden aus, bevor ich es mir wieder ausreden konnte. Starrte den Haufen eine Zeitlang an; konnte nichts entdecken, wovor ich mich fürchten sollte. Ich griff nach ihrer Grauleder-Tasche von Guess, die sich aufgrund der sich auflösenden Griffe als Fälschung erwies. In der Tasche war ihre Geldbörse, leer bis auf ihre Karten und ein Foto von Mutter und mir. Farbloser Lipgloss in einer kleinen Tube. Ein strohfarbenes Haarband. Handdesinfektionsmittel. Taschentücher. Eine halbleere Packung Tampons. Eine Illustrierte, *Who*, die Ausgabe datiert auf den Tag ihres Todes. Ihr Telefon, das Display zerschlagen, die Rückseite eingedrückt.

In einer kleineren Plastiktüte war der Goldring, den Mutter und ich ihr zum einundzwanzigsten Geburtstag geschenkt hatten. Er sah aus, als wäre er fünfzig Jahre lang vergraben gewesen. Ich ließ ihn in meine Hand gleiten und der Geruch von Blut und die Schmutzschicht darauf reckten mich. Ich erinnerte mich an ihre Hände im Leichenschauhaus, alles ... oh Gott. Tut mir leid. Es ist nur der Ring, ihre Hände ... Es ist unmöglich, sich nicht vorzustellen, wie sie versucht hat, sie abzuwehren, weißt du? Es zu versuchen und zu versuchen, bis ihre Hände, der Ring ...

Ihre Kleider waren nicht in der Tasche; ich weiß nicht, was mit ihnen passiert ist.

Irgendwann schlief ich ein. Als ich aufwachte, war ein Polster unter meinem Kopf, eine Decke über meinen Beinen. Ich nahm an, dass der Mann das getan hatte, bevor er gegangen war. Er hatte doch etwas Sanftes in sich, denke ich.

***

Nate rief an. Er war ungehalten wegen der Nachrichten, die ich ihm am Abend zuvor hinterlassen hatte. Sagte, dass es mit seinem Für-Mich-Dasein nur funktionieren würde, wenn ich seine Grenzen akzeptieren und nicht wegen jeder Kleinigkeit anrufen würde. Ich bemühte mich zu erklären, dass es nicht irgendeine Kleinigkeit war, dass es Bellas Zeug war, aber er unterbrach mich mit einem Geräusch, das wie ein Stich klang, und ich verstand, dass er nicht wirklich böse auf mich war, nur verängstigt und traurig und dass er nicht damit zurechtkommen und gleichzeitig nüchtern bleiben konnte. Ich sagte ihm, es tue mir leid, dass ich ihn belästigt hatte, und ich meinte es auch so.

Ich erkannte, dass Bellas Tod für alle anderen – sogar für Menschen, die sie geliebt hatten, wie Nate – eine Sache war, über die sie hinwegkommen mussten, die sie hinter sich lassen mussten. Nur Bella konnte nicht darüber hinwegkommen und wie sollte ich das? So wie es in unserer Kindheit oft passiert war, waren Bella und ich von denen, die behaupteten, sich um uns zu kümmern, im Stich gelassen worden. Aber so wie damals würden wir es auch jetzt schaffen. Ich wusste es, weil wir stark waren und wir so viel Liebe füreinander hatten und vereint waren.

*** *** ***

Während der zwölf Stunden, die May in Sydney verbrachte, flogen ihre Gedanken ständig zwischen den Fotos von Bella Michaels und Craigs Nähe hin und her. Die Nacht daheim zu verbringen, würde aus beiderlei Gründen problematisch werden, also fuhr sie nach dem Trauermarsch umgehend nach Strathdee zurück. Die ersten eineinhalb Stunden gelang es ihr weder, ihr Gesicht zu entspannen, noch sich davon abzuhalten, alle zehn Sekunden einen Blick in den Rückspiegel zu werfen.

Dann ging Triple-J, ihr Lieblingssender, in Rauschen über und sie bemerkte, dass es bereits eine Ewigkeit her war, seit sie ein Geschäft oder eine Tankstelle gesehen hatte, also begann sie sich zu entspannen. Niemand weiß, wo ich jetzt bin, dachte sie. Sie fummelte geistesabwesend an den Knöpfen, bis ein Popsong aus den Achtzigern das Rauschen ablöste, drehte die Lautstärke voll auf, öffnete die Fenster, fühlte sich allein und sicher und viel besser, als es in den letzten Tagen der Fall gewesen war.

Kurz nach der Ausfahrt schauderte es May, als ihre Fernlichter auf ein lebloses Känguru-Junges trafen. Nicht einmal hundert Meter weiter das nächste, und dann sofort ein weiteres. Zwölf tote Tiere – Kängurubabys, Wallabys, ausgewachsene Kängurus – in zehn Minuten und dann hörte sie mit dem Zählen auf. Sie waren zu unversehrt, um von den unendlich langen Lastwagenzügen niedergemäht worden zu sein, die ungefähr alle dreißig Minuten hier durchrauschten. Es wirkte, als ob die sich langsam drehenden Arme der Windräder auf den nahen Hügeln jedem der kleinen Köpfe einen einzelnen, schweren Schlag verpasst hätten. Einige waren steif, ihre Pfoten und spitzen Gesichter stießen in den Himmel, doch die meisten schienen weich und frisch zu sein. Das Blut auf den Händen derer, die sie an den Straßenrand gezerrt hatten, musste noch feucht sein.

Früher an dem Abend, im Haus ihres Bruders, hatte Ollie, ein Freund von ihm, nachdem er ihrer Erzählung über Bella gelauscht hatte, gesagt, »Wer auch immer das getan hat, sollte aufgehängt und ausgeweidet werden.«

»Auge um Auge macht die ganze Welt blind«, hatte Max in seinem Singsang gesagt.

»Kumpel, sag mir, dass du jemanden, der deiner Schwester das angetan hätte, nicht in Stücke reißen würdest.«

»Ich würde es nicht«, sagte Max leise. »Mehr Gewalt würde nicht –«

»Natürlich, aber das ist nicht logisch, oder? Es ist die menschliche Natur. Jemand tut das deiner Schwester an, deiner Blutsverwandten, da kannst du nichts dagegen –«

»Ich bin da bei Ollie«, sagte May. »Wenn dir jemand so etwas antäte, Max, dann würde ich ihn umbringen.«

»Würdest du nicht.« Max schenkte ihr Wein nach. »Du hast vielleicht das Gefühl, dass du es tun würdest, aber du würdest es nicht tun.«

»Frauen tun das üblicherweise nicht, oder? Töten, meine ich. Egal, ob aus Rache oder so«, sagte Ollie, ruhig und interessiert. »Ich dachte früher, dass es Kultur ist, Sozialisierung, aber je älter ich werde, desto mehr bin ich davon überzeugt, dass es biologisch bedingt ist. Ich weiß, dass wir das nicht sagen sollten, aber im Ernst. Ich bin immer mehr der Meinung, dass da was dran ist. Männer sind einfach …« Er nahm einen kleinen Schluck von seinem Wein, schwenkte die Hand. »Ich weiß nicht. Was denkst du, May?«

»Ich habe keine verdammte Ahnung«, sagte sie. Sie erinnerte sich, wie sie zwölf war und in der Schlange der Schulkantine gehört hatte, dass einige Kinder aus Max' Jahrgang ihm Hemd und Krawatte vom Leib gerissen hatten und Titten auf seine kleine Schwalbenbrust gemalt hatten. Sie hatte nicht gezögert. Sie war zu den Jungentoiletten gelaufen, man hatte ihr gesagt, dass sie dort mit ihrer Glanztat prahlten, während Max heulend in einer Kabine kauerte. Sie ignorierte das höhnische Gejohle, als sie in das stinkende kleine Reich eintrat. Der Junge, der sich Max' Krawatte um den Kopf gebunden hatte, bekam einen harten Schlag in den Magen. Sein Kumpel, fassungslos, das verkniffene Gesicht rot angelaufen, stieß ein hohes »Nein!« aus, als sie ihn an den Haaren packte und mit der Stirn gegen die Toilettentür rammte. Dann rannten die Jungs davon und sie rettete ihren schluchzenden Bruder, brachte ihn ins Büro hinauf, wo man ihm ein Ersatzhemd gab und einen Raum, in dem er sitzen konnte, bis ihre Mutter kam und ihn abholte.

Die Jungen wurden suspendiert. May auch. Und sie bekam Hausarrest. »Ich weiß, dass sie Scheißer waren, aber sie waren *kleine* Scheißer«, hatte ihre Mutter gesagt. »Du kannst keine Leute vermöbeln, die kleiner als du sind.« May hatte Scham gefühlt. Oder sich zumindest eingeredet, dass sie sich so fühlte. Jetzt erinnerte sie sich ausschließlich an das Vergnügen, das sie dabei empfunden hatte. Der Thrill, als sie fühlte, wie sich der Bauch des Jungen bei ihrem Schlag gekrümmt hatte, der befriedigende Nervenkitzel, der durch ihren Arm gerast war, als der Schädel auf das Holz getroffen war.

War es das, was die Truckies empfanden, wenn ihre Stoßstangen auf ein Känguru im Sprung trafen? Ein Aufprall, der gleichzeitig irrsinnig befriedigend und leicht abzuschütteln war? Ein Kängurubaby würde eine ordentliche Delle auf ihrer Scheißkiste hinterlassen, ein ausgewachsenes Tier einen Totalschaden zur Folge haben, sie vielleicht sogar töten, falls es in der Windschutzscheibe landete. Wenn sie nur einen Truck hätte, einen Bus, einen gottverdammten Panzer. Nein. Das würde es nicht sein. Ein Fahrzeug, eine Waffe – es wäre nicht dasselbe, oder? Nur Blut und keine Verbindung.

Ist das alles, was es ist?, fragte sie sich. Oder realisiert man, dass es sich gut anfühlt, mit seinen Fingern in einem Nacken zu versinken, seine Ellbogen in einen Rücken zu rammen, seinen Schwanz in ein widerspenstiges Loch zu stecken? Versteht man, dass es sich gut anfühlt und dass man es tun kann, wenn das Timing und die Auswahl des Opfers stimmen?

Direkt vor Strathdee wich sie einer riesigen Krähe aus, die sich in der Straßenmitte an den Innereien eines zerfetzten Kängurus weidete. Wäre ihr jemand entgegengekommen, hätte sie geradewegs über die Krähe fahren müssen. Der Vogel hätte sie, so vertieft in sein Festmahl, nicht kommen sehen, da war sie sich sicher.

Donnerstag, 16. April

AustraliaToday.com / May Norman, 16. April 2015

WAS IST MIT BELLA PASSIERT?

In den letzten Jahren begann für Sarah Loome beinahe jeder Arbeitstag mit einer Tasse Kaffee und einer gemütlichen Plauderei mit ihrer Kollegin Bella Michaels im Mitarbeiterteeraum des *Strathdee Haven*, einer privaten

Pflegeeinrichtung in der in der Region Riverina gelegenen Kleinstadt Strathdee. Die beiden Frauen, beide 25 Jahre jung, beide Single, beide in Strathdee geboren und aufgewachsen, blickten dabei über den kleinen Innenhof, der um diese Uhrzeit noch nicht mit frischlufthungrigen Heimbewohnerinnen und -bewohnern bevölkert war. Während sie zu den Geräuschen der Nachtschicht plauderten, die ihre Sachen zusammenpackte und alles zur Übergabe vorbereitete, trank Sarah extrastarken Nescafé und Bella Kräutertee.

Heute zittern Sarahs kleine, mit Sommersprossen übersäten Hände, während sie sich Kaffee macht und mit den Fingern durch den Teebeutelspender fährt, in dem Bella Michaels nie wieder auf der Suche nach der perfekten Mischung für die Herausforderungen des Tages stöbern wird. Auf einer Pinnwand über Sarahs Kopf, inmitten der üblichen Hinweise am Arbeitsplatz, wie die Küche sauber zu halten sei und die Erinnerung daran, die Stundenlisten jeden Mittwoch abzugeben, hängt ein DIN-A4-Blatt. Im oberen Bereich steht in fettgedruckter Schrift: WAS IST MIT BELLA PASSIERT? Darunter hängt ein Foto.

Auf dem Foto steht sie vor einem Weihnachtsbaum, der unordentlich mit grellen Leuchtkugeln aus dem Supermarkt geschmückt ist. Zwei Kugeln hängen an ihren Ohren und blitzen frech aus ihrem blonden Kraushaar. Ihr Gesicht ist ungeschminkt. Das Glitzern in ihren Augen und ihr offener Mund deuten darauf hin, dass sie gleich loslachen wird. Sie trägt ihre fahlblaue Pflegerinnenuniform, das Oberteil ein wenig zu eng, wodurch die Aufmerksamkeit auf ihre kleinen hohen Brüste und ihre muskulösen Oberarme gelenkt wird. Sie ist stark, aber feminin. Hübsch, aber nicht glamourös. Das Klischee einer durchschnittlichen jungen Krankenpflegerin.

Darunter, ebenfalls fettgedruckt, aber in einer kleineren Schrift: *Sie wurde uns am Freitag, den 4. März, genommen.* Darauf folgt eine Bitte um Informationen und eine Telefonnummer.

»Sie war wunderschön, oder nicht?«, fragt Sarah und lässt ihre Finger über das Foto gleiten. »Ich denke, das ist der Grund, weshalb niemand glauben will, dass sie keinen Freund hatte. Sie hatte aber keinen. Das hätte ich gewusst. Wir redeten die ganze Zeit über unsere traurigen Singleleben.« Dann lachte sie, um klarzustellen, dass sie beide nicht traurig waren, damals nicht.

Es stimmt, dass sich viele weigern zu glauben, dass Bella keinen Liebhaber hatte, dass ihr Tod nicht das Resultat einer aus dem Ruder gelaufenen Affäre war. Es könnte sein, wie Sarah meint, dass Bellas Attraktivität dazu verleitet, anzunehmen, sie könne unmöglich Single gewesen sein. Es könnte sein, dass die Mischung von Sexappeal und Unschuld, die man auf dem Foto eindeutig erkennen kann, genau diejenige ist, die unserer Vorstellung nach einen Mann zum Äußersten treibt. Es kann aber auch sein – wie in den meisten Fällen, wenn eine Frau ermordet wird –, dass der Partner oder der Ex den Mord verübt hat.

Aber Sarah, so wie andere in Bella Michaels Umfeld, ist sich sicher, dass es keinen Freund gab. Auf das Gerücht angesprochen, dass Bella eine Affäre mit einem verheirateten Kollegen hatte, schlägt Sarah die Faust auf den Tisch. »Kompletter Schwachsinn. Zum einen ist das hier ein kleiner, tratschsüchtiger Ort. Alle wüssten es, wenn jemand hier mit jemandem herummachen würde. Und zum anderen kannte ich Bella. Einen moralischeren Menschen kann man sich nicht vorstellen. Nie in der Welt hätte sie sich mit einem verheirateten Mann eingelassen. Nie im Leben.«

Wenn man lange genug in einem von Strathdees vier Cafés, sechs Restaurants, zwei Hotellobbys oder vier Pubs herumsitzt, wird man viel über den unbekannten verheirateten Mann und einige noch viel dunklere Gerüchte hören. In den vergangenen Tagen wurde dazu über satanistische Rituale, rassistische Gangs, eine geheim gehaltene Schwangerschaft und einen illegalen Prostitutionsring gemunkelt. Für Bellas Freunde wäre dieses Gerede schlichtweg lächerlich, wenn es nicht so beleidigend wäre. Noch wichtiger, es gibt dafür keinen noch so kleinen Beweis. Sie scheinen aus dem schwarzen Loch herauszusprudeln, das sich hier in dem Moment öffnete, als Bellas nackte, verstümmelte Leiche am 6. April neben der Straße, wenige Kilometer außerhalb der Stadt, gefunden wurde. Jeder Tag, der verstreicht, ohne dass jemand festgenommen wurde, führt dazu, dass die Gerüchte wilder werden und sich die Atmosphäre in der Stadt mit dem Gefühl der Bedrohung und haltlosen Verdächtigungen verdichtet.

Die Polizei von Strathdee beteuert, keinen Verdächtigen zu haben, aber Quellen bestätigen, dass man Nate Cartwright, den Exmann von Bellas Schwester Chris Rogers, eine lokale Kellnerin, zwölf Jahre älter als Bella, mehrmals befragt habe. »Ich fühle mit Chris, das tue ich wirklich«, sagt Sarah. »Sie standen sich näher als alle Schwestern, die ich je kennengelernt habe. Sie sprachen jeden Tag miteinander. Über diesen Exmann von ihr weiß ich gar nichts, aber wenn er Chris in dieser ganzen Situation unterstützt, dann ist das doch gut.«

Cartwright, 40, wurde im Jahr 2000 wegen Körperverletzung an einer Frau zu zwölf Monaten Haft verurteilt. Heute ist er in Sydney ansässig und angeblich in einer neuen Beziehung, arbeitet als Fahrer und Tourguide für ein bekanntes Busunternehmen, dessen Touren regelmäßig durch Strathdee führen. Während keine Anklage gegen ihn erhoben wird und es keinerlei Beweise für eine Beteiligung am Tod seiner ehemaligen Schwägerin gibt, sind seine ständige Anwesenheit an der Seite von Ms. Rogers seit dem Mord und das Interesse, mit dem die Polizei ihn behandelt, doch erwähnenswert.

Ein einprägsames Foto, das nach Bellas Beerdigung aufgenommen wurde, zeigt ihn in einem intimen Moment mit seiner Exfrau; im Hintergrund sieht man eine Reihe von Polizisten, die die Szene beobachten. Laut diverser Zeugenaussagen war Cartwright gleich danach auf mehrere Fotografen losgegangen und musste von der Polizei zurückgehalten werden. »Er führte sich wie ein tollwütiger Hund auf«, sagte ein Zeuge. »Und dabei ist er auch noch so ein riesiger Kerl. Er hätte den Fotografen vermutlich mit einer Hand in zwei Stücke reißen können.«

Als Cartwright früher in dieser Woche die Dienststelle der Polizei betrat, zeigte er sich von einer anderen Seite. Er ist tatsächlich ein großer Mann mit dunklem, struppigem Haar und langem, ungepflegtem Bart. An dem Tag trug er enge, ausgewaschene schwarze Jeans, ein schwarzes Heavy-Metal-T-Shirt und abgetragene schwarze Stiefel und sah aus wie ein Mitglied einer Biker-Gang. Doch er verwendete seine riesigen Hände, denen der Zeuge zugetraut hatte, den Fotografen zerreißen zu können, dazu, Chris Rogers sanft in die Dienststelle zu lenken. Einen Moment lang zögerte

Ms. Rogers, schien dabei die Fassung zu verlieren, und Cartwright streichelte ihr Gesicht mit der Sanftheit eines kleinen Kindes, das ein Hasenjunges tätschelt. Ms. Rogers reagierte, indem sie die Hand ihres Exmannes drückte und ihn anlächelte. Arm in Arm betraten sie die Dienststelle. Was auch immer sonst an diesem furchtbaren, dunklen Geheimnis wahr sein mag: Dass zwischen den beiden eine starke Verbindung besteht, steht außer Zweifel.

In der Zwischenzeit machen Sarah und ihre Kolleginnen im Pflegeheim Haven weiter mit ihrer Arbeit, machen von Zeit zu Zeit Pausen, um einen Blick auf Bellas Foto zu werfen. »Mir gefällt die Formulierung auf dieser Tafel nicht«, erzählt mir eine andere Pflegerin, während sie durch den Teeraum geht. »Ich meine, ich weiß, sie mussten es einfach halten, aber es ist doch die falsche Frage, oder? Wir wissen, was mit ihr passiert ist. Wir wollen wissen, wer es getan hat.«

»Und weshalb«, fügt Sarah hinzu. »Oh Gott, wieso nur?«

Jeder, der über Informationen und Hinweise zum Mord an Bella Michaels verfügt, wird gebeten, die Crime Stoppers oder die Polizei von Strathdee zu kontaktieren.

*** *** ***

May wusste, dass es eine schlechte Angewohnheit war, den Fernseher die ganze Nacht laufen zu lassen, doch das Rauschen der Rund-um-die-Uhr-Nachrichten schien für sie die einzige Möglichkeit zu sein, um zu vermeiden, dass sie sich in den Schlaf heulte und mit trockener Kehle und geschwollenen Augen aufwachte. Nächtliche Unterhaltungssendungen und Werbespots reichten nicht aus, um die Diashow der

Bilder von Bella Michaels geschundenem Körper, manchmal begleitet von Chris Rogers Schrei, davon abzuhalten, zwischen ihren Gedanken aufzublitzen. Und bei der dritten oder vierten Wiederholung der ewig gleichen Nachrichtenblöcke hatte sie die Worte und die Reihenfolge so verinnerlicht, dass sie vom Schlaf übermannt werden konnte.

Dennoch war das Aufwachen zu Stimmen im Raum, die über Bombenanschläge in Syrien oder ein Massaker in Kenia diskutierten, nicht die angenehmste Art, in den Tag zu starten. Fast so schlimm, wie von ihrem verdammten Telefon wachgerüttelt zu werden.

»Andrew. Hi.« Sie checkte die Uhr auf dem Nachtkästchen: 6:28 Uhr. Oh Gott. »Was ist los?«

»Der Artikel, den du in der Nacht hochgeladen hast? Nicht deine beste Arbeit.«

May griff nach der Fernbedienung und stellte den Ton des Fernsehers ab, schluckte ihre Panik hinunter. »Könntest du etwas genauer sein?«

»So beschissen Boulevard wie nur was, dabei erwähne ich gar nicht, dass du eindeutig eine tote Kuh melkst, zum jetzigen Zeitpunkt jedenfalls. Aber gut, ich bin dabei überstimmt worden, also lassen wir es heute drauf. Simone macht eine Zusammenstellung mit einer interaktiven Karte von Strathdee, den bisherigen Ereignissen, eine Diashow der Fotos und dem ganzen Krempel.«

»Großartig. Danke.«

»Und damit *ist* unsere Berichterstattung über Bella Michaels abgeschlossen. Wenn sie jemanden erwischen, wenn es eine weitere Leiche gibt, dann fährst du wieder hin. Aber ansonsten ist die Geschichte erledigt.«

»Das ist sie wirklich nicht. Du musst mir vertrauen –«

»Doch, das ist sie. Selbst wenn da irgendetwas Neues passieren würde – was es nicht wird: Wir haben soeben die Info bekommen, dass hier in Sydney eine Frau vergewaltigt und stranguliert aufgefunden wurde. Jim ist für die Vorarbeit dahin unterwegs, aber das ist dein Thema. Ich sehe dich hier um acht, verstanden?«

»Andrew, komm schon. Es sind fünf Stunden Fahrt und ich hatte das gestern in beide Richtungen. Ich bin komplett erledigt.«

»Oh Gott, May. Ich habe dir bereits am Dienstag gesagt, dass du packen und zurückkommen sollst. Ich habe angenommen, du hast das von hier, aus Sydney, hochgeladen. Fuck.« Er schnaufte. »Na gut, leg einen Zahn zu und ich sehe dich hier um eins. Okay?«

»Okay«, sagte May. Und dann, nach einer Pause, gerade lang genug, um die Fotos von Bella hinter ihren Augen vorbeirauschen zu lassen: »Nein. Eigentlich, nein. Ich bleibe an dem Strathdee-Thema dran oder ich kündige«.

»Es gibt kein Strathdee-Thema. Es gab eine Story und die ist zu Ende. Mehr als ausgelutscht.«

»Ich weiß, dass es so wirkt, als –«

»Oh Gott, Norman. Hast du dir dort einen Lover aufgerissen oder was?«

»Genau, so ist es. Okay. Ich kündige.«

»Sei nicht dämlich.«

»Ich maile dir meine Kündigung und die letzten Spesen heute Nachmittag.«

»Du bist verdammt bescheuert.«

Sie legte auf, ihr Herz raste. Sie war verdammt bescheuert. Scheiße. Sie rief ihren Bruder an.

»Max, ich habe etwas, hm, Dramatisches getan.«

»Wirklich? Das klingt spannend.«

»Ich habe gekündigt.«

»Das ist nicht spannend. Das ist … Wieso? Ich dachte, es ist dein Traumjob?«

»Es war. Aber … Es ist nicht so, wie ich dachte, dass es sein würde.«

»Inwiefern?«

»Ich weiß nicht, ich denke, ich hatte eine falsche Vorstellung von Heroismus oder so ähnlich. Ich dachte, ich könnte die ganze Hässlichkeit anschauen und etwas Schönes darüber schreiben, und dass die Menschen deshalb … ich weiß nicht. Aber so, wie es sich herausgestellt hat, führt das Anschauen der Hässlichkeit dazu, dass ich durchdrehe und dass mein Schreiben darüber nur scheiße ist.«

»Deine Schreiben ist nicht scheiße.«

»›So beschissen Boulevard wie nur was‹ ist die echt faire Rückmeldung zu meiner letzten Arbeit.«

»Na ja, es ist halt hart, eine gute Story in einem Provinzscheißloch zu schreiben, wo alles nur Klischee ist. Es wird besser sein, wenn du zurück nach Sydney kommst.«

»Nein, das ist es ja. Mein Redakteur wollte mich ja zurückholen und ich wollte hierbleiben und weiter über die Sache berichten. Und da habe ich gekündigt.«

»Warte. Hast du gekündigt, weil du nicht das Zeug zur Kriminalreporterin hast oder weil du weiterhin über Kriminalfälle schreiben willst, allerdings nur aus dem einen Ort?«

»Ich weiß nicht. Weder noch. Beides.«

»Du verstehst schon, dass das so keinen Sinn ergibt, oder?«

»Ich weiß … Es ist, als ob, okay, lach bitte nicht oder verdreh die Augen oder sonst was, weil ich weiß, wie das klingt, aber ich fühle mich durch etwas, das passiert ist, traumatisiert. Etwas, das passiert ist und das ich gesehen habe. Ich kann es nicht aus meinem Kopf bekommen, die Bilder blitzen immer auf, wenn ich meine Augen schließe und all das.«

»Wieso sollte ich darüber lachen? Das klingt schrecklich. Klingt aber wie ein weiterer guter Grund, nach Hause zu kommen.«

»Nein, hör zu: Es ist so, als ob das, was ich fühle, der Grund ist, weshalb ich nicht dazu gemacht bin, eine Kriminalreporterin zu sein. Nur, nach allem, was ich bisher gesehen und gehört habe, kann ich nicht einfach hier weg. Ich muss das bis zum Ende durchziehen. Muss es irgendwie richtigstellen.«

»May, ich will ja nicht gemein sein, weil du offensichtlich sehr leidest, aber –«

»Nein, sei ruhig gemein. Deshalb rufe ich dich an, damit du mir sagst, wie es ist.«

»Du kannst es nicht richtigstellen. Niemand kann das. Deshalb ist es so furchtbar.«

»Aber diese Angst, diese Ungerechtigkeit. Wenn ich was schreibe, das dabei hilft, die Mörder zu erwischen, dann können diese Dinge besser werden. Und wenn ich richtig über Bella schreiben kann, also so richtig über ihr Leben und wer sie wirklich war, nicht nur darüber, was ihr passiert ist, dann ist das doch schon was, oder? Ich möchte etwas hinterlassen, das eine Erinnerung an sie sein soll, nicht …« May sah die Fotos wieder vor sich.

»Wenn die Polizei denkt, dass das, was du darüber schreibst, dabei helfen wird, die Typen, die das getan haben, zu erwischen, dann, ja, dann sehe ich den Wert der Sache. Aber das ganze andere Zeug? Ernsthaft? Ich glaube, dass du gleichermaßen naiv und egoistisch bist, wenn du denkst, dass du etwas schreiben kannst, das einen Unterschied für diejenigen macht, die einen geliebten Menschen auf diese Art verloren haben. Wärst es du gewesen, es gäbe keinen lebenden Schriftsteller, der auch nur den winzigsten Unterschied machen könnte, wie ich mich fühle. Nicht den kleinsten.«

»Du hast recht, ich weiß.«

»Aber?«

»Ich muss da durch.«

»May, Schwesterherz, manche Fälle werden nie gelöst.«

»Dann muss ich wirklich hart daran arbeiten, dass dieser Fall nicht so einer ist.«

»Es liegt möglicherweise nicht in deiner Macht.«

»Vielleicht nicht. Schau, danke. Du hast mir geholfen. Ich sehe jetzt viel klarer. Ich werde jetzt ein paar Anrufe machen und Dinge in die Wege leiten.«

»Würdest du in Erwägung ziehen, das von Sydney aus zu tun?«

»Nein, aber ich werde bald zurückkommen. Die Polizei wird diejenigen finden, die das getan haben, und ich werde darüber berichten und dann werde ich dir zu Hause hämisch zeigen, wie unrecht du hattest.«

Er seufzte. »Hast du wenigstens jemanden, mit dem du dort abhängen kannst? Jemanden, mit dem du Sachen machen kannst, die nichts mit dem Mord zu tun haben?«

»Nein, aber so jemanden habe ich in Sydney auch nicht, also –«

»Nett zu wissen, dass ich ein Nichts bin.«

»Du weißt, was ich meine.« Sie fühlte sich den Tränen nahe. »Hey, hör zu, ich muss los. Freischaffend zum Startblock. Trotzdem, danke. Du schaffst es immer, dass ich mich besser fühle.«

»Du weißt, was mir dabei helfen würde, mich besser zu fühlen? Du auf dem Weg nach Hause.«

»Ich weiß. Bald. Versprochen.«

***

Sie rief Chas an, sagte ihm, dass sie den ganzen Tag da sein würde. Er kam in seiner Mittagspause, in Warnschutzhemd und dicker, navyblauer Arbeitshose, an der Betonstaub klebte. Er habe nur eine halbe Stunde und sei am Verhungern, sagte er. Sie fickten schnell und liefen hinüber zum Pub, wo Chas zwei Steakpasteten zum Mitnehmen bestellte, die erste in drei Bissen verschlang, während May an ihrem Bier nippte und auf der Veranda rauchte.

Er ließ die übrig gebliebene Pastete von einer Hand in die andere gleiten. »Sorry, dass ich da so mit dir penne und gleich wieder losmuss, aber ich muss rechtzeitig zurück sein, bevor ich mir einen Anschiss vom Chef hole.«

»Alles cool. Ich werde hier ein wenig abhängen. Schauen, ob ich irgendetwas ausgraben kann.«

Chas hielt seine Pastete ruhig in der Hand, blickte über ihre Schulter. »Sei vorsichtig, okay?«

»Wovor sollte ich Angst haben?«

»Du weißt schon. Ein Mädchen, das allein im Pub abhängt.«

»Echt jetzt? So habe ich immerhin dich getroffen, oder? Hat sich doch als gut erwiesen.«

»Nicht alle sind so süß wie ich. Nächstes Mal hast vielleicht nicht so viel Glück.«

»Das muss ich dann halt riskieren. Danke für deine Besorgnis jedenfalls. Ich weiß das wirklich sehr zu schätzen.«

»Klar, das sehe ich.« Er lief die Verandastufen hinunter, hielt inne, drehte nur den Kopf zu ihr. »Bin froh, dass du angerufen hast.«

May sah ihm dabei zu, wie er die Straße überquerte, in seinen Truck stieg, in die Straße einbog und auf dem Highway verschwand. Sie rauchte die Zigarette fertig und begab sich wieder in die kühle Dunkelheit des Pubs, bestellte ein weiteres Bier und machte es sich an der Bar gemütlich. Jeder hier wusste mittlerweile, wer sie war, es gab keinen Grund, sich zu verstecken.

Ein Mann mittleren Alters in Fußballshorts und weißem Feinripp lehnte sich nur ein paar Zentimeter von ihrem Ellbogen entfernt an die Theke. »Wie geht's?«, sagte er zu ihrer Hüfte.

»Alles gut. Bei dir?«

»Jaja.« Er bestellte ein Bier, drehte sich so, dass er May direkt ins Gesicht schauen konnte. Er war so nah, dass sie die kaputten Blutgefäße auf seiner geschwollenen Nase zählen hätte konnte. »Bist eine von den hellhäutigen Aborigines oder sonst was?«

May hielt ihre Nerven im Zaum, so wie es eine Frau tun würde, der das Sperma eines beinahe Fremden den Slip steif machte, die gerade ihren Job gekündigt hatte, um einer nicht vorhandenen Story in einem Scheißlochdorf folgen zu können. »Sonst was«, sagte sie.

»Hm.« Er rückte ein wenig ab, starrte sie aber weiter an, während er sein Bier kippte, stellte es dabei immer wieder ab, um zu prüfen, ob sein Schwanz da war, wo er ihn gelassen hatte.

Als er fertig war, bestellte er ein weiteres Bier, drückte beim Warten seine Hüfte gegen ihren Oberschenkel. Als sie nicht reagierte, packte er sein Glas und schlurfte zum anderen Ende der Bar, wo ein Alkoholikertrio saufend und murmelnd herumlungerte. »Denkt, ihre Scheiße stinkt nicht, die da«, sagte er, als er sich zu der Gruppe setzte, sein Rücken May zugewandt.

»Versucht wahrscheinlich, ihre in Flaschen abgefüllte Pisse als Parfum zu verkaufen«, sagte einer und sie gackerten.

Der alte Typ hinter der Bar sah mit einem entschuldigen Lächeln rüber zu May. »Die sind harmlos«, sagte er mit gedämpfter Stimme.

»Die auch, oder?«

Er sah sie ausdruckslos an.

»Hör zu, denkst du, du kannst mir einen Gefallen tun?«

»Hm?«

»Ich brauch echt den Kontakt von –«

»Nein, meine Liebe.« Er hob seine Hände abwehrend. »Brauche hier keine schnüffelnden Reporter. Hab kein Problem, wenn du hier Bier trinkst oder mit deinem Typen abhängst oder wem auch immer, aber es werden hier keine Reporterdinge gemacht. Da muss ich streng bleiben.«

»Natürlich. Tut mir leid.«

Er nickte und ging zu der Gruppe am anderen Ende der Bar, lehnte sich zu ihnen und sprach mit ebenso gedämpfter Stimme wie vorhin. Sie bemühte sich, mitzuhören. Sagte er *Chas*? Erneut Gelächter und Murmeln, und da hörte sie es diesmal klipp und klar: *Schlitz.*

Ihre Kehle zog sich zusammen. Ein Wort, das sie zum ersten Mal in ihrer Highschool-Zeit gehört hatte, ausgesprochen mit begeisterter Abscheu. Einen Moment lang rätselte sie über die Bedeutung in diesem Kontext und dann wurde ihr übel, als sie verstand. Sie fühlte es jetzt, diesen unterirdischen Hass. Schlitz.

Chas hatte sie gewarnt. Er kannte diese Männer, witzelte wahrscheinlich ebenso mit ihnen, wenn keine Frauen dabei waren. Er hatte sie sanft gevögelt, aber diese Worte mussten auch in seinem Kopf sein. Sie mussten in seinem sein, genauso wie sie in ihrem waren. So schön es auch war, es gab immer ein Danach und darauffolgend die Erinnerung daran – man wurde daran erinnert –, was man ist. Schlitz, Spalte, Axtwunde, Fut.

Da fühlte sie es wieder, das Verlangen nach dem sich um ihre Faust krümmenden Fleisch, nach diesem Vibrieren in ihrem Arm, wenn Kopf auf Holz trifft. Sie ließ ihr halbleeres Bier stehen, rutschte vom Hocker. Hörte das Gekicher. Zeigte ihnen den Mittelfinger, als sie wie ein Feigling rausging. Wie eine erbärmliche, gottverdammte Fotze.

Freitag, 17. April

Versuch doch, es von meiner Perspektive aus zu betrachten. Ich hatte die ganze Woche über Journalisten hier, die an meine Tür klopften, mir ihre Visitenkarten in die Hand drückten. Es fühlte sich an, als ob es jeden Tag mehr wären, und ich wusste nicht, ob es damit zu tun hatte, dass sie wussten, dass Nate weg war oder so, aber es führte dazu, dass ich zu Hause dauernd auf der Hut war, immer in Erwartung des nächsten Klopfens. Old Grey hatte mir versprochen, jeden Reporter persönlich aus dem Pub zu entfernen, der mich dort belästigen wollte, und Suze erzählte mir, dass er täglich alle Blumen und Teddybären und Gedenkkarten und den ganzen restlichen, nutzlosen, aber aus Mitgefühl geschenkten Krempel zusammensammelte und zum Krankenhaus brachte, bevor ich zur Schicht erschien. Oh Gott, dafür war ich ihm so dankbar. Das gab mir das Gefühl, dass ich, trotz allem, ein wenig ausspannen konnte, einfach Chris sein konnte. Es klingt ironisch, wenn ich sage, dass ich mich zu Hause wie auf dem Präsentierteller, aber umgeben von lauten Besoffenen und Tratschmäulern wohl und privat fühlte.

Das ging mir jedenfalls gerade durch den Kopf, als ich den Anruf im Pub entgegennahm und diese süße kleine Stimme loslegt, »Chris! Endlich!«, als ob wir zwei alte Freundinnen seien, die sich die ganze Woche über immer wieder verpasst haben. Ich frage, wer dran sei, und die kleine Stimme sagt, »Hier ist May Norman, es tut mir unendlich leid, dich während der Arbeit zu belästigen, aber es ist so extrem wichtig, dass ich mit dir spreche«, und ich will schon auflegen, aber der Mann, den ich neulich dummerweise mit zu mir genommen habe, ist am Weg zur Bar, deshalb drehe ich mich von ihm weg, das Telefon in der Hand, und sage, »Wieso wichtig?«

»Weil, Chris, es tut mir leid, aber die Polizei kommt gar nicht weiter und je länger es dauert, desto weniger wahrscheinlich ist es, dass sie die finden, die das getan haben, und weißt du, ich denke, dass mehr getan werden kann.« So eine süße, zuckersüße kleine Mädchenstimme. Ich vermute, du weißt das. Etwas, das man nicht ändern, aber gut einsetzen kann. Süße-Mädchenstimme, die Reporterinnenversion der Große-Titten-Kellnerin.

»Ja, zum Beispiel?«

»Bessere Berichterstattung. Mehr Publicity.«

»Zur Hölle, hör zu –«

»Chris, ich kann dir helfen. Ich kann es. Setz dich mit mir –«

»Du hast Nerven, mich anzurufen, während ich hier –«. In meiner Wut habe ich mich umgedreht und meine Stimme erhoben. Der Mann lehnte sich zu mir, hörte zu und runzelte die Stirn, als ob er ein Recht dazu hätte. Ich senkte die Stimme, bemühte mich um einen ruhigeren Tonfall. »Ich möchte nur alleingelassen werden, okay? Bitte.«

»Chris, ich verstehe, wirklich, aber ein richtig gutes, starkes und detailliertes Interview, sodass die Menschen in Australien

Bella wirklich kennenlernen, das könnte den Unterschied machen. Ich würde dich nicht so belästigen, wenn ich nicht daran glauben würde.«

Ich vermute, mein Gesicht zeigte mehr, als mir recht gewesen wäre, weil sich der Mann nun ganz zu mir lehnte und meinen Ellbogen berührte und die Lippen zu einem »Alles in Ordnung?« formte. Ich zog meinen Arm zurück, als ob ich mich an ihm verbrannt hätte, und sagte ins Telefon, aber eigentlich zu ihm, »Ja, okay, alles gut.«

Und der Mann sah zu, wie ich ein gottverdammtes Lächeln vortäuschte und »Jap, passt« sagte, während die kleine Miss Schnuckiputz flötete, dass sie am nächsten Morgen um elf bei mir sein würde.

***

Ich rief Nate zu Hause an, weil ich seine Grenzen wirklich respektieren und ihn nur in einem Notfall (als ob nicht das ganze Leben sowieso einer ist) am Mobiltelefon anrufen wollte. Renee nahm den Anruf entgegen und ich übertrieb dieses Ich-steh-da-drüber-Erwachsenen-Ding und fragte, wie es ihr ginge und wie das Baby wachse und sagte, dass alles wunderbar sei und dass ich, wenn es dann auf der Welt sei, raufkommen und es kennenlernen müsse, und dann sagte sie in dieser extratiefen, betroffen klingenden Stimme, »Und wie geht es dir, Chris?«. Und ich so, »Gut, gut«, natürlich, aber damit wollte sie sich nicht zufrieden geben, machte ein kurzes Tutgeräusch und sagte, »Nein, ernsthaft, Chris, hör zu – ich habe viel Erfahrung mit Trauer, ich weiß, wie hart und verwirrend und überwältigend das alles sein kann. Du musst nicht sagen, dass es dir gut geht, wenn es nicht so ist«.

Ich zog das in Betracht und dann überlegte ich, was eine viel ehrlichere Antwort auf ihre Frage sei, und das riss mich entzwei und stülpte mein Inneres nach außen. Ich saß im Büro des Pubs mit dem Telefon in der Hand und wurde zu einem klaffenden Loch von Horror, Schwärze und Verzweiflung und Renee sagte, »Chris, bist du noch dran?«, und ich stieg sofort wieder richtig in meine Haut und sagte, »Ja, tut mir leid, kann gerade nicht viel reden, das ist alles. Aber hör zu, ist dein Alter daheim? Ich muss ihn ganz schnell was fragen?«

***

Der Rest des Abends war in Ordnung, vor allem, weil der alte Grey länger blieb, um die Buchhaltung zu machen, und so konnte ich dem Mann, der herumlungerte, ehrlich sagen, dass es spät werden würde und mich der Boss heimbrächte. Ich hatte nicht darüber nachgedacht, was passiert war, als mir Renee sagte, dass ich nicht in Ordnung sein müsse, auch nicht darüber, worauf ich mich am nächsten Tag eingelassen hatte. Ich dachte nur daran, wie gut Nate meinen Anruf aufgenommen hatte, und dass er gesagt hatte, er würde versuchen, morgen früh herzukommen, und das war das Netteste, was er in einer ganzen Weile zu mir gesagt hatte, und es fühlte sich gut an.

Daheim allerdings, da versickerte das angenehme Gefühl rasch. Nicht auf einmal, aber Tropfen für Tropfen, während ich duschte und Tee trank. Bellas Sachen waren noch immer am Boden im Wohnzimmer, also mied ich den Raum zur Gänze, aber ich wusste, dass sie da waren, und der Gedanke, da reinzugehen und die Sachen aufzuheben, machte mich zittrig. Aber dann erinnerte ich mich daran, dass am nächsten Morgen eine verdammte Journalistin hier sein würde und vielleicht auch Nate, also konnte ich die Sachen nicht einfach da am Boden liegen lassen. Es wäre besser, alles noch heute Nacht wegzuräumen, weil mich sonst bereits der Gedanke daran vom Schlafen abhalten würde, und ich riss mich zusammen und marschierte da rein.

Ich saß am Boden und hatte vor, die einzelnen Teile wieder zurück in Bellas Tasche zu stopfen und die im Kleiderschrank zu verstauen, bis ich entschieden hatte, was ich damit tun wollte. Ich kann nicht mehr sagen, was dann geschah, nur dass es plötzlich nach drei Uhr früh war und mein Haar und mein Nachthemd an meinem schwitzenden Körper klebten, und dass ich so stark zitterte, dass mir die Knochen wehtaten, und dass alles noch so ausgestreut dalag wie zuvor.

Ich dachte nicht darüber nach, tat nur, was ich zwei Stunden zuvor tun hatte wollen – stopfte alles zurück in die Tasche und steckte die Tasche in den Schrank. Ich duschte zum zweiten Mal in dieser Nacht und verkroch mich im Bett. Ich dachte, *Ich werde verrückt.* Sagte es laut. Dann sagte ich, »Rede nur mit dir selbst, das ist genau der richtige Weg, um es zu beweisen«. Und Bella lachte und lachte.

*** *** ***

May Norman, 17. April 2015 (Unveröffentlicht)

TIERTÖTUNGEN IN STRATHDEE OHNE VERBINDUNG ZU BELLA MICHAELS

Die Polizei von Strathdee bittet die Bevölkerung um Mithilfe, um jene Person zu finden, die verantwortlich für mindestens drei Fälle von Grausamkeit gegen Tiere ist. Im neuesten Fall wurde gestern eine tote Tigerkatze mit zugeklebter Schnauze

hinter dem Toilettenblock von Strathdees Fußballstadion gefunden. Die örtliche Veterinärmedizinerin, Dr. Melody Nicholson, sagte aus, dass die Katze an Sauerstoffmangel und Strangulierung gestorben war. Dr. Nicholson bestätigte auch, dass sowohl die am 3. April im Blumengarten des *Memorial Parks* aufgefundene Katze und der am 12. April hinter dem Postamt aufgefundene Hund auf ähnliche Weise getötet worden waren, auch wenn der Hund zusätzlich eine Kopfverletzung erlitten hatte.

»Es scheinen Fälle von gezielter Grausamkeit zu sein, die an unschuldigen, wehrlosen Tieren begangen wurden, und wir nehmen diese Fälle sehr ernst«, sagte ein Sprecher der Polizei Strathdee. Alle drei Tiere scheinen Streuner gewesen zu sein, doch die Polizei mahnt alle Tierbesitzer, ihre Tiere nicht unbeaufsichtigt und gesichert zu halten, bis der Täter gefunden ist.

Die Polizei sagt, dass es keinen Grund gibt, zu glauben, dass diese Tiertötungen mit dem ungelösten Fall Bella Michaels in Verbindung stehen könnten. »Im Moment behandeln wir sie als unabhängig voneinander, bitten aber jeden, der Informationen über dieses oder andere Verbrechen hat, sich vertrauensvoll an uns zu wenden.«

Samstag, 18. April

Im Internet, im Fernsehen und aus der Ferne sah Chris gar nicht wie ihre Halbschwester aus, aber in echt, aus der Nähe, da war eine Ähnlichkeit vorhanden. Das Lächeln, das auf Chris' Gesicht aufblitzte, als May ihr ein Kompliment über ihre kirschroten Stiefel machte, war dasselbe wie das, das auf jedem Foto von Bella zu sehen war. Die Augenfältchen waren auch dieselben, obwohl die von Chris sich beim Verschwinden des Lächelns nicht so auflösten, wie May sich vorstellte, dass sie sich bei Bella aufgelöst hätten. Chris war ein wenig größer als Bella, soweit May das einschätzen konnte, und so oberbaulastig wie ihre Schwester birnenförmig gewesen war. Als sie »Komm rein« sagte, hatte sie denselben breiten Landakzent und die tiefe Huskystimme, wie es auch in der Stimme in dem kurzen Pflegeheimvideoclip zu hören war, das immer wieder in den Nachrichten abgespielt wurde. Dass diese Stimme von der süßen, jungen, blonden Bella kam, war eine Überraschung, zu Chris passte sie perfekt.

»Setz dich, wenn du willst.« Chris deutete zu einem runden Tischchen, auf dem eine mit Rosen bedruckte Tischdecke lag. In der Mitte des Tisches war eine Box mit Taschentüchern, daneben standen ein Wasserkrug und zwei Gläser.

»Ist es okay, wenn ich unser Gespräch aufzeichne?«

»Ah, warte eine Sekunde, okay? Ich weiß nicht, ob ich das wirklich will, ich meine, ich bin nicht scharf darauf –«

»Ich weiß, dass du beschissene Erfahrungen mit den Medien gemacht hast, Chris, ich verstehe also, dass du vorsichtig bist. Aber das Aufnahmegerät ist nur dazu da, dass ich nichts falsch verstehe, das ist es ja, was du willst, oder? Jemanden zu haben, der die Wahrheit über Bella schreibt?«

Chris lächelte wieder, aber es war das Lächeln einer Kellnerin, die einem Betrunkenen mitteilen muss, dass er nichts mehr bekommt. »Ich will das alles gar nicht. Ich will nicht, dass irgendetwas über Bella geschrieben wird.«

»Wieso warst du dann einverstanden, dich mit mir zu treffen?«

Sie seufzte. »Weil ich weiß, dass ihr alle keinen Dreck darauf gebt, was ich will, und eure verdammten Artikel sowieso schreibt.«

»Und du willst sicherstellen, dass –«

»Ich möchte dich daran erinnern, dass es da echte Menschen gibt, die jedes Mal darunter leiden, wenn einer von euch sich dazu entscheidet, mit seinen dreckigen kleinen Fingern in der Wunde zu bohren.«

»Ich weiß das, Chris. Echt. Das Letzte, was ich will, ist, dir noch mehr Schmerz zuzufügen.«

»Ich weiß, dass du es nicht willst. Aber du bist bereit dazu.«

May schenkte sich Wasser ein, trank davon. »Ich bin, ja, ich vermute, das stimmt. Aber es ist auch wahr, dass es mich sehr traurig machen würde, wenn das hier einfach so endet. Ich will dafür sorgen, dass Bella nicht vergessen wird, dass die Polizei, die Öffentlichkeit, die Politiker, die Demonstranten mit ihren blutenden Herzen und eiskalten Law-and-Order Lobbyisten – alle von ihnen –, sich daran erinnern, was Bella passiert ist, dass sie sich daran erinnern, dass derjenige, der das gemacht hat, noch immer frei herumläuft und mit jedem Tag, der vorübergeht, leichter und leichter atmet. Das ist es, was ich erreichen will, Chris. Wenn es dir wehtut, dass wir die Welt an all das erinnern, dann ist das bedauerlich, aber ich denke, dass es trotzdem wichtig ist, es zu tun.«

Chris tippte mit ihren weichen, angekauten Fingerspitzen auf dem Tischtuch. »Ich würde dir gern glauben, May.«

»Wieso sollte ich lügen?«

»Weil ich die goldene Gans bin. Ich bin die Quelle, die deine Reportage von allen anderen abhebt.«

»Wer sind die anderen, Chris? Wer hat dich davon überzeugt, dass es so etwas wie eine Art Journalisten-Showdown geben wird?«

Sie lehnte sich zurück und öffnete eine Lade hinter sich, zog einen Stapel Visitenkarten heraus, breitete sie auf dem Tisch vor May aus. »Sechs davon in den letzten zwei Tagen. Habt ihr alle eine Art Erinnerungsfunktion irgendwo, die nach zwei Wochen Alarm schlägt, wenn ein Fall noch nicht aufgeklärt ist, oder wie? Zeit, sich an die Verwandtschaft ranzuschmeißen.«

»Nein, aber wir alle wissen, dass das ältere Verbrechen höchstwahrscheinlich aus den Gedanken der Menschen verschwindet, wenn ein neueres, großes Verbrechen geschieht, das Schlagzeilen macht.«

Chris lachte scharf und spitz auf. »Ihr denkt alle, ich heule mich jetzt aus, weil ich eifersüchtig auf die Aufmerksamkeit bin, die die arme Kate Bronson jetzt bekommt.«

Kate Bronson, einundvierzigjährige Mutter von fünf Kindern unter zehn Jahren, Gattin eines mehr oder weniger respektablen Geschäftsmannes, war von jemandem beim Rausbringen des Mülls nach Mitternacht geschnappt worden, auf der Straße vor ihrem großen Hochsicherheitshaus in einem kleinen, wohlhabenden Bezirk nördlich des Hafens von Sydney. Man fand ihre Leiche knappe sechs Stunden später auf einem Gehweg nur drei Straßen entfernt. Ihre Fotos und die ihrer kleinen, verstörten Kinder und des schockierten Ehemanns waren überall dort zu sehen, wo die von Bella eine Woche zuvor gewesen waren.

»Natürlich nicht. Aber du weißt ja, wie diese Dinge laufen. Die Nation trauert. Australien ist entsetzt. Australien ist verängstigt. Wir werden niemals vergessen. Bis das nächste fotogene Opfer daherkommt. Manche von uns sind nicht bereit, einfach weiterzumachen, und wir wissen, dass es der Familie der Opfer ebenso geht.« May ordnete den Stapel

Visitenkarten und blätterte sie durch, erkannte die Namen. Einer von ihnen hatte soeben erst ein Buch über eine verhaftete Gang von Gruppenvergewaltigern geschrieben. »Hast du mit irgendjemandem von ihnen gesprochen?«

»Ich hab ihnen nur gesagt, dass sie sich alle verpissen sollen, wenn das als Gespräch zählt?«

»Du hast aber ihre Karten genommen.«

Chris zuckte mit einer Schulter. »Der einfachste Weg, manche Leute loszuwerden, ist, ihnen zu sagen, dass man über das, was sie sagen, nachdenkt und sich bei ihnen melden wird.«

Klar, aber dann wirfst du die Karten gleich danach in den Müll, dachte May. Sie zog eine Karte heraus und platzierte sie ganz oben auf dem Stapel. »Der Typ war sicher schwierig loszuwerden, oder?«

Chris schielte auf den Namen. »Ich weiß nicht, ob er mit mir ficken wollte, um das Interview zu bekommen, oder ob er mich interviewen wollte, um so zu einem Fick zu kommen.«

»Hat sich also gar nicht verändert.«

Chris hob die Augenbrauen; May erkannte die Gelegenheit.

»Vor neun oder zehn Jahren, als ich eine Reporter-Praktikantin war, war er mein Mentor. Was mehr oder weniger bedeutete, dass er mich rausschickte, um die Informationen zu sammeln, mich danach im Pub traf, sich alle Notizen von mir geben ließ und sie anschließend als seine Story umschrieb, und wenn der Artikel schnell genug fertig war, vögelte er mich auf dem Rücksitz seines Toyota Camrys, bevor er den Text in der Redaktion ablieferte.«

Ein Lächeln. Schwach, aber aufrichtig. »Wir hatten alle einen solchen Mentor, kommt mir vor.«

»Gott beschütze zwanzigjährige Mädchen vor etwas älteren

Männern, die Scheiß-Weltschmerz und einen Ständer mit sich herumtragen und Ratschläge geben.«

»Gott schütze uns alle. Ich habe mehr als genug von denen in den letzten Wochen kennengelernt. Die meisten von ihnen Bullen. Wenigstens weiß ich jetzt, dass ich ihnen sagen kann, dass sie sich verpissen sollen. Das macht es aber nicht einfacher, ihren Schwachsinn anzuhören.«

»Die Bullen geben dir Ratschläge? Worüber?«

Chris' Gesichtszüge verhärteten sich. Sie schüttelte den Kopf. »Ich habe dem Interview noch nicht zugestimmt.«

»Das ist ausschließlich persönliches Interesse über die Wege und Mittel der Mansplainer.« May hob die Hände. »Kein Notizbuch, kein Aufnahmegerät, schau.«

»Ja. Der Mistkerl wollte mir in die Hose, du versuchst, meine neue beste Freundin zu werden. Eine Bindung herzustellen, willst, dass ich dich mag, dir vertraue.«

»Chris, schau, natürlich will ich, dass du mich magst und mir vertraust und dieses Gespräch mit mir für die Aufnahme führst. Aber das heißt nicht, dass ich dich hier reinlege. Nicht alles, was eine Reporterin sagt, ist Teil einer Taktik, die sie anwendet. Ich bin immer noch ein Mensch.«

»Netter Standpunkt.«

»Scheiße.«

Chris schnaubte. »Die Cops meinen, ich sollte mit keinem Reporter reden, den ihr Medienteam nicht zuvor gecheckt hat. Sie meinen, ich soll noch eine Pressekonferenz machen, aber nur, wenn ich mich an ihr Drehbuch halte. Sie meinen, ich soll weniger trinken, meinen Job im Pub aufgeben, meinen Exmann belasten, indem ich sie über jedes böse Wort informieren, das er je gesagt hat, und besonders meinen sie, dass ich keine Typen fürs Bett mit nach Hause bringen sollte. Wenn ich mich nicht an ihre Ratschläge halte – was praktisch immer der Fall ist, zum Teufel mit diesen nutzlosen Scheißkerlen –, sagen sie, dass ich ihre Arbeit erschweren oder dem Fall schaden würde oder mich einem Risiko aussetzen, oder, mein Lieblingsargument, mich selbst, und somit auch Bella *schlecht dastehen* lassen.«

»Die Cops haben dir gesagt, dass du Bella schlecht aussehen lässt? Das ist ja widerlich.«

Chris seufzte tief. »Danke.«

Sie saßen da und schauten den Tisch an, während irgendwo in der Nähe ein Motorrad zum Leben erwachte und ein Hund sein Leid in die Welt bellte.

»Wenn du mit mir sprichst – mit dem angeschalteten Aufnahmegerät und in aller Ausführlichkeit –, kann ich die Art eines umfassenden Porträts schreiben, das landesweite Aufmerksamkeit erregen kann und anders sein wird als alle Artikel, die sich dem Fall bisher gewidmet haben. Ich denke sogar, dass wir es in einem der großen Frauenmagazine unterbringen können. *Women's Weekly* wäre meine erste Wahl. Eine große und engagierte Leserschaft, dazu eine fantastische PR, was bedeutet, dass den Artikel wahrscheinlich auch andere Medien übernehmen oder darüber berichten werden. Chris, du bist eine warmherzige, charismatische Frau und dem Großteil Australiens wird es das Herz brechen. Sie werden in der Arbeit über dich und Bella sprechen, vor den Schulen, beim Friseur, beim Abendessen. Wir werden damit erreichen, dass die ganze Nation darüber empört ist, dass man diese Mistkerle noch nicht erwischt hat.«

»Das ist natürlich eine tolle Verkaufsmasche, das muss ich dir lassen, nur habe ich damit ein Problem.« Chris langte erneut in die Lade hinter sich und warf einen Ausdruck auf den Tisch.

Mays Magen zog sich zusammen, als sie erkannte, dass es sich um ihre *AustraliaToday*-Story handelte, in der sie über Nate Cartwrights Verurteilung wegen Körperverletzung berichtet hatte.

»Chris, hör zu, wenn jemand so nahe an einem Verbrechen –«

»Hast du eigentlich eine Ahnung, wie man sich fühlt, wenn man gerade um eine geliebte Person trauert und dann so eine Scheiße lesen muss? Hast du auch nur eine Sekunde darüber nachgedacht, wie sich das für so einen Menschen anfühlt? Dass jemand das Schlimmste, was du je getan hast, ausgräbt, während du gerade den schlimmsten Schmerz durchmachst, den du je empfunden hast?«

May spürte, wie ihr vom Bauch herauf heiß wurde und ihr Gesicht rot zu werden begann. Sie atmete tief durch, konzentrierte sich auf ihre am Tisch liegenden Finger. Als sie sich halbwegs sicher war, dass ihre Stimme gehorchen würde, sah sie Chris in die Augen. »Hast du meine anderen Artikel über Bella gelesen?«

»Nein.«

»Okay, ich denke, du solltest sie lesen, um rauszufinden, wie ich über Bellas Fall berichtet habe, bevor du entscheidest –«

»Es wird keinen Unterschied machen. Ich habe in meinem Leben bereits genug trashige Berichte über Kriminalfälle gelesen. Ich weiß, was damit bezweckt wird. Um die Hausfrauen in Australien dazu zu bringen, beim Anblick der schönen Leiche meiner Schwester um Luft zu ringen, den Tratsch darüber anzufeuern, wer sie getötet haben könnte. Und wenn du dabei eine Möglichkeit findest, den Typen der Schlampenschwester der Meute hinzuwerfen, umso besser.«

Ein Nervenkitzel rauschte durch May. Schlampenschwester? Schlief sie noch mit dem Ex? Das wäre Gold wert.

»Ich verstehe dich, Chris, wirklich.« Sie bemühte sich um einen ruhigen Tonfall. »Mir ist klar, was du an diesen Storys hasst. Aber du musst daran denken, was man damit erreichen kann.«

»Große Verkaufszahlen für die Magazine, großer Gehaltsscheck für den Schreiberling.«

»Vielleicht, aber das ist nicht, worauf ich aus bin. Ich schwöre es dir. Ich möchte Bella für ein breites Publikum zum Leben erwecken, ich will, dass sich die Leser in sie verlieben, darüber nachdenken, dass sie genau so ist wie sie, dass sie ihre beste Freundin sein könnte, ihre Schwester, und dann – bumm – werden sie mit dem Horror konfrontiert, müssen sie die Trauer durchmachen. Ja, es ist nur ein kleiner Moment der Trauer, aber er ist unausweichlich. Sie fühlen es: den Verlust, die Empörung. Sie werden sich daran erinnern.« Chris starrte May noch immer an. Sie atmete schwer, zupfte dabei an einem Taschentuch. May drängte weiter. »Das nächste Mal, wenn sie einen nutzlosen Politiker über Gesetze schimpfen hören, weil ein reicher Drecksack eine über die Rübe bekommen hat und man ihm die Uhr geraubt hat, oder irgendeinen Besserwisser im Pub darüber schimpfen hören, dass der Feminismus längst viel zu weit gehen würde und wie einfach es Frauen mittlerweile hätten, werden sich die Frauen, die meine Geschichte über Bella gelesen haben, daran erinnern, dass es keine Gerechtigkeit für sie gibt. Sie werden aufstehen, werden nicht lockerlassen.«

May hatte aus Verzweiflung gesprochen, doch als die Worte kamen, erkannte sie, dass sie einst wirklich an die Macht einer gut geschriebenen Story geglaubt hatte. Das Zittern in ihrer Stimme sagte ihr, dass sie es vielleicht noch immer tat.

»Gute Rede. Ich würde dir meine Stimme geben, selbst wenn dieses verschrobene alte Schwein es nicht tun wird.«

May blickte zur Tür, wo ein Ungetüm im T-Shirt eines Reiseveranstalters und obszön kurzen Hosen stand, in der einen Hand einen Laib Brot und in der anderen eine weiße Tüte von der Bäckerei.

»Mein Exmann kommt gerne von Zeit zu Zeit vorbei, um mich zu beschimpfen.« Chris Miene war hart wie eh und je, nur lag nun eine Sanftheit in ihrer Stimme, die May bis jetzt nicht wahrgenommen hatte.

»Um dich zu beschimpfen *und* Kuchen zu bringen.« Der Mann durchquerte den Raum mit zwei riesigen Schritten, stellte die Tüten ab, lehnte sich gegen die Küchenzeile und sah May an. »Du bist die Reporterin?«

May nickte.

»Du hast schon einmal hier vorbeigeschaut. Du solltest dich doch verpissen.«

»Ja, ich –«

»Ich habe alle deine Artikel gelesen.«

»Wirklich?«

»Ja, jeden, den ich finden konnte.« Er drehte sich um, schnappte sich einen Glasteller vom Abtropfgestell und schob den Kuchen darauf. Ohne hinzuschauen, öffnete er die zweite Lade zu seiner Rechten und fischte ein Messer heraus, bevor er nach links griff und drei Brotteller mit einer Hand nahm. »Ich mochte sie«, sagte er und brachte den Kuchen und die Teller zum Tisch. »Fast alle.« Er zwinkerte May zu und reichte ihr ein zu großes Stück Kuchen, das über den Tellerrand hing.

»Natürlich mochtest du sie«, sagte Chris. »Sie sind ja für die Dumpfbacken geschrieben.«

»Pass auf, du.« Seine riesige Hand landete für eine Millisekunde auf Chris' Kopf, bevor sie nach oben flog, um seinen Bart zu kratzen. »Wirklich, du schreibst gut. Nicht, dass ich ein Experte wäre, aber ich lese doch ein wenig und denke, dass du schon gut bist.«

May fühlte, wie sich ihr Atem beruhigte und ihre Wangen abkühlten. Chris wirkte auch ruhiger. Nates Anwesenheit hatte die Energie im Raum verändert, hatte sie beinahe entspannt gemacht. Und das, obwohl sie tiefe Scham empfand bei dem Gedanken, dass der Mann alles gelesen hatte, was sie über ihn geschrieben hatte.

»Kein Experte, was für ein Understatement.« Chris verdrehte die Augen. Ihr Telefon klingelte und sie schaute drauf, presste die Lippen zusammen. »Brandis«, sagte sie zu Nate. Sie nahm den Anruf entgegen, während sie hinausging. Irgendwo im hinteren Bereich des Hauses fiel eine Tür ins Schloss.

»Schau, danke für –«

»Sobald Chris realisiert hatte, dass du der Vogel bist, der die ganze Scheiße über mich geschrieben hat, wollte sie deinen Besuch absagen. Ich musste ihr das ausreden, wollte, dass sie dir mal zuhört.«

»Danke.«

»Nicht deinetwegen, glaub mir.«

»Okay. Wieso dann –«

»Du hast recht. Wir müssen Bella im Zentrum der Aufmerksamkeit halten. Irgendwer muss etwas wissen, und das frisst ihn von innen auf. Nicht der Abschaum, der es getan hat. Ich denke nicht, dass die sich überhaupt unwohl fühlen. Aber die leben auf dieser Welt, richtig? Irgendwer, der sie kennt, vermutet etwas. Irgendjemand hat etwas Verdächtiges gehört. Also müssen wir den Druck auf sie aufrechterhalten. Wir müssen erreichen, dass jeder, der versucht, einen Verdacht gegen einen Kumpel zu ignorieren oder zu vergessen, sich jedes Mal, wenn er den Fernseher aufdreht oder im Supermarkt ist, sich wie in der Hölle fühlt. Das muss sie quälen.« Eine leicht bösartige Note hatte sich in seine Stimme geschlichen und May bemerkte, dass es ihm aufgefallen war. Er setzte sich anders hin. Trank Wasser aus dem Glas von Chris. »Also, ich werde versuchen, sie dazu zu bringen, dass sie mit dir redet, in Ordnung? Aber wehe du beginnst damit, sie zu manipulieren und zu verarschen, wie du es mit Julie Atkins getan hast.«

»Julie – ist es das, was sie denkt?«

»Na ja, du hast es schließlich getan. Aber, wie ich sagte, es geht nicht um mich und die Scheiße, die du bisher geschrieben hast. Du versprichst mir, es bei Bella richtig zu machen, und ich helfe dir dabei, Chris auf deine Seite zu ziehen.«

Chris kam zurück ins Zimmer und Nate ging zu ihr. Sie murmelte etwas zu leise, als dass May es verstehen hätte können, und sagte dann, lauter, »Hör zu, es ist etwas dazwischengekommen, du musst jetzt gehen. Aber ich werde über das nachdenken, was du gesagt hast, okay?«

»Okay. Das ist großartig. Und wenn du irgendwas mit mir besprechen willst, mich irgendwas fragen –«

»Jawohl. Lass uns deine Karte oder was auch immer hier am Tisch liegen, und wir melden uns bei dir«, sagte Nate.

May zog eine Karte heraus, zögerte beim Anblick der Kartensammlung. »Also, das ist von dem Medium, für das ich bis jetzt gearbeitet habe, ich arbeite aber nicht mehr für die. Meine Handynummer ist allerdings gleichgeblieben, also könnt ihr mich …«

Sie hörten nicht mehr zu. Chris drückte ihr Telefon wie einen Antistressball und Nate streichelte ihre Arme. May hätte so gerne gefragt, ihnen Vermutungen entgegengefeuert, bis sie eine Antwort bekommen hätte, aber sie wusste, dass sie sich auf unsicherem Terrain befand. Geduld, Respekt, Sanftheit waren die Mittel, um bei den beiden weiterzukommen. Sie lehnte ihre Karte an den Kuchenteller und bedankte sich bei Chris für ihre Zeit. Es fiel ihr schmerzhaft schwer, den Drang, am Küchenfenster zu lauschen, zu unterdrücken.

*** *** ***

Detective Brandis knallte ein Foto auf den Tisch. »Bekannt?«

»Nein.« Ich schaute weiterhin hin, obwohl ich sofort gewusst hatte, dass ich ihn noch nie gesehen hatte. »Ist er einer aus der Gegend?«

»Ja. Sein Name ist David Hunt. Klingelt da gar nichts?«

Ich wollte nicht hastig wirken. Wollte nicht zu hastig wirken. Ich dachte angestrengt nach, drehte den Gedanken im Kopf hin und her, dachte dabei David Hunt. Dave. Davo. Seine Kumpel nannten ihn Jäger, Grunzer, den Fertigen, Futkotzer, Fotze. Ich musste »Nein« sagen. »Noch nie von ihm gehört.«

Brandis wandte seinen Blick nicht von mir ab. Ich wartete. Schaute mir das Foto weiter an. Die obere Hälfte eines dünnen Mannes in einem dunkelgrünen Hemd mit einem Logo, das ich nicht erkennen konnte. Mitte bis Ende dreißig, sandfarbenes Haar, das ihm in die Stirn fiel, die Augen vom Lachen verzogen.

»Ist er es? Ist das der Mann –«

»Chris, du musst jetzt ruhig bleiben.«

»Ich bin ruhig.« Ich war es. Saß da, die Hände in meinem Schoß, schaute mir den Mann an. Schaute.

»Es ist wichtig, dass du mir jetzt genau zuhörst. Dieser Mann ist für uns interessant. Wir haben ihn derzeit hier und befragen ihn. Wir durchsuchen seine Wohnung und seinen

Arbeitsplatz, aber wir können ihn nicht hierbehalten, wenn wir nichts Konkretes finden, verstehst du? Also bitte ich dich, wirklich gründlich darüber nachzudenken, ob du ihn vielleicht nicht doch schon einmal gesehen hast, ob Bella ihn je erwähnt hat, ob dir nicht irgendetwas einfällt, das es uns möglich macht, ihn festzunageln.«

Es war schwer, klar zu denken. Ich konnte nicht aufhören, sein Gesicht anzuschauen. Er hatte ein nettes Lächeln. Für dieses Lächeln hätte ich mich besonders tief über die Bar tief gebeugt. Hätte mich darum bemüht, ihn zum Lachen zu bringen. Seine Hände waren nicht auf dem Foto. Wenn sie drauf gewesen wären, hätte ich vielleicht mehr gewusst. Ich bin anfällig für ein süßes Lächeln, aber Hände täuschen mich nie. Wenn ich seine Hände sehen hätte können, hätte ich gewusst, wozu er fähig wäre.

»Hat Bella vielleicht je einen Liefertypen bei der Arbeit erwähnt?«

Ich hatte ein klares Bild von Bella bei der Arbeit vor mir, wie sie sich vom Mittagstisch erhob, um an die Glocke des Lieferanteneingangs zu gehen. »Nein. Sie hatte sich manchmal darüber beschwert, dass die Lieferungen immer dann kamen, wenn sie gerade im Pausenraum war, weshalb sie dann die halbe Pause bei der Tür verbrachte, um die Zustellungen zu beaufsichtigen, und dabei den Liefertypen immer im Auge behalten musste. Ich weiß, es klingt kleinlich, aber sie haben nur eine halbe Stunde Pause und der Job ist so kräftezehrend. Sie sagte, dass sie manchmal am liebsten geheult hätte, wenn sie sich gerade hingesetzt hatte und die Glocke ging. Einmal hatte sie ihren Thunfischsalat auf die Lieferscheine ausgeschüttet. Sie dachte, sie hätte alles gut abgewischt, aber das Öl muss durch das Papier gedrungen sein und hatte das Klemmbrett darunter versaut, worauf die Heimleitung durchgedreht war, weil die Mitarbeiter während der Arbeit aßen. Bella war an dem Tag wütend. ›Während der Arbeit essen, nicht während dem Essen arbeiten!‹, sagte sie ständig. Aber nur zu mir. Sie hat bei der Arbeit nie herumgezickt oder ein Theater veranstaltet. So war sie nicht.«

»Nein. Aber sie hat nie über einen bestimmten Lieferanten gesprochen?«

»Ich glaube nicht. Aber sie sollten vielleicht die anderen Mitarbeiter im Heim fragen, die wissen vielleicht –«

»Wir haben bereits mit ihnen gesprochen.«

»Und?«

»Chris, du weißt, dass ich dir keine Ermittlungsdetails erzählen darf. Du verstehst das doch, oder?«

»Ja, aber ich … Kannst du mir nicht einfach sagen, wieso er? Ich meine, hat ihn jemand gesehen? Gab es so was wie DNA-Spuren oder so?«

»Wir haben seine Proben genommen. Sie werden mit dem Bisschen, was wir vom Tatort haben, verglichen. Ich kann dir nur sagen, dass ein Anruf aus der Bevölkerung zu ihm geführt hat.«

»Irgendjemand hat mit Informationen angerufen?«

»Chris, Hunderte Menschen haben angerufen und wir haben alle Hinweise überprüft. Dieser klingt vielversprechend.«

»Aber –«

»Mehr kann ich dir zum jetzigen Zeitpunkt nicht sagen, aber wenn dir irgendetwas einfällt, das winzigste Ding, das dir Bella vielleicht über einen Zusteller oder irgendjemanden, der David oder Dave heißt, erzählt hat, dann rufst du mich sofort an, in Ordnung?«

»Okay. Wann werden wir –«

»Ich werde mich melden, Chris. Sobald wir was Konkretes haben, werde ich mich melden. In der Zwischenzeit, na ja, weiß ich, dass du nicht mit den Medien reden wirst, aber am besten sagst du derzeit zu niemandem etwas. Nicht einmal zu deinem Typen. Einfach nicht darüber sprechen, okay?«

Ich nickte. Sah ihn verschwinden, ohne dass ich aufstand. Als ich hörte, wie er sein Auto startete, ging ich rüber zu Lisa, um ihren Computer zu benutzen. Ich gab den Namen des Mannes ein, der offensichtlich auch der Name von Hunderten anderen Männern war. Ich klickte mich eine Stunde durch. Keiner von ihnen war der Mann mit dem netten Lächeln und den ungesehenen Händen, der vielleicht meine kleine Schwester vergewaltigt und gequält und ermordet hatte.

Sonntag, 19. April

Ich erzählte Nate, dass sie einen Hinweis hatten, aber nicht, dass sie mir einen Namen und ein Foto gezeigt hatten. Hätte er es gewusst, weiß ich, dass er sich nicht zurückhalten hätte können. So wie ich es nicht konnte.

Es dauerte eine Weile, bis ich wusste, wie ich beginnen sollte. Ich hatte noch nie das Bedürfnis, jemanden zu finden, der weder im Telefonbuch noch auf Facebook war. Ich streunte durchs Haus, führte Selbstgespräche, wobei mir klar war, dass mich ein Beobachter für verrückt halten würde. Ich war gerade dabei einzuschlafen, als Bella mit einem guten Ratschlag einsprang. *Verwende, was du hast*, sagte sie und ich fragte, *Wie bitte? Große Titten und ein gebrochenes Herz?* Und sie sagte, *Menschen helfen immer den Großbusigen und denen mit den gebrochenen Herzen, Chrissy, du weißt das*. Und das stimmt.

Am nächsten Morgen ging ich zuerst zum Pflegeheim und bat darum, Bellas Sachen zu holen, falls noch welche da seien. Die Mädchen waren so unglaublich nett. Sie hatten am Kühlschrank im Mitarbeiterraum eine Art Schrein gestaltet: Bellas Mitarbeiterausweis, ein Kugelschreiber mit einer hellpinken Troll-Puppe obendrauf, ein Kaffeebecher mit der Aufschrift ›Verrückte Katzenlady in Ausbildung‹, eine halbleere Schachtel mit Zitronengras- und Ingwerteebeuteln, Lavendelhandcreme, Lippenbalsam, eine Ausgabe von *Die Fehler in unseren Sternbildern* mit einem Lesezeichen der *United Voice Aged Care Union* mittendrin, ein Foto aus der Lokalzeitung, auf dem Bella im Clownskostüm vor einem Haufen alter Leute so herzhaft lachte, dass ich Sorge hatte, nicht alle Anwesenden hätten das Fotoshooting überlebt. All das war sorgfältig auf ihrer blauen Strickjacke platziert. Also hatte sie diese nicht getragen, als man sie entführt hatte. Kein Wunder, dass ihr kalt gewesen war.

Mein Plan sah vor, dass ich um ein wenig Privatsphäre für ein Telefonat bitten wollte, aber so wie es sich ergab, übermannte mich die Situation und die süßen Dinger gaben mir Taschentücher und sagten, dass ich mir zum Einpacken ihrer Sachen so viel Zeit wie ich wollte, nehmen sollte. Ich war ziemlich hinüber, um ehrlich zu sein, aber ich konzentrierte mich auf meine Aufgabe, ging direkt zum Klemmbrett, das beim Lieferanteneingang hing. Sechs Seiten waren dran, jede mit einem Datum oben und fünf bis zehn Einträgen darunter. Firmenname, eine Beschreibung der Lieferung, die Unterschrift des Lieferanten und des Entgegennehmenden. Weil ich so verschwommen sah, nahm ich mein Handy und fotografierte jede Seite ab. Es war ein Trick, den mir Carrie beigebracht hatte, wenn man einen Artikel, den man beim Warten bei der Kassa begonnen hatte, fertig lesen wollte, ohne gleich die Illustrierte zu kaufen.

Ich steckte das Telefon wieder ein, ging zum Kühlschrankschrein und packte alle Sachen sorgfältig in meine Tasche. Es fühlte sich falsch an, alles mit meiner Alltagsscheiße zu vermischen, aber bei all meiner Planung hatte ich nicht daran gedacht, eine Tragtasche mitzubringen. Ich hatte aber daran gedacht, ein eingerahmtes Foto von Bella mitzubringen, das sie beim Abschluss ihrer Ausbildung zeigte, auf dem sie wie eine Verrückte grinste und ihr Altenpflegerin-Zertifikat in die Kamera hielt. Ich stellte es auf den Kühlschrank und trat zurück. Sofort sah ich, dass es jedes Mal umfallen würde, wenn jemand die Tür zuschlug. Eines Tages würde es niemand mehr zurückstellen und es würde mit dem Gesicht nach unten irgendwo liegen und verstauben, ein weiteres unsichtbares Teil des Mitarbeiterraum-Abfalls werden.

»Was für ein tolles Foto!«, rief Vicky, als sie in den Raum stürmte und kurz meinen Arm tätschelte. »Dürfen wir das behalten?«

»Wenn ihr wollt, klar, ich dachte …«

»Natürlich wollen wir. Oh Gott, schau dir dieses Lächeln an! Aber wenn du nichts dagegen hast, darf ich es in den Ruheraum bringen? In eines unserer Bücherregale stellen? So können sie die Bewohnerinnen und Bewohner auch sehen.«

Ich nickte, so dankbar und schuldig und traurig, dass ich kaum stehen konnte.

Dienstag, 21. April

May verbrachte zwei Tage damit, jedes Gerücht, jede Vermutung und jeden beleidigenden Vorwurf zu Bellas Tod im Internet zu dokumentieren. Alle paar Stunden machte sie eine

Pause, lief eine Runde um den Block, trank einen Kaffee und rauchte dazu eine Zigarette auf der schmalen Veranda, oder steckte ihren Kopf unter eine eiskalte Dusche. Am Montagabend hatte sie eine ausführliche, mit Querverweisen gespickte, bunt codierte Tabelle, und eine nicht nachlassende Übelkeit.

Am Dienstag rief sie Constable Matt Drey an und fragte ihn, ob er Zeit für ein Abendessen habe.

Er sagte sofort zu, dann allerdings, »Oh, aber, hör zu, meinst du, so wie …, weil, du weißt ja, dass ich nicht mit dir über –«

»Wenn ich ein Interview gewollt hätte, hätte ich darum gebeten. Abendessen, nur du und ich.«

»Ernsthaft?«

»Ernsthaft, aber …«

»Ja?« Seine Stimme war plötzlich flach.

»Ich habe aber ein paar Dinge, zu denen ich gerne deine Meinung hätte. Kein Polizeizeugs, ich schwöre. Nur weil du von hier bist und weil du so einen guten Einblick hast, wie die Dinge hier funktionieren.«

Er war so lange still, dass sie bereits befürchtete, ihn verloren zu haben, aber dann sagte er: »Klaro. Imperial um sieben, okay?«

***

May zwang sich dazu, ihm während der Vorspeise (eine riesige Portion Knoblauchgarnelen und eine ebenso große Portion Calamari mit Salz und Pfeffer, »zum Teilen«, er bestand darauf) Fragen zu seiner Familie und seinem Fußballteam zu stellen.

Als die Hauptgerichte kamen, erzählte sie von ihrer Recherche im Internet, fragte ihn, ob es ihm was ausmachen würde – natürlich *off the record* –, ihr zu sagen, ob da irgendwas dabei wäre, was sie weiterverfolgen sollte. Er schüttelte den Kopf, als ob er in seinem ganzen Leben noch nie so enttäuscht worden wäre, sie hielt seinem Blick stand und tat ihr Bestes, um unwiderstehlich schelmisch zu wirken, und nach einer Weile lächelte er halb und deutete ihr nickend an, weiterzumachen.

May schob das unberührte Parma-Huhn zur Seite, zog ihr Notizheft und ihren Kugelschreiber aus der Tasche. »›Mein Hund wurde nur wenige Minuten von da, wo das Mädchen getötet wurde, stranguliert und an einen Baum gehängt.‹«

Matte schlug in die Luft. »So etwas ist uns nie gemeldet worden. Wir hatten diese erstickten Streuner, aber keine gehängten Haushunde.«

»Also ist es Schwachsinn?«

»Ich kann nur sagen, dass uns so etwas nicht gemeldet wurde.«

May strich diesen Punkt von ihrer Liste. »Okay, und wie ist es damit? ›Ich sah etwas, das wie eine Frauenhüfte aussah, im Strathdee Creek dahinschwimmen. Ich meldete es der Polizei, und als ich zurückkam, war es weg‹.«

»Wie bitte? Eine Frauenhüfte? Wie kann man das überhaupt erkennen?«

May beobachtete sein Gesicht, als er über die Frage nachdachte. Nach einer Minute schnippte er wieder in die Luft, schüttelte den Kopf. »Wie auch immer. Keine Leichenteile im Fluss. Garantiert.«

»In Ordnung.« Sie machte einen Strich durch den Eintrag. »Also, da gibt es einige Versionen davon, aber im Kern ist man der Meinung, dass sich Bella mit jemandem traf, mit dem sie das nicht hätte tun sollen.«

Matt spießte eine Karotte auf, schwenkte sie durch den Bratensaft, hob sie zum Mund, und als er kaute, nickte er vorsichtig.

»Ja? Ist das ein Ja?«

Er kaute fertig, schluckte, nickte erneut. »Was hast du noch?«

»Na gut. Uhhh. Das ist gemein, als geh bitte nicht gleich in die Defensive, okay? ›Ich wurde nicht weit vom Fundort entfernt vergewaltigt. Ich erzählte der Polizei in Strathdee von dem Mann, der mir das angetan hat, aber das schien sie nicht zu interessieren.‹«

Matt bedachte May mit einem kalten Blick, während er einen Bissen Steak kaute. Sie bemühte sich um einen neutralen Gesichtsausdruck. »Hör zu«, sagte er, »ich weiß nicht, durch welche verrückten Internethöhlen du da gekrochen bist, aber das ist eine glatte Lüge. Wenn jemand reinkommt und eine Vergewaltigung anzeigt, wird das ernst genommen.«

»Von dir, natürlich, aber was ist, wenn da jemand anderer Dienst–«

»May.« Er legte Messer und Gabel beiseite, hob die rechte Hand und zeigte auf sie. »Ich sagte, dass ich dir dabei helfe, das Verrückte vom Möglichen zu trennen, und das werde ich auch tun, aber ich werde hier nicht sitzen und dir dabei zuhören, wie du meine Kollegen beschuldigst.«

»Klar. Tut mir leid. Wenn du sagst, dass das nicht sein kann, dann glaube ich dir.«

Er nickte, hielt ihrem Blick ein paar Sekunden stand, machte sich dann wieder über sein Steak her.

»Also, wie ist das mit –«

»Ich denke, es genügt jetzt.«

Sein Tonfall ließ May zurückweichen. Sie schlug ihr

Notizbuch zu und ließ es in ihre Tasche gleiten. Nach ein paar Minuten Stille bemühte sie sich, eine Konversation über die Talentshow zu starten, die auf dem Bildschirm über ihnen lief, doch er legte sein Besteck zur Seite und gab dem Tisch einen kleinen Schlag mit seiner Faust.

»May, ich habe gesehen, was sie mit ihr gemacht haben.«

»Ich weiß.«

»Nein, ich denke nicht, dass du das tust, weil wenn du das tun würdest, könntest du mir keine Fragen wie die stellen, wie ... wie ... wie die, dass du andeutest, dass wir es nicht ernst nehmen, dass wir angezeigte Vergewaltigungen und Körperteile ignorieren.«

»Matt, es tut mir wirklich leid. Ich bin manchmal ein wenig unsensibel, ich weiß.«

Er biss sich auf die Lippen. »Ich möchte das nicht mehr besprechen. Diesen Internet-Gerüchte-Bullshit. Es ist respektlos.«

»Okay, natürlich.« May langte hinüber und drückte seine Hand kurz. »Nochmals, tut mir wirklich leid. Lass mich dir noch ein Bier bestellen, um es gut zu machen.«

»Dazu besteht keine Notwendigkeit. Alles gut. Iss dein Huhn, bevor es kalt wird.«

May versuchte es, aber das Fleisch fühlte sich in ihrem Mund widerlich an, und alles, was sie tun konnte, war, nicht zu würgen.

***

Zurück im Hotel ging sie die restliche Liste mit den Gerüchten durch und strich alle durch, bei denen sie die Augen verdrehen musste. Diese beinhalteten unter anderem, dass Bella eine Jungfrau gewesen war und bei einem satanistischen Ritual getötet worden sei, das ein jungfräuliches Opfer gefordert habe; dass sie eine devote Christin gewesen war und Opfer einer rassistischen Hass-Tat durch muslimische Jugendliche geworden sei, und dass sie es geliebt hätte, per Anhalter zu fahren, und dass sie das manchmal einfach so getan hatte, um rauszukommen und dann auf demselben Weg zurückzukommen, einfach nur für den Spaß an der Sache.

Matts Zorn ging ihr nicht aus dem Kopf. Sie kannte mittlerweile fast alle Cops in Strathdee ein wenig, konnte sich nicht vorstellen, dass einer von ihnen eine Frau wegweisen würde, die eine Anzeige wegen Vergewaltigung einbrachte. Doch was machte es für einen Unterschied, dass sie es sich nicht vorstellen konnte? Sie konnte sich auch nicht vorstellen, dass irgendjemand die meisten der abscheulichen Dinge, von denen sie in den letzten Tagen gelesen hatte, tun könnte, und doch hatte sie jemand getan, oder etwa nicht? Selbst wenn die konkreten Vorfälle in ihrer Übersicht kompletter Schwachsinn waren, Tierquälerei, Zerstückelung von Menschen und Vergewaltigung waren reale Dinge, die auf dieser Welt passierten.

May erinnerte sich daran, dass Ted Bundy darauf bestanden hatte, seine Freundin jeden Abend nach der Arbeit zum Auto zu begleiten. Er war besorgt, dass sie allein zum Auto ging, weil er wusste, wozu Männer fähig waren. Oder genauer, weil er wusste, wozu er fähig war, und befürchtete, dass andere Männer es ebenso waren. Vielleicht sind es also die Menschen, die sich vorstellen können, zu welchen Grausamkeiten andere fähig sind, vor denen wir uns am meisten fürchten müssen? Sie stellen sich die Dinge weniger vor, als dass sie sie fortschreiben.

Allerdings hatte sie praktisch noch nie einen Mann kennengelernt, der sich nicht irgendwann bemüßigt gefühlt hätte, sie daran zu erinnern, dass sie vorsichtig sein müsse, und das immer in einer schweren, tiefen Stimme, die andeutete, dass er etwas über die Eigenheiten von Männern wusste, von dem er hoffte, dass sie es nie herausfinden würde.

Hatte Craig das je gemacht? Sie war sich sicher, dass er es nicht getan hatte. Er hatte sich nie besonders darum gekümmert, was sie tat, wenn sie unterwegs war. Doch sie war auch so – musste es sein, sonst hätte es nicht funktioniert. Sie hatten stundenlang über ihre Kindheit geredet und ihre glänzende Zukunft geplant, doch über die aktuelle Realität außerhalb des Schlafzimmers konnten sie nicht sprechen.

Scheiße. Wieso führte nur immer alles zu ihm zurück? Sie gab seinen Namen in die Suchmaschine ein, klickte sich einige Minuten verzweifelt durch die Links, weil sie wusste, dass er keine Webpräsenz hatte, bis auf eine einzige Zeile auf der Seite der Stadtverwaltung, konnte sich aber nicht dazu durchringen, es zu unterlassen. Er hatte ihr nie erlaubt, ihn zu fotografieren, und dafür hasste sie ihn auch, denn sie war sich sicher, dass es ihr besser ginge, sie schlafen könnte, wenn sie nur sein Lächeln betrachten könnte.

Sie hielt die Luft an und gab den Namen seiner Frau ein. Fand ihr Facebook-Profil. Bis auf ein paar Profilfotos war aufgrund der Privatsphäre-Einstellungen nichts öffentlich sichtbar. May sah auf den ersten Blick, dass er auf keinem der Fotos war, doch sie scrollte sie trotzdem durch, in der Hoffnung auf ein wenig Trost in Form von erkennbarer Cellulite oder vorhandenen Falten. Sie fand sie, pummelige Arme und graue Ansätze und ein Lächeln, hinter dem die Augen beinahe verschwanden. Jähzorn schoss durch Mays Körper. Sie schlug wiederholt auf ihren Polster ein, und als das nicht half, boxte sie so lange auf ihr Bein ein, bis ihre Augen tränten.

Wäre sie jetzt in Sydney, wäre sie jetzt zu Craigs Haus

gefallen und hätte vor seiner Tür geschrien. Sie hätte ihn zu Boden gestoßen und so lange auf ihn eingetreten, bis er nicht mehr aufstehen könnte, und dann hätte sie Carmel dasselbe mit ihr machen lassen.

Sie sprang aus dem Bett, zog Trainingshose und Sneakers an, kam bis zum Parkplatz, bevor Bellas Leiche in ihrem Geist aufblitzte. Sie trat mit voller Wucht gegen den Randstein, verfluchte den Schmerz, der ihr Bein hochschoss. Sie hörte einen Lastwagen vom Highway abfahren und wenige Sekunden später schnitten seine Fernlichter auch schon durch die Dunkelheit. Sie lief zurück ins Zimmer, schrieb eine lange, weitschweifige Nachricht an Carmel, in der sie ihr klarmachen wollte, dass sie ohne das verräterische Arschloch besser dran sei, das sie, May, angerufen hatte, vor nicht einmal einer Woche, während sie, seine Frau, in der Yogastunde gewesen war, aber seither weder angerufen noch geschrieben hatte, und darüber, wie es möglich sei, dass man jemanden gleichzeitig lieben und vermissen konnte, und zugleich denken konnte, dass die Person absoluter Abschaum sei, dass sie es verdiente, im Hausflur zu Tode getreten zu werden.

Scheiße. Scheiße. Fick dich. Sie löschte die Nachricht, ohne sie zu versenden, schnappte das Telefon und *fick dich fick dich fick dich* blockierte seine Nummer und löschte ihn aus ihren Kontakten.

Sie bespritzte ihr Gesicht mit kaltem Wasser, öffnete eine Bierdose und prostete sich selbst im Spiegel zu, bevor sie sich setzte, um eine Liste der Leute zu erstellen, die sie in den nächsten Tagen wegen Interviews anrufen wollte, eine Liste, die mit den männlichen Angestellten des Pflegeheims begann.

Mittwoch, 22. April

Interview-Abschrift / 22. April 2015
Glen Goodes, Pflegeheim Strathdee Haven

Dr. Goodes, besten Dank dafür, dass Sie sich dazu bereit erklärt haben, mit mir zu sprechen. Könnten Sie mir von Ihrem Verhältnis zu Bella Michaels erzählen?
Es war warm. Freundlich. So wie mit allen anderen Mitarbeitenden hier. Wir sind ein ziemlich glücklicher Haufen.
So wie mit allen anderen Mitarbeitern?
Mehr oder weniger, ja.
Sie hatten also keine Affäre mit ihr?
Oh Gott! Eine A–? Wer sagt so was?
Ist es wahr, Dr. Goodes?
Nein. Um Gottes willen. Ich bin verheiratet. Meine Frau ist sehr krank. Wenn sie davon hören würde ... Nicht zu vergessen, welche Beleidigung das für die Erinnerung an Bella wäre. Ich sage nur, oh Gott!
Es tut mir leid, dass Sie das aufregt. Ich hoffe, Sie verstehen, weshalb ich diese Fragen stellen muss.
Nein, das verstehe ich überhaupt nicht.
Ich versuche, ein möglichst umfassendes Porträt von Bella zu erstellen. Als jemand, der ihr sehr nahe stand –
Sie haben mit Chris Rogers gesprochen, nehme ich an. Die Frau ist zutiefst unzuverlässig. Es tut mir leid, ich weiß, dass sie sich im Zustand der Trauer befindet, aber wenn man irgendwas über sie wissen sollte, dann das, dass man keinem Wort von ihr vertrauen darf.
Wieso das?
Oh nein, dazu sage ich nichts. Machen Sie Ihren Job. Fragen Sie herum.

Ich frage aber Sie?
Und ich beende das Interview hiermit. Beim nächsten Mal sollten Sie alle Fakten auf dem Tisch haben, bevor Sie (unverständlich).

*** *** ***

Interview-Abschrift / 22. April 2015
Carrie Smith

Wie lange hast du neben Chris Rogers gewohnt?
Oh, ich weiß nicht, meine Liebe. Ich wohne schon mein ganzes Leben hier. Hab das Haus von meiner Mutter geerbt. Also, solange Chris hier wohnt, waren wir immer Nachbarinnen.
Was für eine Art Nachbarin ist sie?
Großartig. Ruhig.
Wie schaut es mit ihrem Exmann aus?
Nate? Oh, er ist ein ganz Lieber. Wir vermissen ihn hier alle. Dieser Mann würde alles für einen tun.
Wusstest du von irgendwelchen Konflikten zwischen den beiden?
Nein.
Wirklich? Sie hatten, so viel ich gehört habe, eine recht feurige Beziehung.
Schau, du wirst von mir kein Wort gegen einen der beiden hören, wenn es also das ist, was du suchst, dann kannst du dich gleich verziehen.
Trifft Chris jemand anderen, weißt du da was?
Wenn du über Bella schreibst, wieso diese ganzen Fragen über Chris?

Ich versuche, ein umfassendes Bild von –
Klingt aber eher so, also würdest du nach Schmutz graben. Ich hab's dir gesagt: Ich kann kein böses Wort über sie sagen. Niemand, der sie gut kennt, wird das tun. All dieser fiese Tratsch über sie ist nur Neid. Chris ist eine gutaussehende Frau. Die Leute sind eifersüchtig, weil ihr noch so viele Typen hinterherjagen.
Hat sie viele –
Das ist genug jetzt, meine Liebe, wenn es dir nichts ausmacht. Ich fühle mich nicht wohl dabei, so über sie zu sprechen. Nein, nein, wirklich. Ich begleite dich jetzt zur Tür. (Ende)

*** *** ***

Da war irgendwas an Chris, das jeder dachte – oder wusste –, aber niemand sagen wollte. May wandte sich wieder ihrer Übersicht mit den Internetgerüchten zu und konzentrierte sich auf jene, die sich mit Prostitution beschäftigten: Bella habe als Gelegenheitsprostituierte gearbeitet; sie sei, als sie vor wenigen Jahren in Sydney lebte, Prostituierte gewesen; sie habe herausgefunden, dass ihre Schwester eine Prostituierte sei, und sei von der Schwester ermordet worden, um sie zum Schweigen zu bringen; irgendjemand habe sie mit der Prostituiertenschwester verwechselt und sei in Rage geraten, als sie nicht liefern wollte.

May rief Chas an und fragte, wo Strathdees Sexarbeiterinnen abhingen.

»Oh Gott, Süße, wenn du warten kannst, bis ich mit der Arbeit fertig bin, mach ich's dir gratis.«

»Sehr lieb von dir, aber im Moment bin ich an den Profis interessiert.«

»Warte eine Sekunde, ich gehe mal kurz von den lauschenden Ohren hier weg.«

May hörte, wie das *Beep Beep* eines reversierenden Lastwagens einem kaum hörbaren Rauschen Platz machte, und dann kam die Stimme von Chas beinahe im Flüsterton.

»Na gut, hör zu, es gibt hier in der Stadt kein Bordell oder so. Ein paar Lokale in Wagga schicken Mädchen her, aber nur, wenn du das Hotel für die Nacht zahlst. Ein paar von den Typen machen die Reise dorthin, aber die meisten begnügen sich mit den Billgnutten, die am nördlichen Truckstop arbeiten. Und bevor du fragst, nein, ich weiß das nicht aus persönlicher Erfahrung. Männer teilen Infos, das ist alles.«

»Ich bin dir sehr dankbar, dass du die Infos mit mir teilst. Aber wie schaut es mit, hm, freien Anbietenden aus? Frauen, die privat von daheim aus arbeiten?«

Eine Pause. »Könnte es geben.«

»Würdest du ein paar Namen nennen?«

»Ich kenne keine. Das ist halt so, wenn die Leute Dinge privat machen. Es bleibt privat.«

»Schön und gut. Was ist also an dem Gerücht dran, dass Bella es anbot?«

»Verdammt noch mal, hör sofort auf. Das ist total daneben.«

»Okay. Irgendeine Idee, wo das Gerücht herkommen könnte? Ist es, weil ihre Schwester –«

Er seufzte. »Schau, du bist ein tolles Mädchen und es hat mir wirklich Spaß gemacht, Zeit mit dir zu verbringen, aber du musst deinen verdammten Kopf einziehen.«

»Tut mir leid. Ich hätte nicht –«

»Ist noch irgendwas? Ich sollte mich wieder an die Arbeit machen.«

»Nein, das –«

Er war schon weg. May war froh, allein in ihrem Hotelzimmer zu sein, weil ihr Gesicht und ihre Brust vor Scham heiß wurden. Zumindest war die Hälfte dieser Scham darauf zurückzuführen, erschrocken und zitterig zu sein, weil sie gescholten worden war. Sie war für so etwas überhaupt nicht gemacht, überhaupt nicht, überhaupt nicht.

Samstag, 25. April

Sobald ich vom Pflegeheim zurück war, ging ich sofort die Fotos durch, die ich dort gemacht hatte, notierte mir alle Firmennamen und, wo ich sie entziffern konnte, auch die Namen der Fahrer. Die ganze Woche über quasselte ich in der Arbeit mit den Typen, deren Namen ich erkannt hatte, und machte es zu meiner Aufgabe, herauszufinden, wo jeder von denen, die ich bediente, arbeitete. Bei uns schauen eine Menge Lieferfahrer rein, auf ein schnelles Bier vor der Rückfahrt nach Wagga oder Albury oder sonst wo hin, und es dauerte nicht lange, bis ich alle Namen und Firmen, die das Pflegeheim belieferten, mit Gesichtern verband.

Um ehrlich zu sein, ich bin nicht sehr gut bei dieser abenteuerlichen Undercover-Investigativscheiße. Du wärst entsetzt darüber, wie offensichtlich und plump meine Befragungen waren, da bin ich mir sicher. Aber wenn ein Mann glaubt, dass du ihn aufreißen willst, wird er jede Frage als Flirt auffassen. Speziell, wenn er bereits ein paar Bierchen intus hat und dazu neigt, zu denken, dass er ein verdammtes Gottesgeschenk ist – wer würde da nicht alles über sein Leben wissen wollen?

Am Freitag stieß ich auf Gold. Ein junger Tiefkühlwarenfahrer namens Rick erwähnte, dass er die ganze Woche Doppelschichten hatte schieben müssen, und all das nur wegen seines faulen Kollegen Dave, der unerwartet Urlaub genommen hatte.

»Du redest jetzt aber nicht von Dave Hunt, oder?«

»Aahhh, wie bitte? Kennst du etwa den Jäger?«

»Ein wenig«, sagte ich mit klopfendem Herzen. »Lange her. Weiß nicht, ob wir uns noch erkennen würden, so lange ist es her. Hat er noch immer diesen Wischmopp in die Stirn hängen? Freches Kinderlächeln?«

»Ja, ja, das ist er.« Rick lachte dreckig. »Sollte mich nicht überraschen. Hab gehört, dass er seinerzeit die hübschesten Dinger abbekam.«

»Komm schon, so alt ist er auch nicht. In meinem Alter, denke ich.«

»Nein, keine Sorge, ich wollte dich nicht beleidigen. Nicht, dass du drüber wärst oder so.« Er verbrachte einen bedeutungsvollen Moment damit, meinen Ausschnitt zu betrachten. »Ich meine nur, dass er jetzt zur Ruhe gekommen ist. Schön sesshaft geworden ist. Sein Frauchen ist furchterregend, hält ihn an der kurzen Leine, das tut sie. Ja, ja, ja. Der Jäger ist endgültig im Ruhestand.«

»Eine Schande. Lebt er noch in der runtergekommenen Hütte da draußen in der Nähe der Wagga-Ausfahrt?«

Rick verzog das Gesicht. »Nein, nein. Er wohnt in der Topia Street, seit, oh Gott, drei Jahren oder so? Zumindest, solange ich ihn kenne. Könnte sein, dass es das Haus seines Frauchens ist, wenn ich darüber nachdenke. Sehr nett eigentlich. Weißer Lattenzaun und die ganze Scheiße.«

»Ah, sehr schön, weißer Lattenzaun. Das ist ein ›Achtung, bleib draußen‹-Zeichen für ein Mädchen wie mich.«

Rick lachte, richtig schmutzig diesmal, und wollte weiterreden, doch man brauchte mich dringend im hinteren Bereich.

***

Es war echt gutes Timing, dass ich ihn am Tag vor Detective Brandis' Anruf fand, in dem er mir mitteilte, dass sie den falschen Typen geschnappt hatten. Ich fragte ihn, woher sie das wüssten, doch er sagte, dass er mir keine Details nennen dürfe, ich solle ihm nur vertrauen, dass Hunt nichts mit der Ermordung meiner Schwester zu tun habe.

Ich vertraue Brandis, mehr oder weniger zumindest. Ich meine, ich denke, dass er sein Bestes gibt. Ich glaube, dass er dafür sorgen möchte, dass der- oder diejenigen, die das getan haben, gefasst und bestraft werden. Aber diese unaufhörlichen Visionen, die ich habe, wenn ich mich hinlege, oder manchmal, wenn ich an der Bar stehe oder im Supermarkt an der Kasse stehe oder einfach am Küchentisch sitze, diese Surround-Klang-Visionen, in voller Farbe und IMAX-Qualität, die ich von Bellas letzten Stunden habe, na ja, fast eine Woche lang war da der Hauptdarsteller David Hunt, und so sehr ich auch Brandis vertraute, hatte ich das Gefühl, als ob Hunts Schuld eine bezeugte Tatsache sei.

Die Topia Street ist kurz und einen großen Teil der einen Straßenseite nimmt ein städtisches Landschaftsschutzgebiet ein. Als ich klein war, gab es da ein öffentliches Schwimmbad. Ich erinnere mich nicht, wann es verschwand, aber ich erinnere mich, dass wir da nicht mehr hingingen, nachdem ein kleiner Junge dort ertrunken war. Es muss in den frühen Achtzigern gewesen sein. Ich selbst war noch ein kleines Kind, aber meine Mutter erzählte mir die ganzen Details, so wie sie halt war, und beim nächsten Mal, als ich ins Schwimmbad ging, dachte ich die ganze Zeit daran, dass seine kleinen Hände nach meinen Füßen fassen würden. Danach weigerte ich mich hinzugehen, denke auch, dass ich einige Albträume gehabt hatte, in denen diese kleinen

Geisterhände an meinen Beinen zogen. Ich vermute, dass andere aus demselben Grund nicht mehr hingingen. Oh, nicht Geisterhände, aber der Gedanke an den Jungen. Sorgen bezüglich Sicherheit und so.

Davon ist jetzt keine Spur mehr zu sehen, nur eine weite Fläche mit Büffelgras. An dem Samstagmorgen ging ich fünf Minuten an dieser Fläche entlang. Der Gestank von Grillkohle und altem Fett von den Grillstätten, die seit Januar nicht benutzt worden waren, erinnerte mich daran, dass heute Anzac-Tag, der Tag der australischen und neuseeländischen Armee, war. Bis zu meinem Arbeitsbeginn würden die meisten Kerle besoffen sein, die Hälfte weich in der Birne und weinerlich sentimental, der Rest scharf auf eine Rauferei, um ihren Patriotismus beweisen zu können.

Keines der Häuser auf der Topia hatte einen weißen Lattenzaun, aber zwei hatten weiße Holzbretter und eines hatte einen dunkelgrünen Lattenzaun. Ich ging von Tür zu Tür, um nach einer entlaufenen Katze zu fragen. Ich beschrieb Bellas altes Kätzchen, Mopey, zwecks Glaubwürdigkeit und, obwohl ich weiß, dass das dämlich klingt, als Glücksbringer. Um nicht verdächtig zu wirken, ging ich zu jeder Tür. Drei Leute sagten mir, dass sie Mopey in der Woche in ihrer Straße gesehen hätten, was mir zeigte, wie beschissen nutzlos die Öffentlichkeit ist, wenn es darum geht, Vermisste zu finden.

Die sechste Tür, an die ich klopfte, wurde mir von David Hunt geöffnet. Es war dünner und blasser als auf seinem Foto, als in meinen Visionen. Seine Hände waren groß, knochig, sonnenverbrannt. Um seine linke Hand war ein beiger, ausgefranster Verband gewickelt. »Ja, bitte?«, sagte er.

Ich spulte meinen Text ab, dankbar dafür, dass ich am

anderen Straßenende begonnen hatte und ihn bereits so oft wiederholt hatte, dass er mir locker von den Lippen kam, obwohl meine Innereien aus mir herausspringen wollten.

»Nee, tut mir leid, meine Liebe«, sagte er und wollte bereits die Tür schließen.

»Warte, könntest du –« Ich streckte meine Hand aus, griff nach der Türkante.

Er ließ die Tür zur Gänze aufschwingen, sah mich an, als ob ich ihm gegen das Schienbein getreten hätte.

»Tut mir leid, ich frage mich nur, ob ich deine Toilette schnell benutzen dürfte? Ich renne schon den ganzen Tag herum und bin kurz davor, zu platzen.«

Er sah mich einige Sekunden streng an, trat zurück und winkte mich herein. »Am Ende des Flurs. Du findest dann schon wieder selbst hinaus.«

Ich bedankte mich und rannte den Flur lang, als ob ich kurz davor sei, mich anzupinkeln. Ich saß auf der Toilette, konzentrierte mich darauf, langsam zu atmen. Ich hatte nicht weiter gedacht als herauszufinden, wo er wohnte, hatte diesen Schritt, ins Haus einzudringen, nicht durchdacht. In diesem Raum befand sich nichts als das WC und ein kleines Waschbecken mit einer Flasche Flüssigseife. Auf der Suche nach einer Waffe kramte ich in meiner Tasche, fand aber nichts auch nur annähernd Brauchbares. Wieso trug ich keine Waffe, keinen Pfefferspray, kein beschissenes Schweizer Armeemesser? Wieso lief ich herum, als wäre ich aus gottverdammtem Stahl gemacht?

Ich tippte 000 ins Telefon, sperrte den Bildschirm, ohne zu wählen, und ließ es in die Vordertasche meiner Jeans gleiten. Zwei Berührungen, und es würde wählen. Nicht dass es dazu kommen würde. Was er Bella angetan hatte, hatte er weit weg und außer Sichtweite getan. Er würde in seinem Haus nichts riskieren, an einem Samstagmorgen, während alle Nachbarn zu Hause waren und mit der Frau, die an alle Türen geklopft hatte, gesprochen hatten.

Ich zog die Spülung. Wusch mir Hände und Gesicht. Wollte Danke sagen. Gehen. An die letzten Türen klopfen. Heimgehen und herausfinden, was ich tun sollte, jetzt, wo ich ihn gefunden hatte.

Ich trat in den Flur. »Danke«, rief ich und machte mich auf den Weg zur Eingangstür.

»Warte eine Sekunde.« Er trat aus einem Raum zu meiner Linken, stellte sich mir in den Weg. »Meine Frau meint, sie hätte bei den Mülltonnen eine herumlungernde Katze gesehen.« Er nickte in Richtung des Raums, aus dem er soeben gekommen war. Ein Mädchen, achtzehn oder so, mit einem ungefähr neun Monate alten Baby, das aus ihrem Bauch drängte, lag auf einem brauen Samtsofa am Rücken, ein Haufen bunter Polster unter ihrem Kopf.

»Oh«, sagte ich, bemüht, zufrieden und interessiert zu klingen, tat einen kleinen Schritt auf das Mädchen zu, weg von der gesegneten Eingangstür. »Kleine graue Tigerkatze? Kaum größer als ein Kitten? Blauweißes Halsband?«

»Ja, ich denke –« Sie zwinkerte mir zu. Richtete sich auf. »Wie kann ich …?« Da sah ich, wie die Erkenntnis über sie hereinbrach. »Scheiße, Dave, das ist sie. Bella Michaels Schwester.«

Ich machte auf dem Absatz kehrt, aber da war er schon, direkt vor der Tür. Er berührte mich nicht, aber er machte klar, dass ich ihn berühren musste, um an ihm vorbeizukommen. Ich hob die Hände, denke, dass ich »Tut mir leid« oder »Bitte« oder sonst was sagte. Verfluchte mich selbst dafür, die Hände gehoben zu haben, weil es nun feig aussehen würde, wenn ich nach dem Telefon in meiner Hosentasche griff.

»Oh verdammt, du bist so dämlich«, sagt das Mädchen. »Ihr Gesicht ist doch in allen Medien. Wie zum Teufel konntest du sie nicht erkennen?«

Er antwortete nicht, starrte mich nur mit diesem verletzten Gesichtsausdruck an. Ich zwang mich dazu, seinem Blick standzuhalten, so wie ich es immer tat, wenn mir ein aufgebrachter Hund bellend nachlief. Augenkontakt halten, keine Angst zeigen.

Er sah zuerst weg, dann über die Schulter. »Ruf die Cops.«

»Bist du sicher? Wir sind die Arschlöcher doch gerade erst losgeworden.«

Sein Blick wieder auf mir. »Ich hab nichts zu befürchten. Hab nichts getan.«

Sie murmelte etwas Unverständliches und dann hörte ich sie mit aufgesetzter Stimme reden, so wie die, die ich benutze, wenn ich im Pub ans Telefon gehe. Hunt nickte in Richtung des Wohnzimmers und weil ich nicht wusste, was ich sonst tun sollte, gab ich nach und ließ mich in einen Lehnstuhl sinken, der nur ungefähr einen Meter von einem riesigen Flachbildschirm entfernt stand, auf dem eine Spielshow ohne Ton lief. Um ehrlich zu sein, so wie sich meine Beine anfühlten, war es verdammt gut, sitzen zu können.

***

Es waren der junge Matt und Sally, die kamen. Sally nahm mich mit hinaus zum Auto und saß mit mir dort, während Matt mit den Hunts redete. Nach ungefähr zehn Minuten kam er heraus und stand draußen am Rasen, telefonierte und dann rutschte er auf den Beifahrersitz.

»Also, Chris, wir werden dich jetzt auf die Dienststelle mitnehmen, in Ordnung?«

Ich fragte, was mir vorgeworfen wurde, denn soweit ich wusste, war es nicht illegal, jemandes Toilette mit dessen Zustimmung zu benutzen.

»Es gibt keine Anschuldigung, ich habe nur gerade mit Detective Brandis gesprochen, der darum gebeten hat, dass du auf ein Gespräch mitkommst.«

»Gut«, sagte ich, »ich kann es kaum erwarten, zu hören, was er dazu zu sagen hat, dass er dieses vergewaltigende, mordende Monster laufen hat lassen.«

Die Cops warfen sich einen Blick zu, den jeder, der je in einem Pub gearbeitet hat, kennt. *Verrückt, aber unbedenklich*, sagte er. *Das Mindeste, was wir tun können, ist, nett zu dem armen Teufel zu sein*, sagte er. Und als Entgegnung zeigte ich ihnen einen anderen einstudierten Kellnerinnen-Blick: *Fick dich und das Pferd, auf dem du geritten kamst, du großer Haufen dampfender Kuhscheiße.*

Brandis erklärte mir alles, und ich sollte es vermutlich ebenfalls erklären, klarstellen, dass David Hunt in allen Belangen sauber raus war. Keine DNA-Übereinstimmungen und ein absolut wasserdichtes Alibi. Ein bombensicheres Alibi. Deshalb sage ich ›sauber raus‹ und nicht ›unschuldig‹. Das ist er wahrlich nicht, glaub mir das. Schau, der Grund, weshalb ihn die Polizei überhaupt einvernommen hat, war, dass sie einen Anruf von einem Arzt erhalten hatten, der ihnen mitgeteilt hatte, dass wenige Tage, nachdem Bella verschwunden war, ein Typ mit einer grauenhaft infizierten Wunde an seiner Hand in seine Praxis gekommen war. Er habe behauptet, vor ein paar

Nächten von seinem Hund gebissen worden zu sein, und gedacht, die Wunde würde schnell heilen, nur war sie dann rot und eitrig geworden. Der Arzt meinte, die Bissspuren stammten von einem Menschen, dazu hatte er auch einige nicht verheilte Kratzer im Gesicht. Wie auch immer, die Polizei sah sich ihn an, sah, dass seine Lieferroute Bellas Pflegeheim inkludierte und dass er eine Vorstrafe wegen Körperverletzung hatte, und deshalb schnappten sie ihn sich.

Sein Alibi aber. Natürlich. Seine Frau. Älter, als ich sie eingeschätzt hatte, ganze vierundzwanzig. Als sie von der Polizei befragt wurde, hatte sie ein verblassendes Veilchen und eine geschwollene Lippe. Brach während der Befragung zusammen und gestand, dass Hunts Bisswunde und die Kratzer von ihr stammten. Sie hätten in der Woche davor einen ›kleinen Streit‹ gehabt, der ein wenig außer Kontrolle geraten sei. Sie erklärte, dass er um vier Uhr nachmittags begonnen hatte zu trinken, und als sie ihm gegen neun am Abend vorgeschlagen habe, damit aufzuhören, habe er sie dann vermöbelt. Es sei nicht das erste Mal gewesen, dass ein Streit außer Kontrolle geraten sei. Und wahrscheinlich auch nicht das letzte Mal, wenn man bedenkt, dass sie sich geweigert hat, ihn anzuzeigen. Geht euch Cops nichts an, meinte sie. Sie könne selbst auf sich aufpassen. Sie habee zurückgeschlagen und ihn gut erwischt. Diese Infektion sei sowieso höllisch.

Also, ja, sie haben ihn freigelassen, weil er zwar ein seine schwangere Frau schlagender Drecksack ist, aber kein Mörder, also ist es in Ordnung, oder?

Man schärfte mir ein, mich von ihm fernzuhalten. Als ob man mir das sagen hätte müssen. Ich bin in meinem Leben schon genug unnötigen Dreckschweinen begegnet, ohne sie gesucht zu haben.

Sonntag, 26. April

May lag auf ihrem Hotelbett und versuchte einen Grund zum Aufstehen zu finden. Es war eine Woche her, seit sie zuletzt mit Chris gesprochen hatte. Seither hatte sie so ausführlich wie möglich mit allen gesprochen, die auch nur die geringste Art von Beziehung zu Bella gehabt hatten. Sie hatte an die dreißig Stunden Interviewmaterial aufgenommen und eine zweite Tabelle angelegt, in der sie festhielt, wer wo gearbeitet hatte und wer mit wem irgendwie verwandt oder verfeindet und in einer Fickbeziehung war. Und nichts davon gab ihr die Möglichkeit, etwas Neues zu schreiben.

Scheiß drauf. Sie würde Chris Rogers noch einen Tag geben und sie dann anrufen, alles in das Gespräch reinlegen, was sie nur konnte. Bei einem weiteren Nein würde sie zurück nach Sydney kriechen müssen und um irgendeinen Job bei der Stadtverwaltung betteln oder bei irgendeinem Lokalblatt, wo sie dann über Schuleröffnungen und Schachwunderkinder berichten würde, anstatt zu versuchen, Details aus dem Sexleben einer ermordeten Frau ans Licht zu bringen. Entweder das, oder den Versuch starten, es als freischaffende Mitarbeiterin eines Hochglanzmagazins zu schaffen, indem sie Artikel wie ›Wie erkenne ich, dass mich mein Mann betrügt‹ und ›Flirte deinen Weg an die Spitze‹ zum Preis von siebzig Cent pro Wort verkaufte.

Ihr Telefon vibrierte. Chris. Heilige Scheiße, als ob ihr Wünschen es möglich gemacht hätte. »Hallo«, sagte sie und hörte die unangebrachte Freude und Aufregung in ihrer Stimme.

»Okay, hör zu. Ich hab mich entschieden, es zu machen. Das Interview.«

May gab ihrem Spiegelbild einen angedeuteten Fauststoß.

»Oh, das ist wunderbar. Das freut mich sehr. Wann möchtest du anfangen?«

»Ich habe heute bis fünf frei.«

May roch an sich. Sie hatte zuletzt vor ein paar Tagen geduscht. »Gib mir zwanzig Minuten, um dieses Ding fertigzustellen, an dem ich arbeite, dann komme ich rüber zu dir.«

***

Chris führte May ins Wohnzimmer. Es war klein und einfach eingerichtet. Zwei gerahmte Fotos von Bella standen auf dem Fernseher, je eines auf der Stereoanlage und dem Couchtisch und drei auf dem Fensterbrett. May fragte sich, wie viele vorher dagestanden waren und wessen Fotos sie ersetzt hatten, aber es war zu früh, Fragen danach zu stellen, was sich seit Bellas Tod verändert hatte. Der Plan für diesen Tag war, Chris dazu zu bringen, von sich zu erzählen, über ihr früheres Leben, die Dinge, an die sie glaubte, und ihre Träume, ein Gefühl für sie als Person statt als Schwester der toten Frau zu bekommen.

Die erste Stunde lief glatt genug, obwohl May spürte, dass Chris sehr wachsam war. Sie machte vor jeder Antwort eine Pause und dann sprach sie sanft und schnell, die Wörter gingen oft ineinander über, manchmal tauschten sie untereinander Plätze. Doch als May fragte, wie sie Nate kennengelernt hatte, entspannte sie sich sicht- und hörbar. Als sie von ihrem ersten Treffen und der beginnenden Beziehung sprach, verschwanden die Falten auf ihrer Stirn und um die Augen, ihr Mund wurde weicher, erschien voller. Die Hände, die sie in ihrem Schoß verknotet hatte, gestikulierten elegant und mit Nachdruck. *Ihre Augen voller Liebe*, kritzelte May in ihr Notizheft, fügte hinzu: *Im wahrsten Sinn des Wortes, was ich nicht für möglich gehalten hätte*. Sie wollte Chris fragen, was zum Teufel passiert war, um diese echte Liebesgeschichte zu zerstören, aber sie spürte, dass der Schmerz in diesem Punkt beinahe genauso groß wie der durch den Verlust von Bella war, und nahm sich vor, damit zu warten, bis ihre Verbindung stärker war.

»Du magst Männer wirklich sehr«, sagte sie, als Chris die Geschichte von der Abschiedsfeier erzählte, die ihr die Mitarbeiter und Stammgäste des Pubs vor ihrer Hochzeit bereitet hatten.

»Ja. Vermutlich. Ich meine, ich mag Menschen. Meistens.«

»Sicher, aber ich meine, du umgibst dich mit Männern. Verbringst so viel Zeit in ihrer Umgebung.«

»Das liegt wohl in der Natur der Sache, wenn man an einem solchen Ort wie ich arbeitet.«

»Du hast dich selbst dafür entschieden, da zu arbeiten, wo du es tust. Du bist gut in deiner Arbeit, präsentierst dich da gut, könnte man sagen. Wenn du wolltest, könntest du auch in einem der vornehmeren Lokale arbeiten. Ich glaube, du magst das Royal, weil es so ein typisch männlicher Ort ist. Ich habe dich da an einem Abend beobachtet. Da war diese Energie. Zwischen dir und den Kerlen. Sexuell, natürlich, aber nicht nur. Sie mögen dich – nicht nur deinen Körper oder sonst was –, sondern dich. Und du magst sie.«

»Menschen, die zu mir nett sind, zu denen bin ich auch nett. Das ist nichts, worauf man stolz sein sollte.«

»Das ist es ja«, sagte May. »Es ist so unüblich und du siehst es gar nicht. Du siehst nicht einmal, wie sehr die meisten Männer Frauen verachten. Und, weil sie das wissen, können die meisten Frauen in Gesellschaft von Männern nicht so entspannen, wie du es tust. Wir könnten nicht zeigen, dass wir sie mögen, selbst wenn wir es tun.«

»Ah. Das ist aber eine andere Sache. Ich mag sie schon, aber ich bin nie entspannt, nicht zur Gänze jedenfalls. Es ist wie mit Hunden. Man kann sie noch so lieben, aber wenn du gesehen hast, wie ein Labrador einem Kind das Gesicht zerfleischt, wirst du nie vergessen, wozu sie fähig sind.«

May lehnte sich vor. »Ist das eine Metapher? Die Labrador-Geschichte?«

»Ich wünschte, sie wäre es. Als ich ein kleines Mädchen war, drei oder so, ich weiß es nicht mehr – in welchem Alter kann man sich an Ereignisse erinnern? Ich war jedenfalls winzig, konnte nicht allein auf den Küchenstuhl klettern. Ich erinnere mich, dass ich genau das wollte. Auf den Küchenstuhl klettern, weil der Hund meine Cousine attackierte. Es war in ihrem Zuhause. Wir hatten gespielt und der Hund saß da wie ein sabberndes Stofftier und plötzlich vergrub er seine Zähne in Kylies Gesicht. Wir schrien beide, der Hund knurrte, ich bemühte mich, den Stuhl zu erklimmen. Hätte den verdammten Hund wahrscheinlich treten sollen, versuchen sollen zu helfen, aber, wie gesagt, ich war ein winziges Ding.«

»Was ist mit deiner Cousine passiert?«

Chris stand auf, verließ das Zimmer. May fragte sich, ob sie ihr folgen sollte.

Chris schlurfte wieder herein, reichte May ein ungerahmtes Foto. »Das ist ein paar Jahre her. Die links am Bild ist sie.«

May hätte keinen Hinweis gebraucht. Chris, Bella und vier andere Frauen blinzelten vor einem mit roten und grünen Papiertellern geschmückten Tisch in die Sonne. Sechs Frauen, die mit elf Augen blinzelten. Fünf Frauen, die lächelten, und eine, die mit Lippen, die wie frisch angenäht wirkten, eine Grimasse schnitt.

»Schau dir Bella an.« Chris schwebte hinter Mays Schulter. »Wie eine Rose zwischen Dornen.«

»Sind sie alle deine Cousinen?«

»Ja. Die Kinder meines Onkels Fred. Kylie und Kim haben dieselbe Mutter; Jess und Rae andere. Es gibt auch einen Sohn, Jason, aber den haben wir kaum gesehen.«

»Bist du noch immer in Kontakt mit den Mädchen?«

Chris setzte sich wieder May gegenüber, fuhr sich mit einer Hand durch die Haare. »Ja, hin und wieder. Sie wohnen da oben in Brissie, haben alle Kinder. Sogar Kylie. Hat sich trotz ihres Gesichts einen Typen geangelt. Er sieht selbst nicht besonders aus, natürlich, aber er ist ein netter Kerl.« Sie schüttelte den Kopf. »Hm, eigentlich weiß ich es nicht. Ob er nett oder nicht ist. Es ist einfach etwas, was man so sagt, oder? Jemand, der nicht besonders toll aussieht, und man sagt, er ist halt ein guter Kerl, aber vielleicht ist er es gar nicht, woher soll man das wissen? Viele sind es nicht.« Ein Lächeln, dünn und fies.

»Du hast also einige nicht-nette Kerle kennengelernt?«

»Oh Gott, du etwa nicht?«

»Vermutlich.«

Chris verschränkte die Arme, hielt den Blick auf May gerichtet.

»Natürlich habe ich. Deshalb habe ich ja überhaupt erst gefragt, ob du Männer magst, verstehst du. Weil die Mehrzahl der Frauen tut das nicht. Weil wir wissen, dass die meisten Typen Scheißkerle sind.«

»Und die meisten Frauen sind es nicht?«

»Das ist etwas anderes.«

»Wie?«

»Chris. Echt jetzt.«

Der Schock, der sich auf ihrem Gesicht abzeichnete. May juckte es, nach ihrer Kamera zu greifen. Du kannst nicht bei jedem Ereignis da sein, kannst es aber ableiten. Dieser Blick, oh Gott, dieser Blick. Als ob sie die Nachricht zum ersten Mal gehört hätte.

*** *** ***

Interview-Abschrift / 26. April 2015
Nate Cartwright

So wie du – wie jeder – Bella beschreibst, ist es sehr schwer vorstellbar, aber ich muss fragen: Gibt es irgendjemanden, der dir einfällt, der Bella wehtun hätte wollen?
Konkret ihr? Nein.
Was meinst du mit ›konkret ihr‹?
(Seufzt) Ich hab mit meiner Frau über all das gesprochen, als es passiert ist. Sie ist Bella nie begegnet, aber sie hat viel über sie gehört, selbst vor dieser ganzen Sache. Sie hat gewusst, dass ich große Stücke auf sie hielt, sie als Schwester betrachtete und so weiter. Und, wie gesagt – es war die erste oder zweite Nacht, nachdem man sie gefunden hatte, und ich war ein richtiges Wrack –, und ich sagte zu Renee: »Wer würde das tun? Wer würde jemandem wie Bella wehtun wollen?« Und Renee schaute mich richtig ernst an und sagte: »Ein ganzer Haufen Menschen. Sie war eine Frau, oder etwa nicht?«
Siehst du das auch so?
Ja. Wünschte, es wäre nicht so. Aber ja. Es gibt keine andere Möglichkeit, das alles zu verstehen.
Was würde Bella dazu sagen?
Wozu?

Zur Vermutung, dass viele Menschen Frauen wehtun wollen, allein dafür, dass sie Frauen sind.
Verrückt, wenn ich das wüsste. Tut mir leid, aber … das Thema kam nie auf. Wie hätte es aufkommen sollen? Bevor das passiert ist, kam mir nicht einmal der Gedanke, darüber nachzudenken, wieso jemand … Na ja, ich muss dir sagen, leider ist das eine ganz dumme Frage. Wirklich.
Schön und gut. Ich versuche nur zu verstehen, wie Bella selbst darüber denken würde. Wenn das jemand anderem passiert wäre.
Ja, aber das ist es nicht. Das ist es nicht.
Ich sehe, dass dich das mitnimmt. Tut mir leid. Es ist mir nur wichtig, dass Bellas Stimme in der ganzen Sache durchkommt. Ihre Ansichten, ihre Meinungen, sind –
Du kapierst es nicht. Bellas Stimme ist verschwunden. Weg. Wir bekommen sie nicht mehr zu hören, werden nie herausfinden, was sie über irgendetwas denkt.
Aber wir können –
Nein. Können wir nicht. Nie mehr.

*** *** ***

Ich bin mir sicher, dass alle wussten, was mit Dave Hunt gewesen war. Ich ertappte die Typen, wie sie mir verstohlene Blicke unter ihren Hutkrempen zuwarfen, Frauen, wie sie mich schräg von der Seite ansahen und dann aufgesetzt lächelten. Niemand sagte etwas darüber, und dadurch wusste ich, dass ich etwas ganz Schlimmes getan hatte. Mach etwas wirklich Schlimmes, zum Beispiel in eine Schlägerei vor dem Wettbüro geraten oder besoffen Auto fahren, werden dich die Leute hier wissen lassen, wie scheiße du bist. Aber was du im

Verborgenen tust – deine Frau vermöbeln, dein Kind missbrauchen, einen Typen stalken, weil du denkst, dass er deine Schwester ermordet hat –, dazu sagt niemand was.

Und natürlich, genau an dem Abend war der Typ da – der, den ich gegen meinen Instinkt mit nach Hause genommen hatte –, starrte mich offen von oben bis unten an, nicht so heimlich wie alle anderen. Spät in der Nacht kam er zu mir, während ich die zweite Kasse abrechnete, weil Suze schon früher gegangen war. »Chris«, sagte er, »ist schon eine Zeit her, seit wir uns gesehen haben.«

»Verdammt beschäftigt die letzten Wochen.«

»Klar. War selbst ziemlich voll.« Er fuhr sich mit der Hand durch die Haare. »Wäre wirklich nett, wenn ich heute bei dir übernachten könnte.«

»Du, hör zu, Kumpel. Ich bin derzeit nicht in Stimmung für Besuche.«

»Du hast eine Scheißzeit, ich weiß. Vielleicht ist ein wenig Gesellschaft aber genau das, was du brauchst?«

»Danke für das Angebot, aber heute bin ich dazu nicht fähig. Und jetzt hör auf, mich vollzuquasseln, sonst muss ich die Scheine ein drittes Mal zählen.«

Er ließ den Kopf hängen und ging davon. Kostete mich alle Kraft, nicht aufzuschauen und zu sehen, ob er mich weiter beobachtete.

Ich beendete die Abrechnung und brachte den Erlös ins Büro, verschloss alles im Safe, machte auf dem Weg zurück zum Tresen bei Nadine in der Küche Halt und fragte sie, ob sie heute mit dem Auto da sei. Sie war es nicht, natürlich, aber als ich ihr sagte, dass da ein Typ war, der mir nicht geheuer sei, stoppte sie mich und sagte, dass sie ihren Alten anrufen würde, damit er uns abholen käme. Mein erster Impuls war, ihr zu sagen, dass es nicht die Mühe wert sei, aber dann dachte ich an das letzte Mal, als er bei mir gewesen war, und ich nickte und bedankte mich bei ihr.

Der Mann ging, ohne mich ein weiteres Mal zu belästigen, und bald danach rief ich die letzte Runde aus. Als Nadines Mann auftauchte, fühlte ich mich wie ein Arsch. Dumme Gans, die Angst vor nichts und wieder nichts hatte, die den Mann einer Kollegin rufen musste, um vor dem großen bösen Wolf gerettet zu werden. Ich fühlte mich noch schlimmer, als ich ihm meine Adresse nannte, und er sagte: »Klar, ich weiß.« Ich wollte schon fragen, ob Sex oder Tod die Adresse zum Allgemeinwissen gemacht hätten, aber ich unterließ das natürlich, setzte mich nur auf die Rückbank seines Commodore und legte den Gurt an wie das fragile kleine Kind, das ich war.

»Soll ich mit dir reinkommen?«, fragte Nadine, als wir bei mir hielten.

»Nein, danke, wird schon alles gut sein«, sagte ich, obwohl es mir irgendwie recht gewesen wäre. Ich hatte das Licht an der Hausfront nicht angelassen und so waren Vorbau und Eingangstür im Dunkeln. Ich joggte den Weg zur Tür, bemüht, sportlich und nicht gehetzt zu wirken. In mir zog sich alles zusammen, das sage ich dir, und es fühlte sich entscheidend an, die Tür aufzukriegen und das Licht anzumachen, bevor das Auto weg war. Nadine muss es gespürt und ihrem Mann verklickert haben, weil ich den Motor laufen hörte, bis ich drinnen war, und nur eine Sekunde, nachdem ich das Licht drinnen angemacht und die Tür von innen versperrt hatte, hörte ich zwei kurze Huptöne und das Auto losbrausen.

Es war so still im Haus. Still und sehr, sehr kalt. Klar, es war Mitten im Herbst und so, aber das war anders. Es war, als ob die Luft, die meine Haut berührte, zehn Grad kälter als sonst wo sei. Ich weiß, dass das keinen Sinn ergibt und dass es keine Möglichkeit gab, das zu wissen, doch so fühlte es sich an. Als ob die Kälte an mir klebte. Ich duschte heiß, zog meinen Schlafanzug an und ging ins Bett. Mir war so wohl wie nur möglich, ich spürte, dass ich dabei war, einzuschlafen, doch dann umhüllte mich die Kälte mit einem Zischen wieder. Ich setzte mich auf, zitterte und zitterte. Ich rief ihren Namen, sanft, fühlte mich verrückt und am Durchdrehen, und eine Minute später war mir wieder warm. Ich sank wieder ins Bett, war erneut kurz vor dem Einschlafen, und da war sie wieder, als ob jemand einen Gefrierschrank direkt über mir geöffnet hätte. Ich begann zu weinen. Sagte ihren Namen wieder und wieder. Fragte sie, wieso sie das tat. Doch alles, was passierte, war, dass mir kälter und kälter und kälter wurde, bis ich nicht mehr liegen konnte. Ich musste mich bewegen oder ich würde erfrieren, ernsthaft, so schlimm war das.

Ich stand auf und holte den Heizstrahler aus dem Vorzimmerschrank. Machte das Licht an. Eine Sekunde lang war der Raum hell, dann zischte es in der Glühbirne und alles war im Dunkeln. Jetzt schluchzte ich nur mehr und weißt du, wie dumm das klingt, dass ich heulte und heulte, weil es kalt war und die Glühbirne kaputtgegangen war? Ich wusste das ja auch, wirklich, ich sagte mir, *Krieg dich ein, Frau*, weißt du, aber das Gefühl auf meiner Haut … Kalt wie ein Grab, das sagt man doch so, oder?

Ich tastete mich bis in die Küche vor. Dort funktionierte das Licht. Ich stellte eine Tasse Milch in die Mikrowelle, und während ich darauf wartete, dass sie warm wurde, steckte ich den Heizkörper an und nahm einen großen Schluck Bourbon direkt aus der Flasche. Es gab ein tiefes Brummen und dann sprühte der Heizstrahler ein paar Funken und surrte immer langsamer, bis er aus war. Meine Hände zitterten so stark, dass ich die Flasche kaum sicher am Tisch abstellen konnte. Die Mikrowelle hörte auch auf, sich zu drehen, und das On-Off-Licht am Gerät begann zu blinken. Ich saß im Dunkeln und heulte wie ein Schlosshund. Ich fragte sie wieder, wieso sie das tat, und wieder spürte ich das Blut in meinen Adern gefrieren.

Dann rumorte es wieder und ich pinkelte mir vor Angst fast in die Hose, bis ich erkannte, dass es ein näherkommendes Auto war. Kein Auto; ein Truck. Ich lief zum Fenster und beobachtete, wie er vor meinem Haus hielt und ein Typ aus der Kabine kletterte, langsam den Weg zum Haus nahm. Ich überlegte, mich fallen zu lassen, so zu tun, als ob ich gar nicht da sei, aber ich konnte mich nicht bewegen.

Er klopfte an die Tür und mein Gesicht wurde heiß und dann breitete sich die Wärme meinen Nacken hinab aus, erreichte meine Brust und meine Arme und meinen Bauch und die Beine. Er klopfte weiter. Ich langte zum Lichtschalter und drückte ihn, doch das Licht ging nicht an. Ich öffnete die Tür und er trat ein, lächelte nicht, war auch nicht wütend, er tat, als sei dies ganz normal, als ob er das jeden Tag machen würde. Er grüßte, und ich grüßte auch.

Seine Berührungen ließen mich kalt, aber nur im übertragenen Sinn. Und das war besser so. Zumindest schien es mir damals so.

In der Nacht wachte ich auf, weil ich ein Weinen hörte. Es war leise, beinahe, als ob sie es mit einem Polster dämpfen wollte. Der Mann neben mir schnarchte so laut, zu laut, dass es schwierig war, irgendetwas anderes zu hören. Aber ich hörte es und ich wusste, dass sie es war. Ich sagte ihr, dass es mir leidtäte, und dann war es kurz still, bevor es wieder losging.

Ich lag wach und hörte ihr dabei zu, wie sie sich in den Schlaf weinte, und dann tat ich das auch.

In der Früh gab ich ihm sein Geld zurück. Ich weiß nicht, wieso.

Nein, ich weiß es.

Er zuckte mit den Schultern, steckte das Geld ein, verließ mich so, wie er gekommen war, ohne Worte und ohne eine Miene zu verziehen.

Montag, 27. April

Als May ankam, wartete Chris auf der Veranda, eine riesige Sonnenbrille verdeckte die Hälfte ihres Gesichts, ihre weiße Lackledertasche lag zu ihren Füßen.

»Gehst du aus? Ich dachte, wir würden heute weitermachen?«

»Klar, ich muss nur irgendwie aus dem Haus raus. Können wir irgendwohin fahren?«

»Natürlich.«

Chris nahm ihre Tasche und ging die Einfahrt hinunter. May folgte ihr, schloss das Auto auf, beobachtete aus dem Augenwinkel, wie Chris am Beifahrersitz den Gurt anlegte. Ihre Hände wirkten wie unter Strom. Nicht zitternd. Ruckend, doch ohne erkennbaren Rhythmus.

»Alles in Ordnung?«

»Ach, weißt du. Schlechte Nacht.«

»Tut mir leid, das zu hören. Es ist allerdings ein wunderschöner Tag. Wir sollten irgendwo draußen sitzen. Gibt es in der Nähe irgendeinen stillen Park oder –«

»Ich möchte sehen, wo sie gestorben ist. Wo man sie fand. Du kennst den Ort, nicht wahr?«

»Bist du sicher, dass du dazu bereit bist?«

Chris schluckte, drückte sich eine Hand an die Kehle. »Fühlt sich wie etwas an, das ich tun muss.«

»Sicher. Natürlich.« May startete den Wagen. Das war so verdammt perfekt, dass sie es gar nicht glauben wollte. »Hey, ich wollte dir nur Bescheid geben«, sagte sie, behielt dabei, als sie in Richtung Ortsrand fuhren, einen unaufgeregten, ruhigen Tonfall bei, »dass ich mit einigen Redakteuren gesprochen habe. *Good Weekend*, *Australian Magazine* und *Women's Weekly* sind alle interessiert. Sie hätten natürlich alle gerne einen etwas anderen Blickwinkel. Ich würde *Women's Weekly* bevorzugen. Großartige Auflage. Ein Monatsmagazin, was bedeutet, dass die physische Ausgabe viel länger im Handel wäre und gekauft werden würde. Und die hätten gerne einen persönlicheren Fokus, weniger über das Verbrechen selbst, mehr darüber, wie Bella als Mensch war, wie ihr Tod sich auf dich ausgewirkt hat. Was meinst du?«

»Passt. Klingt okay.«

May blickte rüber. »Wolltest du Nate anrufen und schauen, ob er vielleicht mitkommen möchte? Wäre vielleicht nicht schlecht, ein wenig mehr Unterstützung zu haben.«

»Nate ist wieder in Sydney.«

»Für immer?«

»Mehr oder weniger. Er wird vorbeischauen, aber … die bekommen ein Baby. Er und Renee. Also wird er natürlich viel mehr daheim sein müssen. Bei ihr.«

»Tut mir leid.«

»Ist nichts, was dir leidtun müsste. Wie weit ist es noch?«

Sie waren vor einer Minute am Wegweiser nach Melbourne vorbeigefahren. Chris war ungewöhnlich still.

»Kommt gleich links. Aber hör zu, wenn du deine Meinung

änderst, können wir jederzeit weg. Du sagst es dann einfach, in Ordnung?«

»Klar.«

May entdeckte den zur Gedenkstätte gewordenen Baum direkt vor ihnen, bremste ein wenig zu grob, schlitterte am Bankett beinahe zum Stillstand.

»Also, das ist es, oder?« Chris wartete nicht auf eine Antwort, öffnete die Tür und schritt über den Schotter, über das Gras. Sie hielt einen Meter vor dem Baum mit den falsch geschriebenen Schildern und den schlaffen Luftballons und den verwelkten Blumen. Als May sie eingeholt hatte, hielt ihr Chris die Handfläche entgegen: eine Warnung. Bleib da stehen.

»Ist alles okay?«

»Ja. Klar, ich muss …« Sie schüttelte den Kopf, ließ die Hand sinken. »Ich dachte, ich hab was gehört.«

»Etwas wie …«

»Weiß nicht.« Sie schlurfte ein paar Schritte vorwärts, blieb erneut stehen. »Da. Da. Hast du es gehört? Wie ein rauschendes Geräusch?«

»Hm, vielleicht. Es ist windig.«

Chris lachte, unecht, unbeholfen. »Klar, oh Gott. Ich bin nur so erschrocken. Wie dumm von mir.«

»Wie erschrocken?«

Chris winkte ab, trat an den Baum heran, saugte die Luft ein. »Es ist nett, denke ich, dass Fremde diese Sachen machen. Schräg aber auch, irgendwie.« Sie drückte einen Finger auf Bellas Foto auf einer verblassten Zeitung.

»Wie meinst du, schräg?«

»Na ja, hast du so was schon einmal gemacht? Über ein furchtbares Verbrechen gelesen und bist dann in irgend so ein

Scheißkaff, wo es passiert ist, gefahren und hast ein kleines, handgemachtes Schild oder sonst was hinterlassen? Versteh mich nicht falsch, ich finde es sehr nett, aber ich verstehe es nicht.« Chris ging in die Hocke und hob einen längst verwelkten Strauß Rosen auf. Vormals gelbe Blütenblätter fielen ab und sie wischte sie weg. »Haben sicher ein Vermögen gekostet. Meine Lieblingsblumen, weißt du. Ich wünschte, ich hätte sie gesehen, als sie frisch waren.«

»Mochte Bella Rosen?«

»Sie hasste sie so richtig.« Chris stieß ein Lachen aus, stand auf, rieb ihre Hände aneinander. »Alle Blumen. In Gärten mochte sie Blumen sehr wohl, aber Sträuße, Bouquets, solche Dinge – der Fluch ihres Lebens, sagte sie. Die Leute schickten sie ins Pflegeheim an Geburtstagen, Jahrestagen oder einfach nur, weiß nicht, von Schuldgefühlen getrieben. Das Personal muss sie entgegennehmen, den Patienten bringen, die halbe Zeit haben die armen alten Leutchen keine Ahnung, was sie oder er überhaupt feiern soll, also erklärt es das Personal. Und wenn die Sparefrohverwandten keine Vase mitgeschickt haben, müssen sie eine finden, die Blumen beschneiden, Dornenstiche hinnehmen, die verstreuten Blätter aufsammeln. Die Vase auf einen Platz stellen, wo sie nicht umgestoßen werden kann. Ein paar Tage später dann Blumen wegwerfen, die Vase ausspülen, den armen Alten erklären, wieso die Blumen nun weg sind. ›Zwei Minuten am Telefon für den sich schuldig fühlenden Verwandten, ein Riesenaufwand für das Personal‹, hatte Bella oft gesagt. Manche der Pflegerinnen warfen die Blumen nach der Lieferung einfach weg, andere platzierten sie beim Empfang, aber Bella brachte sie immer den Menschen, für die sie bestimmt waren. Hinterher jammerte sie, achtete aber immer darauf, dass die alte Mrs. Werauchimmer die Rosen bekam, die der Sohn, der schon Jahrzehnte nicht mehr hier gewesen war, geschickt hat.« Chris zupfte ein Blütenblatt weg, das an ihrem Shirt klebte. »Ich verstehe jetzt, was sie gemeint hat. Verdammt beschissenes Business. Oh, warte!« Chris' Hand flog an ihre Kehle, als sie zu den skelettartigen Ästen hinaufschaute. »Dieser Baum ist nicht –, die Polizei hat nichts über einen –«

»Nein, nein, das ist der Ort, an dem –. Ich vermute, es war einfach der Ort, der für die Leute am besten dafür geeignet war, Sachen zu …«

»Also, wo?« Sie drehte sich auf dem Absatz, blinzelte in Richtung der Gummibäume. »Es ist so, wie in der Mitte von Nirgendwo, oder …?«

May nickte, ging los. Chris ging ein Stück voraus, blickte über die Schulter und passte die Richtung May an, die immer näher kam.

Auf dem staubigen Flecken Erde standen sie Schulter an Schulter. May sah die Fotos vor sich, musste die Augen schließen, um Bella herauszulöschen.

»Hier? Ja, okay, das entspricht schon eher dem, was ich …« Chris hockte sich hin, streichelte den staubigen Boden. »Klar. In Ordnung.« Mit einem beunruhigten Stirnrunzeln sah sie in Richtung der Straße, dann über ihre Schulter dahin, wo der Busch begann. Ihr Züge entspannten sich. Sie atmete ein und aus, streichelte erneut den Flecken Erde. »Es ist irgendwie sehr friedlich, oder? So wie, hör zu. Ein paar Vögel, Autos, aber das ist kein schlechter Sound, wenn du weißt, wie du ihn dir zurechtdenken kannst. Es ist etwas, das sie tat, als sie klein war. Ihr Zimmer war im hinteren Teil des Hauses, der Highway gleich hinter uns, hinter dem Zaun. Sie stellte sich vor, dass das Rauschen der Ozean sei. Einmal saß ich bei ihr – Mutter und ihr Freund stritten sich vermutlich gerade –, und ich saß bei ihr, während sie schlafen ging, und sie sagte, wie schön es sei, den Ozean hören zu können, und irgendein Riesenlaster hupte genau da, und sie sagte ›Ah, da ist das alte Schleppschiff wieder‹. Lustige kleine …« Chris wischte sich über die Stirn und den Nacken, schien nicht zu bemerken, dass ihr Tränen über die Wangen liefen, Rotz aus der Nase rann. »Verdammt heiß hier draußen. Sie wäre binnen Sekunden krebsrot gewesen bei dieser Sonne. Aber es war nachts, oder, also war das kein Thema. War sicher dunkel.« Sie sah auf und in die Ferne, dann auf das tränenbefleckte Stückchen Erde. »Ewig kein Licht, oder? Klar, Dunkelheit, keine Vögel, vielleicht ein paar Autos, aber ich wette, sie hat an den Ozean gedacht.«

May drehte sich weg, sah, wie ein Grasfleck in der Nähe bebte. Ein Klang zerriss den Tag. Das laute Heulen der Todesfee, das Gottes Kopf zum Bersten brächte. Unmöglich, sich vorzustellen, dass dieses Geräusch von einer einzelnen Frau käme. Aber da war sie, schwankend und klagend, Rotz und Tränen und Schweiß verspritzend. *Wie eine besessene Kreatur*, notierte May in ihren Gedanken. Nein. Bullshit. So würde es uns allen gehen. *So müsste es uns allen gehen, wenn wir daran denken, was hier passiert ist.*

*** *** ***

Nachdem ich den Ort gesehen hatte, wo es passiert war, ging ich in mein Haus und es fühlte sich an, als ob ich noch draußen wäre. Da, wo ich am Küchentisch saß, war ich ein leichtes Ziel. Jeder könnte die Einfahrt heraufkommen und mich durch das riesige Fenster sehen. Wenn ich den Vorhang schloss, war es noch schlimmer. Die ganze Außenwelt wurde zu einem sich ständig bewegenden Schatten.

Ich stand an die Vordertür gelehnt und hörte den Wind Blätter die Straße entlangschieben. Ich drückte den Schließknopf rein und raus, rein und raus. Welchen Sinn hat das Schloss, wenn es in einem verdammten Stück Karton eingebaut ist?

Ich ging zum Baumarkt und kaufte eine verzinkte Stahlkerntür mit Riegelschloss und Kette und zahlte den Aufschlag, damit sie noch am Nachmittag geliefert und montiert werden konnte. Bestellte Sicherheitsdrahtgitter für alle Fenster, die der Kerl binnen drei Tagen zu montieren versprach.

Um vier Uhr waren die Handwerker weg und ich saß allein daheim, schaute auf die neue Tür, dachte daran, dass ich mir in den Arsch treten und zur Arbeit gehen sollte. Da begann alles. Sie begann.

Zuerst war die Kälte. Man könnte meinen, ich hätte mich mittlerweile daran gewöhnt, aber das ist keine Sache, an die man sich gewöhnen kann. Es ist, als ob jemand deine Haut am Rückgrat aufgetrennt hat und dort die Kälte hereinlässt. »Ich weiß nicht, was ich machen soll«, sagte ich laut und einen Moment lang passierte nichts. Dann erfüllte der Geruch von nasser Erde die Küche. Er war so intensiv, dass ich würgen musste. Und plötzlich war er verschwunden, genauso wie die Kälte.

Ich rannte in mein Zimmer, zog mich aus, bereit, in meine Arbeitsklamotten zu schlüpfen und von dort abzuhauen, doch sobald ich das Shirt anhatte, begann das schrecklichste Geschrei in meinem Kopf. Ich weiß, dass es in meinem Kopf war, weil ich aufs Bett fiel und den Polster über den Kopf zog und mir mit den Händen die Ohren zuhielt, aber es wurde nur lauter, immer lauter und deutlicher.

Ich weiß nicht, wie lange ich so dalag, mir wünschte, dass es aufhören möge, und irgendwann wurde es leiser, und ich hörte die Stimme eines kleinen Mädchens im Hintergrund, *Mir ist kalt, Chrissy, mir ist kalt, mir ist kalt, mir ist so so kalt,* und da war die nasse Erde wieder in meinem Mund und Rachen. Ich warf den Polster von mir, verlor das Gleichgewicht und fiel zu Boden. Da waren die Stimme und das Schreien plötzlich weg.

Ich kauerte da, keuchend, wartete auf etwas anderes oder darauf zu wissen, dass es vorbei war. Ein Schatten breitete sich auf der Wand mir gegenüber aus. Er breitete sich aus und verdunkelte sich. Ich legte meine Hand darauf und war erleichtert, die Hitze zu spüren, weil das eine vorhersehbare Sache war. Inmitten des Ganzen war das etwas Vertrautes. Doch als ich die Hand wegzog, war sie blutverschmiert. Ich lief in die Küche und drehte den Wasserhahn auf, doch meine Hand war trocken und sauber. Ich bemerkte, dass es im Haus still geworden war und mir warm war. Ich bemerkte auch, dass mein Arbeitsshirt einen langen Riss am Saum hatte.

Ich atmete so tief und ruhig wie möglich und ging zurück ins Schlafzimmer. An der Wand war nichts zu sehen. Ich zog das zerrissene T-Shirt aus und ein anderes an. Da kippte die Welt. Es war nicht so, dass ich hingefallen oder mir schwindlig geworden wäre; es war, als ob die Wand und der Boden Platz getauscht hätten und ich plötzlich rückwärtsschlitterte. Ich fiel gegen meinen Schminktisch und mein kleines Keramikschminktablett fiel auf mich, zerbrach auf mir und verschüttete Parfüm und Lidschatten über mein sauberes Shirt.

Eine lange Zeit bewegte ich mich nicht. Als ich es endlich tat, war es nur, weil ich Angst davor hatte, zu erfrieren, wenn ich es nicht täte. Mich zu bewegen fiel mir schwer. Noch nie hatte ich eine derartige Müdigkeit gespürt. Ich schaffte es zum Telefon auf dem Küchentisch und meldete mich krank.

Sobald ich aufgelegt hatte, waren die Müdigkeit und die Kälte weg, einfach so, und ich dachte: Okay, Bel, hab deine Nachricht verstanden.

Ich legte eine alte CD von Madonna ein und lief durch das Haus, versprühte das Vanille-Deo, das sie so geliebt hatte. Ich zog die schmuddelige Bettwäsche ab und brachte sie und den Mülleimer aus dem Badezimmer, in dem die gebrauchten Kondome lagen, nach draußen in den Müll. Ich kam zurück und sperrte da neue Türschloss zu. Machte mir einen ganzen Haufen getoastete Käse-Sandwiches und begrub sie unter Tomatensauce, und dann kuschelten wir uns unter eine Decke und schauten drei DVDs mit Julia Roberts hintereinander an. Kurz vor dem Ende der dritten fühlte ich ihren Kopf auf meiner Schulter und hörte ihr flüsterndes Schnarchen.

Es fühlte sich in Ordnung an, mir ein paar Drinks zu genehmigen. Ich wusste, dass sie sich sicher fühlte und die Nacht durchschlafen würde.

Dienstag, 28. April

May wurde von ihrem Telefon geweckt. Sie ging blind und mit hämmerndem Herzen ran. Die Stimme von Chris. Kein Hallo, nur die Frage eines Kindes, die in das vom Fernseher beleuchtete Zimmer schwebte. »Glaubst du an Geister?«

»Wie bitte?« May fummelte nach der Fernbedienung und ließ die Nachrichten verstummen. »Chris, es ist mitten in der Nacht, wieso bist du –«

»Es ist gerade mal nach zwei Uhr. Aber, hör zu. Hör zu, ich muss wissen –«

»Du bist ein wenig betrunken, oder?« May fand den Schalter

für die Lampe; dunkelrosa Licht erhellte den Raum und ihr Herzschlag beruhigte sich.

»Klar, ein wenig, aber, hör zu. May, tust du es?«

»An Geister glauben? Hm, nicht wirklich. Ich denke, nicht.«

»Oh.«

»Chris, was ist los? Ist etwas passiert?«

»Ja, nein. Ich meine, ich dachte, etwas wäre passiert, aber es kann nicht sein, oder? Ich bin nur … Nate sagte, dass es Trauer sei. Also, weil ich sie sehe, weil ich es brauche und sie so sehr vermisse.«

Mays Herzschlag wurde wieder schneller. »Du siehst Bella?«

»Ja. Nein. Ich sah sie einmal, am Fenster. Aber das ist schon eine Weile her. Anderes Zeugs passiert. Ich weiß nicht. Manchmal fühlt es sich an, als ob sie hier wäre. Ihr Geruch, ihre Hände. Aber manchmal ist es so … beängstigend. Also kann sie es nicht sein, oder? Sie würde mich ja nicht erschrecken wollen.«

»Ich weiß nicht, Chris. Ist Nate bei dir?«

»Nein, er bleibt nicht mehr über Nacht bei mir. Als ob wir nicht stattdessen den ganzen Tag lang ficken könnten.«

Eine Vision von Craig, der in der Mittagssonne in sie stieß, brachte den Raum zum Glühen, der scharfe, schockierende Schmerz der Erinnerung ließ sie nach Luft ringen.

»Tu bitte nicht so schockiert, nicht nachdem, was du da mit Chas treibst. Der übrigens um keinen Deut mehr Single als Nate ist. Gern geschehen.«

»Ich bin nicht schockiert, ich hab nur … Woher weißt du das alles?«

Kichern. »Es ist nicht wirklich ein Geheimnis. Läufige junge Reporterin von auswärts; nett aussehender, notgeiler Typ, permanent auf der Suche nach frischen Mösen. Es war nur eine

Frage der Zeit, oder? Aber wie man hört, hat's nicht mal lang gedauert. Hat dir nicht einmal ein Bier spendiert – juhu – und ab in die Kiste.«

»Scheiße.«

»Ach, mach dir keine Sorgen. Es interessiert niemanden.«

»Wirklich?«

»Na ja, sie reden. Leute reden hier viel Scheiße über jeden hier. Doch es macht nichts. Es ändert nichts. Du bist noch immer die Reporterin. Die Leute hier werden dir weder mehr noch weniger sagen, als sie es sowieso getan hätten, nur weil du der Schwesternschaft der von Chas Gevögelten beigetreten bist.«

May trank vom Wasserglas, das am Nachtkästchen stand. Sie war eine der von Chas Gevögelten. Brillant.

»Ernsthaft, jetzt. Denkst du, dass Nate recht hat? Dass es eine Trauersache ist?«

»Oh, ich weiß nicht. Vermutlich könnte es das sein. Ich meine, es scheint wahrscheinlicher zu sein, als …«

»Klar. Ich weiß, aber …« Ein Schluck, ein Glas gerät in Kontakt mit dem Tisch, das Aufschrauben einer Flasche, sanftes Plätschern. »Das tröstet mich jetzt nicht gerade, verstehst du?«

»Schau, Chris, möchtest du, dass ich vorbeikomme?«

»Nein, alles cool. Ich hätte nicht so spät anrufen sollen. Ich sehe dich morgen, okay?«

Die Leitung war tot. May löschte das Licht, legte sich wieder hin und drückte fest auf die blauen Flecken auf ihren Innenschenkeln, spürte bei der Erinnerung an Chas' Hüftknochen, wie das Blut durch sie rauschte. Verdammte Nutte. Er, sie. Wozu? Der Hunger nach einem Körper, die verrückte Gier, die alles erlaubte, und dann die Scham. Scham, die sich in den

Momenten danach so wichtig anfühlte, und die jetzt, allein in ihrem beschissenen Hotelbett, so aufregend und dringend wirkte wie die Notwendigkeit, den Saum ihrer Hose zu nähen.

Mit Craig hatte es sich nicht so angefühlt. Der Drang war nie verschwunden, die Scham nie gekommen. Bis zum Ende – zur Hölle, bis genau jetzt –, war sein Körper auf ihr eine notwendige Sache gewesen.

May schlug auf das Bett, setzte sich auf und trank Wasser, versetzte dem Bett einen weiteren Hieb. Sie zwang sich, über das Telefonat nachzudenken. Wann hatte sie zuletzt jemanden über Geister reden hören? Auf der Uni, eine Geschichte über eine Frau, die sich aus ihrem Fenster im letzten Stock gestürzt hatte und deren Geist während Prüfungen manchmal Bücher und Papier von den Tischen zu Boden stieß. Teenager-Übernachtungspartys, dumme, blutrünstige Geschichten über Axtmörder, die nicht sterben konnten, und Kinder, die sich weigerten, den Ort zu verlassen, an dem man sie getötet hatte.

Weiter zurück, Familiengeschichten, für die Nächte reserviert, in denen ein Sommersturm oder eine unbezahlte Stromrechnung für einen Stromausfall gesorgt hatten. May und ihre Brüder kuschelten sich in Mutters Bett oder lagen ausgebreitet auf der hinteren Veranda, wo sie sich mit Kartons Luft zufächelten, während der Wind warme Wassertropfen auf ihre Füße blies, und Mutter, die eine Kerze anzündete oder die Dunkelheit sein ließ, und die Geschichte der alten Dame am Ende von Tante Kays Bett erzählte – als sie acht war –, vom jugendlichen Mordopfer, das unsichtbar in den alten Parramatta-Kinotoiletten weinte, vom Geist, der Omas Laken in Unordnung brachte und ihr Bett für sie aufwärmte, und manchmal, während Großmutter ihre Quizsendungen hörte, den Radiosender zum Klassikradio verstellte.

Eine längst vergessene Erinnerung kehrte zurück: May war sechzehn und auf einer Geschichtsexkursion im alten Regierungsgebäude. Eine ehrenamtliche Touristenführerin mittleren Alters in flauschigem Gewand und mit plissierter Stoffhaube zeigte den Jugendlichen das Gebäude und erzählte langweilige Geschichten von frühen Kolonial-Gouverneuren und ihren Frauen. May war wie immer vorne in der Gruppe, um der Aufmerksamkeit von Vaughan Tanner und seinen Kumpels zu entkommen, die sich immer am Ende der Gruppe aufhielten. Es war Hochsommer, und als sie in einem lang gezogenen Steinkorridor hielten, um die Geschichte eines weiteren englischen Typens zu hören, der sich bemüht hatte, den Ort nachzubauen, dem zu entkommen er zwei Jahre lang segeln hatte müssen, lehnte sich May an die Steinwand und genoss es, sich zum ersten Mal in dieser Woche ein wenig frischer zu fühlen. Sie war aufmerksam, aber gelangweilt. Sie schloss ihre Augen für eine Sekunde, nicht mehr.

Als sie sie wieder öffnete, stand ein zwölf- oder dreizehnjähriges Mädchen hinter der Frau, die die Führung leitete. Sie trug ein fahlblaues Kleid, eine passende Mütze, eine weiße Schürze und einen kurzen weiße Umhang über ihren Schultern. May fragte sich, ob sie die Vorstellung der kindlichen Darstellerin in der nervtötenden Kolonialpantomime verpasst hatte, doch schon während sie das dachte, wusste sie, dass es nicht so war. Das Mädchen flackerte, als ob sie hinter einem durchsichtigen, flatternden Vorhang stünde. Sie hatte ihre Arme um den Bauch geschlungen. Tränen liefen über ihr Gesicht. Die Touristenführerin machte weiter mit ihrem Geleier, Mr. Wilcox konnte nicht aufhören, enthusiastisch zu lächeln, und die Schüler flüsterten und drängelten sich um sie. May nahm Blickkontakt mit dem Mädchen auf. Hitze durchflutete sie und nachher sagte man ihr, dass sie ein seltsames Quietschgeräusch von sich gegeben hatte, bevor sie in Ohnmacht gefallen war.

Sie war nur eine Sekunde weg, aber die Touristenführerin zog ein Walkie-Talkie aus ihren Taschenfalten und rief nach Erster Hilfe. May sagte so oft, dass es ihr gut ginge, bis ihr die Wiederholung peinlicher war als die Tatsache, dass sie in Ohnmacht gefallen war. Erleichtert war sie der Ersthelferin gefolgt, die aufgetaucht war. Als sie an ihnen vorbeiging, hörte sie, wie Vaughan und seine Kumpane sie mit schrillen Stimmen »Mir geht's gut, mir geht's gut, nur ein kleiner Ohnmachtsanfall. Mir geht's gut« nachäfften.

Draußen fühlte sie sich aufgrund der sengenden Sonne und der Erkenntnis, wie unendlich peinlich der Vorfall war, viel schlechter. Sie musste geweint haben, weil die Ersthelferin, die auch Erfrischungsgetränke verkaufte, ihr auf den Rücken klopfte und sagte, »Mach dir nichts daraus, in dem Korridor geht's mit einigen Leuten durch. Ich hab mich da auch schon unwohl gefühlt.«

»Ich sah ein weinendes Mädchen.«

»Aus deiner Schule?«

»Nein.«

»Ah.« Die Frau schaute zurück auf das Gebäude. »Ich bin noch nie jemandem begegnet, der sie gesehen hat. Hab nur aus dritter oder vierter Hand davon gehört.«

»Wer ist sie?«

»Das kann ich dir nicht sagen, Liebes, aber es gibt Geschichten. Komm zur nächtlichen Geistertour wieder und du hörst sie alle.«

»Kannst du es mir wirklich nicht sagen?«

»Ich sollte Schülern so was eigentlich nicht erzählen.

Vielleicht bittest du deinen Lehrer, dass er es für dich herausfindet.«

May verstummte. Sie fragte sich, ob man innerhalb von zehn Minuten einen Hitzeschlag erleiden konnte. Nach einer Weile sammelte sich die Klasse in den Gärten und sie schloss sich ihren Schulkollegen an, als die Ersthelferin und Erfrischungsgetränkeverkäuferin abzog, um den Saft und die Kekse für den Vormittagstee zu holen. May akzeptierte die Schlussfolgerung ihrer Klassenmitglieder, dass sie eine schwächliche kleine Ohnmachtsprinzessin sei, und nach einer Weile glaubte sie selbst, dass es stimmte. Sie insistierte beispielsweise oft darauf, in der Nähe von Fenstern oder Ausgängen sitzen zu dürfen: »Falls ich wieder einen Kreislaufzusammenbruch habe.«

Sie setzte sich im Bett auf, schaltete das Licht an, zog ihren Laptop heran und suchte das alte Regierungsgebäude. Da war es auch schon, genau so, wie sie es in Erinnerung hatte, ein gelbweißes Herrenhaus, dessen mit Fensterläden versehene Fenster blind über den gemähten Rasen starrten. Sie übersprang die Infos über die Geschichts- und Geistertouren und rief wieder die Suchfunktion auf, fügte »Spuk UND Geist« zum Suchbegriff hinzu und las sich durch Dutzende Ergebnisseiten.

Es gab viele Hinweise auf eine »verwunschene Atmosphäre« und »Geister der Vergangenheit«, und viele Blogs über die Geistertour, darunter viele unscharfe und dunkle Fotos, auf denen man vermeintliche Geister erkennen konnte. Nach einer halben Stunde fand sie die Seite eines Geisterflüsterers, der das alte Regierungsgebäude besucht hatte, nachdem er gehört hatte, dass es dort »viele arme und geschundene Geister« gäbe, die ein »verständnisvolles Ohr« bräuchten. Unter ihnen, las May mit rasant schneller werdendem Herzschlag, war die vierzehnjährige Maisie Noakes, eine Dienstmagd, die von einer »unbekannten Gruppe Männer« im steinernen Korridor zwischen dem Haupthaus und den Dienstquartieren vergewaltigt worden war. Kurz darauf war sie ihren inneren Verletzungen erlegen. »Die arme Maisie scheint nicht zu verstehen, dass ihr trauriges, schmerzerfülltes Leben vorbei ist. Sie spukt weinend und mit um den Bauch geschlungenen Armen im Korridor, in der vergeblichen Hoffnung auf Hilfe.«

»Echt tolle Idee, diese Kacke mitten in der Nacht zu lesen«, murmelte May. Sie stand auf und ging ins Badezimmer, ignorierte entschlossen den Impuls, die Kästen zu überprüfen und aus dem Fenster zu schauen. Zufall, Zufall, Zufall, wiederholte sie, bis es zum Mantra wurde, das ihr erlaubte, einzuschlafen.

***

Bevor sich May am Vormittag auf den Weg zu Chris machte, rief sie Max an. »Merkwürdige Frage, ich weiß, aber … Geister.«

»Das ist keine Frage.«

»Glaubst du an sie?«

»Hm, nein. Aber nur, weil ich weder sechs Jahre alt noch geistig umnachtet bin.«

»Ein wenig zu vorurteilsbehaftet?«

»May, oh nein. Ist das die nächste Stufe deiner Selbstzerstörung? Wirst du jetzt auch noch heimgesucht?«

»Ich zerstöre mich nicht selbst! Ist es das, was die Leute sagen?«

»Wenn du mich mit ›die Leute‹ meinst, dann ja.«

»Ich zerstöre mich nicht, alles okay. Und nein, ich werde nicht heimgesucht, aber diese Frau, über die ich schreibe, denkt, dass sie heimgesucht wird, und am Anfang dachte ich auch *Puh, sie ist besoffen, oder sonst was,* aber dann hatte ich diese merkwürdige Erinnerung.« May erzählte vom Schulausflug und der Internetrecherche.

»Uuuuhhhh, richtig gruselig.«

»Ist es, stimmt's?«

Er seufzte. »Ernsthaft? May, Geister gibt es nicht, aber richtig fiese Scheiße, mit der das Hirn mancher Menschen nicht mehr zurechtkommt, weshalb die Macht der Imagination einspringt.«

»Aber das, was ich gestern gelesen habe, beschreibt das Mädchen genau.«

»So wie ich darauf wette, dass es die Leiterin der Tour damals erklärt hat. Wahrscheinlich hast du die Geschichte gehört und deine Teeny-Emo-Angst hat sich mit deiner regen Fantasie vereint und ein Bild erzeugt, das dem gleicht, das andere Leute haben, wenn sie die Geschichte hören.«

»Die Fremdenführerin hat die Geschichte nicht erzählt. Da bin ich mir sicher.«

»Na ja, vielleicht hast du sie im Bus auf der Fahrt oder von jemandem irgendwo hinter dir geflüstert gehört. Glaub mir, Jugendliche lieben Geistergeschichten. Speziell solche, in denen Sex und Gewalt vorkommen. Das war schon immer so. Solche Geschichten werden von Generationen von Schülern erzählt und immer wiederholt.«

»Hm. Vielleicht.«

»Ja. Bestimmt. Wann kommst du heim? Wir vermissen dich.«

»Wer ist wir?«

»Mutter, Jason, ich. Wahrscheinlich auch ein paar andere Leute, aber die kenne ich nicht, also kann ich das nicht genau sagen.«

»Ich werde noch ein wenig hierbleiben. Ich baue gerade eine Beziehung zu der Frau auf.«

»Und Geld? Baust du die Beziehung mit ein wenig Geld auf?«

»Tut mir leid, Mutter, bist das du?«

»Wir machen uns einfach Sorgen um dich. Du weißt schon, die ganze Sache, dass du keinen Job hast und deshalb nicht bezahlt wirst.«

»Ich werde bezahlt werden. Ich muss nur die Arbeit zuerst machen. Bis dahin habe ich meine Ersparnisse. Es ist alles in Ordnung.«

»Und deshalb arbeitest du vor und wirst für diesen Artikel bezahlt, und dann was? Hoffst du, dass jemand verhaftet wird? Hoffst du, dass es einen langwierigen Prozess gibt? Hoffst du, dass es eine Wende gibt, eine neue Verhaftung in letzter Sekunde, damit du einen weiteren langwierigen Prozess begleiten kannst?«

»Fick dich.«

»Ich mein ja nur. Das ist kein Lebensplan.«

»Nein, es ist kein Plan fürs Leben, aber es ist nicht so schäbig und gemein, wie du es klingen lässt. Das ist eine Geschichte, die mir viel bedeutet. Sehr viel sogar, eigentlich. Ich denke daran, aus dem Artikel sogar ein Buch zu machen, wenn wir schon darüber reden.«

Er war eine Weile still. »Ein Buch. Okay. Das ist interessant. Das heißt, dass du um gewisse Stipendien und Förderungen ansuchen kannst.«

»Ja, ich weiß.« Sie tippte »Buch Förderungen Zuschüsse« in die Suchmaske. »Da bin ich dran.«

»Na gut … okay. Freut mich, zu hören.«

»Gut.«

»Du könntest trotzdem mal heimkommen. Am Buch zwischen anderen Sachen arbeiten und mit deinem Bruder abhängen?«

»Ich bemüh mich, euch bald zu besuchen, okay?«

»In Ordnung. Pass auf dich auf. Und bleib fern von Geisterjäger Punkt com oder was zum Teufel das ist. Verrücktheit ist ansteckend, nur damit du das weißt.«

*** *** ***

Interview-Abschrift / 28. April 2015
Arthur Tomesberry, Gesellschaft für Geschichte Strathdee

Als wir vor ein paar Wochen miteinander gesprochen haben, haben Sie gesagt, dass es in der Gegend spukt. Möchten Sie mir ein wenig mehr dazu erzählen?
Klar, na ja, es gab ja diese Massaker. Das sage ich bewusst im Plural. Es gibt zwar keine verschriftlichten Aufzeichnungen, doch die Geschichten sind überliefert, und selbst wenn sie es nicht wären, wäre es gesunder Menschenverstand.
Gesunder Menschenverstand?
Es war ja keine *terra nullius*. Das war bevölkertes Land. Schon lange bevölkert. Und dann, innerhalb von nur wenigen Jahren, ist es auf einmal so, als ob es hier keine Ureinwohner gegeben hätte. Denken Sie, dass jeder Einzelne von ihnen einfach mit den Schultern gezuckt hat und weggegangen ist? Dass sie alles den Neuankömmlingen überlassen haben?

Und als Sie meinten, dass es in der Region geistert, meinten Sie das also metaphorisch?
Ja, na ja, nein. Ich will ja damit nicht sagen, dass weißgekleidete Gestalten herumschwirren oder so. Ich sage nur, dass es Flüsse aus Blut gibt und dass viel Blut in diese Erde geflossen ist, und wenn einem das einmal bewusst ist, dann ist es einem bewusst.
Wie sieht es mit buchstäblichen Heimsuchungen aus, Mr. Tomesberry? Irgendwelche Meldungen aus der Gegend um Strathdee?
Weißgekleidete Gestalten, die herumfliegen?
Oder so etwas Ähnliches. Ich sah, dass es in der Broschüre eine Geistertour gibt.
(Kichert) Schauen Sie, wenn man eine historische Friedhofstour anbietet, dann kommen ein paar Leute, die ihre Familiengeschichte erforschen wollen. Nenn es Geistertour und du bekommst eine Busladung. Ich erzähle allerdings nur Storys, für die es zumindest eine einigermaßen gut dokumentierte Geschichte gibt. Und wie Sie wissen, ist es ja nicht so, als ob ich Geister erfinden würde, ich bin ihnen nur noch nie persönlich begegnet.

Sie sollten jedenfalls mal kommen und die Tour selbst sehen. Wir führen sie in dieser Jahreszeit allerdings nur ungefähr alle sechs Wochen durch. Die nächste ist am dritten Freitagabend im Mai.
Wenn ich dann noch in der Stadt bin, komme ich sehr gerne. Vielleicht erzählen Sie mir in der Zwischenzeit Ihre beste Strathdee-Geistergeschichte. Die, vor der Sie selbst beinahe Angst haben.
(Lacht so lang, bis er einen Hustenanfall hat.) Tut mir leid. Vor der ich selbst Angst habe, oder? Na ja, ich sage Ihnen, da gibt es ein altes Grab am alten Friedhof, das – ich habe es nie

selbst gesehen oder gehört, aber die Reaktionen, die ich bei einigen Touristen bemerkt habe, na ja, das reicht aus, um mir ein wenig Grusel zu verursachen. Das gebe ich zu.

Das Grab ist ziemlich weit abgesunken und den Grabstein kann man kaum mehr lesen. Wir denken, dass es Sarah Harley oder Hurley war, nur gab es damals viele Damen mit ähnlich klingenden Namen, die hier oder in der Umgebung wohnten, oder die nur auf der Durchreise waren. Es ist kaum möglich, herauszufinden, wer sie war, also gibt's da eigentlich keine Story dahinter. Wenn man die Figuren, die die Leute in den Fenstern der anglikanischen Kirche sehen, hernimmt, dann kann ich in dem Zusammenhang von der Geschichte dieses Ortes erzählen, beispielsweise, wie der kleine Junge des Priesters tragisch dort oder dort starb, aber über dieses Grab kann ich gar nichts sagen. Es ist nicht einmal auf der offiziellen Tourkarte drauf. Aber von Zeit zu Zeit ist es das Grab, das den Leuten einen Schrecken einjagt.

Manche Typen – nicht alle oder viele: manche – sagen, dass wenn sie in die Nähe dieses Grabes kommen, vielleicht so eineinhalb bis drei Meter entfernt sind, sage ich mal, dann hören sie diesen schrillen Schrei. Einen Frauenschrei. Wie gesagt, ich habe das nie gehört, aber ich habe alte Männer und coole Typen aus der Stadt auf dem Absatz kehrtmachen und weglaufen sehen, und nachher sagten sie alle, dass es das war, was sie zum Rennen gebracht hatte.

Interessant ist dabei, dass es immer Männer sind. Ich hatte noch nie eine Frau, die den Schrei gehört oder überhaupt Angst gehabt hätte.

Und Sie wissen wirklich gar nichts über die Frau, die da begraben ist?

Ach, es gibt Geschichten, nur kann ich keinerlei Beweise für sie finden, also sage ich lieber nichts.

Nicht einmal mir?
Nicht einmal Ihnen. Von mir bekommen Sie die Fakten, das ist alles. Wenn Sie Tratsch und grauslige Geschichten wollen, müssen Sie mit Bev nebenan im Tee- und Geschenkartikelladen reden.

*** *** ***

Interview-Abschrift / 28. April 2015
Beverly Grant, Tee- und Geschenkartikelladen der Gesellschaft für Geschichte Strathdee

Arthur sagte mir, dass du die richtige Person bist, um über Sarah Harley zu reden, darüber, wieso ihr Grab die Menschen erschreckt.
Also, ich kann dir nicht sagen, wieso sich manche Männer erschrecken, aber ich kann dir sagen, was ich über die Lady selbst gehört habe.
Wo gehört?
Arthur würde es Tratsch nennen. Ich nenne es mündlich überlieferte Geschichte. Es gibt Menschen in Strathdee, deren Familien bereits hier gelebt haben, bevor die Stadt benannt wurde. Wir versuchen, so viele dieser Geschichten wie möglich festzuhalten, bevor das Wissen verschwunden ist. Arthur ist allerdings ein furchtbarer Pedant. Er lässt uns nichts davon in die Broschüren oder auf die Webseiten schreiben, solange er keine unabhängige Bestätigung dafür hat. Ich, ich denke, wir sollten einen Bereich auf der Website haben, wo wir die Geschichten veröffentlichen, die die Leute so erzählen, wenn du verstehst, was ich meine. Nicht behaupten, dass es Fakten sind, nur die Geschichten teilen, die erzählt werden, und die

Besucher und Leser selbst entscheiden lassen, was sie davon halten.

Und welche Geschichten gibt es über Sarah Harley?

Also, da gibt es einige, und wir können nicht sicher sein, ob sie alle von derselben Frau handeln – es war ein wirklich sehr gebräuchlicher Name –, oder ob irgendeine dieser Sarahs dieselbe ist, die da oben begraben ist, aber egal …

Man sagt, dass Sarah Harley oder Hurley 1818 auf der Friendship in der Kolonie gelandet ist. Sie wurde hierher verbannt, weil sie ein Paar Kniehosen, manche sagen, es sei ein Hemd gewesen, gestohlen hatte. Sie war ungefähr siebzehn. Man redet von absoluter Zügellosigkeit an Bord – Zügellosigkeit heißt vermutlich Sex. Ob freiwillig oder nicht, das können wir nicht sagen. In der Kolonie war sie ein braves Mädchen, saß ihre Strafe ohne Zwischenfall ab und bekam ihre Freiheit zurück. Zumindest Freiheit vom Gefängnis; nach der Freilassung verheiratete man sie sofort. Ihr Mann war wohlhabend, ich weiß allerdings nicht, woher. Sarah gebar ihm acht Kinder.

Eines Nachts lief sie nach Hause – von wo? Wieso? Wir wissen es nicht –, als sich eine Horde Männer auf sie gestürzt hat. Die Männer haben sie ›im Lustrausch‹ umgebracht, sagt man. Was heißt, dass sie sie zu Tode vergewaltigt haben. Ihren Leichnam haben sie vor ihrem Haus abgelegt, damit ihr Mann und die Kinder ihn finden konnten. Das ist die eine Geschichte.

Eine andere Geschichte erzählt, dass Sarah nie die Mutter von acht Kindern war, nie eine Ehefrau und nie eine Zuchthäuslerin, obwohl ihre Eltern auf Gefängnisschiffen hier ankamen. Sie war siebzehn und so hübsch, dass man die Luft anhielt. Und obwohl ihre Mutter eine Dame der Nacht und ihr Vater ein Dieb waren, dachte sie, dass sie die Prinzessin

Mary sei. Eines Nachts spazierte sie heim – wieder wissen wir nicht, von wo oder wieso, das sagt ja nie jemand –, als sie von einer Gruppe von Männern überfallen wurde. Sie töteten sie ›im Lustrausch‹ und ließen ihren Leichnam an Ort und Stelle liegen.

Nun weiß ich nicht, welche davon wahr ist, oder ob überhaupt eine davon wahr ist, aber die Ähnlichkeiten lassen die Schlussfolgerung zu, dass, wer auch immer sie war und welche auch immer die Geschichte ihres Lebens war, ihr Tod schrecklich war.

Ich weiß nicht, was dir Arthur über das Grab erzählt hat. Er ist ein alter Skeptiker, ist er wirklich, aber eine ganze Menge Leute hier werden dir bestätigen, dass du, wenn du das Grab besuchst, das Schreien hören und weglaufen wirst. Wenn du ein Mann bist, wirst du wahrscheinlich auch hinfallen und eine Ladung Erde im Mund haben. Manche sagen, sie hätten eine Sekunde lang das Gefühl gehabt, dass ihr Leben endet. Später sagen sie vielleicht, dass es gar nichts war, vielleicht nur ein Kind, das sich einen Scherz erlaubt hat, oder dass sie über eine Wurzel gestolpert seien, die Bäume hier sind ja so alt, dass sie praktisch aus der Erde hervorbrechen. Aber manche werden darauf bestehen, dass sie die Kälte von Sarahs Händen um ihre Kehle gespürt haben.

Von einigen Ladys habe ich auch gehört, dass sie Sarah auf einem Baum über dem Grab gesehen hätten. Wenn sie im Baum ist und ein Mann hinkommt, dann wird er sie nicht sehen, aber ihre Nägel auf seinen Wangen oder auf seinem Rücken spüren, ihre Schreie hören und ihr Flehen um Gnade. Ein junger Kerl sagte, dass er von hinten umgestoßen wurde und auf etwas gefallen war, das sich wie ein Körper angefühlt hatte.

Hast du dort je irgendetwas gesehen oder gehört?
Nichts, was dem ähnlich ist, nein. Aber dort gibt es so eine Atmosphäre, das ist sicher. Man geht da hin und kann gar nicht anders, als an die Geschichten zu denken. Man kann nicht anders, als zu denken, dass … mhm, es ist furchtbar, das zu sagen, aber man kann nicht anders, als zu überlegen, wie es gewesen sein mag. Zu Tode vergewaltigt zu werden. Ich kann mir natürlich ihre Schreie und ihre Angst vorstellen, wenn ich da oben bin. Wenn sie manche Menschen wirklich hören, dann wundert mich das gar nicht, überhaupt nicht.
Denkst du, dass Bella Michaels Geschichte ebenso wie Sarahs Geschichte ihren Nachhall finden wird? Wirst du hören, dass sie manchen Menschen erscheint?
Ich denke, dass das eine unsensible Frage ist.
Tut mir leid. Es ist nur, dass die Ähnlichkeiten so –
Nein, wir wissen nicht, was mit Sarah geschehen ist, wir können es uns nur aufgrund verschiedener Geschichten vorstellen. Wir wissen, was mit Bella geschehen ist. Man hat sie geschändet. Bis zum Tod. Ihren Körper einfach liegen lassen. (Schluchzt.) Ich kann dir sagen, was passiert, wenn du ihr Grab besuchst. Du wirst nichts als Vogelgezwitscher hören und nichts sehen außer einem Stein und Gras und Himmel und Erde, weil das arme Mädchen tot ist und kein noch so gemeines Stochern und Graben von Menschen wie dir daran etwas ändern wird.

*** *** ***

Ich wollte keinen weiteren von Bellas Ausrastern riskieren, also verbrachte ich den Nachmittag bei Lisa, half ihr beim Einkochen von Birnen, und von dort ging ich dann zur Arbeit. Der Abend war okay. Guter Mix von Stammkunden und

Reisenden, ich war ausreichend beschäftigt, um meine Gedanken davon abzuhalten, an dunkle Orte zu wandern, aber nicht so beschäftigt, dass ich nicht hin und wieder auf ein Bier und ein paar Chips in die Küche verschwinden konnte.

Es war kurz vor der Sperrstunde, ich quatschte mit Lynn über ihren Enkelsohn, der gerade erst an der Uni in Melbourne begonnen hatte. Ich stand hinter der Theke, und Lynn lehnte von der anderen Seite dagegen, ein leeres Glas vor sich. Ich bemühe mich immer darum, zwischen den Drinks ein wenig mit ihr zu plaudern. Sie ein wenig einzubremsen, verstehst du?

Wie auch immer, aus den Augenwinkeln sah ich den Mann durch die Tür kommen und mir wurde übel. Ich redete weiter mit Lynn und er ging weiterhin gerade auf mich zu. Er setzte sich neben Lynn und bestellte ein Bier, das ich ihm brachte, ohne ihm ins Gesicht zu schauen. Er blieb da einfach sitzen, sagte nichts, und nach einer Weile hielt ich es nicht mehr aus und musste Lynn mit einem vollen Glas Gin allein lassen, konnte es keine Sekunde länger da aushalten.

Ich ging in die Küche und muss bedrückt ausgesehen haben, weil Nadine aufhörte, einen Topf zu reinigen, zu mir kam und mich fragte, ob bei mir alles in Ordnung war.

»Der Typ hängt nur wieder hier ab. Verdammte Nervensäge.«

»Welcher ist es?«

Ich sagte es ihr und sie hob die Augenbrauen. »Der ist eigentlich ganz okay. Hätte schlimmer sein können.«

»Ja, klar, nur ich habe für so was gerade keinen Kopf.«

»Das schaut dir gar nicht ähnlich, Chris«, sagte sie, aber freundlich.

»Wie. Ich weiß, richtig? Ich meine, mit allem …«

»Klar, ich weiß das. Ich weiß.« Sie tätschelte meinen Arm, so steif und unbeholfen, dass ich beinahe in Tränen ausbrach.

Ich täuschte ein Lächeln vor und ging hinaus, bevor es mich erwischte.

Er wartete da. Sah definitiv gut aus. Ich kann nicht erklären, wieso ich ihn nicht wollte, nur dass ich auch davor schon dieses Gefühl bei ihm hatte und mit ihm zusammen zu sein alles noch schlimmer gemacht hatte. Es war so, dass ich mich ihm weder mit Andeutungen noch mit Witzen entziehen konnte. Den meisten Typen kannst du klar machen, dass du sie oder was sie tun nicht toll findest, so auf die lustige Art. Sie verstehen es, geben auf. Bei ihm fühlte es sich an, als müsste ich kämpfen oder es einfach passieren lassen und er richtete es so ein, dass kämpfen wie eine Überreaktion wirkte.

An dem Abend blieb er bis zum Ende, und als ich sagte (lächelnd, witzelnd), dass es Zeit sei, den Abflug zu machen, nickte er und ging und ich hoffte, dass es damit erledigt sei, aber mein Bauchgefühl sagte mir, dass es anders war, und als ich über den Parkplatz lief, stand da sein Truck, an dem er lehnte. Er wandte sich zu mir, öffnete die Beifahrertür und stand einfach da, seine Hand auf der Tür und starrte mich an.

»Oh, hey, ich bin eigentlich am Weg zu einer Freundin. Sie wohnt in der Nähe, also werde ich da einfach hingehen, dort pennen. Wir sehen uns ein anderes Mal, ja?«

Er muss gesehen haben, dass ich Angst hatte, mich beim Reden verhaspelte und beim Gehen beinahe über meine Beine fiel. Vielleicht sah er es nicht, vielleicht sah er es und es war ihm egal. Oder er mochte es. Ich weiß es nicht.

»Nein.« Er nahm mich am Oberarm. Nicht fest. Ich hätte mich ihm entziehen können. »Kein Grund, zu Fuß zu gehen. Ich fahre dich.«

Ich zwang mich, ihn anzuschauen. Seine Lippen verursachten mir ein unangenehmes Kribbeln auf der Haut, was meine

Entschiedenheit stärkte. »Wirklich, es ist so nah. Ich gehe. Gute Nacht.« Ich machte einen Schritt weg von ihm und er ließ meinen Arm los.

»Komm schon, Chris. Es ist absolut nicht sicher, hier herumzulaufen, das weißt du besser als jemand anderer. Was, wenn ich dich gehen lasse, und dann passiert dir was? Wie würde ich mich dann fühlen?« Wieder lag seine Hand auf meinem Arm, sanft, drehte mich, schob mich in Richtung seines Trucks. Ich hätte ihm mein Knie in die Eier rammen können und weglaufen, doch das schien mir etwas übertrieben. Verstehst du, was ich meine?

Er half mir hinauf in die Kabine seines Trucks. Ich gurtete mich an und zog mein Telefon heraus, schrieb Nate eine Nachricht: *Sag Mel, dass ich bei ihm pennen muss, erkläre später.* »Gebe ihr nur Bescheid, dass ich auf dem Weg bin«, sagte ich zu dem Mann.

Er kratzte sich im Gesicht. »Dachte, sie wohnt in der Nähe. Du wirst dort sein, bevor sie Zeit hat, die Nachricht zu lesen.«

Mein Telefon vibrierte und er sah mich streng an. Der Motor lief, aber wir hatten den Parkplatz noch nicht verlassen. Ich las die Nachricht: *Bin jetzt gerade bei Mel. Du OK?*

Yep, bis gleich. Ich schaltete das Telefon auf lautlos, nannte dem Mann die Adresse.

»Anderes Ende der Stadt.«

»Möglich. Es kommt mir nie weit vor, wenn ich die Strecke zu Fuß gehe.«

Die Fahrt war in Ordnung. Er berührte mich nicht, sprach nicht einmal. Ich war verdammt angespannt, hielt mein Telefon so fest, dass ich von Glück sprechen kann, dass ich es nicht zerdrückte, die andere Hand am Türgriff, bereit, die Tür aufzudrücken, sobald wir hielten. Ich denke, dass ich nicht einmal richtig atmete, bis wir in Melvins Straße einbogen, aber dann sah ich den Turm von Nate neben dem Briefkasten, und meine Kehle schnürte sich zu.

»Ha«, sagte er Mann, brachte den Truck zu Stehen. »Lustig. Das ist doch dein Ex da, oder?«

»Oh ja. Seine Freund Mel ist mit meiner Freundin Julie verheiratet. Wusste gar nicht, dass er in der Stadt ist.«

»Bullshit.«

»Danke fürs Herbringen.« Ich öffnete den Gurt. Seine Hand umfasste meinen Oberschenkel. »Du hättest mir nur sagen müssen, dass du Pläne hast.«

»Das habe ich. Pläne, bei meiner Freundin zu pennen.«

Er lächelte. Richtig fies. »Klar. Passt schon. Was auch immer du sagst.«

»Was ich dir sagen möchte, ist, dass ich dich nicht mehr sehen will. Ist das klar?« Ich öffnete die Tür, sprang mit einem Satz hinunter, kam hart auf dem Knöchel auf. Verdammter Nate war schon am Weg her.

»Alles okay?«

»Ja, alles in Ordnung«, rief der Mann von oben. »Nur ein Missverständnis.«

Nates Aufmerksamkeit war komplett auf den Mann fixiert. »Ach so? Was für eine Art von Missverständnis?«

»Nate, lass es gut sein.«

»Ah, du weißt ja, wie sie ist, Kumpel. Missverständnisse und so.«

»Ach so, na hier ist jedenfalls eine klare Nachricht: Verpiss dich.«

»Nate.«

Der Mann öffnete die Fahrertür und sprang herunter. Nate ging ihm entgegen.

»Hör zu, Kumpel, du solltest wissen, dass sie nicht ganz richtig im Kopf ist. Macht mich an, will in die Stadt, plötzlich eiskalt, spielt die Unerreichbare, und dann schmeißt sie sich wieder an mich ran.«

»Bitte, verschwinde einfach«, sagte ich, als würde mir einer der beiden zuhören.

»Spielt nur mit Männern, weißt du?«

Ich sah, wie sich Nate bemühte, Gott sei mit ihm. Ich sah, wie er es versuchte. Hielt die hart geballten Fäuste bewusst an die Seite gedrückt. »Ach, sie war eigentlich ganz klar vorhin.«

Der Mann hob seine Handflächen. »Okay, klar, ich gehe. Aber, weißt du, erschieß nicht den Boten, aber du solltest auf sie aufpassen. Bei den meisten Nutten bedeutet es was, wenn sie dir einen Gratisfick geben und sich die ganze Nacht wie eine Ertrinkende an dich klammern. Diese Schlampe –«

Nate versetzte ihm einen Schlag in den Magen, fasste ihn dann an den Haaren und schlug seinen Hinterkopf gegen den Truck. Ich bat ihn, aufzuhören, aber es war, als ob ich nicht da wäre. Das dumpfe Geräusch, das der von Nate gegen den Truck geschlagene Kopf machte, verfolgte mich die ganze Straße hinunter, und der Klang der aufbrechenden Wunden des Mannes spielte in meinem Kopf auf Endlosschleife auf dem vierzig Minuten dauernden Heimweg.

Mittwoch, 29. April

Nachdem sie geklopft hatte, wartete May eine volle Minute, bevor sie Chris am Mobiltelefon anrief. Sie hörte es auf der anderen Seite der Tür klingeln, und dann die Stimme von Chris gleichzeitig durchs Telefon und durch die Tür.

»Hier ist May, ich stehe vor der Tür.«

»Warte einen Moment.«

Nach einigen Sekunden diffuser Klick- und Tastgeräusche sprang die Tür auf. May erkannte den Trainingsanzug wieder, den Chris auf der Pressekonferenz am Tag ihrer Ankunft in der Stadt getragen hatte. Doch das Gesicht der Frau, die ihn trug, erkannte sie beinahe nicht.

»Alles in Ordnung? Du siehst angeschlagen aus.« Was eine höfliche Untertreibung war. Sehr höflich. Extreme Untertreibung.

»Ja, das kannst du laut sagen. Möchtest du Kaffee?«

May nickte und schaute Chris dabei zu, wie sie zwei Kaffeebecher aus einem Schrank über ihrem Kopf nahm, in jeden einen gut gehäuften Löffel Nescafé gab und Wasser aus dem offenbar soeben aufgekochten Wasserkocher dazuschüttete. Jede Bewegung schien ihr Schmerzen zu bereiten, doch als May anbot, ihr zu helfen, schüttelte sie schmerzverzerrt den Kopf und machte weiter.

Als sie saßen, erzählte May Chris, dass sie soeben im Krankenhaus gewesen war. Der Mann, den Nate vermöbelt hatte, sei zwar in üblem Zustand, allerdings ohne Schäden, die die Zeit nicht heilen würde.

Chris schluckte. »Woher wusstest du es?«

»Polizei. Hör zu, ich –«

»Oh Gott. Bitte, May. Schreib bitte nicht darüber.«

»Es sind Nachrichten.«

»Wie kann es sein, dass die Rauferei von zwei testosterongesteuerten Idioten Nachrichten sind?«

»Wenn einer von ihnen durch Heirat mit dem Mordopfer verbunden war und die Rauferei durch die Schwester der Toten verursacht …«

»Wie bitte!«

»Man erzählte mir, dass sie sich um dich prügelten.«

»Ich wollte nicht, dass sie kämpften. Ich hab nichts verursacht.«

»Natürlich. Falsche Wortwahl. Wenn der Kampf im Beisein von –«

»Nur zu Beginn und ich hatte keine Wahl.«

»Okay, aber du verstehst, dass das die Leute interessieren wird.«

»Ehrlich gesagt, nein.« Chris schloss die Augen. »Wird er Anzeige erstatten?«

»Schaut so aus.«

Eine Träne floss aus Chris' linkem Auge; sie wischte sie wütend weg, sah May direkt an.

»Schreib nicht darüber.«

»Chris, ich –«

»Bitte. Wenn es im Artikel drinnen ist, werden es sein Boss, seine Freundin sehen, alle werden es sehen …«

»Warum kümmert dich das?«

»Wäre toll, wenn ich das wüsste, wenn ich das nur wüsste.« Sie stand auf, schlurfte zur Spüle, beugte sich ächzend vor und spritzte sich Wasser ins Gesicht.

»Ich werde es im Artikel nicht erwähnen.«

»Danke.«

»Aber es wird wahrscheinlich ins Buch kommen müssen.«

»Ins Buch?«

»Ja. Darüber wollte ich mit dir reden. Über die Möglichkeit eines Buches. Was meinst du?«

»Über Bella?«

»Über den Fall. Ich habe mich bei ein paar Verlagen erkundigt. Es wird daran Interesse geben, sicher, aber wir brauchen, na ja, wir brauchen ein Ende.«

Chris sah sie teilnahmslos an.

»Zumindest eine Verhaftung. Wahrscheinlich eine Verurteilung. Aber das wird passieren. Nur eine Frage der Zeit.«

Chis' Nicken war kaum wahrnehmbar. May ertrug es nicht, sie anzusehen.

»Und in der Zwischenzeit kann ich weiter recherchieren und schreiben, den Großteil der Geschichte fertigstellen. Ich würde deine Mithilfe brauchen. Ein Buch über Bella ohne dich ergibt keinen Sinn. Was meinst du dazu?«

»Ich weiß nicht. Vielleicht.«

»Du hast deine Sicherheitsvorkehrungen verbessert«, sagte May, als sie das neue Riegelschloss und die Kette bemerkte.

»Und was hat's mir gebracht? Wenn überhaupt irgendwas verdammt noch mal was bringt.«

Mays Telefon klingelte. Sie entschuldigte sich und ging ins Wohnzimmer, um den Anruf entgegenzunehmen.

»Hi, May? Hier Matt. Ähm, Matt Drey, von der –«

»Matt, schön von dir zu hören, was gibt's?«

»Ähm, du hast mich ja gebeten, dich anzurufen, wenn es, na ja, wenn es Entwicklungen gäbe, die dich vielleicht …«

»Ja, natürlich. Was ist passiert?«

»Das kann ich dir nicht sagen, aber wenn du zufällig jetzt zum Imperial Hotel kommen könntest …«

»Bin am Weg.«

***

May sah das Polizeiauto schon, bevor sie den Parkplatz erreichte. Bis sie einparkte, hatte sie bereits ungefähr zwanzig Leute gezählt, die vor dem blau-weißen Band standen, das von einer Ecke der Hotelveranda bis zum Zaun, der das Hotelge-lände vom Reifenshop nebenan abgrenzte, gespannt war. Matt stand vor dem Band, quatschte mit den Leuten, die er wahrscheinlich eher verscheuchen sollte. Als er May sah, hellte sich sein Gesicht auf.

May winkte ihm zu, schlüpfte unter dem Band durch, an ihm vorbei bis zur uniformierten Person, die am Ende des Durchgangs hockte und etwas um die Ecke betrachtete. Ihre Sicht trübte sich und sie realisierte, dass sie Gefahr lief umzukippen. Sie hielt inne, drückte ihre Handfläche gegen die Ziegelwand zu ihrer Rechten, konzentrierte sich darauf, richtig zu atmen. Es gab nichts auf der Welt, was sie weniger sehen wollte, als das, was der Polizist da ums Eck zu sehen bekam, aber auch Chris wollte vor Angst nicht verrückt werden und Bella hatte auch nicht als etwas enden wollen, das andere verrückt vor Trauer und Angst werden ließ. Krieg dich ein, Frau, krieg dich ein.

»Senior Constable Riley«, sagte sie sanft, als sie hinter ihn trat.

Er dreht sich zu ihr und stand rasch auf, um sie daran zu hindern, näher zu kommen, was ihn beinahe zu Fall brachte. »Verdammter Drey.«

»Oh, nein, nicht seine Schuld. Einer der Beistehenden hat sich danebenbenommen, und das habe ich ausgenutzt, um an ihm vorbeizuflitzen. Was haben wir denn hier?«

»May, komm schon, du weißt, dass du hier nichts zu suchen hast. Die Ermittler werden gleich hier sein. Die machen uns fertig, wenn die erfahren, dass wir eine Reporterin reingelassen haben.«

»Ich verspreche, ich werde nichts darüber schreiben. Ich werde draußen auf das offizielle Statement warten, wie alle anderen, aber sag's mir bitte, hat es etwas mit Bella zu tun?«

Die Augen des Mannes sahen in den Himmel, er schüttelte den Kopf. »Kann ich nicht sagen.«

»Es ist aber eine Leiche?«

Der Polizist blickte geduckt hinter sie, schien abzuwägen, ob sie noch in einer ermittlerfreien Zone war, trat dann plötzlich aus dem Weg und bot May freie Sicht auf das, was da im Gras lag. Sie sah weg, aber zu spät, um nicht den kleinen, geschundenen gelben Hund zu sehen, dessen Kopf in einem unmöglichen Winkel zum Körper lag, seine Schnauze mit Klebeband zugeklebt.

»Der vierte in ebenso vielen Wochen«, sagte der Polizist.

May schaute nur die Wand hinter dem Kopf des Ermittlers an. »Ja. Ich hab über die anderen geschrieben. Konnte es nur nicht unterbringen. Es bestand kein großes Interesse.«

»Weil sie Streuner sind?«

»Nein, ich meine, außerhalb von Strathdee. Ein totes Tier ist nicht von nationalem Interesse oder eine staatliche Angelegenheit, verstehst du. Aber nichtsdestotrotz, danke. Ich mach lieber, dass ich wegkomme, bevor du Probleme kriegst.«

»Klar – übrigens, falls die Ermittler bereits da vorne sind, geh ihnen aus dem Weg, okay?« Er zeigte die Rückwand des Pubs entlang zum Durchgang auf der anderen Seite.

Sie blickte noch einmal auf den Hund, als sie über ihn hinwegschritt, die Angst davor, seinen Kopf unter ihrem Schuh brechen zu spüren, war stärker als die Angst davor, sein Gesicht zu sehen. Doch sie unterschätzte die Grausamkeit ihrer Vorstellungskraft, hörte und fühlte dieses Knirschen einige Tage lang.

*** *** ***

Nate kam am frühen Nachmittag vorbei. Seine Augen waren winzig. Sobald er im Haus war, fühlte ich, wie mein Blut gefror. Ich sagte, dass ich einen Spaziergang machen wollte und dass er gerne mitkommen könne, wenn er wolle. Er sah aus, als wäre er bereit dazu, mir den Kopf abzureißen, aber er stimmte zu, und die Wärme kehrte zurück in meine Arme und Beine.

Wir gingen los, ohne zu sprechen. Die ganze Straße entlang flackerten und blitzten Vorhänge und Rollos, während wir vorbeigingen. Bis zum Abend würde die Nachricht, dass zwei ehemals verheiratete Menschen im schwindenden Abendlicht miteinander spazieren gingen, durch die ganze Stadt schwirren.

Wir bogen ab und ich zog in Richtung Park los, aber Nate murmelte etwas davon, dass es am Bach abgeschiedener sei, und so bogen wir wieder links ab, schnitten durch den Hinterhof der Stadtverwaltung und hievten uns über den halb umgefallenen Zaun, um zum Bachufer zu gelangen. Ich stolperte ein wenig, als ich den Abhang hinabging, und fasste nach Nates Arm. Früher, als Bella bei uns wohnte, kamen wir hierher, um zu streiten oder zu vögeln, aber ich war schon einige Jahre nicht mehr hier gewesen. Es hatte sich kaum etwas verändert. Es gab mehr wilde Reben an den Ufern; weniger Licht, weniger Luft.

Nate zog seinen Arm zurück und lehnte sich gegen einen Baumstamm. »Also?«

»Also was?«

»Wie lautet die Story? Wer war der Schwachkopf?«

Ich setzte mich auf einen Fleck mit stacheligem, trockenem Gras und zog die Füße unter mich. »Ein Fehler.«

»Was heißt das?«

»Ich habe mit ihm geschlafen. Ein Fehler, wie gesagt, aber dann wollte er meine Hinweise nicht verstehen. Hörte nicht auf, mich zu belästigen.«

»Er nannte dich eine Hure.«

»Na ja, Männer tun das manchmal.«

»Ich denke nicht, dass er es so gemeint hat. Es ist nicht das erste Mal, dass ich so etwas in die Richtung gehört habe ... Ich meine, die meisten Menschen passen auf, was sie in meiner Gegenwart sagen, denke ich, aber ich habe Sachen gehört ...«

Die Reben auf der anderen Uferseite raschelten, als etwas durch sie hindurchglitt. Einer der Gründe, weshalb Nate und ich diesen Ort ausgewählt hatten, war, dass er wegen der umtriebigen, zumeist unsichtbaren Tierwelt den Ruf hatte, gefährlich, sogar verwunschen zu sein. Als Bella klein war, erzählten ihr ein paar ältere Kinder, dass hier ein Bunyip wohnen würde, was sie in Angst und Schrecken versetzte. Sie ging herum und fragte alle Erwachsenen, ob sie etwas über den Bunyip wüssten, und bemühte sich festzustellen, ob er echt war, und wenn ja, wie viel Gefahr von ihm ausging. Sie hatte Albträume und alles, was dazugehört. Einmal fand ich ein Bild, das sie von ihm gezeichnet hatte, ein wirklich angsteinflößendes Ding, wie ein Riesenkrokodil mit Vogelkopf, nur stehend wie ein Mann. Ich erinnere mich, dass ich sagte, »Er schaut nicht so gefährlich aus, keine Klauen, keine Zähne.« Und sie sah mich an, als ob ich einfältig sei und erwiderte: »Er braucht sie nicht. Er *drückt* dich zu Tode.«

»Wirst du dazu irgendetwas sagen?«

»Was willst du von mir hören, Nate?«

»Stimmt es?«

»Dass ich eine Hure bin?«

»Ja.«

»Du fragst mich ernsthaft, ob ich eine Hure bin?«

Er starrte irgendwo ins Nichts.

»Manchmal, Nate. Ich vermute, dass ich manchmal eine bin.«

Er reagierte nicht sofort, stand nur da und starrte vor sich hin. »Ach so«, sagte er endlich. »Ach so.« Und dann lief er in wenigen Riesenschritten das Bachufer hinauf und ließ mich dort sitzen, schaute nicht zurück.

Ich weiß nicht, welche Reaktion ich von ihm erwartet hatte. Das stärkste, schlimmste Gefühl, das ich hatte, war, dass ich ihn nicht kannte. Wir hatten uns geliebt und gestritten und miteinander geweint und uns aneinander gerieben, wie es nur zwei Menschen können, aber wenn es hart auf hart kommt, ist er in seinem eigenen Kopf gefangen und ich in meinem hier, und jeder Gedanke, dass es anders sei, ist nur ein romantischer Tagtraum.

Vielleicht hätte ich versuchen sollen, es ihm zu erklären, so wie ich es dir erklärt habe, erklären, wie es zufällig geschehen ist und so weiter, doch ich denke, dass es kaum einen Unterschied gemacht hätte. Ich meine, es macht einfach keinen Unterschied, oder? Wenn ich es bewusst überlegt und eine Annonce an einen Baum gehängt hätte, würde es etwas daran ändern, was in meinem Bett passiert? Ich hatte zufällig damit begonnen, herumzuhuren, und der Teenager Nate war zufällig in eine Rauferei geraten, aber wir haben beide seither Tausende Entscheidungen getroffen, und deshalb sind wir nun da, wo wir sind.

***

Brandis rief an, als ich nach Hause ging, wollte wissen, was es mit dem Mann auf sich hatte, dessen Kopf Nate malträtiert hatte. Ich erzählte ihm die kürzestmögliche Version.

»Hat er Bella je erwähnt?«

Alles in mir kam zum Stillstand. Meine Atmung, mein Herzschlag, das Drehen der Welt. Ich flog zurück in der Zeit, durchlebte jede Sekunde, die ich, seit sie tot war, durchlebt hatte, und dann noch weiter zurück, um Dinge zu sehen, die ich mir nur vorgestellt hatte, immer wieder und wieder. Ich erlebte die Nacht, die sie nicht mehr erleben konnte, noch einmal.

»Chris?«

»Nein.«

»Du weißt, dass seine Mutter in Strathdee Haven ist?«

»Nein.«

»Er hat sie in den vergangenen drei Jahren alle zwei Wochen dort besucht.«

Ich hörte Bella schluchzen, während er neben mir lag. Diesmal nur in meinem Kopf. Nur in der Folterkammer meiner Erinnerung.

»Es ist unmöglich, dass er deiner Schwester in der Zeit nie begegnet ist. Würde ich mal sagen.«

»Er hat es nie erwähnt.«

»Was ein wenig seltsam ist, sicher, was aber natürlich noch nicht auf etwas Finsteres hindeutet.«

»Tut es das nicht?«

»Er hat uns erklärt, dass er dich nicht an sie erinnern hatte wollen.«

»Sie ist noch nicht einmal einen Monat tot.«

»Genau, genau, Erinnerung ist das Wort. Ich habe mich bemüht, ihn zu besänftigen … Der Typ hat ein loses Mundwerk, das hat er wirklich. Die Nähte und fehlenden Zähne könnten vielleicht ein wenig dazu beitragen, vermute ich.« Ich konnte Brandis' Zustimmung – ja, sogar ein wenig seine

Bewunderung – hören, und Erleichterung und Scham und Angst drehten mir den Magen um. »Was er gesagt hat, und entschuldige bitte meine Unverblümtheit, ist: ›Es hätte die Stimmung gekillt, wenn ich ihre ermordete Schwester erwähnt hatte, vermute ich.‹«

»Klar. Nichts Finsteres also.«

»Schau, er ist ein Grobian, keine Frage, und wir schauen ihn uns sehr genau an, da kannst du sicher sein, aber …«

»Ist er noch immer im Krankenhaus?«

»Er wird heute entlassen.« Brandis verstummte, und so schwieg auch ich. Nach einer Minute sagte er: »Hat er dir etwas getan, von dem ich nichts weiß, Chris?«

»Nichts Illegales.«

»Ich kann ihm sagen, dass er einen Bogen um dich machen soll. Es ihm offiziell verklickern. Aber wenn du eine vollstreckbare Anordnung möchtest, musst du –«

»Ich weiß. Es ist in Ordnung. Danke.«

»Hast du darüber nachgedacht, jemanden zu bitten, eine Zeit lang bei dir zu wohnen?«

Da musste ich ein wenig lachen.

»Chris, es ist wichtig, dass du dich sicher fühlst.«

Als ob er es nicht selbst hören könnte, verstehst du?

***

Ich sagte Old Grey, dass ich auf unbestimmte Zeit Urlaub nehmen würde. Gott weiß, dass ich genug Stunden vorgearbeitet habe. Er sagte, er müsse wissen, wann ich wieder zurück sein würde, damit er den Dienstplan überarbeiten könne. Ich sagte, dass er mich kündigen solle, wenn ihm das lieber sei, und mich Vollzeit ersetzen, und er sagte, »Sei nicht albern,

Liebes. Ich melde mich einfach nächste Woche noch mal bei dir.«

Ich scrollte durch die ganzen Telefonnachrichten, die Lisa und Carrie in den letzten Tagen für mich aufgeschrieben hatten. Viele waren von lange nicht mehr gesehen Freunden oder entfernten Verwandten, die herausfinden wollten, wie es mir ging, oder mir ihre Unterstützung anboten, und ich warf sie alle in den Papierkorb, während ich sie durchging. Ich fand die Nachricht, die ich gesucht hatte. Lisa hatte sie erwähnt, als sie mir den Stapel überreicht hatte, ich weiß nicht, welcher Tag es war, aber vor ungefähr zwölf Seiten.

Barbara Stein: Bellas Vermieterin. Muss die Räumung der Wohnung und die Rückzahlung der Kaution usw. organisieren.

»In Ordnung, Bel«, sagte ich, stählte mich für den Anruf. »Zeit, dass wir dich wieder ordentlich hier einziehen lassen.«

Donnerstag, 30. April

Die Einladung überraschte May, doch sie schaffte es, so beiläufig und natürlich Ja zu sagen, als ob man ihr eine Tasse Tee angeboten hätte. Sie bot an zu fahren, und gab vor, den Weg noch nicht zu kennen.

Als die die Tür öffneten, schlug ihnen sofort ein fauliger Gestank entgegen. Wie vergammeltes Fleisch, dachte May. Chris war nach drei Schritten im Flur stehen geblieben und hatte den Eimer mit den Putzutensilien und den noch zusammengefalteten Umzugskartons, die sie getragen hatte, fallen lassen. Ihr Körper schien sich auf einen Angriff vorzubereiten oder darauf, selbst angegriffen zu werden. May, die ihre Kamera und ebenfalls einen Stapel Umzugskartons unter dem Arm trug, stand wartend hinter Chris' linker Schulter.

Die Eingangstür öffnete sich direkt in ein kleines Wohnzimmer mit zusammengewürfelten Lehnstühlen, einem grobfaserigen, buntgestreiften Läufer, einem Kaffeetischchen aus dunklem Holz und da, in der Mitte, die Herkunft der Fäulnis: eine Schale mit verrotteten Früchten und eine Vase mit längst verwelkten Blumen. Am anderen Ende des Wohnzimmers gab es einen Vorraum, der mit einem Kühlschrank, einer Spüle und einer Mikrowelle überladen war. Am Boden, links von May, war ein wackeliger Plastikschuhstrecker, daneben gelbe Ballerinas und paillettenbesetzte Riemchensandalen und elegantere schwarze Pumps mit flachen Absätzen, die bereits Staub angesetzt hatten. Rechts, da wo Chris stand, war eine offene Tür, durch die May die Ecke eines Bettes erspähen konnte. Ein wenig entfernt befand sich eine weitere offene Tür, glänzende, weiße Fliesen lugten unter dem Rand des grauen Spannteppichs hervor.

»Na dann«, sagte Chris und schritt zum Kaffeetischchen, zog einen schwarzen Müllsack hervor und leerte die Obstschale hinein, ohne dabei ihre Nase zu bedecken oder zu würgen.

May schlüpfte ins Schlafzimmer, die Hand über Nase und Mund. Alles so verdammt weich. Sie konzentrierte sich auf die Raumdetails, schoss Fotos, während sie sich orientierte. Das Bett aus imitiertem Gusseisen, bezogen mit zusammenpassendem hellblau und gelb kariertem Bettzeug. Eine Pinienkommode vom Typ, den man um 79 Dollar beim Möbeldiskonter kaufen konnte. Eine mit rotem Samt überzogene Schmuckschatulle, geöffnet, die eine Kollektion von Silberketten und Ringen offenbarte, alles in winzigen Fächern geordnet. Am hinteren Rand der Kommode standen drei Fläschchen mit

Handelsketten-Parfums, alle ungefähr gleich aufgebraucht, daneben aufgereiht drei Lippenstifte, zwei Fläschchen Grundierung, eine Dose Feuchtigkeitscreme, eine mit Haargel, eine blassgraue Lidschatten-Palette und eine Tube mit dunkelbraunem Mascara. In der Nähe der Tür stand ein kleines Bücherregal, ebenso aus Pinienholz wie die Kommode, in dem einige Bestseller der vergangenen Jahre standen, dazu *Anne auf Green Gables*, *Little Women* und die gesamte *Harry-Potter*-Reihe. Vier gerahmte Fotos: Chris und Bella gemeinsam; Chris, Bella und ihre Mutter vereint; Bellas Vater Tony in die Sonne blinzelnd; ein winziges, in die Kamera gähnendes Tigerkätzchen.

»Hatte Bella eine Katze?«, rief May.

»Vor ein paar Jahren hatte sie diesen kleinen Süßen da. Sie nannte ihn Mopey, weil er so ein mürrischer Kerl war, der sich maunzend und schmollend in die Ecken verzog, wenn sie ihm nicht genug Aufmerksamkeit schenkte.«

»Was ist mit ihm passiert?«

Lange Stille. May hielt die Luft an und machte sich auf den Weg in den Wohnraum, wo Bella das gläserne Kaffeetischchen mit einem Lappen putzte, der roch, als ob sie ihn in Bleichmittel getunkt hatte.

»Sie musste ihn weggeben«, sagte Chris, ohne aufzublicken. »Der Typ, mit dem sie damals zusammen war, hatte eine Allergie.«

»Hat er bei ihr gewohnt?«

»Nein. Ist nur immer wieder da gewesen. Ich denke, dass er noch bei seinen Eltern gewohnt hat und dass das der einzige Ort war, wo sie … Wie auch immer, Mopey hat ihn zum Niesen gebracht, nehme ich an.«

»Schade. Ich hatte auch eine Katze. Durfte sie nicht mitnehmen, als ich in mein Reihenhaus gezogen bin. Sie ist jetzt bei meiner Mutter. Sie liebt sie, also ist das okay. Ich vermisse sie allerdings, was etwas schräg ist. Dachte nie, dass ich ein Katzenmensch bin, vermutlich ist es aber so. Oder zumindest bei der einen Katze. Pixie.«

»Die Sache ist die«, sagte Chris, tauchte den Wischlappen in den Eimer neben ihr und wrang ihn aus, »ich glaube nicht, dass er überhaupt Allergien hatte. Ich glaube, dass er es nicht aushielt, dass Bella irgendwem mehr Aufmerksamkeit schenkte als ihm.«

»Eifersüchtig auf einen Kater?«

»Er war ein sehr aufmerksamkeitsliebender Kater, der Kleine.«

»Und ein sehr aufmerksamkeitsliebender Freund, so wie es klingt.«

Chris wippte auf den Fersen hin und her. Die durch die Fenster scheinende Sonne ließ ihr Haar rotbraun wirken, ihre Haut glänzte. May hob die Kamera und machte das Foto, das, wie sie schuldbewusst, aber aufgeregt dachte, das Titelbild sein würde. »Nicht unbedingt, nein. Eigentlich ein netter Kerl. Vielleicht hatte er Allergien. Ich weiß nicht. Ich stelle fest, dass ich mittlerweile immer das Schlechteste von Menschen denke.«

***

May wusste, dass sie mit dem Besuch am Fundort, der Reinigung und Wohnungsauflösung und einigen Stunden Interviews genug Material hatte, um den Deal mit *Women's Weekly* abzuschließen. Sie verbrachte den Morgen damit, die Unterlagen für den Pitch fertigzustellen und schickte sie um acht Uhr abends ab. Rief Chas an und teilte ihm mit, dass sie in Feierlaune sei.

»Wirklich? Haben sie jemanden verhaftet?«

»Oh nein. Es ist nur … es ist dumm. Nur ein kleiner Arbeitssieg.«

»Wie klein? Champagner oder Bier?«

»Bier. Aber das gute Zeug.«

»Klar, also VB.«

May lachte. Craig, der elitäre Schlappschwanz, hätte den Witz nie im Leben verstanden.

***

»Hast du irgendwas über die Rauferei gehört, in die Nate Cartwright neulich verwickelt war?«

»Nichts für ungut, meine Liebe, aber an deinem Bettgeflüster könntest du ein wenig arbeiten.«

»Tut mir leid. Oh Baby, ohhh, Baby, du bist der Beste, den ich je hatte. Hat sich die Welt für dich auch bewegt?«

»Kalte, kalte Frau.«

»Na ja, wenn du nicht reden willst …« Sie setzte sich auf, bereit, aus dem Bett zu steigen. Er zog sie mit einem Arm wieder zurück, ohne dabei die Augen zu öffnen oder seine Position zu verändern.

»Jetzt mal ganz im Vertrauen, okay?«

»Wenn du darauf bestehst.«

»Ich bestehe darauf.« Er wand seinen Arm so um sie, dass sie an seiner Brust lag. »Man sagt, dass der Kicherkopf –«

»Wer?«

»Der Typ, dem man den Kopf eingeschlagen hat. Jeder hier nennt ihn den Kicherkopf, weil er das immer tut, aber nicht, weißt du, wenn etwas lustig oder so ist, einfach so. Nervöser Tick oder so was.«

»Na ja, das ist schon gruselig.«

»Vermutlich. Wie auch immer, er dachte, Chris wäre die Seine, was natürlich extrem doof ist, weil jeder weiß, dass sie zu Nate gehört und …«

»Chris ist eine erwachsene Frau. Sie gehört niemandem außer sich selbst.«

»Ist nur so eine Redewendung. Mach dir nicht ins Höschen.«

»Trage keines, also bitte. Und es ist eine beschissene Redewendung. Sag, was du wirklich meinst.«

»Chris macht ihr Ding und das ist in Ordnung, hat und schenkt gute Zeit, aber jeder weiß, dass es nur das ist. Am Ende des Tages ist sie Nates Mädchen und wird es auch immer sein.«

»Selbst wenn er jetzt mit einer anderen zusammen ist.«

»Ich sage ja nicht, dass es toll ist, ich sage nur, wie es ist. Schau, du wirst über Chris sicher viel Scheißgerede hören, weil sie sich so verhält, aber ich vermute, dass es so für sie passt.«

»Können wir die Schüchternheit weglassen? Sie nimmt Geld für Sex, oder?«

»Ja.« Er zog das Wort in die Länge. »Das ist es, genau. Ich meine, wie gut auch immer die Sache ist, wie lieb sie auch zu dir ist, wenn du dafür bezahlst, es ist verdammt noch mal klar, dass sie nicht deine Freundin ist.«

»Ich bin nicht deine Freundin und du zahlst trotzdem nicht.«

»Und was bitte ist mit dem Sixpack Coopers? Übrigens, weil wir gerade davon …« Er ließ seinen Arm unter ihr hervorgleiten, kroch bis ans Ende des Bettes, lehnte sich hinunter zur Minibar, was ihr einen beeindruckenden Anblick bot, und entnahm ihr zwei Bier.

»Also willst du damit sagen, dass gemäß der Strathdee-Regel

eine Frau, die unbezahlten Sex mit einem Kerl hat, dadurch mit ihm verlobt ist?«

Er stieß ihren Arm mit der eiskalten Flasche an. »Es ist ein wenig komplizierter als das und das ist genau das Problem, weil der Kicherkopf kein komplizierter Mann ist. Man könnte fast sagen, er ist einfach gestrickt. Also, ja, man sagt, dass Chris ihn ohne Bezahlung ranließ. Nicht so unglaubwürdig. Wie jeder Mensch, hat auch sie ihre Fick-Buddys, nur sind das normalerweise Typen, die den Unterschied verstehen. Wie gesagt, der Typ ist allerdings so etwas wie eine Zweiwatt-Glühbirne. Er bekam einen Gratisfick und dachte, dass es etwas bedeutete. Chris nahm ihn mit zu Nate, damit er versteht, dass es ihr nichts bedeutet hatte.«

»Hattest du mal was mit Chris?«

Ein kleiner Rülpser entkam ihm. »Vor vielen Jahren. Vor Nate.«

»Wieso nicht nach Nate? Ihr würdet gut miteinander auskommen.«

»Wir kommen auch sehr gut miteinander aus. Sie ist ein Spitzenvögelchen. Mir ein wenig zu alt, wenn ich ehrlich sein darf.«

»Ihr seid gleich alt.«

»Und als ich fünfundzwanzig war, war das ja auch okay.«

»Aaah.«

»Das ist biologisches Grundgesetz. Männer werden von der Jugend angezogen. Nicht meine Schuld, wenn ich Frauen über dreißig nicht attraktiv finde.«

»Das hier muss für dich ja wirklich eine Zumutung sein. Ich schätze deinen Aufwand, die mangelnde Anziehungskraft zu verstecken, wirklich hoch ein.«

»Du bist nicht über dreißig.«

»Einunddreißig in einem Monat.«

»Na ja, Sydney einunddreißig ist wie Strathdee fünfundzwanzig.«

»Ich fühle mich geschmeichelt. Nein, warte, ich meine, erschüttert und gekränkt.«

»Tut mir leid. Wie war das noch mal? Oh Baby, oh Baby, du bist die Beste, die ich jemals hatte …«

»In Ordnung. Dann verrat mir Folgendes: Du lebst in dieser kleinen Stadt, du arbeitest dich durch all die Frauen in ihren Zwanzigern durch – was dann?«

»Solange Leute Töchter haben, wird es auch Frauen in den Zwanzigern geben.«

»Du hättest also kein Problem damit, mit den Töchtern oder Enkeltöchtern deiner ehemaligen Geliebten zu schlafen? Du bist richtig, richtig widerlich.«

»Nur wirklich ehrlich, das ist alles.«

»Und was passiert, wenn die Zwanzigerinnen beim Anblick des widerlichen alten Mannes, der sie da gerade anmacht, ihre Nasen rümpfen?«

»Komm schon. Kannst du dir vorstellen, Nein zu mir zu sagen? Egal, wie alt ich bin? Ist noch nie passiert, wird es auch nicht.« Er kniete sich vor sie, wedelte mit seinem Schwanz vor ihrem Gesicht. Sie trank einen Schluck Bier, täuschte das Desinteresse vor, das er verdiente.

»Ich glaube keine Sekunde lang, dass noch keine Nein zu dir gesagt hat.«

»Na ja, ok, gut.« Er ließ sich in die Polster fallen. »Meine Frau tut das recht oft.«

»Vielleicht steht sie auf Frischfleisch?«

»Sprich nicht über sie, okay?«

»Du hast sie –«

»Bella.«

Mays Kehle schnürte sich zu. »Wie bitte?«

»Bella hat Nein gesagt.«

»Oh. Wow. Wie ist das passiert?«

»Kein ›Wow‹, keine große Sache. Sie war ein gutaussehendes Mädchen, natürlich hab ich's bei ihr versucht. Sie hat die Sache wirklich süß entschärft. Hat gesagt, dass sie denke, dass ich ein wirklich lieber Kerl sei, aber dass sie gerade mit jemandem zusammen sei.«

»Wann war das?«

»Weiß nicht. Vor einem Jahr? Ungefähr.«

»Hat sie gesagt, mit wem sie sich treffen würde?«

»Nein. Ich denke, sie hat das nur erfunden, wenn ich ehrlich bin. Es ist kein gutes Gefühl, wenn dich ein Mädchen anlügt, nur um dich loszuwerden, als ob ich ein kleines Sensibelchen wäre … Aber bitte, da hast du es. Meine erschütternde Geschichte der sexuellen Ablehnung. Zufrieden?«

»Sie hat sich mit jemandem getroffen, denke ich. Er war verheiratet, also konnte sie ihn nicht nennen.«

»Wirklich?« Chas nahm einen Riesenschluck von seinem Bier, schüttelte den Kopf. »Gut für mein Ego, wenn das stimmt, aber ehrlich, ich muss schon sagen, dass das ein wenig enttäuschend ist. Verheirateter Mann. Dachte nicht, dass sie so eine ist.«

»So wie ich?«

»Nimm's nicht persönlich. Wenn du sie gekannt hättest, würdest du es verstehen.«

»Und trotzdem hast du, ein verheirateter Typ, es bei ihr probiert und warst dann enttäuscht, dass sie dich abgewiesen hat.«

Er verzog das Gesicht zu einer Grimasse. »Ja.«

»Es ist immer anders, wenn es einen selbst betrifft.«

»Vermutlich.« Er seufzte. »Ich sollte mich auf den Heimweg machen.«

May küsste ihn über Brust und Bauch abwärts. Wer sie kannte, wäre darüber überrascht gewesen. Oder nein, nicht was sie tat, aber mit wem. Menschen, die sie kannten, hätten von ihr dasselbe gedacht wie Chas von Bella, da war sie sich sicher. Niemand hatte von Craig gewusst und niemand würde hiervon erfahren, und so lief May verschmäht durchs Leben (außer von dem Mann, mit dem sie gerade beisammen war), und sie vermutete, dass sie sich deshalb nicht wie eine Frau fühlte, die mit verheirateten Männern schlief.

Doch vielleicht war es gerade so, wie es sich anfühlte, *diese Art von Mädchen* zu sein. Es fühlte sich an, als wäre man einsam und unsicher und aufgeregt und besorgt darüber, die Gesellschaft eines Mannes zu genießen, der unverblümt Dinge sagt, die man erschütternd findet. Es war, wie eine schlechte Feministin zu sein, weil der Geruch eines männlichen Geschlechtsorgans das Blut in deine Möse schickt, und weil die Art, wie er deine Haare fasst und stöhnt, dich triefend nass werden lässt, und du weißt, dass du eine schlechte Feministin und eine noch schlechtere Person bist, weil es wichtigere Dinge gibt, als einen Mann zu wollen oder einen Mann dazu zu bringen, dich zu wollen, Dinge wie Würde und Schwesternschaft und der Welt keinen Schaden zufügen zu wollen, und du fühlst, dass etwas mit dir nicht stimmt, weil du dennoch nicht dagegen ankämpfen kannst, dass du, wenn du die Wahl hast, die Hände und die Stimme und seinen Schwanz zu haben, um ehrlich zu sein, sein Schwanz lässt dich alles andere ignorieren, dass du es absichtlich aus dem Kopf verdrängst, und das heißt nicht, dass dir nicht alles bewusst ist, dass du keiner anderen Frau sagen würdest, dass es nicht okay sei, so zu leben, aber es ist okay, weil du weißt, dass es nicht in Ordnung ist, du dir aber nicht helfen kannst und es das ist – genau –, nämlich auf einen Mann zu klettern, der dich auf die schmutzigste, respektloseste Art und Weise bittet, genau das zu tun, was du sowieso tun willst, obwohl du denkst, *ich hasse mich selbst*, du dann aber so geil kommst, dass der ganze Hass der Erkenntnis weicht, dass es nichts Besseres auf der Welt gibt, das du tun könntest, und du weißt, dass du es genau aus diesem Grund weiterhin tust und tun wirst, weil es genau das ist, der ganze verfickte Sinn des Ganzen – und weil du, wenn es dann vorbei ist und du klebrig bist und zitterst, und er die Tür hinter sich schließt, aufstehst und duscht und mit deinem beschissenen Leben weitermachst.

War es das, was Bella fühlte, als sie auf dem Mann ritt, dessen krebskranke Frau zu Hause im Sterben lag? Steigerte sie sich in Selbstverachtung, um dann auf der anderen Seite doch alles zu genießen, und sich selbst Namen zu geben, die ihr niemand anderer zugedacht hätte, weil sie wussten, dass sie nicht so eine ist? So wie May?

Und wenn May in ein Auto gezerrt worden wäre und Männer ihr Dinge angetan hätten, die auf Tatortfotos verewigt worden wären, die Hirn und Seele von hartgesottenen Kriminalreportern versengten, wenn das alles mit May passieren würde, würde sie dann denken (sie denkt es jetzt und wünscht es weg, weg, weg, weg, weg), dass die Männer ihr angesehen hätten, was sie tat, was sie war, und dass das der Grund sei, wieso es passiert sei, dass es das sei, was einen dann erwartet?

Denn wenn Bella wie May gewesen wäre, wenn dieselben Gleise in ihrem tiefsten Inneren ausgelegt gewesen wären, wenn die Gedanken, die unaufhörlich in den Momenten der Todesangst aufgetaucht wären, dieselben wären, dann wäre es das Unerträglichste überhaupt. Ich bin – dachte May, während sie ihre Laufschuhe anzog, weil sie mit all dem, all dem, all dem in sich nichts anderes hätte unternehmen können – schlichtweg unfähig, das zu ertragen.

Freitag, 1. Mai

Es wurde immer schwieriger, das Haus zu verlassen. Jedes Mal, wenn ich den Versuch wagte, etwas anderes als Unterwäsche, Pyjama oder Nachthemd anzuziehen, brachte sie mich zum Schaudern und Zittern, verleitete sie mich zu Schwindelanfällen, dann machte sie es so, dass ich nicht ordentlich atmen konnte. Ich musste sagen und zwar bestimmt sagen, »Ich gehe nur zum Supermarkt« oder »Ich schau nur mal kurz bei Lisa vorbei« oder etwas in diese Richtung, und nach einer Minute oder zwei fühlte ich mich gut genug, um loszugehen. Und schon der leiseste Gedanke daran, in das Pub auf ein schnelles Bier zu gehen oder um zu schauen, wie es dem alten Grey ging, führte dazu, dass sie etwas Heimtückisches im Schilde führte. Ich meine, es wäre ja lustig gewesen, wenn es nicht so beängstigend gewesen wäre. In der Sekunde, in der ich mir das Lokal vorstellte, begann mein Inneres auszutrocknen.

Einmal versuchte ich es zu ignorieren, atmete und atmete und beruhigte mich selbst, *Alles in Ordnung, alles in Ordnung, alles in Ordnung*, so wie ich es immer getan hatte, wenn ich betrunken war und Sorge hatte, im Taxi oder im Auto eines Typen kotzen zu müssen. Und es funktionierte auch dieses Mal. Ich schob mich durch das Gefühl durch und schaffte es sogar bis zur Eingangstür. Ich öffnete sie, und, oh Gott, diese frische Nachtluft, es war wunderbar.

Es war ziemlich windig, aber ich hatte es schon immer geliebt, rauszugehen, wenn das Wetter am Rande des Wildseins war. Hatte mein rasendes Herz und den verfluchten Magen vergessen. Ich trat hinaus, lächerlich aufgeregt zu spüren, wie der Wind in meine Haare fuhr und um die Ohren rauschte. Irgendwo am Ende der Straße hatte ein Auto eine Fehlzündung und vermutlich war ich ein wenig schreckhaft. Irgendwie jagte es mich zurück ins Haus und dort, gleich drinnen im Flur, wo ich mich dazu animierte, es wieder zu versuchen, konnte ich hören, wie ihr kleines Herz sich ausweinte. Was bei mir auch einen Heulkrampf auslöste.

Ich fragte sie wieder und wieder, wie ich ihr helfen könnte, was sie wollte, bekam als Antwort aber nur Schwindelanfälle und stechende Schmerzen und Kälte und Hitzewallungen, die mich ungefähr alle dreißig Sekunden überfielen.

Ausgelaugt hörte ich auf zu fragen und gab die Idee auf, das Haus zu verlassen. Ich schloss uns beide wieder ein und legte eine ihrer alten CDs auf, und da war es plötzlich wieder ruhig im Haus, nur nicht in meinem Herzen. Ich hätte nie gedacht, dass es so schmerzhaft sein würde, sie wieder bei mir zu haben. Es ist furchtbar, das zu sagen, ich weiß, aber ich meine ja nicht, dass ich sie hier nicht haben wollte. Nur dass es so schwierig war, herauszufinden, wie ich mit ihr weiterleben konnte.

Wir haben hier in der Stadt ein paar alte Schachteln, die sich als Medium betrachten, doch sogar wenn ich daran geglaubt hätte, dass sie wirklich über Fähigkeiten verfügten, wäre ich nie zu einer von denen gegangen. Je mehr mein Leben wie ein Bettlaken im Wind flattert, desto mehr hänge ich an meiner Privatsphäre. Vielleicht weiß die Stadt alles über die ganze Schwanzparade, die durch mein Haus gelatscht ist, auch darüber, wie ich dieses Arschloch gestalkt habe, über mein Saufen und Nate und überhaupt, doch ich wäre verdammt, wenn die wüssten, dass ich verzweifelt genug bin, um eine gottverdammte Wahrsagerin aufzusuchen.

Ich sagte es nur Lisa. Ich vertraute ihr, dass sie es für sich behalten würde. Sie rief eine Freundin an, die sich mit solchen Sachen auskannte, und nach ein bisschen Hin und Her buchte sie für mich einen Termin bei einer gewissen Lorna in Sydney.

Ich bat Lisa, mich zum Bahnhof zu bringen, also gab es kein Problem damit, das Haus zu verlassen. Früher hatte ich es geliebt, den Zug nach Sydney zu nehmen. In meinen frühen Zwanzigern hatte ich es fast jedes zweite Wochenende getan. Hatte da oben einen Typen. Ich hatte ihn kennengelernt, als er auf einer Wanderung durch Strathdee gekommen war. Er hasste den Ort. Hasste ihn wie die Pest. Also kam er nie zu mir herunter, immer fuhr ich mit dem Zug zu ihm. Machte mir aber nichts aus. Die Zugfahrt war wie eine Auszeit. Niemand, der mir Bestellungen zubellte, niemand, der Fragen stellte, niemand, der mir an die Wäsche wollte. Nur ich und meine Gedanken, das Vieh und die Rapsfelder.

Meine Gedanken sind nicht mehr das, was sie mal waren, leider. Diese ganze Sache, diese gottverdammte Spirale. Bellas arme Leiche, Bellas Stimme, Nates Gesicht, Nates Stimme, der andere Mann auf mir und Nate auf ihm, David Hunts Hände und der Bauch seiner Freundin und zurück zum Start. Ich schlief irgendwo zwischen Gunning und Bundanoon ein und hatte einen dieser massiven, verworrenen Albträume, die dich verletzt und verwunschen ausspucken, ohne dass du weißt, wieso.

Lornas Wohnung war in Surry Hills, ein zäher Fußmarsch bergauf vom Hauptbahnhof. Als ich hinkam, war ich geschlaucht und schwitzte wie ein Schwein. Ich wollte ein wenig draußen stehen bleiben, Luft holen und abkühlen, doch sie musste beim Fenster rausgesehen haben, weil die Tür aufschwang, lange bevor ich überhaupt daran gedacht hatte, die Türglocke zu betätigen.

Sie war ungefähr in dem Alter, in dem meine Mutter wäre, würde sie noch leben, und sie hatte übermäßig stark gebleichtes Märchenfeenhaar wie meine Mutter. Ich hatte erwartet, dass sie wie Lisa gekleidet wäre, mit fließenden Kleidern und Armreifen, aber sie trug ausgebleichte Jeans mit einer Bügelfalte vorne und ein lilapinkes, übergroßes T-Shirt. Der Raum, in den sie mich führte, war in demselben Stil gehalten. Hellblauer Teppich und Vorhänge, rosa Sessel mit weißen Zierleisten, ein Tisch, auf dem ein hellrosa-und-blau gestreiftes Tischtuch lag.

Ich setzte mich auf den Stuhl ihr gegenüber und warf mir den Pullover, den ich seit Yass nicht gebraucht hatte, über die Schultern. Als ich mich ihr zuwandte, starrte sie mir verdammt unverhohlen in den Ausschnitt. Ich dachte daran, den Pulli anzuziehen, doch mir war schon schlecht vor Hitze. Vielleicht hätte ich mich ein wenig bedeckt, wenn die Trulla ein Fenster aufgemacht, oder, Gott bewahre, den Deckenventilator angemacht hätte.

Während sie mir noch auf die Titten starrte, sagte sie mir, wie viel es kosten würde, und wartete, während ich zahlte, und dann begann sie mir Anweisungen zu geben. Ich musste sie unterbrechen und um ein Glas Wasser bitten, ich war vom Zug und dem Marsch herauf völlig ausgetrocknet. Wirklich, der Blick, den sie mir zuwarf, war so, als ob ich sie um ein Dreigängemenü gebeten hätte. Doch sie verließ den Raum und ich hörte sie den Wasserhahn aufdrehen und abdrehen und dann war sie mit einem buttergelben Keramik-Wasserkrug und einem hohen, bernsteingelben Glas zurück.

Sie wartete, bis ich mir eingeschenkt, einen Schluck gemacht und das Glas wieder angefüllt hatte, bevor sie dort weitermachte, wo ich sie unterbrochen hatte.

»Nimm eins davon.« Sie zeigte auf einen Stapel Papier am Rand des Tisches in meiner Nähe. »Schreib mir die Namen der Personen auf, die ich für dich erreichen soll. Dann bedecke das Papier damit.« Sie gab mir einen dicken schwarzen Karton.

»Es gibt nur eine Person, die ich –«

»Mehr als eine«, sagte sie. »Mindestens zwei. Zwei ist das Minimum, das du aufschreiben kannst. Mach schon. Ich werde meine Augen schließen, falls es das ist, was dich beschäftigt.«

Das beschäftigte mich gar nicht. Wenn mich etwas beschäftigte, dann der Gedanke, das Wasser, das ich soeben getrunken hatte, auszukotzen. Ich dachte daran, ihr zu sagen, dass ich mich unwohl fühlte, und einfach zu verschwinden, doch während ich einfach dasaß, machte sie dieses unzufriedene Geräusch, so einen tiefen Seufzer, und ich dachte, *Fick dich, ich werde bleiben und schauen, mit welchem gottverdammten Schwachsinn du daherkommst.*

Ich schrieb *Bella* und *Mutter* auf und überlegte, wie ich diese dumme Kuh loswerden könnte, wie ich ihr sagen könnte, was für eine Hochstaplerin sie sei, mein Geld zurückverlangen. Nur um sie ein wenig fertigzumachen, fügte ich *Rosie* und *Clive* hinzu. Rosie war meine Großmutter, die starb, als ich zwei war und die mich anscheinend nur zwei Mal gesehen hatte. Clive war Nates Vater, der letztes Jahr verstorben war. Ich hatte ihn auch nur zwei Mal gesehen: einmal am Hochzeitstag und als er kam, um Nate beim Ausziehen zu helfen.

Lorna schlug ihre Hand auf den Karton, sobald ich ihn auf das Papier gelegt hatte, und breitete dann beide Handflächen darüber aus, während sie wie ein Meth-Kopf vor sich hinmurmelte. Alle paar Sekunden flatterten ihre Augenlider halb auf und zu. Mein Magen fühlte sich wie nach einem Fressgelage bei McDonald's nach einer durchzechten Nacht an.

»Also, meine Liebe, hier ist Großmutter. Oh ja, jaaaa.« Lornas Stimme war sanft und leise. Als würde sie mit jemandem sprechen, um den sie sich sehr sorgte, und nicht mit einem tittenzeigenden, schwitzenden, hechelnden, nach Wasser lechzenden Landei. »Schon gut, schon gut, Liebling, Großmutter sagt, dass es ihr leidtut, so früh gegangen zu sein. Wäre es in ihrer Macht gewesen, wäre sie gerne länger geblieben, sie meint, die Dinge wären vielleicht anders gelaufen, wenn sie noch dagewesen wäre. Sie sagt, dass sie es nie zugelassen hätte, dass man einer von euch wehtut. Oh Liebling, sie weint. Sie ist sehr verstört. Oh, ich muss sie für eine Weile allein lassen. Es gibt ein paar andere, die nicht am Papier stehen, die sich melden. Ein schreiender Haufen um dich herum. Warte, warte, okay, hier kommt Clive. Er freut sich, dass alles so gelaufen ist, wie es ist … Oh, na ja, das ist gar nicht nett … Ich werde es nicht wiederholen – Oh, geh weg, du alter, böser –. Okay, oh, Liebling, oh, Süße, ich denke, ich habe hier deine Mutter. Ja, ja, das ist sie. Sie spricht nur nicht. Oh, Liebes, was passiert jetzt? Sie weint. Oh, ich mag diese Trauer aus der Vergangenheit nicht. Oh Süße, irgendetwas Furchtbares, etwas Dunkles ist passiert. Sie und deine Oma haben soeben …« Lorna drehte ihren Kopf in langen, langsamen Bewegungen von Seite zu Seite.

»Wie bitte? Was stimmt nicht? Mutter? Mutter? Lorna, sag schon! Was sagt sie?«

Lorna öffnete die Augen. Sie waren entsetzlich blutunterlaufen. Ihre Wangen rosarot angelaufen. »Es tut mir leid, aber ich muss aufhören. Das Weinen und Schreien ist zu –«

»Nein, noch nicht. Ich muss von meiner Schwester hören. Sie ist der Grund, weshalb ich hier bin.«

Lorna war lange still. Das Gefühl, gleich aufspringen zu müssen, wurde immer stärker, und gerade, als ich dachte, ich müsse auf die Toilette rennen, gab sie einen tiefen Seufzer von sich und schüttelte den Kopf. »Sie ist nicht hier.«

»Was bedeutet das?«

»Ich meine, sie ist noch nicht übergetreten.«

»Sie ist. Sie ist es. Wir haben sie begraben. Ich habe ihre Leiche gesehen.«

Lorna nickte. »Nicht jeder, der stirb, tritt sofort über. Ich kann nur die erreichen, die bereits auf der anderen Seite sind. Das erklärt, wieso deine anderen Damen so aufgebracht waren. Sie hätten sie gerne bei sich.«

»Wo ist sie dann?«

»Sie hängt hier ab, würde ich mal sagen.« Sie lächelt freundlich. »Ah, deshalb bist du hier. Du hattest Kontakt?«

»Ich weiß nicht. Ich glaube schon, aber ich kann nicht mit ihr kommunizieren. Sie will mir nicht sagen, wer ihr das angetan hat, will mir nicht sagen, was sie will. Sie ist nur …« Da fiel ich komplett auseinander. Ich kann es nur so ausdrücken. Ich erzählte ihr alles und sie nickte und gab mir Taschentücher. Sie sagte, dass es so klinge, als ob Bella verwirrt sei. Was bei traumatischen Toden offensichtlich passiert. So wie ein lebender Mensch furchtbare Dinge, die passiert sind, blockieren kann, machen es die Toten auch. Ihren Tod blockieren. Aber Totsein ist ja nicht dasselbe, wie von deinem Onkel am Rücksitz seines Chevys befingert zu werden, verstehst du? Du kannst danach nicht einfach mit deinem Leben weitermachen. Lorna meinte, Bella sei komplett verwirrt und desorientiert und deshalb hänge sie da ab, wo sie sich am sichersten fühlt, wo es am vertrautesten ist, sie versuche, alles so normal wie möglich zu gestalten.

»Ich werde es ihr zu Hause gemütlich machen«, sagte ich. »Ich werde mit ihr reden, ihr von meinem Tag erzählen, ihr versichern, dass alles in Ordnung ist. Ihr das Gefühl von Sicherheit geben.«

»So funktioniert das nicht, meine Liebe. Du musst ihr dabei helfen, die Wahrheit zu akzeptieren, ihr dabei helfen, zur Kenntnis zu nehmen, dass es nicht mehr so sein kann. Ihr dabei helfen, überzutreten.«

»Das will ich nicht.«

Lorna schüttelte den Kopf und mein Darm rumorte wieder. »Ich weiß, Liebling, aber das hier tut ihr weh. Das weißt du, oder?«

»Sie weint. Ich höre sie in der Nacht.«

»Die Damen auf der anderen Seite weinen auch um sie. Du kannst es für sie alle besser machen, Chris. Du kannst ihnen zum Frieden verhelfen.«

»Wie?«

»Das wird jetzt hart klingen, aber du musst ihr dabei helfen, das Geschehene hinzunehmen. Du musst ihr klar machen, dass sie nicht mehr Teil dieser Welt ist.«

Um ehrlich zu sein, kam ich damit gar nicht gut zurecht. Ich schrie vielleicht ein wenig. Es war nur so, dass ich nicht das Gefühl hatte, dass die Frau verstand, was sie mir da riet. Es ist schon schlimm genug, diese Nachricht von jemandem zu hören, den man liebt, aber es über sich selbst zu hören …

Lorna bat mich zu gehen, was ich rückblickend verstehen kann, weil ich ihr wahrscheinlich Angst eingejagt hatte. Doch in dem Moment fühlte es sich wie die ärgste Gemeinheit an. Als ich wieder in den Straßen von Sydney war, fühlte ich mich wie eine Ameise. Es schien unmöglich zu sein, mich den Horden von Fußgängern anzuschließen, um zum Bahnhof zu gelangen, ohne dabei von jemandem zertreten zu werden. Ich hatte keine Ahnung, wie ich jemals wieder nach Hause kommen sollte. Zu leben schien in dem Moment das schlimmste und schwerste Schicksal zu sein.

Ich verstand, dass ich ihr das sagen konnte. Ich konnte zu Bel hundertprozentig ehrlich sein, ihr sagen, dass sie, obwohl sie etwas Schlimmes durchgemacht hatte, nun an einem besseren Ort war. Das konnte ich ihr sagen, und ich konnte es wirklich – das sage ich dir, ich fühlte den Mut in mir wachsen, während ich darüber nachdachte –, dass ich dort zu ihr stoßen könnte. Ich und Bella, Mutter und Großmutter, und niemand mehr, der leiden musste.

Montag, 4. Mai

Nach drei Tagen, in denen Chris Anrufe weder entgegengenommen noch zurückgerufen hatte, schnappte sich May ihren Laptop, zusammen mit dem PDF-Ausdruck der Story in *Women's Weekly*, holte ein Sixpack Coopers vom Shop auf der anderen Straßenseite und heiße Pommes von DeeDee's Takeaway und fuhr zu ihr.

Sie klopfte mit dem Ellbogen an die Tür. Wartete. Legte ihre Laptoptasche und das Bier auf der Veranda ab und klopfte lauter mit ihren Knöcheln. »Chris?«, rief sie.

»Sie nimmt auch keine Anrufe entgegen.«

May dreht sich um und sah die Hippiemädchen-Nachbarin, Lisa, die Auffahrt heraufschweben. »Hast du es auch probiert?«

»Zweimal gestern und heute Morgen wieder.« Lisa trat an

Mays Seite und sah die heißen Pommes ein Loch in Mays Arm brennen. »Wenn sie der Geruch von denen nicht rausgelockt hat, dann muss wirklich etwas faul sein.«

May klopfte wieder, zuckte mit den Schultern in Lisas Richtung. »Du hast vermutlich keine Schlüssel?«

Lisa öffnete ihre Hand und zeigte einen glänzenden neuen Silberring, an dem zwei reflektierende neue Schlüssel hingen. »Nate hat sie mir gegeben.« Lisa schnitt eine Grimasse. »Ich denke nicht, dass Chris es weiß. Sie wollte, dass er die Ersatzschlüssel hat, aber er wusste, dass er nicht viel hier sein würde, und wollte sichergehen, dass jemand in der Nähe sie hätte, nur für den Fall.«

»Ein wohlwollender Patriarch, oder nicht?«

»Er macht sich Sorgen um sie. Und er kennt sie. Scheiße. Soll ich ihn anrufen? Fragen, ob er meint, dass wir reingehen sollen?«

»Komm schon, er ist nicht ihr Vater, und selbst wenn er es wäre, sie ist eine erwachsene Frau und du bist es auch. Du hast die Schlüssel – entscheide also, was du damit machst.«

»Normalerweise würde ich sagen, dass wir ihre Privatsphäre respektieren sollten, aber … Du weißt, es war gestern genau einen Monat her, dass sie ermordet wurde? Es fühlt sich so –«

Hitze stieg in ihr auf. »Lisa, du hast gesagt, dass Nate dir die Schlüssel für den Fall der Fälle gegeben hat. Das ist so ein Fall, okay?«

»Okay, ja. Ich denke, du hast recht.« Lisa nickte, presste ihre Lippen zusammen, trat an die Tür. Sie fummelte ein wenig, dann hörte May das Klicken des sich öffnenden Schlosses. Noch eine Sekunde, ein weiterer Klick. Dann ein kleiner Stoß, ein Blick in die dunkle Küche und ein Klirren, als die Tür abrupt innehielt.

Lisa schaute zurück zu May. »Die Kette ist dran.«

»Scheiße.« May stieß Lisa leicht zur Seite und steckte ihre Nase durch die Öffnung. »Chris?«, schrie sie. »Chris, wenn du da drinnen bist, sag es uns jetzt, sonst müssen wir die Polizei holen, damit sie deine neue schöne Tür aufbrechen. Chris! Hörst du mich?«

May wartete, ihren Körper fest gegen den Rand der Tür gepresst.

»Kannst du irgendwas hören?«

»Nein.« May trat zurück. »Ich versuche jetzt mal alle Fenster. Ruf du bitte die Polizei, sag ihnen, dass wir vielleicht einen Krankenwagen brauchen.«

»Oh Gott.« Lisa wirkte einem Schwächeanfall nahe, aber sie wählte die Nummer.

May lief am Haus entlang zum Küchenfenster. Die Jalousien waren unten. Dasselbe beim Schlafzimmerfenster, dem Wohnzimmer, dem Badezimmer und der Abstellkammer. Das Haus war abgeriegelt wie eine Gruft.

Minuten vergingen. May nahm die Nachbarn wahr, die sich in der Einfahrt sammelten, während Lisa versuchte, sie zurück in ihre Häuser zu scheuchen, was sie aber auf eine Art und Weise tat, die klarmachte, dass gerade etwas besonders Aufregendes geschah, weshalb die Menge auch anwuchs. Mays Stimme war bereits heiser, doch sie rief unermüdlich weiter, hörte dabei nicht auf, Chris anzurufen. Aus dem Inneren des Hauses hörte sie das Klingeln. Als der Polizeiwagen in die Einfahrt einbog und dabei die Nachbarn zum Ausweichen auf den Rasen zwang, wiederholte sie nur mehr ein Wort: Chris, Chris, Chris, Chris.

»Kommt schon, ich möchte, dass ihr alle zur Seite geht.« Sie erkannte Matts Stimme; gleichzeitig dachte sie, im Haus soeben ein Geräusch gehört zu haben. Sie drückte ihr Gesicht noch weiter in die Öffnung hinein.

»May, du musst zur Seite treten.«

»Shhhhh.« Sie winkte mit der Hand zum Schweigen. Da war was! Eine kleine Stimme: »Komme.«

»Chris, verdammt noch mal, hörst du mich?«

»Du schreist ja laut genug.«

May konnte sie nun sehen, oder zumindest einen dunklen Fleck, der mit ihrer Stimme sprach und der Küchenwand entlangkroch.

May wandte sich rasch um. »Alles in Ordnung. Ihr könnt gehen. Sie kommt schon.«

Matt runzelte die Stirn. »Nimm's mir nicht übel, May, aber das muss ich selbst sehen, bevor ich gehen kann.«

May drehte sich wieder zur dunklen Küche. Der sich langsam bewegende Fleck hatte die Tür fast erreicht. Der unverwechselbare Gestank von Scheiße ließ May taumeln, doch Einsicht brachte sie dazu, ihren Kopf wieder durch die Öffnung zu stecken. »Chris, bevor du die Tür aufmachst, ruf Constable Drey bitte etwas zu, damit er weiß, dass bei dir alles in Ordnung ist.«

Der Fleck hielt inne. »Sind die Cops da draußen.«

»Nur der eine und er schwirrt wieder ab, sobald er weiß, dass alles in Ordnung ist. Also ruf ihm bitte was Nettes zu, okay?«

Es gab eine kleine Pause, und dann erschütterte Chris' krächzende Stimme die Stille ihres Vorgartens. »Natürlich geht's mir gut. Kann eine Frau in dieser gottverdammten Stadt nicht ein wenig Privatsphäre haben?«

»Reicht das?«, fragte May Matt leise, weil Chris bereits so nah war.

Er wirkte unsicher, bemüht, näher zur Tür zu gelangen.

»Bitte. Es geht ihr gut, du hast sie gehört. Aber es wird sie demütigen, wenn sie rauskommt und das ganze Publikum entdeckt. Du musst zusehen, dass du alle Gaffer hier vom Rasen loswirst. Kannst du das für mich machen? Außer Lisa. Bitte sie, wieder herzukommen.«

Er nickte, schenkte ihr sein albernes kleines Lächeln, wandte sich an die Nachbarn und rief ihnen zu, dass sie verschwinden sollten. May fand, dass er überhaupt nicht bedrohlich klang, aber die Menschen hier hatten noch so viel Respekt vor der Polizei, dass sie sich rasch verzogen. Entweder das, oder sie verstanden, dass es hier nichts zu sehen geben würde.

Lisa kam zurück und May nahm sie bei der Hand, zog sie in die richtige Position, damit, falls noch immer irgendein Wichtigtuer hersah, nur Mays und Lisas Rücken zu sehen waren.

Der Geruch war nah und intensiv. Die Tür schloss sich, die Kette glitt zurück, und dann stand Chris da, klein und stinkend.

»Oh Süße«, sagte Lisa, und sie und May traten ein und schlossen die Tür hinter sich.

***

Chris hatte genug Schlaftabletten genommen, um ihrem Leben ein Ende zu setzen, doch glücklicherweise hatte sie sogar mehr als die übliche Dosis Schnaps zum Runterspülen genommen, und ihr Körper hatte sich um das gekümmert, was ihr viel zu verwirrter Verstand und ihr zu angeschlagenes Herz versucht hatten, und hatte das ganze Gift ausgeschieden, während sie bewusstlos gewesen war.

Lisa half ihr, sich zu waschen, während May die Laken wechselte. Sie brachten sie dazu, Wasser zu trinken und ein halbes Stück Toast mit Hefeaufstrich zu essen, und steckten sie danach ins Bett.

»Okay, meine Liebe, du musst jetzt hier liegen bleiben. Ich laufe kurz rüber auf die andere Straßenseite und hole mir den langweiligen Arbeitskram hierher, damit ich hier bei dir arbeiten kann.«

»Lisa, es geht mir gut. Verschwinde und mach deine Arbeit.«

»Die kann ich genauso gut hier machen.«

May fühlte sich wieder wie als Achtjährige, als sie dümmlich im Flur gestanden war, während sich ihre Tanten und ihre Großeltern um ihre Mutter kümmerten. »Geh schon und pass auf deine kleinen Brüder auf«, hatte ihre Großmutter Bess gesagt und das hatte sie auch versucht, aber Jason hörte nicht auf, nach ihr zu treten, und Max hörte nicht auf zu weinen, und niemand wollte ihr sagen, wo ihr Vater war oder wieso ihre Mutter wie der Wolf in dem Video von *Hundert Horrornächte* heulte, die sie letztes Mal bei ihrer Freundin Sasha geschaut hatte, obwohl der Film nicht jugendfrei war.

»Ich kann bleiben«, sagte sie, peinlich berührt vom fiepsig-schwachen Klang ihrer Stimme. *Hör auf. Du hast so laut geschrien, dass du Tote hättest wecken können. Du hast sie wachgeschrien.* »Ernsthaft, ich hab sowieso nichts, wo ich hingehen könnte. Ich kann hier so lange bleiben wie notwendig.«

May erwartete, dass Chris sagen würde, das sei nicht nötig, doch sie nickte ganz leicht, zog sich die Decke über die Schultern und schloss die Augen.

*** *** ***

Bella nahm die Nachricht von ihrem Ableben besser auf, als ich erwartet hatte. Es gab weder Blut noch beschädigte Wände, auch keinen wankenden Boden. Es wurde nicht einmal kalt. Stattdessen herrschte nur diese lange, lange Stille und erst, als ich ihren Namen rief, hörte ich ein kurzes, leises Weinen und dann fühlte ich ihre desinfizierten Hände nahe an meinem Gesicht. Ich wartete auf die Berührung, die nie kam. Schließlich realisierte ich, dass der Geruch weg war und dass es im Raum still und ruhig war und dass ich allein war.

Ich dachte, dass es mir zuvor sehr weh getan hatte, aber ich fühlte nichts. Die Verzweiflung über ihr Verschwinden, das Wissen, dass ich nie wieder ihre Hand fühlen oder ihre Stimme hören würde, war nur … Es war so abgeschlossen. Das machte es einfacher für mich, die Pillen zu nehmen. Ich zögerte keinen Moment lang.

Ich weiß, du wirst sagen, dass es Glück oder Biologie oder was auch immer war, das mich vom Sterben abhielt, aber ich weiß, dass sie es war. Es war ihr letzter Akt der Einmischung, bevor sie zu Großmutter und Mutter übertrat. Ich verstehe nicht, wieso sie mich zu diesem Leid verdammte, aber das hat sie nun einmal, und ich werde mich wirklich bemühen, ihren Wunsch zu respektieren und weiterhin hier sein.

Man sagt, dass es besser wird, aber ich weiß nicht, wie das möglich sein soll. Etwas, das ich von Mutters Tod gelernt habe, ist, dass Trauer unendlich ist. Ich war nicht darauf vorbereitet, und fiel damals, als sie starb, in ein sieben oder acht Monate dauerndes Loch, wunderte mich, wieso ich mich nicht besser fühlte, fragte mich, wieso ich noch immer so traurig war. Ich erwähnte es eines Abends Old Grey gegenüber, beiläufig, ohne dass wir ein besonders tiefgehendes Gespräch geführt hätten, und er sagte nur, »Du warst in der letzten Zeit nicht du selbst«, und ich sagte, »Klar, ich leide noch immer wegen Mutter. Man könnte meinen, ich sollte längst darüber hinweg sein«. Und er sagte, »Ich habe den Tod meiner Mutter nie überwunden, und der ist dreißig Jahre her.« Er machte dabei weiter die Abrechnung und ich wischte die Gläser trocken, und dann sagte er, »Man ist immer etwas trauriger als davor. Es wirkt zuerst ganz schlimm, doch wenn man älter wird, schaut man sich um und wir sind alle trauriger. Es ist in Ordnung so. Du gewöhnst dich dran.«

Das hat mir wirklich geholfen, weißt du, zu denken, *Ich muss da nicht drüber hinwegkommen.* Ich werde einfach ein wenig trauriger sein als davor. Bella gefiel es auch, als ich ihr das erzählte. Sie sagte, sie hätte es bei den alten Leuten im Heim gesehen; sie hatten alle mehr geliebte Menschen verloren, als man an zwei Händen hätte abzählen können, und sie wurden alle traurig, wenn sie darüber sprachen, sogar über jene, die vor Jahrzehnten gestorben waren. Trauer ist unendlich, aber sie beendet nicht das Leben. Du machst nur weiter. Darum geht's.

Aber das ist anders. Was ich jetzt fühle, ist nicht Trauer. Oder doch, ich meine, wie soll man es sonst nennen? Aber es ist so tief und schwer und schwarz, dass ich, wenn ich es als unendlich betrachte, denke, nein, nein, da kann ich nicht durch. Nicht unendlich. Unüberlebbar.

Ich versuche nicht, dramatisch zu sein. Aber wirklich, wie soll man das überleben? Wie soll man jeden Tag, jeden Tag, jeden Tag sein Leben weiterleben, alles wie immer, mit dem Unterschied, dass du es jetzt aus der Mitte dieses Sumpfes aus schwarzem Blut machst? Wie deinen Morgentee trinken, mit einem Freund quatschen, Bier einschenken, lachen, einen Fick haben, was auch immer, und das alles, während man schiebt und tritt und versucht, nicht in der Dunkelheit zu ertrinken? Jeder Atemzug schwer, weil man nicht weiß, ob er nicht mehr von dieser schwarzen Scheiße in dich reinlässt oder gar Schlimmeres zurückkommt. Und jeder um dich herum ist davon befreit, verstehst du? Diejenigen, die es wissen, die sprechen leise, als ob sie verstünden, dass du schon fast beim Verrücktwerden davon bist, und sie berühren dich sanft am Ellbogen, an der Schulter, an der Wange, als ob sie die frischen Wunden sehen könnten, die alle paar Minuten in dir aufreißen. Und diejenigen, die es nicht wissen, die rempeln dich an, machen viel Lärm, lachen über alles und beschweren sich über nichts, und du willst ihnen deine Schnittwunden zeigen, wo all die schwarze Scheiße herausquillt, aber du weißt, dass es alles noch schlimmer macht, weil du weißt, dass sie es in Wahrheit wissen, nicht konkret von dir, aber über die Hölle, die auf Erden passiert, die Quälerei, die Vergewaltigungen, die Morde an Schwestern, sie wissen alles, so wie du es damals wusstest, wenn du kaum eine Pause zwischen deinem Lachen, Quasseln und Jammern gemacht hast, um zu sagen, *Oh, wie furchtbar, das mit einer anderen Schwester.*

Und das Schlimmste, das Unüberwindbarste, ist die Erkenntnis, dass es Menschen gibt, die die Wahrheit all dessen in ihrem Inneren kennen. Sie wissen es, weil sie es erschaffen haben, die Hölle mit ihren bloßen Händen schufen und dann einfach weiterlebten, weitermachten, als ob sie nie eine Welt zerstört hätten. Wenn du das alles verstehst, verstehst du auch, dass es Männer gibt, die ein Mädchen geschlachtet hatten und dann einfach heimgingen und schliefen, und die schliefen und aufwachten, schliefen und aufwachten in all den Tagen und Nächten seither, die weiterhin mit all diesen Bildern in ihren Köpfen weitermachen, mit der Erinnerung, wie es war, sie auseinanderzureißen, in ihre Haut geprägt, mit dem geheimen Wissen um ihren Gesichtsausdruck, den Klang aus ihrer

Kehle in ihrem letzten Moment … All das ist in ihnen drinnen und doch reißen sie sich nicht selbst das Herz heraus! Es gibt Männer, die das tun können, die sich erinnern, es getan zu haben, die wissen, wie es ist, das zu tun und dennoch weiterzumachen.

Und es gibt Männer, die nicht ganz so viel Schaden anrichten und nur allzu glücklich darüber sind, das Schlimmste publik zu machen, sodass sie selbst im Vergleich harmlos wirken, und Männer, die keine Gewalt anwenden und deshalb nicht sehen, wieso es ihr Problem sein sollte, was andere machen, und es gibt Männer, die wollen, dass wir über das Schlechte und Schlimmste und über ihre Gleichgültigkeit Bescheid wissen, sodass wir uns schutzsuchend an sie wenden, und es gibt Männer – mein Herz möchte sagen, dass es die meisten von ihnen sind, aber mein Herz ist das einer geschundenen, blutgetränkten Verrückten –, die reinen Herzens sind und gute Absichten haben und die nur unsere Freunde und Brüder und Liebhaber sein wollen, nur gibt es keinen Weg, diese von den anderen zu unterscheiden, bis es dafür zu spät ist, und das ist wahrscheinlich das Unerträglichste überhaupt.

Aber sie hat sich dafür entschieden, dass ich es ertragen soll, und deshalb werde ich es versuchen. Ich werde es versuchen.

Juni

Der Artikel erschien in *Women's Weekly*, und wie May vorausgesagt hatte, berichteten verschiedene Zeitungen darüber oder brachten Ausschnitte daraus, viele von ihnen druckten Mays Foto von der am Boden in Bellas Wohnung sitzenden Chris ab, und Fernsehsender rissen sich darum, ein exklusives

Interview mit Chris zu ergattern. Chris war jedoch für alle unerreichbar, ebenso für die Polizei, die das neu entfachte öffentliche Interesse dafür nutzen wollte, und sich um eine Pressekonferenz mit Chris an vorderster Front bemühte. Chris war ausschließlich für May verfügbar. Und für Lisa insoweit, als dass sie die von ihr mitgebrachten Suppen aß und Grüße austauschte.

»Es scheint, als wäre ich zufällig zu ihrem Vormund geworden«, erzählte May Max, als er sie anrief, um ihr zur Story zu gratuliere. »Ich könnte eigentlich gleich bei ihr einziehen und mir die Kosten für das Hotelzimmer sparen.«

»Das klingt wie die bisher schlechteste Idee in einer ganzen Kette von furchtbaren Ideen. Schau, May, die Story ist wirklich fantastisch. Sogar ich habe ein paar Tränen verdrückt, das muss ich zugeben, aber es ist nur eine Story, du –«

»Ist es nicht! Hörst du mir nicht zu? Diese Frau bricht gerade komplett auseinander. Ist bereits auseinandergebrochen. Sie verlässt das Haus nicht mehr. Ich kann sie nicht einfach links liegenlassen, jetzt, wo ich meine verdammte Exklusivstory in den Medien habe.«

»Aber das ist es, was Journalisten machen. Es ist nicht fies, es ist dein Job. So wie ich die Kids, die ich das ganze Jahr über unterrichte, gehen lassen muss, wenn der Dezember anbricht. Manche haben es nicht leicht, und wenn sie bei mir sind, versuche ich, ihnen zu helfen, aber dann endet das Schuljahr und ein neues beginnt, und ich bekomme einen neuen Haufen Kinder, um die ich mich kümmere. Das ist der Job.«

»Das hier ist anders.«

»Wie?«

»Ich habe bisher nur mir selbst geholfen. Nicht ihr. Seit sie mich kennt, ist sie nur trauriger und verrückter geworden.«

»May, hör dir doch zu. Die Schwester dieser Frau wurde ermordet. Das ist nicht lange her. Falls sie ein Wrack ist, ist das nur wenig überraschend.«

***

Da Chris zustimmte, führte May einige der TV- und Nachrichteninterviews an ihrer Stelle. Sie musste sich ganz gut geschlagen haben, denn in ihrem Posteingang landeten immer mehr Angebote, sich zu treffen und über »Zukunftsmöglichkeiten« zu sprechen. Ihr ehemaliger Redakteur rief sie an, gratulierte ihr zum »Durchbruch« und sagte, dass sie ihm gerne jederzeit als Freelancerin Artikel zur Veröffentlichung schicken könne. Für das Buch über Bella hatte sie bereits die Wahl zwischen verschiedenen Verlagen. Sie wählte den, der genug Geld bot, um ein ganzes Jahr in Ruhe davon leben zu können, und ihr zusicherte, das Buch nach Ablauf dieser Zeitspanne zu veröffentlichen, auch wenn bis dahin kein Mörder gefasst worden war.

Am Tag, nachdem May den Vertrag unterschrieben hatte, vier Wochen nach der Veröffentlichung des Artikels in *Women's Weekly*, erhob die Polizei Anklage wegen der Vergewaltigung und Ermordung Bellas gegen einen zweiunddreißig Jahre alten Maler und Anstreicher aus Strathdee. Sie hatten ihn aufgrund eines eingegangenen Hinweises gefasst, seine Wohnung durchsucht und dort ein Stück von Bellas Kleidung gefunden. Der DNA-Abgleich hatte die Sache bestätigt.

Chris hatte May die Nachricht am Telefon mitgeteilt und sie zu sich eingeladen.

Zusammen tranken sie Whisky und schauten dabei die Sieben-Uhr-Nachrichten. Als man die Videos zeigte, in denen der Mann, dessen Gesicht unkenntlich gemacht worden war, von der Polizei aus einem unscheinbaren Backsteinhaus abgeführt wurde, keuchte Chris und sagte: »Fuck«.

»Was? Erkennst du ihn?«

»Nein«, sagte Chris. »Aber … ich meine, schau ihn dir an. Er ist so …«

May schaute hin. Er war durchschnittlich groß, dünn, hellbraune kurze Haare. Er trug Jeans und ein dunkelblaues T-Shirt. »Ja«, sagte May. »Ich weiß.«

Sekunden nach der Sendung schickte Mays Verleger eine Textnachricht: *Wir haben ein Ende! Lass uns morgen darüber reden, die Veröffentlichung zu beschleunigen. Ergreife den Moment!* May las Chris die Nachricht laut vor, die lächelte und sagte, »Gratuliere. Das ist ein großer Tag für dich«.

»Chris, du weißt, dass ich dieses Buch nicht ohne dich schreiben kann, oder? Ich brauche dich dabei, sonst wird das nicht funktionieren.«

»Ich bin mit an Bord, ich bin es. Es ist nur …« Sie schaltete den Fernseher stumm, zog die Füße am Sofa unter sich, schloss die Augen. »Wie der Verleger schon sagt, du hast dein Ende. Aber ich habe keines. Sie ist tot und das endet nicht.«

May fiel nichts ein, was sie darauf hätte erwidern können, also füllte sie stattdessen ihre Gläser wieder auf.

»Ich habe genug Folgen von *Law and Order* gesehen, genug True Crime. Ich weiß, dass es so laufen muss. Mit der letzten Erinnerung an das hübsche tote Mädchen enden, während man die Gefängnistür hinter dem Monster, das sie getötet hat, ins Schloss fallen hört, und jeder kann spüren, dass die Welt zurechtgerückt wurde. Trauer und Angst können aufhören. Ich weiß, dass es so laufen muss, wirklich. Aber das ist Schwachsinn.«

»Ich denke nicht, dass es Schwachsinn ist. Gerechtigkeit und Bestrafung, ein Ende der Möglichkeit, dass dieser Mann jemals irgendjemandem wieder etwas Ähnliches antun kann, das ist die Wirklichkeit. Das passiert tatsächlich.«

»Ich sage ja nicht, dass es nicht stimmt, ich sage nur …« Chris sah zur Decke, trank einen großen Schluck Whisky. »Alles, was beendet ist, ist die Freiheit eines Mannes, anderen wehzutun. Weder Bellas Tod ist in Ordnung gebracht noch die Welt, in der sie starb. Die Idee, dass mit dem Einsperren eines Mannes erreicht werden könnte, alles in Ordnung zu bringen … das ist Schwachsinn.«

»Okay«, sagte May. »Ich denke, dass ich dich verstehe, aber … ich kann im Moment nicht darüber nicht nachdenken. Ich muss jetzt an die Arbeit. Ich mach mich auf den Weg zur Polizeistation und bringe meinen kleinen Freund Matt dazu, mir alle Infos zu geben, die er hat. Dann werde ich –«

»Du gehst nirgendwohin, du Alki. Du hat eine Viertelflasche Whisky getrunken.«

May warf einen Blick auf die halbvolle Flasche. »Hab ich echt? Scheiße.«

»Du solltest lieber hierbleiben.« Chris atmete tief ein. »Dieses Sofa ist ziemlich komfortabel.«

»Bist du sicher?«

»Ich hol dir eine Decke.«

***

Am nächsten Morgen erzählte Matt May, dass der Mann, den sie verhaftet hatten, erst seinem einem Jahr in Strathdee lebte. Die Ermittler prüften nun die Möglichkeit, dass er für weitere Fälle im ganzen Bundesstaat verantwortlich sein könnte, die bis zu einem ganzen Jahrzehnt zurücklagen. May verbrachte ein paar Stunden online, um sich mit ungeklärten Vergewaltigungen und Morden der letzten zehn Jahre vertraut zu machen. Sie las von bis zur Unkenntlichkeit verbrannten Leichen, verwesten, zerstückelten, in Reisekoffern verpackten, in Flüsse geworfenen, in Gefrierschränken aufbewahrten, teilweise in Chemie aufgelösten Leichen. Sie las von Stichwunden, stumpfer Gewaltanwendung, Strangulation, Erstickung, Schüssen ins Herz, in den Bauch, in die Kehle und in den Kopf. Sie speicherte die Fälle, die am ehesten Bellas Mord glichen. Es war eine lange Liste. Die Liste der unberücksichtigten war zwanzig Mal länger.

Für sie als Reporterin, als Nachrichtenjunkie, als Zuschauerin von True Crime und Serienkillerfilmen war hier nicht viel Neues zu finden. Doch als sie in dieser Nacht einzuschlafen versuchte, öffneten sich unter ihren Augenlidern wahre Höhlen des Horrors. Gewaltige dunkle Flächen, in denen die Zeit rückwärtslief und die zerschmetterten, zertrümmerten, verbrannten, zerstückelten Leichen Gesichter und Glieder und schlagende Herzen und schreiende Münder hatten.

Gegen ihren Willen erinnerte sie sich an eine Geschichte aus dem ersten Jahr an der Highschool. Ein rundgesichtiger, stiller Bub hatte sie immer wieder quer durch die Klasse angestarrt. Ihre Freundin Bethany fragte ihn, ob er May mochte, und er bestätigte das. Doch anstatt sie zu fragen, ob sie mit ihm gehen wolle, begann er, Zeichnungen von ihrem imaginierten nackten Körper in allen möglichen ungeahnten Posen in ihrem Spind zu hinterlassen. Auf einer hing sie mit dem Kopf nach unten, ihr Haar sammelte sich am Boden, Blut triefte von irgendeinem Ding, das sie an ihren Knöcheln umschloss, ihre Arme hatte sie liebevoll um ihren Körper geschlungen.

Auf einer anderen Zeichnung lag sie zwischen zwei Bäumen, während ein Hund mit einem gesprenkelten Halsband vor dem Schlitz zwischen ihren weit geöffneten Beinen schäumte; eine abgetrennte Hand war dabei, die Leine zu lösen.

Es gab auch andere, aber diese beiden waren die einzigen, an die sie sich deutlich erinnerte. Nachdem Bella die Zeichnungen der Schülerberatungsstelle übergeben hatte, wurde der Junge von der Schule verwiesen. May wusste nicht, was danach mit ihm passiert war, sie erinnerte sich nur jedes Mal, wenn sie ein gesprenkeltes Hundehalsband sah, an das Starren seine Kuhaugen während der Mathestunde in der siebten Klasse.

Das hatte nichts mit dem zu tun, was Bella passiert war, und was mit Bella passiert war, hatte nichts mit Tegan Miller zu tun, und nichts davon hatte mit der reichen Hausfrau aus Sydney zu tun, die man auf die Straße geworfen und verrotten hatte lassen, was auch nichts mit den nigerianischen Mädchen, die entführt und als Sexsklavinnen missbraucht wurden, oder mit der indischen Frau, die in einem Bus ausgeweidet wurde, oder mit dem Mann, der sich die Frauen auf den Straßen von Brunswick schnappte, zu tun hatte.

Nichts davon war miteinander verbunden, das wusste sie, und doch, und doch fühlte es sich so an. May hatte das Gefühl, als ob es einen verbindenden Faden gab, und sie fragte sich, ob sie ihn finden konnte, zurückverfolgen, schauen, wo alles begann. Ihn ausreißen und den Ursprung analysieren.

Es schien May, dass Max recht hatte: Die Verrücktheit von Chris war nachvollziehbar. Eine gänzlich rationale Antwort auf das, was ihr über die Welt offenbart worden war. Überraschend ist nur, dachte May, dass nicht mehr von uns durchdrehen, sich einsperren und Angst vor Schatten haben. Das war der Grund, weshalb es in ihrem Kopf drunter und drüber ging, wenn sie die Gräuel miteinander zu verbinden suchte.

Deshalb wünschte sie, es wäre nicht mitten in der Nacht, damit sie Chas anrufen und ihn überreden könnte, in ihr Hotelzimmer zu kommen, und jede Gelegenheit nutzen, sich wehtun zu lassen, und es doch nicht zu tun, weil es der Beweis dafür wäre, dass das, was ihr durch den Kopf ging, nicht wahr war, nicht zur Gänze jedenfalls.

Sie tat es fast. Stattdessen rief sie Chris an, die sofort abhob.

»Sag mir, wenn ich zu weit gehe, aber was hältst du davon, dass ich zu dir ziehe und eine Weile bei dir bleibe? Bis ich mit dem Buch fertig bin, meine ich. Ich zahl natürlich. Das, was ich fürs Hotel zahle, zum Beispiel?«

»Nein, das wirst du nicht, weil ich ja kein beschissenes Hotel führe. Wir teilen uns die Einkäufe und Rechnungen und du erwartest nicht, dass ich hinter dir herräume und das Sofa jede Nacht für dich herrichte.«

»Klingt gut.«

»In Ordnung. Übrigens, wie war's heute? Beim Recherchieren über den Typen und so weiter. Viel herausgefunden?«

»Ja, aber, hör zu. Ich erzähl dir später alles. Ich kann heute nicht mehr darüber nachdenken.«

»Das verstehe ich.«

»Ich weiß, dass du es verstehst. Gute Nacht.«

»Gute Nacht. Bis morgen.«

Danach

Die Leute erzählen, ich würde nicht mit den Medien sprechen, weil ich einen lukrativen Exklusivdeal unterzeichnet hätte. Darüber musste ich sehr lachen. Ein Hausgast, der alles aufschreibt, was du sagst, und der rund um die Uhr in die Tastatur hämmert und nie, aber auch wirklich nie, weggeht. Ein wirklich lukrativer Deal.

Die Leute nahmen an, dass ich nicht im Gerichtssaal saß und zusah, wie Bellas Mörder vor Gericht gestellt und verurteilt wurde, weil es zu viel für mich gewesen wäre zu hören, was er ihr angetan hatte. Na ja, darüber musste ich nicht lachen, aber ich habe spöttisch gegrinst. Es gibt nichts, was der Mann sagen könnte, das mich berühren würde. Er hatte allen Schaden, den er je verursachen konnte, bereits angerichtet, als er Bellas Leben beendet hatte. Nun war er harmlos. Ein Nichts.

Die Leute wundern sich, dass ich Strathdee verlassen habe. Sie vermuten, dass ich nicht in der Nähe des Ortes sein will, an dem Bella getötet wurde, aber das ist es gar nicht. Strathdee ist der Ort, an dem sie gelebt hat und wo jeder Zentimeter mit Erinnerungen an sie getränkt ist. Ich hätte da bis an mein Lebensende glücklich leben können, wenn die ganzen Geisterjäger und Touristen sich nicht entschlossen hätten, dass der Ort, an dem sie gelebt und gearbeitet hatte, zu einem ständigen Ort der Erinnerung an den kürzesten und furchtbarsten Tag in ihrem Leben werden müsste. Verzeih mir, Strathdee. Ich nehme es dir nicht übel und werde dich immer lieben, aber ich kann nicht in der Gruft meiner Schwester leben.

Wenn du dein Wort hältst und die Geschichte so erzählst, wie ich sie dir geschildert habe, werden sich die Menschen über mich lustig machen, weil ich von Geistern erzählt habe.

Im selben Atemzug werden sie von Monstern reden, darüber, wie meine Schwester starb, weil sie einem begegnet war. Als ob der Bunyip aus seiner Unterwasserhöhle gekrochen sei und sie zu Tode gequetscht hätte. Als ob die Hände des ertrunkenen Zombiekindes sie an ihren Knöcheln gepackt und unter Wasser gezerrt hätten. Sie reden so, als würde man kleine Mädchen davor warnen, nicht mit Kobolden zu sprechen, und Frauen davor warnen, sich nur ja nicht in der Nähe von Werwölfen zu betrinken, und misshandelte Ehefrauen selbst schuld seien, weil sie Freddy Krueger geheiratet hatten.

Die Leute fragen, ob das, was ich durchlebt habe, Angst in mir ausgelöst hat, und selbstverständlich hat es das. Aber nicht vor Monstern. Nur vor denen, die behaupten, dass sie existieren.

SEPTIME
suspense

www.septime-verlag.at